HEYNE BÜCHER

W0375085

Fantasy

Herausgegeben von Friedel Wahren

Von **Anne Kelleher Bush** erschienen in der Reihe
HEYNE SCIENCE FICTION & FANTASY:

KÖNIGSKINDER-TRILOGIE:

1. *Tochter der Weissagung* · 06/9082
2. *Des Prinzen Heilerin* · 06/9083
3. *Der falsche König* · 06/9084 (in Vorb.)

ANNE
KELLEHER BUSH

Des Prinzen Heilerin

Zweiter Roman
der Königskinder-Trilogie

Deutsche Erstausgabe

WILHELM HEYNE VERLAG
MÜNCHEN

HEYNE SCIENCE FICTION & FANTASY
Band 06/9083

Titel der Originalausgabe
CHILDREN OF ENCHANTMENT
Übersetzung aus dem amerikanischen Englisch
von Norbert Stöbe
Das Umschlagbild malte John Howe
Die Karte auf Seite 6/7 zeichnete Erhard Ringer

Umwelthinweis:
Dieses Buch wurde auf chlor- und
säurefreiem Papier gedruckt

Deutsche Erstausgabe 6/2000
Redaktion: Friedel Wahren

http://www.heyne.de
Printed in Germany 2000
Umschlaggestaltung: Nele Schütz Design
Technische Betreuung: M. Spinola
Satz: Schaber Satz- und Datentechnik, Wels
Druck und Bindung: Ebner Ulm

ISBN 3-453-17218-3

Für Josephine Putnam Vernon –
Josie, meine liebste Freundin.
Deine Phantasie gab meinen Träumen Nahrung.

Danksagung: Nach einer Schreibpause von elf Jahren war dieses Buch das erste, das ich in Angriff nahm. Mein herzlicher Dank gilt den Mitgliedern der Schrifstellergruppe von Stroudsburg: Charlie Rineheimer, Pat Knoll, Mitzi Flyte, Juilene Osborne-McKnight und Christine Whittemore Papa, die mit meinen zahlreichen Fassungen große Geduld hatten. Carol Svec, Lorraine Stanton und Nancy McMichael brachten besonders viel Zeit für mich auf und übten rückhaltlos konstruktive Kritik. Ohne ihre Zuneigung und Freundschaft gäbe es dieses Buch nicht, und ich wäre keine Schriftstellerin. Karen Lee, Lin Norsworthy, Betsey Massee und Judith Warner waren so freundlich, mir ihre Leseeindrücke zu schildern. Betsy Mitchell brachte das Manuskript auf den richtigen Weg. Mein besonderer Dank gilt auch Kathy Tomaszewski, die sich ums Haus und um meine Nerven kümmerte, während ich das Buch umschrieb, und nicht zuletzt meinen Kindern, Katie, Jamie, Meg und Libby, die sich damit abgefunden haben, daß ihre Mutter mehr Zeit in der Welt des Scheins verbringt als sie.

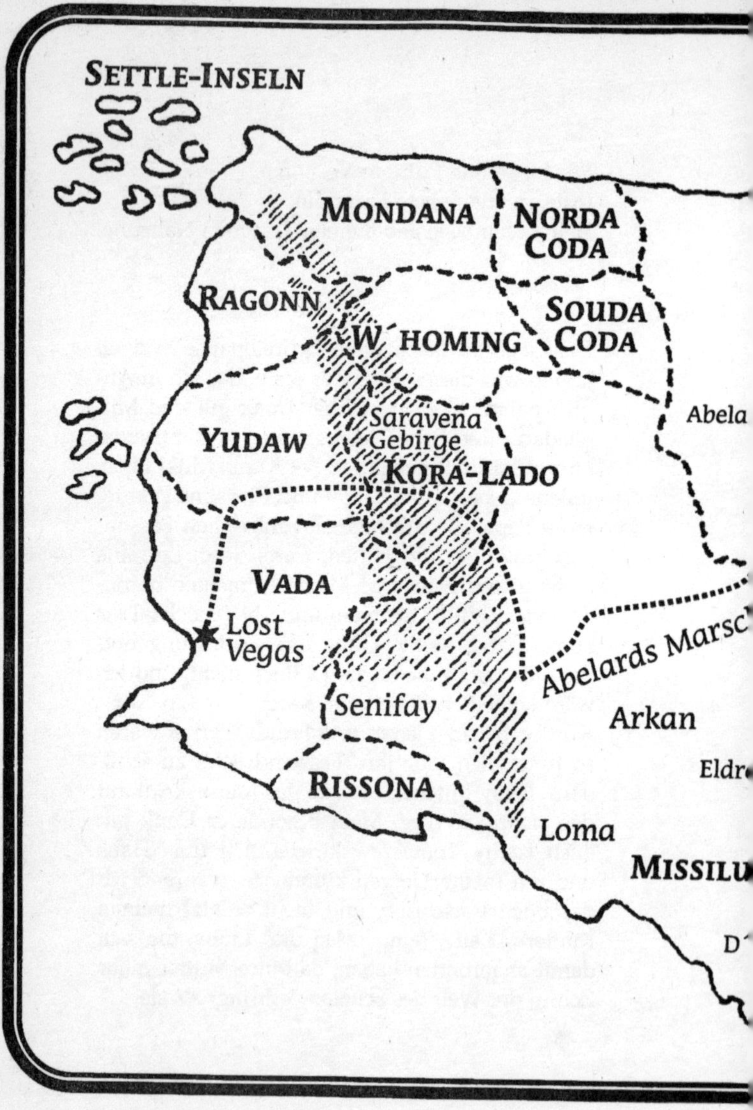

SETTLE-INSELN
MONDANA
NORDA CODA
RAGONN
SOUDA CODA
W HOMING
Abela
Saravena Gebirge
YUDAW
KORA-LADO
VADA
Lost Vegas
Abelards Marsc
Senifay
Arkan
Eldr
RISSONA
Loma
MISSILU

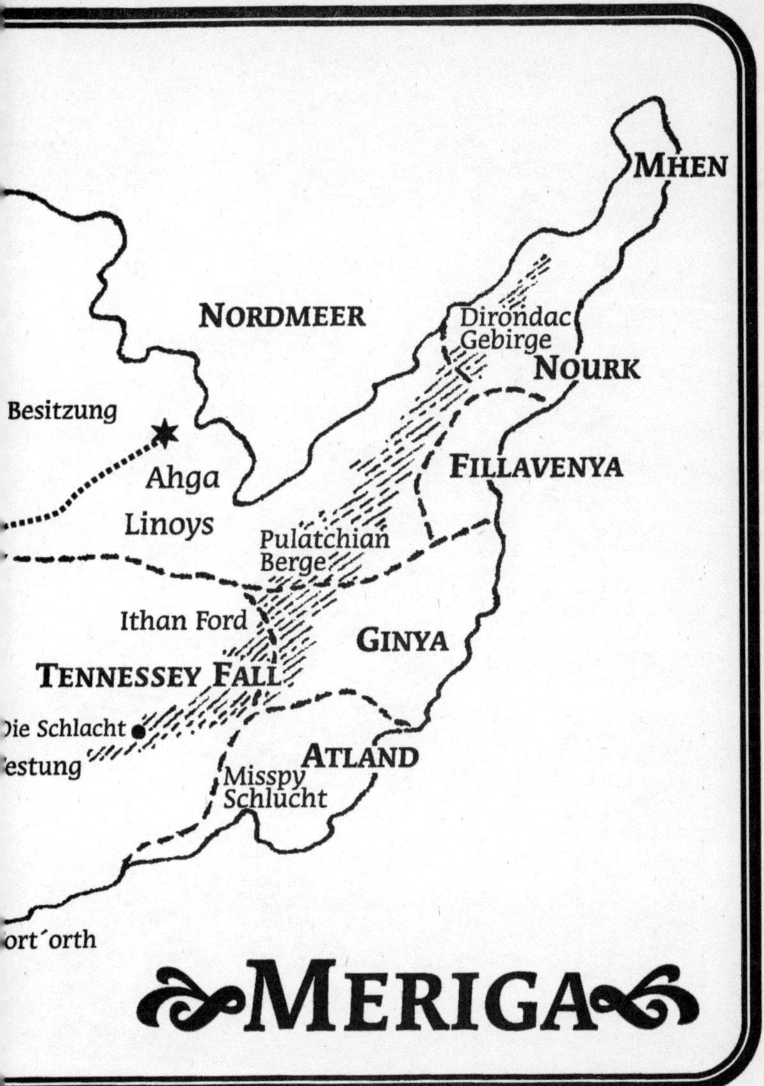

MHEN
NORDMEER
Dirondac
Gebirge
NOURK
Besitzung
Ahga
FILLAVENYA
Linoys
Pulatchian
Berge
IthanFord
GINYA
TENNESSEY FALL
)ie Schlacht
ATLAND
'estung
Misspy
Schlucht
ort´orth
MERIGA

Prolog

Gost, im 74. Jahr der Herrschaft der Ridenau-Könige
(im Jahre 2746 nach Alter Zeitrechnung)

Das Mädchen hatte sich hinter der Eiche am Rande der Waldlichtung versteckt. Dank ihres aus Flicken zusammengenähten Gewands, das alle möglichen Schattierungen von Grün, Braun und Schwarz zeigte, und der sonnengebräunten nackten Beine war sie im Schatten nahezu unsichtbar. Sie beobachtete, wie der verwundete Mann den Kopf erschöpft an den gerippten Stamm eines alten Baumes lehnte; das gebrochene Bein stand in merkwürdigem Winkel steif vom Körper ab.

Ein Lufthauch zauste ihm das Haar, das so grau war wie der Stahl des Dolchs, den er umklammerte. Trotz seines Alters – er war bestimmt schon über sechzig –, war sein Rücken ebenso gerade wie das Breitschwert, das er daran festgeschnallt hatte. Seine ledrigen Wangen waren bleich, sein Mund wirkte verzerrt, und er biß die Zähne zusammen, um nicht noch einmal zu stöhnen. Es war schon eine Weile her, seit sein Begleiter zu der Festung geritten war, die Minnis Saul genannt wurde.

Eine schwarz-gelbe Biene summte an seinem Ohr. Dünne Sonnenstrahlen fielen durchs Blätterdach und hüllten die ganze Lichtung in ein grünliches Licht. Ein Vogel trällerte einmal, zweimal, dann verstummte er. Annandale hielt sich an der rauhen Rinde fest. Das Leben pulsierte zwischen ihren Fingerspitzen in stetigen Wellen, und unwillkürlich verlangsamte sich ihr

Herzschlag, als er sich dem Rhythmus des Baumes anpaßte. Sie atmete tief den süßen Duft des Saftes ein und ließ die tief verwurzelte Stärke des Baums in sich einfließen.

Der Mann stöhnte, ein leiser, animalischer Laut tief in seiner Brust, die Stirn gefurcht vom Alter und vom Schmerz. Sie wußte, wer er war. Er war der König – der König von ganz Meriga. Abelard Ridenau. Sie hatte ihn häufig jagend durch den Wald reiten sehen. Heute aber war sein Pferd in einem Erdloch gestrauchelt, und nun lag es mit gebrochenem Hals ein Stück abseits.

Sie bewegte sich unruhig, als das Echo seiner Qual über die Lichtung zu ihr drang und an ihr leckte wie die Ausläufer geisterhafter Flammen. Ein Zweig brach unter ihrem Fuß, was den König sogleich aufmerken ließ.

»Wer ist da?« Er straffte sich noch mehr und hob den Dolch, griff hinter seinem Kopf nach dem Schwertknauf. »Zeig dich.«

Sie drückte sich flach an den Stamm. Was nun? Ihre Mutter hatte ihr verboten, mit Fremden zu sprechen. Sie konnte weglaufen, doch sie wußte, daß der König seinen Dolch mit beängstigender Treffsicherheit selbst nach dem kleinsten Ziel zu werfen verstand.

»Geh nur, mein Kind.« Die krächzende Stimme erschreckte sie noch mehr als der Umstand, daß der König sie bemerkt hatte. Den Rücken an den Baum gepreßt, drehte sie sich um und hielt die Luft an, als sie die gedrungene Gestalt ihrer Mutter erblickte, die wie stets trotz der spätsommerlichen Wärme in mehrere Schichten schwarzen Schleiers gehüllt war. Für gewöhnlich wagte sich ihre Mutter nicht so weit von ihrer einsamen Burg fort.

»Mutter?« flüsterte sie.

»Geh nur.« Die Gestalt wirkte unförmig unter den

Schleiern. »Du bist achtzehn. Es wird Zeit, daß du deinen Vater kennenlernst und daß er erfährt, was es mit dir auf sich hat.«

Annandale spähte um den Baum herum. Der König hatte sich in eine hockende Stellung aufgerichtet. Seine Augen huschten hin und her.

»Mein Vater? Der König ist mein Vater?« Diesmal hatte sie lauter gesprochen, und während Abelard sie erneut aufforderte, sich zu zeigen, antwortete ihre Mutter:

»Du weißt, daß er dich braucht.«

Annandale schluckte mühsam. Fragen wirbelten ihr durch den Kopf und wurden als bedeutungslos verworfen, während die Ausläufer des Schmerzes sie immer fester einhüllten, als wäre sie in einem Spinnennetz gefangen. Zögernd trat sie hinter dem Baum hervor. Sie blickte sich nach ihrer Mutter um, während ihr Herz erwartungsvoll pochte. Bislang hatte sie ein einziges Mal geheilt: einen Boten, der allein unterwegs gewesen war und sie um einen Schluck Wasser und einen Verband für seinen verletzten Arm gebeten hatte. Sie würde niemals vergessen, wie stark sie sich zu ihm hingezogen fühlte, nicht bloß durch seinen Schmerz, sondern auch durch seine Zerbrochenheit, die überwältigende Gewißheit, daß etwas nicht in Ordnung war und daß sie allein die Macht hatte, es wieder zu richten. *Was aber ist der Preis?* flüsterte es in ihrem Kopf. *Welchen Preis mußt du bezahlen?* Ihr Blick wanderte vom angespannten Gesicht des Königs zu seinem Bein, zu den gebrochenen weißen Knochen, die aus der zerrissenen Haut schauten, und der blutgetränkten Reithose.

Abelard blickte ihr mißtrauisch entgegen. Erstaunen zeigte sich in seinen müden Zügen, dennoch ließ er in seiner Wachsamkeit nicht nach. »Mädchen. Wer bist du? Woher kommst du?«

Sie strich sich eine Locke ihres langen dunklen Haars aus dem Gesicht und wünschte auf einmal, sie wäre ebenso verhüllt wie ihre Mutter oder trüge etwas Besseres als ihr zerlumptes, formloses Gewand. »Von unserer Burg im Wald.«

»Legt den Dolch weg, Majestät. Wer das Schwert nimmt, soll durchs Schwert umkommen.« Die Stimme ihrer Mutter war ein gutturales Krächzen. Sie trat ein Stück weiter auf die Lichtung hinaus, ihr schwarzer Behang streifte durchs Unterholz. »Könntet Ihr Eurer eigenen Tochter die Kehle durchschneiden, Majestät?«

Abelard entspannte sich ein wenig, hielt den Dolch aber noch immer abwehrbereit umklammert. »Dies ist meine Tochter? Wer seid Ihr?«

»Erinnert Ihr Euch nicht mehr an mich, Majestät? Früher einmal habt Ihr mich gut gekannt.«

»Nydia?« flüsterte er. »Bist du es?« Er streckte die Hand aus, und der Dolch entglitt seinen Fingern. »Weshalb bist du so verhüllt?«

»Um meiner Tochter – unserer Tochter, Majestät – meinen Anblick zu ersparen. Aber das ist unwichtig. Ich hielt die Zeit für gekommen, daß Ihr erfahrt, wer sie ist.«

»Hast du in all den Jahren meinen Namen vergessen, Nydia?« Bedauern und etwas wie Hoffnung zeigten sich in seinen Zügen.

»Euren Namen? Euer Name bedeutet mir bloß einen Fluch. Annandale wird Euch helfen, und dann gehen wir wieder unseres Wegs.«

»Mir helfen?« wiederholte er und sah Annandale an. »Komm her, mein Kind. Laß dich anschauen.« Diesmal hatte er mit sanfter, gleichwohl befehlender Stimme gesprochen.

Annandale trat vor. Sie spürte seinen Schmerz so deutlich, als hätte er sich in Glasscherben verwandelt, die sich mit jedem Schritt tiefer in ihre Haut bohrten. Ihr Bein pochte; sie hatte das Gefühl, ihre Knochen könnten jeden Moment unter der zarten Haut splittern, während ihr Blut nahezu kochte. Ein Teil von ihr schreckte vor dem Schmerz zurück wie ein gehetztes Tier. Mutter, laß es vorbeigehen! schrie sie lautlos. Laß mich umkehren und nach Hause gehen. Was habe ich mit diesem Mann zu schaffen?

Etwas anderes aber zwang sie weiterzugehen, die Schultern gestrafft, das Kinn stolz gereckt. Es war unwichtig, ob er der König oder ihr Vater war. Aus jeder Faser seines Körpers sprach seine Qual, der Schmerz, als wäre er ihr eigener.

Sie sank neben ihm auf die Knie nieder, mehr aus Zwang denn aus freien Stücken. Seine Reaktion nahm sie kaum wahr, obwohl sie meinte, er mustere ihr Gesicht. Er sah zu Nydia hin und streichelte mit dem Finger über Annandales Wange.

Durch seine Berührung ging der Schmerz sogleich auf sie über und schoß vom Gesicht zum Bein hinunter. Der Schmerz bewirkte eine Nähe, wie sie sie noch nie erfahren hatte. Ein fahlblaues Licht flammte zwischen ihnen auf, klarer und reiner als Sternenlicht, und in diesem Moment zersplitterte ihr Beinknochen, und ihre Haut zerriß. Ihr Blut strömte auf den bemoosten Boden, während seine Knochen sich wieder richteten, seine Sehnen heilten und sein Bein gesund wurde.

Als das Licht verblaßte, verebbte auch der Schmerz.

Der König sackte schweratmend gegen den Baum, und Annandale ließ seine Hand los. Sie hockte sich hin, untersuchte ihr Bein und stellte fest, daß es ebenfalls heil war. Seltsamerweise fühlte sie sich erleuchtet, geläutert, als hätte sie unbeschadet lodernde Flammen durchschritten. Der Schmerz hatte wirklich aufgehört, und mit dieser Erkenntnis ging eine solche

Freude einher, daß sie dem König, ihrem Vater, ins Gesicht lachte.

»Kind«, flüsterte er mit feuchten Augen. »Was hast du getan?«

Sogleich verspürte sie eine andere Art von Schmerz. Diesmal glich er einem schmalen Wasserlauf, der zu einem großen See führte. Er quälte und lockte sie, und langsam streckte sie den Arm aus, um des Königs Hand zu ergreifen.

»Hör auf!« Nydia stand über ihnen wie ein angriffsbereiter Falke. »Das darfst du nicht, Kind. Dafür bist du noch zu jung. Es brächte dich um. Sein Schmerz reicht zu tief.« Mit ihren von schwarzem Tuch umwickelten Händen zerrte sie Annandale vom König fort.

Annandale richtete sich auf, während Abelard und Nydia einander wie alte Feinde anstarrten.

»Habt Ihr jetzt eine Vorstellung davon, was sie wert ist?« Obwohl ihre Stimme von den schwarzen Schleiern gedämpft wurde, war ihr Tonfall schneidend.

»Kann ich sie mitnehmen?« Den Worten nach eine Bitte, dem Tonfall nach ein Befehl.

»Die Zeit ist noch nicht reif.«

»Weshalb hast du ihr dann erlaubt, mir zu helfen?«

»Ich wollte Euch etwas begreiflich machen.«

Der König richtete sich auf und belastete vorsichtig sein geheiltes Bein. Annandale staunte über seine Größe und seine breiten Schultern, denen das Alter nichts hatte anhaben können. Allein die Falten um seine Augen und die Furchen, die sich von der Hakennase zum Mund hinabzogen, zeigten an, daß der König den Zenit seines Lebens überschritten hatte. »Was soll ich meinen Männern sagen? In Kürze dürfte ein Rettungstrupp eintreffen.«

»Sagt ihnen, was Ihr wollt.«

»Irgendwelche Vorschläge?«

»Sagt ihnen, Ihr wärt einer Hexe begegnet.«

»Vor vielen Jahren habe ich dich gefragt, ob du eine Hexe seist.« Sein Lächeln erinnerte Annandale an eine alte Wolfskatze, die einmal von einem jüngeren Männchen angegriffen worden war, zu schwach, um sich zu verteidigen, und zu kampferprobt, um es nicht wenigstens zu versuchen.

»Ich habe Euch niemals angelogen.« Es war weniger ein Vorwurf als eine Feststellung.

»Wann wirst du sie zu mir schicken, damit sie meinen Erben heiratet?«

»Ihr werdet nicht da sein.«

Er hob den Kopf. »Magst du mir sagen, was du weißt?«

Nydia warf den Kopf zurück und blickte über Abelards Schulter. »Ihr plant eine Reise in den Süden.«

»Ja. Nächsten Monat. Zunächst nach Arkan, dann nach Ithan Ford in Tennessey Fall. Es gibt Gerüchte, die besagen, die Mutanten in Atland hätten sich erhoben. Ich beabsichtige, gewisse Allianzen zu festigen.«

Eine Weile herrschte Schweigen, dann zuckte Nydia die Schultern. »Ich sehe nichts. Nichts, was Ihr nicht bereits wüßtet. Komm, Tochter.«

»Warte«, sagte der König mit rauher Stimme, worin tiefe Empfindungen mitschwangen. »Sag mir, wie es ausgehen wird.«

Nydia schüttelte den Kopf. »Es hat vor neunzehn Jahren geendet, mit den Entscheidungen, die Ihr und wir alle damals getroffen haben.« Nydia machte entschlossen kehrt und packte Annandale beim Handgelenk.

»Was ist mit dir geschehen?« rief er, als sie den Rand der Lichtung erreicht hatten.

Nydia hielt inne, und Annandale meinte schon, sie wolle sich zum König umdrehen und die zerlumpten

Schleier abwerfen. Statt dessen sagte sie mit tränenerstickter Stimme über die Schulter hinweg: »Ich habe den Preis für die Magie bezahlt, Majestät. Ebenso wie die Königin und Phineas. Und wie auch Ihr den Preis dafür zahlen werdet.«

1. Kapitel

Sember, im 74. Jahr der Herrschaft der Ridenau-Könige
(im Jahre 2746 nach Alter Zeitrechnung)

Schnee fiel, so weiß wie die Flügel der Möwen, die sich unter den grauen Zinnen der Burg Ahga zusammendrängten, so stetig wie die Schritte der Wachposten. Umschlossen von Mauern aus Bruchstein, ragten fünf Türme fünfundzwanzig Stockwerke hoch über das Kopfsteinpflaster der Höfe empor, schwarze Silhouetten vor dem blaßgrauen Himmel, deren kantige Präzision Zeugnis ablegte von einem untergegangenen Zeitalter und verlorenem Wissen. Auf den geräumigeren Innenhöfen war das gegen die Fundamente anbrandende Meer nur gedämpft zu vernehmen, und nicht einmal der Wind war dort spürbar.

Peregrine Anuriel trat durch die massiven alten Stahltüren hinaus auf die Terrasse des Mittelturms. Als ihr die frische Luft die erhitzten Wangen kühlte, nahm sie mit einem schweren Seufzer das weiße Kopftuch ab, unter dem dunkelbraune Zöpfe zum Vorschein kamen. Sie wischte sich die Stirn ab, dann ließ sie das Tuch achtlos aufs Pflaster fallen. Unter ihren Achseln brannte der Schweiß, und das grüne Wollkleid kratzte sie durchs Unterhemd hindurch. Sie stemmte sich die geballten Fäuste ins Kreuz und bog sich zurück, so daß ihr Bauch hervortrat und ihre Schwangerschaft auf einmal sichtbar wurde. Sie blickte zum hoch aufragenden Turm empor, während die flaumweichen Schneeflocken an ihren Wimpern und ihren dichten schwarzen Augenbrauen hängenblieben. Bis zum zwölf Tage währenden Neujahrsfest waren es keine zehn Tage mehr, und es hatte den Anschein, als schwärmten sämtliche Bewohner der Burg wie ein aufgescheuchter Hornissenschwarm durch den Palas, um auszuführen, was Gartred, des Königs Mätresse und die First Lady der Burg, ihnen aufgetragen hatte.

Eine jähe Bö wirbelte den Schnee durcheinander. Ihr frischer, salziger Geruch war eine willkommene Abwechslung nach dem penetranten Geruch der immergrünen Büsche, der Lorbeerkerzen und der getrockneten Kräuter, mit denen der Palas geschmückt wurde, dem beißenden Schweiß- und Dunggestank, der den Stallburschen anhaftete, und den Küchendüften von gebratenem Fleisch und frischgebackenem Brot. Unter gewöhnlichen Umständen hätten sie die Unruhe, der Lärm und die Gerüche der Vorbereitungen nicht gestört. In diesem Jahr aber war alles anders. Sie war im fünften Monat schwanger, und das Kind war nicht ihre einzige Last. Gartred ging es allein darum, daß die Arbeit getan wurde.

Gartred kümmerte es nicht, daß Peregrines Kind von Roderic gezeugt worden war, Abelards einzigem legitimen Sohn, dem Kind der verstorbenen Königin und vom König zum Thronerben bestimmt. Gartred scherte es nicht, daß das Kind, wenn es denn ein Junge wurde, womöglich eines Tages in Ahga herrschen würde. Und es war ihr völlig gleichgültig, daß Peregrine irgendwann die gleiche Ehre zuteil werden könnte wie gegenwärtig Gartred. Gartred bedeuteten allein der König etwas und die mit ihrer Stellung einhergehende Macht, jedermann in der Burg umherzuscheuchen.

»Peregrine? Lady Peregrine?« Die halblaute Stimme durchschnitt das stille Zwielicht, und Peregrine schreckte schuldbewußt zusammen. Falls Gartred ihre Abwesenheit bemerkt hatte, so hatte jemand anders die spitze Zunge der First Lady zu spüren bekommen.

Die Tür schwang auf gut geölten Angeln auf. Eine ältere Frau spähte heraus, die Stirn in Falten gelegt, die rundlichen Wangen gerötet, das Haar unter einem weißen Kopftuch verborgen und einen blaßblauen Schal um den Hals. Peregrine seufzte erleichtert auf, als sie Jaboa Ridenau erkannte, die Gemahlin des ältesten Königssohns Brand. Mit Ausnahme der Mätresse des Königs hatte Jaboa den höchsten Rang unter den Hofdamen inne. Als sie Peregrine erblickte, winkte sie diese näher zu sich. »Was tut Ihr hier draußen, Kind? Ihr werdet Euch noch den Tod holen, und Lady Gartred ...«

»... wird das als Entschuldigung nicht gelten lassen«, beendete Peregrine den Satz. »Kommt einen Moment zu mir, Jaboa. Es ist so wundervoll still hier draußen.«

Nach einem Blick zurück über die Schulter trat Jaboa auf die Terrasse hinaus und ließ die Tür lautlos hinter sich zufallen. »Es ist kalt.«

»Aber wunderbar friedlich. Hier.« Peregrine streifte den Schnee von der steinernen Brüstung. »Setzen wir uns für einen Moment.«

Jaboa sah sich abermals um, als erwarte sie, die First Lady werde jeden Moment an der Tür erscheinen, dann setzte sie sich widerstrebend auf die Brüstung. Ihre Wangen waren feucht von Schweiß, und unter dem Kopftuch lugten graudurchwirkte Löckchen hervor. In den Falten ihres Gewands hatten sich Piniennadeln verfangen, und ums Handgelenk hatte sie sich ein rotes Band gewickelt. Jaboa schloß seufzend die Augen. »Man sollte eigentlich meinen, jetzt, da der König in Tennessey Fall weilt und Roderic an einem Feldzug teilnimmt, wäre alles leichter. Aber nein, die Lady kennt kein Pardon. Sie sagt, so sei das Neujahrsfest schon immer in Ahga gefeiert worden, und so solle es auch diesmal sein.«

»Als ob die das wüßte«, meinte Peregrine. »Wie lange lebt sie jetzt hier? Vier Jahre oder fünf?«

»Sie lebt schon viel länger hier, meine Liebe. Im Frühjahr sind es sechzehn Jahre. Sie kam in dem Jahr hierher, als Hauptmann Phineas – mittlerweile ist er ja ein Lord – verwundet wurde. Ich erinnere mich noch, wie aufgebracht der König war, als man Phineas blind und gelähmt hierherbrachte und sich herausstellte, daß er niemals wieder reiten würde. Und ein paar Monate später, als sich die Lage allmählich wieder beruhigte, hat er sie hergebracht.«

»Was mag der König nur an ihr gefunden haben?« fragte Peregrine und streckte die Hand aus, um ein paar Schneeflocken aufzufangen.

»Wer weiß schon, was Männer in einer Frau sehen? Damals war sie von ihm schwanger – mit der kleinen Lady Elsemone. Gartred war und ist immer noch sehr schön. Der König hat einen guten Blick für Frauen; manche sagen, Frauen werden noch einmal sein Verderben sein.« Jaboa schüttelte kichernd den Kopf. »Als ob der sich jemals unterkriegen ließe.«

Peregrine schwieg. Sie hatte nur wenig Umgang mit dem König. In diesem Jahr war der Hof gerade erst zwei Wochen von der Sommerresidenz in Minnis Saul zurückgekehrt, als Abelard bereits in den Süden aufgebrochen war. Sie wußte kaum noch, wann sie das letzte Mal mit ihm gesprochen hatte.

Der König war ihr Beschützer, mehr nicht. Wenn man dies nur auch von der First Lady hätte sagen können! Sie beobachtete, wie die Schneeflocken auf ihren Handteller hinabsanken, so sanft wie der Kuß eines Geliebten. Abermals mußte sie an Roderic denken, und sie streifte den Schnee ab. Wo mochte er wohl sein? Ob es in Atland ebenfalls schneite? Ob er im Warmen und Trockenen war? Oder kämpfte er gerade in der Schlacht, wich scharfen Speeren aus und wehrte sich gegen die gräßlich deformierten Mutanten?

Peregrine schauderte. Sie hatte noch nie einen Mutanten gesehen und wünschte auch keinem zu begegnen. Seit sie vor drei Jahren als sechzehnjährige Weise an den Hof gekommen war, nachdem ihre Vater seiner Ländereien und seines Titels aufgrund der vom König nach Mortmains Rebellion diktierten Bedingungen verlustig gegangen war, hatte sie an den Kaminen von Ahga zahlreiche Geschichten über die Mutanten erzählen hören. Wäre sie ein Junge gewesen, hätte Abelard ihr mit achtzehn erlaubt, an die nebelverhangene Küste und zum rieselnden Sand der kleinen Besitzung ihres Vaters am äußersten Rand des Vada Valley zurückzukehren. Als sie hierhergekommen war, hatte sie geglaubt, ihr bliebe nichts anderes übrig, als einen Gefolgsmann des Königs zu heiraten und darauf zu hoffen, daß sie ihren Besitz und den Titel ihres Vaters irgendwann als Belohnung für besondere Dienste zurückbekäme.

Jetzt aber, da sie auf dem kalten Stein ihre Haltung veränderte und auf die letzten paar Monate mit Roderic zurückblickte, wollte sie nicht mehr an die ferne Zukunft denken. Vielleicht wäre der König einer Heirat mit seinem Thronerben ja gewogen – wozu brauchte Roderic schließlich große Ländereien? Und wenn das Kind ein Junge wäre ...? Bitte macht, daß er wohlbehalten zu mir zurückkehrt, betete sie zu der Eins und der Drei. Damit er sein Kind sehen kann. Damit ich wieder bei ihm liegen kann. Wenn er nur

Nachricht gegeben hätte! Doch obwohl die Boten vom fernen Atland mit einiger Regelmäßigkeit eintrafen, hatte er ihr nie geschrieben.

»Ist Euch kalt, mein Kind? Wir sollten wieder hineingehen.« Jaboa stand auf, streifte sich den Schnee vom grauen Rock und mummte sich so in den Schal, daß sie Peregrine an eine dicke, vollbrüstige Taube erinnerte.

Peregrine erhob sich schwerfällig und fragte sich, ob Jaboa sich in den langen Jahren ihrer Ehe wohl an Brands häufige Abwesenheit gewöhnt hatte. »Ja, da habt Ihr wohl recht.« Sie hätte lieber noch länger in der Abendstille gefroren, als in das heiße Getriebe des Palas zurückzukehren, wo Gartred auf dem Podium auf und ab stolzierte und jedem, der das Pech hatte, in Hörweite zu geraten, ihre Befehle zuplärrte. Sogar Roderics alter Lehrer, der unerschütterliche General Garrick, war eingespannt worden und senkte und hob zu Gartreds ungeduldigem Fingerschnippen die Girlanden, mit denen die Kaminabsätze geschmückt werden sollten. Garrick hatte im Umgang mit Roderic niemals unterwürfig gewirkt. Plötzlich traten ihr Tränen in die Augen. Weshalb erinnerte sie bloß alles an Roderic? Selbst dieser Hof – hier hatte sie an dem Tag gestanden, als er sie zum erstenmal bemerkt hatte. »Ich wünschte …«, setzte sie an, dann stockte sie.

»Nun, nun! Keine Bange, er wird schon heimkommen.« Jaboa drückte Peregrine die Hand.

»Wenn er mir bloß einen Brief geschickt hätte – irgend etwas. Bloß ein, zwei Zeilen, damit ich weiß, daß es ihm gutgeht.«

»Ts, ts. Macht Euch keine Sorgen. So sind sie eben, selbst mein Brand. Was glaubt Ihr denn, weshalb unsere hohe und mächtige Lady dermaßen außer Rand und Band ist? Es ist Wochen her, seit sie zum letztenmal vom König gehört hat. Keine Bange. Euer Prinz wird heimkommen, und zwar wohlbehalten.«

»Aber, Jaboa ...« Peregrine wandte sich der Älteren zu. »... wenn sie mich nun fortschickt ...«

»Ach, Kind, glaubt doch diesen Gerüchten nicht.«

»Aber es ist kein bloßes Gerücht, Jaboa, das wißt Ihr genau. Sie könnte mich fortschicken – mich und das Kind. Wenn sie nun den König dazu überredet, mich zu verheiraten, bevor Roderic heimkommt? Dann sehen wir uns womöglich niemals wieder ...«

»Glaubt Ihr nicht, er würde Euch suchen? Euch und das Kind? Er macht sich nicht besonders viel aus ihr. Das wißt Ihr ebensogut wie ich.«

»Aber von dem Kind weiß er ja noch gar nichts. Als er fortging, war ich mir noch nicht sicher. Deshalb habe ich ihm von meiner Schwangerschaft nichts erzählt. Und jetzt ...«

Jaboas blaßblaue Augen waren voller Mitgefühl, und Peregrine mußte daran denken, daß Brand in den letzten Jahren weit häufiger abwesend als anwesend gewesen war, weil die Wahrung des brüchigen Friedens in Meriga sein Eingreifen erfordert hatte. »Roderic hat jetzt andere Dinge im Kopf. Aber Ihr braucht Euch wirklich keine Sorgen zu machen. Brand wird ihn schon nach Hause bringen. Ganz bestimmt.« Sie drückte sanft Peregrines Hand. »Und jetzt kommt. Es wird allmählich zu kalt hier draußen.«

Peregrine wunderte sich darüber, wie fröhlich Jaboa dreinschaute.

»Außerdem«, flüsterte Jaboa Peregrine ins Ohr, obwohl niemand in der Nähe war, »wollt Ihr Euch doch wohl nicht die Überraschung entgehen lassen, die wir für meine Lady vorbereitet haben. Die alte Mag hat ...«

Laute Rufe verhinderten die Weitergabe des Geheimnisses. Peregrine blickte stirnrunzelnd hoch. Auf dem Außenhof riefen Männern nach den Stallburschen und einem Arzt, und bevor sie sich rühren konnte, kam ein Reiter durchs offene Tor galoppiert, gefolgt von mindestens einem halben Dutzend Wachposten.

Der Reiter saß ab und rutschte mit den Lederstiefeln im Schnee aus. Ein Stallbursche eilte herbei und übernahm die Zügel. Blutiger Schaum stand vor dem Maul des Pferdes, das scheute und sich aufbäumte, dabei ausglitt und auf die schneeglatten Pflastersteine fiel. Fluchend winkte der Mann die herbeieilenden Helfer fort, und Peregrine bemerkte, daß er die Uniform der Königsgarde trug. Die untere Gesichtshälfte war von einem verfilzten Bart verdeckt, und das Haar klebte ihm am Schädel. Sein Umhang war zerrissen und dreckbespritzt, und er sah aus, als habe er viele Tage im Sattel verbracht.

Er taumelte auf sie zu, ohne die Wachposten zu beachten, die nach dem diensttuenden Feldwebel riefen.

»Lord Phineas!« schrie der Mann, dessen Gesicht wund war vom eisigen Wind. Peregrine sah Jaboa an. War der Mann verrückt?

»Bringt mich … sogleich … zu Lord Phineas«, keuchte der Soldat. »Bringt mich … zu ihm, Lady … ich muß mit ihm sprechen …«

Peregrine hatte das Gefühl, ihr bliebe das Herz stehen. Ging es um Roderic? Hatte er den Boten geschickt? Sie stürzte zur Tür. »Kommt, Soldat. Ich bringe Euch zu ihm.«

»Aber …«, setzte Jaboa an, doch Peregrine unterband ihren Protest mit einem scharfen Blick. »Ich … ich werde Gartred Bescheid geben, daß ein Bote eingetroffen ist.«

Peregrine half dem Soldaten die flache Treppe hinauf. Der Mann atmete schwer, Brauen und Bart waren eisverkrustet. »Bitte sagt mir, wie geht es dem Prinzen?«

Der Mann kniff die Augen zusammen, als habe er sie nicht verstanden. »Dem Prinzen? Vom Prinzen weiß ich nichts, Lady. Es geht um den König. König Abelard ist verschwunden.«

2. Kapitel

Janry, im 75. Jahr der Herrschaft der Ridenau-Könige
(im Jahre 2747 nach Alter Zeitrechnung)

»Vermißt? Mein Vater wird vermißt?« Die Pergamentrolle fiel unbeachtet zu Boden. Roderic Ridenau, der achtzehnjährige Thronerbe von Meriga, blickte den Boten ungläubig an. Ein ungebärdiger hellbrauner Haarschopf, so seidig wie die Narbenfäden der Maiskolben, fiel ihm in die Stirn, und er streifte ihn gedankenlos zurück. »Phineas will mir einreden, der König sei einfach so verschwunden?«

Der Bote, ein Angehöriger der Spezialeinheit, die im Dienste des Königs kreuz und quer durch Meriga ritt, rang die behandschuhten Hände und bewegte unter dem dunkelblauen Umhang unruhig die Schultern. »Lord Phineas läßt drei Regimenter der Königsgarde nach ihm suchen.«

Roderic ließ sich auf eine der langen Holzbänke vor dem grob zusammengezimmerten Beratungstisch sinken, als habe er einen Tiefschlag einstecken müssen. Er starrte die vor ihm liegende lederne Karte von Atland an, als könnte sie ihm Aufschluß über den Aufenthaltsort des Königs geben.

An der anderen Seite des Raums stand sein ältester Halbbruder Brand, die Arme über ein Gewand verschränkt, das die eingestickten Insignien der Königsgarde zierte. »Wann genau wurde festgestellt, daß der König verschwunden ist?«

»Er wurde zum Erntedankfest in Ithan Ford erwartet, Hauptmann. Als er am fünften Sember noch nicht eingetroffen war, ließ Lord Senador Miles Lord Phineas in Ahga und Lord Sendador Gredahl in Arkan benachrichtigen.«

»Und?« fragte Roderic.

»Der König ist Anfang Vember von Lord Gredahls Besitzung in Arkan aufgebrochen, Hoheit. Zum Erntedankfest hätte er längst in Ithan sein sollen.«

»Das wäre im Moment alles«, entließ Brand den Boten. »Wendet Euch an den Proviantmeister, damit er Euch trockene Kleider gibt und einen Schlafplatz zuweist. Es könnte sein, daß ich Euch noch einmal sprechen möchte, bevor wir Euch zu Phineas zurückschicken.«

Der Bote zog sich unter Verneigungen zurück. In Roderics schmalem Gesicht mit den hohen, schrägen Wangenknochen und den von hellbraunen Brauen überwölbten graugrünen Augen zeichnete sich Bestürzung ab. Brand ging um den Tisch herum, bückte sich und hob die Pergamentrolle auf. »Nun, kleiner Bruder. Das ist ja eine schöne Bescherung.«

»Was sollen wir jetzt tun?« Roderic rutschte unruhig auf der Bank und blickte über Brands Kopf hinweg zum schmalen Fenster. Schneeregen peitschte gegen die geriffelten Rauchglasscheiben, und zwischen den niedrigen Gebäuden der Garnison von Atland heulte der Wind.

Brand hielt mit Lesen inne; mit seinen zusammengepreßten Lippen erinnerte er Roderic an ihren Vater. Schließlich sah Brand auf. In der Tiefe seiner dunklen Augen flackerte Besorgnis. »Wir haben keine Wahl.« Er schüttelte den Kopf, und der Widerspruch erstarb Roderic auf den Lippen. »Im Moment bleibt uns keine andere Wahl.«

Roderic starrte seinen Bruder an. Mit seinen fünfundvierzig Jahren war Brand nicht nur der älteste der unehelichen Kinder des Königs, sondern auch bereits Hauptmann der Garde. Die Elitetruppe der Königsgarde war für den Schutz des Königs zuständig, und der Hauptmann der Königsgarde nahm einen höheren Rang ein als jeder andere Soldat des Königs. Abelard vertraute Brand wie kaum einem anderen. Hätte Abelard nicht darauf bestanden, daß Brand bei seinem Thronerben blieb, hätte er den König auf seiner Reise nach Arkan begleitet, im Grunde reine Routine. Jetzt, im rotgelben Feuerschein, war Brands Miene verschlossen und grimmig, und mit seiner vorspringenden Hakennase, die sein grobknochiges Gesicht dominierte, sah er Abelard ähnlicher denn je. Sein an den Schläfen kurzgeschnittenes Haar war eher silbrig als schwarz und sein Stoppelbart überwiegend grau.

Er macht sich Vorwürfe, dachte Roderic. Er erhob sich seufzend, hakte die Daumen hinter den Gürtel und trat ans Fenster.

Der Regen fiel in dicken Tropfen, so stetig wie das gedämpfte Tönen einer Begräbnistrommel. Die Wachposten, in schwere olivfarbene Umhänge gehüllt, hockten vor qualmenden Kohlenpfannen. Er blickte über die Mauern hinweg zu den dunklen Bergen, die sich scheinbar endlos in die Ferne erstreckten. Das Land jenseits der Mauern lag verwüstet unter den tiefhängenden Wolken. Hier und da ragten schwarze Baumgerippe auf, die ihn an die verkohlten Leichen erinnerten, denen er im Verlauf dieses verfluchten Feldzugs viel zu oft begegnet war.

Dies war das erste Mal, daß er den Oberbefehl führte, und er hoffte, sein Vater werde stolz auf ihn sein. Jetzt allerdings fragte er sich voller Bitterkeit, ob Abelard von seinen Erfolgen jemals erfahren würde. Und was hatte Abelards Verschwinden für ihn selbst zu bedeuten? Er war der Thronerbe Merigas, das einzige Kind der verstorbenen Königin. Bislang hatte er sich noch nicht auf dem Schlachtfeld bewährt. Wie sollte er da über ganz Meriga herrschen?

Seufzend wandte er sich vom Fenster ab und trat zum Kamin, in dem das Feuer prasselte und fauchte.

»Hör auf damit, verdammt noch mal«, sagte Brand über die Schulter hinweg.

»Womit soll ich aufhören?« Roderic warf ein Scheit ins Feuer.

»Mit dem Herumlaufen. Das erinnert mich sehr an Vater.«

Roderic schwang seine langen, schlaksigen Beine über die Bank, setzte sich neben seinen Bruder und tippte auf die Schriftrolle. »Was hältst du davon?«

»Ich weiß nicht, was ich davon halten soll. Ich könnte mir vorstellen, daß Vater in einen Hinterhalt der Harleyreiter geraten ist – obwohl die sich bis Vember meist schon in die Wüste südlich von Dlas zurückgezogen haben. Vielleicht ist er unterwegs auch einer Gruppe von Mutanten begegnet, oder er hatte einen Unfall.« Er schüttelte den Kopf. »Ich weiß es einfach nicht.«

»Phineas schreibt, er habe eine Sondersitzung des Kongresses einberufen. Sollte ich nicht daran teilnehmen?«

Brand zuckte die Schultern. »Eigentlich schon. Der Kongreß wird dich zum Regenten ernennen – der du wahrscheinlich bereits bist. Aber praktisch gesehen kannst du Atland nicht verlassen, Roderic. Nicht jetzt. Erst müssen wir diesen Aufstand niederschlagen.« Beide Brüder verfielen in Schweigen, beide dachten das gleiche.

Der Krieg in Atland nahm keinen guten Verlauf. Roderic stand vor einer Aufgabe, die ihm kaum zu bewältigen schien – der endgültigen Niederschlagung des Mutantenaufstands. Dem König war es gelungen, den letzten Aufstand vor zwölf Jahren mit einer Kombination aus Diplomatie, taktischem Gespür und Glück niederzuschlagen. Damals waren die Mutanten von einer besonders tückischen Seuche heimgesucht worden, und die Soldaten des Königs, immun gegen alle Krankheiten der Mutanten, hatten den Gegner mühelos überrannt.

Beiden Brüdern war bewußt, daß des Königs Thronerbe bislang weniger Glück gehabt hatte. Nicht nur das Gelände und das Wetter, auch die schiere Übermacht des Gegners stand gegen sie. Die Mutanten vermehrten sich wie Ratten, sie hatten sechs, sieben oder acht Kinder, und diejenigen, die nicht verhungerten oder an einer Krankheit starben, vermehrten sich auf gleiche Weise weiter. Sie waren Ungeziefer und wie dieses einfach nicht auszurotten.

Ein Holzscheit zerbarst mit lautem Zischen, was Roderic an ihre letzte Feindberührung vor ein paar Tagen erinnerte. Der Regen hatten den Boden in roten Schlamm verwandelt, und sein Pferd war gerade in jenem Moment ausgerutscht, als er den Befehl zum Rückzug gab. Wieder einmal hatten sie die Zahl der Angreifer und die Wildheit unterschätzt, mit der die Mutanten kämpften. Er klammerte sich am Hals seines Hengstes fest, während die Fußsoldaten sich vor einer Salve rasiermesserscharfer Speere in Sicherheit zu bringen versuchten, die pfeifend die Luft durchschnitten. Von seiner Warte auf einem Felsvorsprung aus zählte er die blut- und schlammbespritzten Leichen, die sich auf dem Schlachtfeld häuften. Die meisten Gefallenen trugen die Farben der königlichen Armee. Die Schreie der Verwundeten und Sterbenden und die Hörner, die das Signal zum Rückzug bliesen, vermischten sich zu einem gespenstischen Chor, der untermalt wurde von den scharfen Befehlen der Offiziere, die sich bemühten, so etwas wie Ordnung in die Schar der Überlebenden zu bringen. Wenn er daran dachte, wurde ihm ganz kalt, und das Bewußtsein, daß letztlich er die Verantwortung für die Toten trug, raubte ihm nachts den Schlaf. Sie waren vor vier Monaten von Ahga aufgebrochen, ihm aber kam es wie vier Jahre vor.

Als Brand das Schweigen endlich brach, schwangen Bedauern und Zerknirschung in seiner Stimme mit. »Wenn es irgendwie möglich ist, mußt du bis zur Kongreßversammlung in Ahga sein. Ich schätze, uns bleiben drei Monate – höchstens.«

»Drei Monate?« wiederholte Roderic. »So lange?«

»Wenn Phineas die Senadoren zum gleichen Zeitpunkt benachrichtigt hat, wie er uns geschrieben hat, dann wissen sie noch nicht Bescheid. Und jetzt, da das Wetter so schlecht und der Aufstand in vollem Gange ist, können viele Senadoren ihre Besitzungen nicht verlassen. Kora-lado beispielsweise kommt erst im Frühjahr aus den Saravenas heraus. Die Senadoren an der Ostküste wären schlecht beraten, wenn sie versuchen würden, die Pulatchian-Berge zu überqueren, solange die Mutanten revoltieren. Wir haben Zeit, wenn auch nicht viel.«

»Nicht viel wovon?« Die Tür zum Vorraum wurde aufgerissen und wieder zugeschlagen, und Reginald, ebenfalls ein Halbbruder von Roderic, schüttelte sich das Wasser vom Umhang. Er warf den Kopf zurück und fuhr sich mit den Fingern durchs lange, glatte, sandfarbene Haar. Seine wasserblauen Augen waren das einzige Merkmal, welches Roderic daran erinnerte, daß er Abelards Sohn war. »Bei diesem Wetter kann man draußen lange nach einer Frau suchen. Ein wirklich trübes Neujahrsfest.« Er kratzte sich unter den Achseln und gähnte. Seine Kleidung roch nach Schweiß und nasser Wolle.

Reginald befehligte die Garnison in Atland schon seit vielen Jahren. Seine Aufgabe war es gewesen, den Frieden zwischen den Bewohnern der Pulatchian-

Berge, den Bauern des Flachlands und den Mutanten zu sichern, die in unzugänglichen Berghöhlen lebten. Roderic wußte, daß sein Vater niemals daran gezweifelt hatte, daß Reginald der geeignete Mann war, um die größte Garnison im Südosten Merigas zu befehligen. Seine nachlässige, schlampige Art stieß Roderic indes ab, und allmählich fragte er sich, ob Abelard sich überhaupt jemals klargemacht hatte, welch für ein Mensch Reginald war.

Reginald langte an Brand vorbei nach dem Weinflakon, der vom Mittagsmahl stehengeblieben war. »Ist noch Wein da? Nicht viel. Wir sollten frischen kommen lassen.«

»Setz dich.« Brands Tonfall duldete keinen Widerspruch.

»Wie Ihr befehlt, Hauptmann«, erwiderte Reginald sarkastisch. »Weshalb die langen Gesichter? Was im Namen der Eins ist los mit euch?«

Ehe Roderic oder Brand antworten konnten, vernahm man vom Vorzimmer her einen Schrei und dann die Geräusche eines Handgemenges. Brand erhob sich fluchend und hatte die Tür nach ein paar langen Schritten erreicht. Er riß sie auf. »Was geht hier vor, Feldwebel?«

»Was ist denn jetzt schon wieder los?« Roderic stürzte zur Tür und blickte Brand über die Schulter. Mehrere Bewaffnete drängten sich im entferntesten Winkel des Raums. Gereizt zwängte Roderic sich an Brand vorbei. »Was gibt es?«

Der diensttuende Offizier nahm Haltung an und salutierte. »Wir haben einen Gefangenen gemacht, Lord Roderic.«

Roderic wollte einen Blick auf den Eindringling werfen, doch was er in der dunklen Ecke erkennen konnte, ähnelte eher einem Haufen Lumpen. »Macht Platz.«

»Vorsicht, Lord Roderic! Die sind gefährlich«, warnte ihn der Feldwebel, bedeutete den Männern aber gleichwohl, Platz zu machen. Die Soldaten gehorchten, ohne indes die Schwerter zu senken.

Roderic spähte durch das Durcheinander der Beine und Waffen hindurch und stellte fest, daß der Eindringling nicht größer war als ein Kind. »Komm her.«

Das Lumpenbündel schüttelte sich wie ein nasser Hund, dann tauchte ein lehmfarbenes Gesicht daraus auf.

»Das ist wirklich einer von denen«, sagte der Feldwebel, während die anderen Männer halblaut ihren Ekel kundtaten.

»Soll ich ihn töten, Lord Roderic?« Einer der Bewaffneten hob das Schwert.

»Halt!« Roderic bückte sich und schaute in das kleine Gesicht, das aus dem Schatten hervorlugte. Das dunkle dritte Auge in der Stirnmitte erwiderte unverwandt seinen Blick, so daß Roderic unwillkürlich zurückschreckte. Der Rest des Gesichts war schmal, zu schmal, und die rötliche Haut spannte sich über den zarten Knochen. Ja, es war ein Kind. Ein Mutantenkind.

Roderic bedeutete den Soldaten zurückzutreten. »Wo habt Ihr ihn gleich noch gefunden?«

»In der Küche, Lord Roderic«, lautete die Antwort. »Wollte wohl etwas zu essen stehlen, das Miststück. Wir hätten ihn beinahe dort erwischt, aber er war zu schnell. Mußten ihm durch die ganze Garnison nachrennen.«

»Verstehst du mich?« fragte Roderic den Jungen, der ihn nicht aus dem Auge ließ.

Der Mutant brabbelte etwas und nickte.

»Was hast du in der Küche gewollt?«

Das Kind gab weitere Geräusche von sich, hielt ihm eine dicke Brotkruste hin und rieb sich mit der anderen Hand über den Bauch. Unter den Lumpen kamen die zuckenden Sekundärarme hervor, die kleiner waren als die Ärmchen eines Säuglings.

»Du hast Hunger.« Roderic besah sich die Hand, welche das Brot umklammerte. Die Finger waren mager und knochig, die Haut wirkte trocken und an den geschwollenen Gelenken schuppig. Unwillkürlich hob er die Hand, worauf sich das Kind das Brot in den Mund stopfte.

»Er wollte uns bestehlen!« rief Reginald. »Töte ihn.«

»Nein!« Roderic funkelte seinen Bruder an. »Siehst du nicht, daß er am Verhungern ist? Lassen wir es – ihn –, was es auch sein mag, gehen.« Auf einmal fühlte er sich elend und bedrückt. »Laßt ihn gehen.«

»Aber, Lord Roderic ...«, setzte der Feldwebel an.

»Ich habe gesagt, laßt ihn gehen. Ich führe keinen Krieg gegen Kinder. Das heißt, gegen verhungernde Kinder. Verstärkt die Wachposten um die Proviantlager. Bringt den hier zum Garnisonstor, und wenn ihm etwas passiert, muß sich der Betreffende vor mir verantworten.« Roderic erwiderte gelassen die bestürzten Blicke der Soldaten. Wenn er jemals die Stelle seines Vaters einnehmen wollte, war es besser, gleich damit anzufangen. Er wußte, daß Abelard um den Jungen kein Aufhebens gemacht hätte, doch sein Vater hätte niemals zugelassen, daß man vergaß, daß er der König war. Brand hatte die Szene von der Tür aus beobachtet. Jetzt drängte er sich an den Soldaten vorbei, die sogleich Haltung annahmen, und nickte zustimmend. »Komm, Reginald. Wir müssen mit dir reden.«

»Worüber?« Reginald stapfte hinter Brand ins Zimmer, und dieser schloß die Tür, während das Kind abgeführt wurde.

Brand nahm wieder seinen Platz am Tisch ein. »Wärst du hiergewesen, anstatt einer Frau nachzulaufen, hättest du mitbekommen, daß ein Bote des Königs eingetroffen ist.«

»Aus Ahga?« Reginalds Augenbrauen wirkten farblos gegen die gerötete Haut.

»Von Phineas.«

»Und was will er? Die neuesten Gefallenenzahlen?«

»Sei still, Reginald.« Roderic beugte sich über den Tisch.

»Ha! Das Junge zeigt seine Krallen. Ist der alte Herr nicht zufrieden damit, wie es läuft?«

»Vater wird vermißt.« Brands Blick sagte deutlicher als viele Worte, was er von Reginald hielt.

Reginalds kleine Augen huschten von Roderic zu Brand und wieder zurück. »Was soll das heißen: vermißt?«

»Spurlos verschwunden«, sagte Roderic. »Hier ...« Er schob Reginald die Schriftrolle zu. »Lies selbst.« Falls du lesen kannst, setzte er im stillen hinzu.

Reginald überflog die Nachricht. Als er wieder aufsah, hatte sich seine Miene verdüstert. »Also, was sollen wir jetzt tun?« Er hatte zu Brand gesprochen, Roderic aber gab die Antwort.

»Wir bringen die Lage unter Kontrolle, damit ich so bald wie möglich nach Ahga zurückkehren kann.«

Reginald schnaubte. »Du willst die Lage ›unter Kontrolle‹ bringen? Wie?«

Brand räusperte sich. »Wir fordern Verstärkung an.«

»Von wo?« Reginald leerte den Rest des Weins in einen Tonbecher. »Jeder hat doch alle Hände voll zu tun – wer sollte da ...«

»Amanander«, antwortete Roderic mit Blick auf die Karte.

Selbst Brand wirkte überrascht. Roderic tippte auf die Karte. »Du hast recht, Reginald. Im Norden und Westen sind alle vom Aufstand in Anspruch genommen. Amanander aber hat in Dlas-for'Torth eine ganze Garnison zur Verfügung und könnte durch Missiluse ungehindert vorrücken.«

»Glaubst du, er wird kommen?« Reginald lehnte sich zurück, schwenkte den Wein im Becher.

Roderic hob den Kopf. Sein Vater hatte sich stets auf seine Brüder verlassen; jetzt würde auch er sich auf sie verlassen müssen. »Was bleibt uns anderes übrig? Das Königreich ist in Gefahr. Er hat den gleichen Treueschwur geleistet wie wir alle.« Plötzlich mußte er an jenen Tag denken, da er vor seinem Vater niedergekniet war und gelobt hatte, das Königreich und den König bis in den Tod zu schützen. Die Worte hallten noch in ihm nach: Ich schwöre Gefolgschaft dem König der Vereinigten Staaten von Meriga und dem Königreich, das er repräsentiert, der einen, unteilbaren Nation ... Unteilbar. Mit Blut und Schweiß und schierer Willenskraft hatten die Ridenau-Könige nach jahrelangen Wirren Meriga zu einer Nation geeint. Und nun lastete die Bürde, das Königreich zu bewahren, auf seinen Schultern. Er sah seinen Brüdern in die Augen und straffte sich. »Haben wir denn eine andere Wahl?«

3. Kapitel

Der kalte Janrywind heulte über den ockerfarbenen Sand von Dlas-For'Torth und peitschte gegen die verkümmerten Kakteen. Selbst dem unvoreingenommenen Betrachter mußte es so vorkommen, als seien die verwitterten Felsen auf dem Wüstenboden in langen Reihen und rechten Winkeln angeordnet. Am Osthimmel stand die Sonne als schmale rote Sichel über dem flachen Horizont, und die ersten grauen und violetten Lichtstrahlen brachten soeben die letzten Sterne zum Erlöschen.

Sand wehte über die vergessenen Straßen und gegen die hohen, aus Trümmern errichteten Mauern der Wüstengarnison, was sich anhörte wie das Rascheln von Laub. Weißer Rauch kräuselte sich über den Dächern, wurde aber sogleich von den böigen Aufwinden fortgeweht. Allein die Rauchfahnen zeugten davon, daß dieser einsame Vorposten, der die Grenze der Südstaaten gegen Übergriffe der Harleyreiter schützen sollte, bewohnt war.

In der Mitte des staubigen Hofs wärmten sich zwei in Umhänge vermummte Wachposten die Hände über einem kleinen Lagerfeuer. Die Wache war fast vorbei.

»War kalt heute nacht«, meinte der größere der beiden, legte den Speer auf den Boden und pustete sich auf die Finger.

Der andere nickte. »Spät in der Nacht ist noch ein Bote gekommen, hast du's mitbekommen?«

»Ich hab die ganze Nacht an der Ostseite patrouilliert, das weißt du doch. Woher kam er?«

»Schwer zu sagen. Aber ich hab gesehn, daß er die Farben des Königs trug.«

»Also ein Bote des Königs. Aus Ahga?«

Plötzlich ertönte von den Stallungen her Hufgetrappel. Ein Pferd, im Zwielicht der Morgendämmerung nichts als ein bloßer schwarzer Schemen, kam auf den Hof galoppiert und wieherte auf, als der Reiter grob die Zügel strammzog. »Ihr da, am Tor – macht auf!« Die Stimme war befehlsgewohnt und ungeduldig.

Die schläfrigen Türwächter auf der anderen Seite des weitläufigen Hofs sprangen auf und nahmen Haltung an, zogen die schweren Riegel herunter und öffneten die hohen, massiven Torflügel, um den dunklen Reiter hinauszulassen, der nichts als eine Staubwolke zurückließ. »War das nicht …?« Der angegraute Wachposten blickte seinen Kameraden ungläubig an.

»Lord Amanander. Als wäre ihm der Fluch der Eins auf den Fersen.«

Das rötliche Licht der aufgehenden Sonne spendete kaum Wärme. Amanander bog immer wieder die Finger in den weich gefütterten schwarzen Lederhandschuhen. Das Hufgetrappel des schnellen Hengstes wurde vom Sand gedämpft. Er folgte der geraden Linie eines ausgetrockneten Flußbetts nach Süden, und während die rote Sonne emporstieg, wurde sein Schatten immer dunkler. Ein dunkelblauer Umhang wehte ihm nach. Das schwarze Haar trug er lang, im Nacken zu einem kunstvollen Zopf geflochten, und trotz der frühen Stunde war er glattrasiert. Sein kantiges Kinn legte unverkennbar Zeugnis davon ab, daß der König sein Vater war, doch seine Augen waren dunkel, beinahe schwarz, und seine Brauen bogen sich wie Krähenschwingen über die Stirn.

Als er eine Stunde geritten war, hielt er an. Die Straße vor ihm war zerstört: Große Steinhaufen lagen herum, als hätte ein Riese damit gespielt, und hier und da ragten schiefe, verrostete Stangen mit Metallplatten an den Enden auf, die der unerbittliche Sand blankgescheuert hatte.

Der Wind zerrte an seinem Umhang. Sein Pferd wieherte und stampfte, sein Atem eine weiße Wolke im Licht der Morgendämmerung. Knapp über dem Boden war ein schwacher Schimmer zu erkennen. Amanander schloß die Augen, und zwischen seinen Brauen bildete sich eine Falte. Seine Lippen bewegten sich lautlos, worauf der Schimmer verschwand. Er drückte dem Hengst die Knie in die Flanken und klatschte mit den Zügeln. Das Pferd bewegte sich langsam von der Straße hinunter.

Am Fuße eines großen Haufens alter Ziegelsteine hielt Amanander abermals an. Er schwang sich behende aus dem Sattel und band das Pferd an einem verbogenen Metallpfosten fest, der aus dem Sand herausragte. Er raffte den Umhang und bückte sich, um die verborgene Höhle zu betreten. Wer sie nicht kannte, hätte nichts davon bemerkt. Im Innern richtete er sich auf; sein Kopf berührte beinahe die niedrige Decke. Seine Stiefel scharrten über die Bodenfliesen, die aus einem Material bestanden, das in Meriga seit Jahrhunderten nicht mehr hergestellt wurde. Aufgescheuchte Insekten brachten sich in Sicherheit, und in den dunklen Ecken raschelten die ledrig-schwarzen Schwingen von Fledermäusen. In einer Halterung brannte eine Fackel.

An der gegenüberliegenden Höhlenwand drückte er gegen einen Metallhebel, worauf sich knarrend eine schwere Tür öffnete. Verblaßte weiße Buchstaben verkündeten in einer halbvergessenen Sprache: ZUTRITT FÜR UNBEFUGTE VERBOTEN. Amanander zögerte nicht. Vor ihm lag ein langgestreckter Gang: Die niedrige Decke und die senkrechten Wände deuteten darauf hin, daß er keinen natürlichen Ursprungs war. An den Wänden brannten in regelmäßigen Abständen Fackeln, die ein orangefarbenes Licht verbreiteten. »Ferad!« Seine Stimme hallte im Gang wider. »Ferad?«

Seufzend setzte er sich in Bewegung. In die Wände waren Türen eingelassen, die er freilich nicht beachtete. Schließlich wandte sich der Gang nach rechts. Am Ende des Korridors stieß er gegen eine weitere Tür. Auf gutgeölten Angeln schwang sie lautlos auf. Ein Luftzug aus einem unsichtbaren Deckenspalt strich ihm übers Gesicht. »Ferad?«

Eine Gestalt, die auf einem hohen Hocker vor einem verrosten Metallschreibtisch saß, sah ihm entgegen. »Ich habe Euch nicht erwartet, mein Prinz. Nicht zu dieser frühen Stunde.« Auf der vom Staub der Jahrhunderte stumpf gewordenen Arbeitsfläche stand eine flackernde Laterne, deren Flamme in dem kaum spürbaren Luftzug, der von oben kam, unruhig flackerte.

»Gestern abend habe ich eine Nachricht bekommen.« Amanander zog die Handschuhe aus, strich glättend über das edle Leder und steckte sie sich hinter den Gürtel. Seine Stiefel machten kaum ein Geräusch auf dem Boden, als er zum Schreibtisch trat. Er zog einen mit plumpen Schnitzereien verzierten Schemel heran und nahm Ferad gegenüber Platz.

Ferads drei schwarze Augen, die im Kerzenschein schwach schimmerten, erinnerten an die Augen einer Eidechse. Amanander unterdrückte einen Schauder. Obwohl er den Anblick des Mutanten seit mehr als fünfzehn Jahren gewohnt war, reagierte er auf dessen Mißbildungen doch stets wieder mit Abscheu.

»Nun?«

»In Atland steht es nicht gut für meinen kleinen Bruder. Er bittet um Unterstützung. Mich, das ganze Volk.«

Ferads drittes Auge, das mitten auf der Stirn saß,

starrte Amanander unverwandt an. Es war blind, was für alle Mutanten galt, wenngleich die Herrscherfamilien der Stämme die kleinen Sekundärarme, die bei Ferad schlaff von den Schultern herabhingen und in den Falten seines Gewands verborgen waren, ohne weiteres benutzen konnten. Er legte die Feder mitten aufs Pergament und zuckte die Schultern. »Und?«

»Ich möchte, daß Ihr meinen Vater so lange leben laßt, wie ich fort bin.«

Ferad blickte zu einer niedrigen Tür in einem dunklen Winkel des Raums. »Solange Abelard Ridenau lebt, geht eine nicht zu unterschätzende Gefahr von ihm aus.«

»Ich will nicht, daß er schon stirbt.«

Ferads Sekundärarme zuckten unwillkürlich. »Und wenn Phineas die königlichen Armeen nach ihm suchen läßt? Dann werden zehn-, zwanzigtausend Mann ausschwärmen, und mindestens doppelt so viele stehen in Reserve. Wollt Ihr dieses Risiko wirklich eingehen? Ist die Rache das wert?«

»Ja«, zischte Amanander. »Ich habe gehört, wie er gesagt hat, ich würde, ob mit oder Magie, niemals König werden, und ich schwöre, daß er diese Worte noch einmal bedauern wird. Ich werde ihn mit seinem eigenen Schwert töten, und dabei werde ich seine Krone tragen. Aber stellt Euch nur einmal vor, welche Verwirrung herrscht. Niemand weiß, ob er tot ist oder noch lebt. Man wird einen Regenten ernennen müssen. Roderic ist erst achtzehn und von alten Männern wie Phineas umgeben, der durch den zwanzig Jahre währenden Frieden verweichlicht ist. In Atland trifft er bereits auf Schwierigkeiten. Und wenn die Senadoren ihm nun ihre Unterstützung verweigern? Außerdem ist da noch mein Zwillingsbruder ...«

»Seid Ihr Euch Alexanders so sicher?«

»Wir sind eins. Das könnt Ihr nicht verstehen. Von

Anfang an waren wir eins. So war es schon immer. Was glaubt Ihr wohl, weshalb mich mein Vater auf diesen gottverlassenen Vorposten und ihn auf die Settle-Inseln geschickt hat? Er wollte, daß ganz Meriga zwischen uns liegt ...«

»Der rechte Zeitpunkt wird entscheidend sein, mein Prinz«, sagte der Mutant mit sanfter Stimme. »Denkt an die Lektion, die Senadoren wie Owen Mortmain zu ihrem eigenen Schaden lernen mußten ...«

»Damals stand meinem Vater diese Hexe bei, nicht wahr? Sie hat ihm mit ihrer Magie geholfen. Sie hat sogar dafür gesorgt, daß ihm die Königin einen Sohn geboren hat, obwohl ganz Meriga wußte, daß sie unfruchtbar war. Wenn er mich mittels Magie um mein Erbe bringen wollte, was sollte mich dann daran hindern, die gleiche Waffe gegen ihn einzusetzen?«

Die umschattete Miene des Mutanten wirkte undurchdringlich. »Und wenn Ihr nach Atland ginget, mein Prinz? Was dann?«

»Dann könnte ich mir ein Bild von Roderic machen. Dazu verstehe ich genug von der Magie. Dann wäre da noch Reginald – ich habe Grund zu der Annahme, daß er käuflich ist, wenn nur der Preis hoch genug ist. Wenn ich erst einmal dort bin, kann ich besser einschätzen, wieviel Unterstützung von ihm zu erwarten ist. Außerdem – was wäre naheliegender, als meinen kleinen Bruder zu unserem Stammsitz zu begleiten? Wenn der Kongreß zusammentritt, werden die Senadoren ...«

»Ach was!« schnaubte Ferad. »Es gibt noch einen anderen Weg.«

Amanander beugte sich über den Schreibtisch. Seine Augen waren wie Tümpel unter dem Nachthimmel, so schwarz, daß das Licht in ihrer Tiefe gefangen schien. »Was meint Ihr damit?«

»Intrigen, gut und schön, mein Prinz. Vielleicht hättet Ihr sogar Erfolg damit – wer weiß das schon? Aber der Westen ist längst geschlagen, und wenngleich nicht auszuschließen ist, daß sich gewisse Gruppierungen gegen den jungen Regenten erheben werden, gibt es doch keinen Grund, weshalb sie Euch eher unterstützen sollten als ihn. Soll Roderic ruhig Interimsregent sein. Eine Zeitlang. Aber Ihr könnt in Ahga etwas anderes in Erfahrung bringen. Ihr müßt herausbekommen, was mit Nydia Farhallen ist.«

»Die Hexe meines Vaters? Die ist doch schon seit Jahren tot.«

»Glaubt Ihr das wirklich?«

»Seit Roderics Geburt hatte er keinen Kontakt mehr mit ihr, das ist sicher. Man sagt, sie habe dem König mittels Magie zu einem Kind verholfen und sich dann aus Eifersucht das Leben genommen. Ich persönlich glaube, das hat sie umgebracht. Möglich wäre es schon, meint Ihr nicht? Könnte das nicht die notwendige Folge davon gewesen sein, daß ein Kind zum Leben erweckt wurde?«

Ferad gab keine Antwort.

»Dann glaubt Ihr also, daß Nydia noch lebt?«

»Es gibt allerlei Gerüchte, mein Prinz.«

»Ich bin nicht so naiv, den Leuten zu glauben, die behaupten, Phineas habe ein Kind mit ihr gezeugt. Glaubt Ihr das etwa?«

Ferad schwieg. Schließlich sagte er: »Entweder sie ist tot oder vor Roderics Geburt untergetaucht. Abgesehen von der Magie verfügte sie noch über andere Gaben, die sie Abelard unersetzlich machten. Es heißt, von dem Tag an, da sie an seinen Hof gekommen ist, habe er nie wieder eine andere Frau angesehen.«

Diesmal zuckte Amanander die Schultern. »Er hat Melisande Mortmain angesehen, nicht wahr? Jedenfalls lange genug, um einen Sohn mit ihr zu zeugen.

Roderic mag zwar der Enkel des alten Senadors von Vada sein, aber ich würde das halbe Königreich darauf verwetten, daß Owen keinen Finger rühren wird, um ihm zu helfen.«

»Vergeßt Vada. Hört mir zu. Ihr müßt herausfinden, ob Nydia Farhallen ein Kind hat. Aller Wahrscheinlichkeit nach wäre dies eine Tochter. Und diese Tochter müßt Ihr finden und zu mir bringen.«

»Weshalb?«

»Nydia konnte in die Zukunft blicken. Was glaubt Ihr wohl, weshalb Abelard so erfolgreich war? Solange sie ihm half, konnte keiner seiner Feinde ihn überrumpeln. Aber irgend etwas muß zwischen ihnen vorgefallen sein. Freiwillig hätte Abelard sie niemals fortgeschickt.«

»Dann sieht es ganz danach aus, als sei sie tot.«

»Aber falls nicht – falls sie ein Kind von einem anderen Mann bekommen hat … Ihr kennt Euren Vater doch sicherlich gut genug, um Euch vorstellen zu können, wie er dann reagiert hätte.«

»Und wenn es so war?«

»Ihr seid ein Narr. Ihr spielt um einen hohen Einsatz, und Eure Chancen stehen schlecht, aber vielleicht gibt es ja eine Möglichkeit, sie zu verbessern. Wenn Ihr Nydia Farhallens Tochter findet, besitzen wir den Schlüssel zur Magie – zur ganzen Magie. Dann haben wir die Macht, das zu tun, was die Menschen des Alten Meriga mit all ihren Spielzeugen, ihren Maschinen und ihren Techniken, die fast die ganze Welt zerstört hätten, nicht vermochten.

Das Problem ist nämlich nicht die Magie, sondern die Gegenreaktion, mit der das Universum das gestörte Gleichgewicht wiederherzustellen versucht. Wenn wir Nydias Tochter finden, ist der Sieg unser, denn das Kind einer Seherin ist stets ein Empath. Eine Empathin vermag das von der Magie bewirkte Ungleichgewicht auf der Stelle zu korrigieren. Die Empathin benötigt dazu keine Kenntnisse der Magie. Man braucht sie bloß zu berühren. Stellt Euch vor, was das für uns beide bedeuten würde.«

Amanander lehnte sich zurück. »Und wenn wir diese Empathin finden …«

»Sind wir in der Lage, alle unsere Wünsche zu verwirklichen. Wir können alles tun, was die Magie vermag … alles, was wir uns vorstellen können, ist uns erreichbar. Wir brauchen bloß daran zu denken … Ich werde diese frömmelnden Narren aus der Akademie in die Knie zwingen, und Ihr, mein Prinz – Ihr werdet ungefährdeter in Ahga regieren als jeder andere Ridenau vor Euch.«

Amanander blickte Ferad unverwandt an. Eine häßliche Röte verdunkelte Ferads verunstaltete Züge. So angeregt hatte er den Mutanten noch nie erlebt.

»Aber Ihr müßt sie finden, mein Prinz«, fuhr Ferad mit seiner krächzenden Flüsterstimme fort. »Ich suche schon seit vielen Jahren nach einem anderen Weg, die Folgen der Magie zu beherrschen, doch bislang ist es mir noch nicht gelungen. Und jetzt, da wir Euren Vater in der Gewalt haben, nimmt das Risiko von Tag zu Tag zu.«

»Dann steht mir noch viel Arbeit bevor, bis ich mich der Magie bedienen kann, wie es mir beliebt.«

»Wollt Ihr damit sagen, mir sei nicht zu trauen?«

»Würdet Ihr Euch damit begnügen, ein Werkzeug zu sein, Ferad? Das glaube ich nicht. Werkzeuge zerbrechen irgendwann.« Etwas in Amananders Tonfall, in der Art und Weise, wie er den Mutanten ansah, veranlaßte Ferad, den Blick zu senken.

»Ich weiß, daß Ihr Euch wünscht, selbst über die Magie zu gebieten, mein Prinz«, säuselte Ferad. »Aber Ihr seid Euch doch wohl bewußt, daß es Jahre dauern würde, bis Ihr Roderic herausfordern könntet. Ehe diese Empathin, wenn es sie denn gibt, Euch nützen könnte.«

»Roderic wird mehr als beschäftigt sein. Im Land wird Chaos ausbrechen. Er kann nicht König werden – bloß Regent. Und Gefolgschaft haben die Senadoren allein meinem Vater geschworen. Es wäre durchaus denkbar, daß sich einige wenige Senadoren davon überzeugen lassen, daß sie Roderic die Unterstützung versagen müssen, wenn sie dem Treueschwur auf meinen Vater Folge leisten wollen. Und wenn er den Aufstand der Mutanten überlebt, so ist den Häuptlingen der Settle-Inseln ein Krieg gegen die Festlandbewohner stets zuzutrauen, und auch die Harleyreiter werden die Abwesenheit meines Vaters sicherlich dazu nutzen, in Arkan alte Rechnungen zu begleichen. Ich habe viel Zeit. Wenn ich in all den Jahren hier in der Wüste eines gelernt habe, dann das Warten.«

»Ihr haltet Euch für geduldig, mein Prinz. Trotzdem sage ich, das Vorgehen gegen den König war voreilig und könnte uns am Ende schaden. Wann wollt Ihr nach Atland aufbrechen?«

»In einer Woche.«

»Ihr dürft nicht lange in Atland bleiben. Ihr müßt so bald wie möglich nach Ahga weiterreisen. Ich werde veranlassen, daß meine Brüder, welche unser Anliegen unterstützen, Euch Informationen mitgeben, die Euch in die Lage versetzen, den Aufstand zu einem raschen Ende zu bringen.«

»Wie wäre es, wenn wir meinen Vater fragen würden?«

Der Mutant blickte in die dunkle Ecke. Einen kurzen Moment lang verschattete eine Art Angst seine Züge. Dann trat etwas anderes an ihre Stelle, etwas Hartes, Grausames, und Amanander war auf einmal auf der Hut. »Ihr haltet das nicht für klug, Ferad?«

Ferad zuckte betont gleichgültig die Schultern, was Amanander nicht entging. »Sprecht selbst mit ihm, mein Prinz.«

Amanander atmete tief durch und erhob sich. Ohne den Mutanten aus den Augen zu lassen, trat er zur Tür. »Ihr kommt nicht mit?«

»Wie mein Prinz befielt.« Ferad raffte sein Gewand um die Schultern und schlurfte zur Tür, wobei sein ungleichmäßiger Gang von alten Verletzungen Zeugnis ablegte.

Die Tür öffnete sich knarrend, und sie traten in eine trüb erleuchtete Zelle. Die lange, in einen dunklen Umhang gehüllte Gestalt regte sich, als ihr Schatten auf die elende Pritsche fiel. Amanander zögerte an der Schwelle.

»Was wollt ihr?«

Die Macht dieser Stimme, der Klang absoluter Autorität, überraschte Amanander. Niemand hatte Abelard Ridenau je in Frage gestellt, und niemand hatte ihm je getrotzt. Unwillkürlich wich Amanander zurück und stieß dabei gegen Ferad.

»Ich will mit dir reden.«

»DU!« Abelard setzte sich unvermittelt auf und verdrehte die klirrenden Ketten.

»Willkommen in Dlas, Vater.«

»Was willst du von mir?«

Obwohl er ein Gefangener war, der Waffen und Freunde beraubt, war Abelards Kraft nahezu greifbar. Amanander zwang sich, einen Schritt vorzutreten.

»Im Moment will ich Informationen.«

»Wenn du glaubst, du könntest mich zwingen, dich zu meinem Thronerben zu machen …«

Amanander lachte. »Das ist eine alte Geschichte, Vater, niemand will sie mehr hören. Mir liegt nichts daran, dein Erbe zu werden.«

»Du wirst niemals in Ahga herrschen.« Die Stimme

des Königs vibrierte vor Zorn wie die Luft über der Wüste in der Sommerhitze. »Nydia hat gesagt …«

»Nydia. Nydia Farhallen. Deine Hexe. Ja, laß uns über sie reden.«

»Was ist mit Nydia?«

Amanander meinte, einen leichte Veränderung in seinem Tonfall wahrzunehmen, eine Vorsicht, die anzeigte, daß er einen empfindlichen Punkt getroffen hatte. »Hat sie ein Kind?«

»Nein.«

Die beiden Männer starrten sich in der staubigen Zelle an, schwarze Augen in blaue versenkt, und Amanander hob die Brauen. »Ich glaube, du lügst.«

»Tatsächlich?«

Amanander bemühte sich, einen klaren Kopf zu behalten. »Ferad?«

»Mein Prinz?«

»Holt die Wahrheit aus ihm heraus.«

Abelard hob den Kopf, und Ferad atmete schwer. »Narr! Ihr würdet die Magie bedenkenlos einsetzen – Ihr würdet uns ins Verderben stürzen.«

»Dann kehrt zurück in Eure Höhle, Ferad«, fauchte Amanander. »Ich werde es versuchen.«

Er hörte, wie Ferads Gewand über die geborstenen Fliesen streifte, und atmete tief durch, saugte die abgestandene Luft in seine Lungen. Er legte die Fingerspitzen zusammen und schloß die Augen.

Im Geist vernahm er Ferads krächzende Anweisungen: »Vergegenwärtigt Euch, wie die Gleichungen aufeinander aufbauen; das Verständnis der höchsten Gleichung beruht auf dem Begreifen der geringsten. Haltet das Wissen fest …«

Wie aus weiter Ferne hörte Amanander Abelard schnauben: »Was ist das für eine Posse?«

Amanander achtete nicht auf seinen Vater. Sein Atem beschleunigte sich merklich, das Herz klopfte ihm bis zum Hals. Schweiß perlte auf seiner Stirn, und eine tiefe Röte stieg ihm den Hals hinauf. Die Luft in der Höhle schien dicker zu werden, die Schatten wirkten dunkler. Amanander murmelte etwas vor sich hin, schloß abermals die Augen, und während ihm ein einzelner Schweißtropfen über die Wange rann, suchte er nach einer Lücke in Abelards geistiger Abwehr.

Die Luft in der Zelle erwärmte sich, während Amanander die Gleichungen aufbaute und die Wirklichkeit ihrer trügerischen Unveränderlichkeit entkleidete, bis er den Ort erreichte, wo das Bewußtsein Gestalt besaß. Mit einer gewaltigen Anstrengung griff er ins Bewußtsein seines Vaters hinein, mit der Absicht, die Bresche zu finden, die selbst in einem so eifersüchtig gehüteten Panzer vorhanden sein mußte. Doch Abelards geistige Abwehr, seine Willenskraft, war wie eine Mauer, glatter als Glas, schlüpfriger als Eis, härter als Metall, und obwohl Amanander alle seine Kräfte anstrengte, vermochte er nichts auszurichten.

»Hört auf!« rief eine Stimme, die Stimme seines Lehrers, und Amanander ließ ab von Abelard und war sich undeutlich bewußt, daß die Hitze in der Zelle beinahe unerträglich geworden war. »Ihr seid noch nicht bereit, mein Prinz ... Ihr bringt uns noch alle um.«

Nachdem er sich von den Gleichungen losgerissen hatte, sackte Amanander zusammen und fiel auf die Knie nieder, während der Raum kippte und sich um ihn drehte. Abelard lachte.

Amanander erhob sich schwankend und stolperte aus der Zelle, gefolgt von Ferad. Abelards Hohn hallte ihm in den Ohren wider, und der Schweiß brach ihm aus allen Poren.

Amanander schloß die Zellentür, damit er dieses fürchterliche Lachen nicht mehr hören mußte, schloß die Augen und atmete in tiefen Zügen, bis sich sein Herzschlag wieder beruhigt hatte. »Soll er ruhig lachen«, sagte er schließlich. »Aber ich sage Euch, Ferad, wenn ich mit ihm fertig bin, wird er bitten und betteln und um sein elendes Leben flehen. Und dann werden wir sehen, wer zuletzt lacht.«

4. Kapitel

»Ich sage Euch, Ihr irrt.« Reginald hob den Flakon mit Ale an den Mund und nahm einen großen Schluck. Anschließend wischte er sich den Mund mit dem Ärmel ab.

Amanander verzog das Gesicht, weil er so schmatzte, und bemühte sich, nicht auf den beißenden Schweißgestank zu achten, den Reginalds Kleidung verströmte. Am liebsten hätte er Reginald gänzlich übersehen. Doch sein Bruder, auch wenn Amanander ihn nicht gern so nannte, war äußerst starrköpfig. Wahrscheinlich ein Hinweis auf das Bauernblut, das er von seiner Mutter hatte. »Nein, Reginald, ich irre mich bestimmt nicht.« Er streckte die langen Beine vor dem Kamin aus und nahm sich vor, seinen Diener anzuweisen, die Stiefel sorgfältiger zu putzen. Schon der dünnste Ölfilm reichte aus, um Staub anzuziehen.

Reginald hob schnaubend das Ale. »Willst du damit etwa sagen, du verfügst über Informationen, mit denen du nach all den Monaten, die wir in dieser gottverlassenen Wildnis gegen die vierarmigen Hunde kämpfen, das Heft einfach wenden kannst? Vielleicht nähme Roderic dir diese Erklärung ab, aber du willst mir doch nicht im Ernst einreden, du seist unterwegs über diese Information gestolpert? Einfach so?«

Amanander vermied es, Reginald anzusehen. Zu vieles an diesem stämmigen Bruder mit den riesigen Fäusten, dem Stoppelbart und dem glatten, schütteren Haar, das ihm ins breite Gesicht hing, stieß ihn ab. Und es war gewiß nicht seine Absicht, Reginald zu erklären, woher er seine Informationen hatte oder aus welchen Gründen er den Feldzug zu einem raschen Ende bringen wollte. Noch nicht.

Statt dessen erhob er sich und zog die Zeltklappe weiter auf. Die feuchte Nachtluft wehte Reginalds Gestank teilweise in den Nebel hinaus. Der Nebel bildete Strudel und zeigte außer den schwarzen Schemen der Nachbarzelte kaum etwas von der Umgebung. Alle Geräusche klangen gedämpft. Die Nacht war wie geschaffen für einen Angriff.

Dünne Lichtstrahlen drangen unter der Öffnung des benachbarten Zelts hervor, in dem Roderic bis spät in die Nacht arbeitete und auf Brands Rückkehr sowie den Ausgang des Überfalls wartete, der nach Amananders Meinung den Feldzug beenden würde. Als er an Roderic dachte, der von Brand und den treu ergebenen Soldaten der Königsgarde gut bewacht wurde, bildete sich zwischen seinen Brauen eine tiefe Falte. Auch wenn er es sich nur ungern eingestand, hatte Ferad recht behalten. Es würde nicht leicht werden.

Der kühle, abschätzende Blick dieser jugendlichen, graugrünen Augen hatte ihn gänzlich unvorbereitet getroffen. Mit Anmaßung hatte dies nichts zu tun, ganz im Gegenteil. Bei den Beratungen hatte Roderic nur selten das Wort ergriffen und sich dem Urteil seiner Brüder so bereitwillig gefügt, daß es an Unterwerfung gegrenzt hätte, wäre sein Auftreten weniger ernsthaft gewesen. Doch seine Haltung, die Art und Weise, wie er den Kopf hob oder die Schultern hielt, sprach eine deutlichere Sprache als alle Worte und setzte Amananders Gelassenheit zu wie Stahl, der über Schiefer kratzte. Es war die Selbstsicherheit, die Roderic wie einen Umhang einhüllte, die Gewißheit, daß er wirklich der Erbe Merigas war und daß das Land, um dessen Erhalt sie kämpften, ganz gleich, ob andere fähiger wären als er, ihm gehörte; ihm allein. Und selbst Reginald reagierte instinktiv darauf, während Amanander im stillen mit den Zähnen knirschte.

Er wußte, daß Roderic sich sogar jetzt, da die meisten Soldaten entweder schliefen oder sich dem Müßiggang ergaben, über eine Karte oder eine Proviantliste beugte, endlose Berechnungen anstellte und die Notizen studierte, die sein Schreiber anhand der Berichte der Kundschafter angefertigt hatte. Dieser Fleiß war ungewöhnlich für einen so jungen Menschen. Und Amanander ärgerte sich darüber, denn dies bestätigte seine Vermutung, daß Roderic trotz seiner Jugend schon bald ein ernstzunehmender Gegner sein würde. Er hatte sogar ein-, zweimal versucht, sich in Roderics Geist einzuschleichen, wie Ferad es ihn gelehrt hatte, doch Roderic war dermaßen konzentriert bei der Arbeit, daß es ihm nicht gelungen war.

Er hatte erwogen, Roderic auf der Stelle zu töten, doch er wurde gut bewacht und war ständig in Begleitung Brands oder eines seiner Leutnants, so daß sich nie eine Gelegenheit ergab. Außerdem hätte ein Mord den Kongreß aufgebracht, und er konnte es sich noch nicht leisten, sich den Groll der Senadoren zuzuziehen. Daher war Amanander recht bald zu der Einsicht gelangt, daß Ferads Rat, Roderic zunächst einmal regieren zu lassen, vernünftig gewesen war. Doch seine Geduld wurde auf eine harte Probe gestellt, und er war entschlossen, den Feldzug in Atland so rasch wie möglich zu beenden. Er wollte nach Ahga, um herauszufinden, was es mit Abelards Hexe auf sich hatte.

Reginald sagte etwas, und Amanander ließ die Zeltklappe fallen. »... wenn es mißlingt?«

Amanander wandte sich mit schmalem Lächeln zu ihm um. »Es wird nicht mißlingen.«

Am Morgen wurde Roderic von lauten Rufen aus tiefem Schlaf geweckt. Er hatte das Gefühl, sich gerade erst hingelegt zu haben, doch er schlug die Augen auf und erblickte das graue Zwielicht, das der Morgendämmerung vorausgeht, und dann merkte er, daß der Kerzenstummel, den er in der irdenen Tasse hatte brennen lassen, längst erloschen war.

In den Monaten im Feld hatte er gelernt, von einem Moment auf den anderen hellwach zu sein. Mit einer Hand griff er nach den Stiefeln, die unter der Pritsche lagen, mit der anderen nach dem Schwert, das in Reichweite an einem Haken hing.

»Hoheit!« Der Wachposten, der ins Zelt platzte, verneigte sich knapp und deutete aufgeregt in die Morgendämmerung hinaus. »Der Anführer der Mutanten – wir haben ihn ...«

»Was? So rasch?« Roderic traute seinen Ohren nicht. Er zog die Stiefel an und streifte das Gewand über. Ehe der Soldat antworten konnte, erschien Brands hochgewachsene Gestalt im Eingang.

»Ist es wahr, daß ihr ...« Er stockte, denn der fremdartige Name ging ihm schwer über die Lippen. Die Morgenluft war voller Feuchtigkeit. Nebelschwaden wogten um seine Knöchel, und der Luftzug, der ihm das Haar zauste, brachte ihm keine Kühlung.

»Ebram-taw«, sagte Brand. »Wir haben ihn. Amans Information war zutreffend. Wir haben ihn zusammen mit etwa dreißig seiner Gefolgsleute gefangengenommen. Sieht so aus, als hätte sich das Glück zu unseren Gunsten gewendet.«

Brand trat beiseite und hielt die Klappe des Kommandeurszelts auf, so daß Roderic an ihm vorbeitreten konnte. Es roch nach ungewaschenen Männern, nach Pferden und nach schalem Ale, und die Talglampen machten den Gestank nur noch schlimmer. Als Roderic sich ans trübe Licht gewöhnt hatte, sah er, daß Reginald und Amanander bereits auf Stühlen Platz genommen hatten.

Roderic setzte sich hinter den Tisch aus unbehandeltem Holz, der ihm als Arbeits- und Beratungstisch diente. Meist beunruhigte ihn Amanander, doch die bevorstehende Begegnung erregte ihn dermaßen, daß er nicht weiter auf ihn achtete. Als man den Mutanten hereinzerrte, von dessen Handgelenken schwere Ketten hingen, umklammerte er die Armlehnen.

Die Soldaten warfen den Mutanten auf die Knie nieder. Dieser blieb reglos auf dem festgetrampelten Erdboden liegen und blickte Roderic unverwandt an. Lange Zeit herrschte Schweigen.

Schließlich sagte Roderic, der Herzklopfen hatte, in bemüht ruhigem Ton: »Bringt unserem Gast einen Stuhl.«

Als man ihn auf den Stuhl niederdrückte, spuckte der Mutant auf den Boden vor dem Tisch.

Roderic zuckte unwillkürlich zurück. Dies war das erste Mal, daß er einen erwachsenen Mutanten aus der Nähe sah. Die kräftigen Primärarme waren gefesselt, und die schweren Stahlketten funkelten im Zwielicht. Die kleinen Sekundärarme hatte er fest vor der Brust verschränkt, was Roderic in Erinnerung rief, daß diese Anhängsel bei den Herrscherfamilien voll funktionsfähig waren. Die winzigen Hände waren trotzig zu Fäusten geballt. Seine Haut hatte die Farbe ungebrannten Tons, und seine Augen waren schwarz und funkelten haßerfüllt. Das dritte Auge, das in der Stirnmitte saß, schien durch ihn hindurchzusehen.

Unwillkürlich schauderte Roderic. Angeblich konnten die Mutanten einem damit die Seele aus dem Leib saugen. Der Fremde war lediglich mit einer ledernen Hose und weichen schwarzen Lederstiefeln bekleidet. Sein Haar war lang und grau, und sein Gesicht war mit einem Narbenmuster aus Spiralen und Dreiecken verziert.

Brand beugte sich vor und flüsterte seinem Bruder

ins Ohr: »Vater hat ihn gut gekannt. Er ist der Anführer der Südallianz der Stämme. Ich habe ihn auf den ersten Blick erkannt, obwohl es etwa zwölf Jahre her ist, daß er vor dem König stand.«

Roderic neigte den Kopf. »Dann kennt Euch mein Vater also.«

Abermals spuckte der Mutant aus.

Einer der Soldaten holte mit dem Speerschaft aus und hätte den Mutanten geschlagen, wenn Roderic ihm nicht mit einer Handbewegung Einhalt geboten hätte. »Wie lange soll das noch so weitergehen, Ebram-taw?«

»Euer Friede ist nicht der unsere.« Seine Stimme war leise und tief, doch obwohl er einen starken Akzent hatte, war er gut zu verstehen.

»Ich werde nicht mit Euch diskutieren. Überbringt Euren Brüdern die folgende Botschaft: Entweder Ihr legt die Speere und Schwerter bis zum morgigen Sonnenaufgang nieder, oder …«

»Ihr seid ein Knabe. Mit Kindern geben wir uns nicht ab. Wo ist der, der sich König von ganz Meriga nennt?«

»Mein Vater geht Euch nichts an. Ich bin der Prinz von Meriga, und seine Soldaten sind die meinen.«

»Nennt nur so viele Armeen Euer eigen, wie Ihr wollt. Wir sind die Kinder der Magie, und Euer Vater ist nicht unser König.«

»Du lügst, Ebram-taw«, mischte Brand sich ein. »Vor zwölf Jahren nahm der König von Meriga deinen Tribut und deinen Treueschwur entgegen, und du hast versprochen, weder gegen deine Nachbarn noch den König die Waffen zu erheben.«

»Den Tribut haben wir entrichtet, damit unsere Frauen nicht abgeschlachtet werden.«

»Du hast deinen Treueschwur gebrochen.«

»Wir haben keine Gefolgschaft geschworen.«

»Du lügst, du vierarmige Laus.« Reginald stapfte in die Mitte des Zeltes, die Daumen hinter den Gürtel gehakt. Der Mutant zuckte zusammen, und einer der Sekundärarme wollte nach Reginald schlagen. Reginald packte und verdrehte ihn brutal.

»Hör auf, Reginald.« Roderic hob die Hand.

Reginald wandte sich zu seinem Bruder um. »Es führt zu nichts, mit diesem Ungeziefer zu reden, Hoheit. Meine Männer sollen ihn sich vorknöpfen. Das ist die einzige Sprache, die er versteht.«

Roderic blickte von seinem rotgesichtigen, schwitzenden Bruder zum Mutanten, der sich ebensowenig regte wie die Luft im Zelt. »Ich werde darüber nachdenken. Aber bevor ich einen Entschluß fasse, muß ich mit diesem … diesem Wesen reden.«

Reginald kniff den Mund zusammen. »Wie Ihr meint.« Er stapfte nach draußen, den Knauf seines Dolchs umklammernd.

Roderic sah ihm nach, dann wandte er sich wieder dem Mutanten zu. »Sollten wir nicht Frieden schließen?«

»Solange die Ridenaus in Alant-Jorja sitzen, kann es keinen Frieden geben. Ihr stolpert im Dunkel umher und seht nicht mit Euren beiden blinden Augen. Ihr raubt unser Land, Ihr verbrennt unser Getreide, so daß unsere Kinder hungern, während Eure fett werden. Ihr schändet unsere heiligen Orte und laßt sie von Eurem Vieh beschmutzen. Ihr seid ein Volk ohne Seele und Geist. Ihr seid bereits tot.«

Roderic beugte sich vor. Er wünschte sich sehnlichst, diesen Mutanten zu verstehen, und hätte die Kämpfe lieber beendet, als den Feldzug fortgesetzt. Phineas hatte ihm geschrieben, er habe den Kongreß für den ersten Prill einberufen, und mit dem Einsetzen der Frühlingsregen würde sich die Lage verschlimmern. »Wir Ridenaus haben für Frieden gesorgt …«

»Ihr habt Eure Lektion gut gelernt.«

»Ich habe nicht den Wunsch, Euer Volk abzuschlachten, Ebram-taw. Könntet Ihr Euren Brüdern nicht ausrichten …«

»Ich bin nicht Euer Bote. Wir sind nicht Eure Sklaven. Wir sind die Kinder der Alten Magie.«

»Dann setz die Magie gegen uns ein, Kind der Alten Magie«, säuselte Amanander im Schatten, und Roderic sträubten sich die Nackenhaare.

Als der Mutant in Amananders Richtung blickte, hatte Roderic das beunruhigende Gefühl, der Mutant könne ihn im Dunkeln sehen. Ebram-taw antwortete so leise, daß Roderic die Ohren spitzen mußte. »Die Magie darf nicht angewendet werden …«

»Das darf sie nicht?« Amanander schwebte wie ein Schatten in die Mitte des Zeltes. »Ihr könnt sie nicht einsetzen, obwohl euer Leben davon abhängen mag.« Er lachte, leise und grausam. »Kehrt zurück in euren Kaninchenstall.«

Der Mutant richtete sich auf und spannte vergeblich die Arm- und Brustmuskeln an. Er saß ebenso stolz auf dem Klappstuhl wie der König von Meriga auf seinem Thron. »Wir pflegen das Andenken an die Vergangenheit …«

»Aber kann uns euer Andenken von euren Mauern fernhalten?«

Amananders Worte verstörten Roderic. Es gab da einen Unterton, eine verborgene Bedeutung, die sich seinem Begreifen entzog. »Ihr kennt die Magie?« fragte neugierig der Mutant.

Amanander stand wie ein sprungbereites Raubtier hinter dem Mutanten. »Es reicht nicht aus, sie zu kennen, nicht wahr, Ebram-taw? Man muß sie auch begreifen.«

»Für solche wie Euch gilt das nicht.«

»Und für solche wie dich auch nicht. Denn nicht

einer unter deinen Kriegern vermag auch nur die kleinste Flamme zu entzünden, den kleinsten Kiesel zu bewegen, den dünnsten Draht zu biegen.« Er klopfte dem Mutanten mit gespielter Kameraderie auf die Schulter, und selbst Roderic zuckte zusammen.

»Roderic – Brand!« Reginald platzte ins Zelt. »Zu den Waffen! Das Lager wird angegriffen!« Er blutete aus einer Beinwunde. Brand reagierte sofort. Gefolgt von Reginald, rannte er mit gezücktem Schwert ins Freie und brüllte Befehle.

Soldaten liefen an den geöffneten Zeltklappen vorbei, Metall klirrte, und Pfeile und Speere durchschnitten die Luft. Als Roderic sich erhob, nahmen die Wachposten Haltung an.

»Bleibt hier und bewacht den Gefangenen.« Er winkte Amanander zu sich. »Komm.« Als sie im Freien angelangt waren, zögerte Roderic einen Moment, dann trat er beiseite.

Amanander lächelte. »Achte stets darauf, daß du von hinten Deckung hast, kleiner Bruder. Immer.«

Dann waren sie mitten im Gewühl. Männer rannten vorbei, legten hastig Lederpanzer an, zogen Schwerter oder schulterten Köcher mit Pfeilen.

Schwarzer Qualm stieg von den brennenden Zelten auf. Roderic blieb unvermittelt stehen, um sich ein Bild von der Lage zu machen. Pferde wieherten, von den Flammen in Angst versetzt, und die Regimentsfeldwebel bemühten sich verzweifelt, ein wenig Ordnung in die Reihen ihrer Männer zu bringen. Roderic tränten die Augen, und er hustete. In diesem Moment wurde er von drei weißbemalten Mutanten angegriffen.

Roderic schlug blindlings mit dem Breitschwert um sich und wich den gefährlichen, rasiermesserscharfen Speerspitzen aus. Eine durchteilte dicht an seinem Ohr die Luft. Er duckte sich und fiel auf ein Knie nieder, während ihm der Gedanke durch den Kopf schoß, wo wohl Amanander sein mochte. Sein Breitschwert traf auf ein Beinpaar, worauf ein Mutant mit durchtrennten Sehnen schreiend zusammenbrach.

Roderic warf sich herum und traf einen weiteren Gegner am Bauch. Während ihm vorübergehend eine Qualmwolke die Sicht verdeckte, hörte er Brand »Vorsicht!« schreien.

Roderic duckte sich. Ein Speer schwirrte durch die Luft. Er wehrte ihn ab und zwang den Mutanten mit einer raschen Bewegung auf die Knie nieder, hielt ihm die Schwertklinge an den Hals. Der Speer fiel zu Boden.

»Gut gemacht, Roderic.« Brand tauchte aus dem Qualm hervor, wischte sich die Hände am blutverschmierten Gewand ab.

»Ist es vorbei?«

»Es scheint so. Offenbar wollten sie Ebram-taw befreien. Keine Ahnung, was sie sich dabei gedacht haben – vielleicht hofften sie uns zu überrumpeln.«

»Wie viele leben noch?« Roderic versetzte dem Mutanten einen Schlag mit der flachen Klinge, während ihn zwei Soldaten bei den Armen packten und grob auf die Beine zogen. Drei Augen starrten aus der Gesichtsbemalung hervor. Die Soldaten schleiften ihn fort.

»Hoheit.« Einer der Leutnants salutierte. »Hauptmann.«

»Was gibt es?« fragte Brand.

»Fünfunddreißig unserer Soldaten sind tot, dreiundzwanzig verwundet. Ein Pferd wurde zu Tode getrampelt.«

»Und die Mutanten?« Roderic wischte das Blut von der Schwertklinge.

»Für ihre Verhältnisse war es eine kleine Gruppe, Hoheit. Vierzig sind tot, siebzehn wurden gefangengenommen.«

»Wo sind sie?«

»Wir haben sie zusammen mit den anderen in den Pferch gesperrt, Hoheit.«

Roderic atmete tief durch. Das Licht war nicht mehr grau; durch den Nebel schien dicht über den Zelten die flache rote Sonnenscheibe hindurch. Rot wie das Blut im Gras. Er verdrängte diesen Gedanken und blickte den Leutnant an. Seine Uniform war blutbespritzt, und aus einer Schnittwunde an der Wange sickerte rotes Blut wie Regentropfen in das bärtige Gesicht. Roderic mußte hinsehen, er konnte nicht anders.

Er hatte den Eindruck, der Zeitablauf verlangsame sich, und wandte sich verwundert zu Brand um. Brand aber blickte in die andere Richtung, und plötzlich verspürte Roderic Panik. Er bemühte sich verzweifelt, wieder zur Besinnung zu kommen. Und dann, als habe sich tief in seinem Innern etwas gelöst, entfaltete sich ein wilder Instinkt, den er bislang allenfalls in der Schlacht oder bei der Jagd verspürt hatte, und sein Blut geriet in Wallung.

»Bringt sie her«, verlangte er mit zusammengebissenen Zähnen und schwerer Zunge. Ein Feuer breitete sich in seinen Adern aus, das beim Gedanken an gefesselte, ihm wehrlos ausgelieferte Gefangene auflodernd Funken sprühte. »Und laßt die Soldaten antreten.« Seine Stimme klang unverändert, doch aus seinen Worten sprach eine Drohung.

Als er aufsah, runzelte Brand die Stirn. »Was hast du vor?«

Er wich Brands Blick aus und bemerkte, daß Amanander ihn vom Zelt aus beobachtete. Seine dunklen Augen waren verschleiert, doch um seinen Mund spielte ein dünnes Lächeln, und das geisterhafte Licht der Morgensonne färbte seine Lippen kupferrot. Die Hand hatte er auf das Heft seines Dolches gelegt, das er liebkoste wie den Körper einer Frau.

Roderic fühlte sich plötzlich gedrängt, sein Lächeln zu erwidern. »Vielleicht hat Reginald recht«, meinte er zu Brand. »Vielleicht verstehen diese Tiere wirklich bloß eine Sprache. Das wüßte ich gern genauer.« Er lächelte nicht minder verkniffen als Amanander. »Bringt die Gefangenen her!« blaffte er die Wachposten im Zelt an.

Als sich die Soldaten um den kleinen Kreis der Gefangenen versammelt hatten, trat Roderic zu Ebram-taw, der sich unerschütterlich aufrecht hielt, in die Mitte. »Nun, Ebram-taw, ich habe Euch schon einmal gefragt und frage Euch erneut. Wollt Ihr Frieden schließen? Oder soll Euer Volk ausgelöscht werden?«

Der Mutant gab keine Antwort. Roderic bemerkte aus den Augenwinkeln Brands besorgte Miene, doch ehe er sich deren Bedeutung bewußt machen konnte, trat auch schon wieder Amananders rätselhaftes Lächeln an seine Stelle. Er winkte zwei der Soldaten zu sich heran. »Frieden?« wiederholte Roderic.

Der Mutant schwieg noch immer. Wortlos gab Roderic den beiden Soldaten ein Zeichen.

Sie hoben die Schwerter und machten sich ans Werk.

Es war, als wüßten sie genau, was Roderic wollte, obwohl er sich nicht erinnern konnte, einen Befehl erteilt zu haben. Das kann eigentlich nicht sein, dachte ein verborgener Teil von ihm, der vor dem Anblick zurückschreckte, der sich ihm bot. Er wußte, daß Brand es nicht wagen würde, sich seinen Anweisungen zu widersetzen, obwohl er sicherlich entsetzt war. Außer brennendem Blutdurst verspürte er ein schwindelerregendes Hochgefühl der eigenen Macht. Es war wie ein Ritual, ein Tanz, eine Zeremonie, denn jedesmal, wenn ein geschundener, verstümmelter, toter Mutant fortgeschleppt wurde, wandte Roderic sich an Ebram-taw und stellte ihm die gleiche Frage: »Friede?«

Und dann, wenn dieser schwieg, gab Roderic erneut das Zeichen, und ein weiterer armer Teufel wurde in den rotbraunen, bald schon knöcheltiefen Schlamm geworfen. Als schließlich nur noch vier Mutanten am Leben waren, rief der schwitzende Ebram-taw gequält: »Aufhören!«

Roderic schüttelte den Kopf. Er fühlte sich benommen, berauscht, als hätte das viele Blut alle seine Begierden befriedigt und ihn in einen Zustand der Übersättigung und inneren Leere versetzt. Die Stille wurde tiefer. Sie war nahezu greifbar, wie ein Wesen, das sich wand und schüttelte, und Roderic wußte, daß Amanander unmittelbar am Rand des Kreises stand. Etwas in ihm schreckte zurück vor dieser Erkenntnis, und etwas anderes, das instinktive Gefühl, daß diese seine Reaktion wahr und richtig war, warf die übelkeiterregende Bedrückung ab wie ein Totenhemd. Plötzlich hatte er das Gefühl, der Schleier hebe sich, obwohl der Nebel unverändert dicht war und der beißende Gestank nach verbranntem Fleisch ihm den Atem verschlug.

»Friede?« fragte er bedächtig, verwundert.

Ebram-taw ließ die Schultern hängen und sagte mit heiserer, krächzender Stimme: »Friede. Ich kann nicht zulassen, daß mein Sohn getötet wird.«

5. Kapitel

An einem kalten Tag Anfang März brach Roderic von der Garnison in Atland auf, an der Spitze der erschöpften Armee und in Begleitung seiner Brüder Amanander und Brand. Reginald als Befehlshaber der Garnison war zurückgeblieben, mit dem Auftrag, die Einhaltung der Friedensvereinbarungen zu überwachen. Roderic war froh, Atland endlich den Rücken kehren zu können.

An den schrecklichen Tag, als er Ebram-taw gezwungen hatte, auf sein Friedensangebot einzugehen, erinnerte er sich nur ungern. Das Bewußtsein, derartiger Grausamkeit fähig zu sein, belastete ihn stärker als jedes andere Problem, das ihn auf dem langen Ritt durch das öde Land beschäftigte.

Während der Durchquerung des Pulatchian-Gebirges war er die meiste Zeit schweigsam und lustlos. Amanander wich er aus; wenn sich ihre Blicke trafen, erinnerte ihn etwas in seinen Augen an den Blutrausch, den er verspürt hatte, als die Soldaten ihr fürchterliches Werk verrichteten. Er wußte, daß Brand ihn voller Sorge beobachtete. Doch er wollte nicht wissen, was seine Brüder von ihm dachten, und in seinen schlimmsten Momenten fragte er sich, was die Menschen, die ihn schon ein ganzes Leben lang kannten, wohl von ihm halten mochten; Garrick, sein Lehrer, der ihm beigebracht hatte, daß die Ehre mindestens ebenso wichtig war wie die Strategie; Brands Gemahlin Jaboa, die ihn gelehrt hatte, Nachsicht mit den Schwächeren zu üben, und wie eine

Mutter zu ihm war. Er fragte sich, was wohl die Küchenjungen und Stallburschen dachten, seine Spielkameraden aus früher Jugend, von denen er gelernt hatte, daß die Geburt kein Maß war für den Wert eines Menschen. Und er fragte sich, was wohl Phineas sagen würde.

Der alte, blinde, lahme Phineas, der gleichwohl noch immer der beste Berater seines Vaters war, die eine Stimme, auf die Abelard vor allen anderen hörte, der Mann, dem Abelard vertraute wie keinem anderen. So war es immer schon gewesen, so weit Roderic zurückdenken konnte. Phineas zögerte nie, seine Meinung zu sagen. Phineas hatte keine Angst, sich Abelards Groll zuzuziehen. Was würde er dazu sagen, daß Abelards Thronerbe den Frieden mit einem Gemetzel erkauft hatte? Was für einen Prinzen – was für einen König – würde er abgeben?

Und dann war da noch Peregrine. Während sie sich allmählich Ahga näherten, mußte er immer häufiger an sie denken. Er erinnerte sich noch an den Tag, als sie ihm zum erstenmal ins Auge gefallen war. Er hatte einen der schwächsten Küchenjungen gegen die anderen verteidigt und damit ihre Bewunderung auf sich gezogen. Was aber würde sie jetzt sagen? Er stellte sich vor, wie sich ihre braunen Augen angewidert verdunkelten, wie sie geringschätzig die Lippen schürzte. Was würde sie nun von ihm halten?

Als sie das Pulatchian-Gebirge überquert hatten, wandten sie sich nach Norden und folgten einem ausgetrockneten Flußbett, in dem nur noch ein Rinnsal dahinfloß. Das gute Wetter hatte sich gehalten, der Frühling versprach, mild zu werden, doch nichts vermochte ihn von dem Gewicht zu befreien, das ihm wie ein Ziegelstein um den Hals hing. Sie kamen nur durch wenige Dörfer; diese bestanden aus ein paar armseligen Hütten, erbaut aus getrocknetem Lehm, mit Dächern aus altem Metall, das der unablässige Wind blankgescheuert hatte.

Roderic erinnerte sich daran, daß ihm sein Geschichtslehrer erzählt hatte, in den Prärien von Arkan habe es vor dem Armageddon – bevor die Menschen des Alten Meriga die Magie entdeckten und mit ihren Versuchen, sie sich gefügig zu machen, beinahe alles zerstörten – riesige Felder gegeben, auf denen sich der Weizen und Mais bis zum Horizont erstreckten, und die ganze Welt habe sich davon ernährt. Roderic konnte das kaum glauben. Meilenweit gab es nichts als Ödland mit verkümmerten, windgepeitschten Bäumen; das Erdreich war an manchen Stellen bis zum nackten Fels abgetragen. Die alten Straßen säumte verbogenes, rostendes Metall, das an Gerippe erinnerte. Roderic betrachtete schaudernd die Zerstörung. Wie hatten die Menschen des Alten Meriga bloß zulassen können, daß etwas so Gefährliches wie die Magie eingesetzt wurde? Hatten sie nicht gewußt, welchen Preis sie dafür würden zahlen müssen?

In der Dörfern standen zerlumpte Kinder in den Türen, die schmutzigen Finger im Mund voll fauliger Zähne. Als sie das erste Mal an einem solchen Ort haltmachten, war Roderic dermaßen entsetzt über ihr Elend, daß er Anweisung gab, Proviant und Decken mit ihnen zu teilen.

Brand hatte trocken angemerkt, wenn der Prinz an jedem Ort, durch den sie kämen, Geschenke verteilen wolle, bliebe ihnen selbst nichts mehr für den langen Rückweg nach Ahga.

Dies vermochte Roderic nicht zu bestreiten, und so diktierte er in seiner Hilflosigkeit dem Schreiber einen Befehl, wonach den Dorfbewohnern von Ahga aus Unterstützung zuteil werden solle.

Der Schreiber notierte schweigend die Worte des

Prinzen, doch als Roderic endete, lag so etwas wie Mitleid in seinem Blick.

»Was ist?« Roderic nahm die Feder vom Schreiber entgegen.

Der Mann schob ihm wortlos das Papier hin.

»Ich habe den Eindruck, Ihr wollt etwas sagen. Also, dann sprecht, Henrode. Meint Ihr, ich mache einen Fehler?«

»Hoheit, es steht mir nicht zu, Eure Anweisungen in Frage zu stellen. Es steht mir nicht zu, Euch zu raten.«

»Um Rat habe ich Euch auch nicht gebeten. Sagt einfach, was Ihr auf dem Herzen habt.«

»Glaubt Ihr, hier wäre es schlimmer als anderswo in Meriga, Hoheit? Selbst im Schatten der Mauern von Ahga leben Menschen, die weniger haben als diese hier. Wollt Ihr auch denen zu essen geben? Ihr werdet die Schatzkammer leeren und Eure Lebensmittelvorräte erschöpfen.«

»Was bleibt mir anderes übrig? Diese Menschen sind Untertanen meines Vaters. Sie erwarten Schutz von mir. Wie könnte ich sie da ihrem Elend überlassen?«

»Die Ridenaus haben nie danach getrachtet, das Leid des Volkes zu mindern. Das wäre auch gar nicht möglich. Ihr erfüllt Eure Verpflichtung, indem Ihr in diesem Lande den Frieden bewahrt. Das ist Eure Aufgabe, Hoheit, und nicht die Hungrigen zu nähren oder die Nackten zu kleiden. Wenn Ihr dieses Land von den gesetzlosen Harleys befreien könntet, wären die Menschen eines Tages vielleicht in der Lage, sich selbst zu versorgen. Aber es hat keinen Sinn, ihnen Dinge zu schenken, die man ihnen bloß wegnehmen wird.«

Roderic zerriß angewidert das Pergament und legte sich den Umhang um. Draußen war es Nacht geworden, und am schwarzen Himmel funkelten zahllose Sterne. Sogar der Himmel ist bewohnter als dieses leblose Land, dachte er, als er am Rand des Lagers entlangschritt und zu den Lagerfeuern seiner Soldaten hinüberschaute.

Jenseits des Lagers war alles still. Ein Wachposten wurde auf ihn aufmerksam und hob den Speer. »Wer da?«

»Der Prinzregent.«

»Ich bitte um Verzeihung, Hoheit«, sagte der Soldat, senkte den Speer aber erst, als Roderic näher trat und die Kapuze abnahm.

Roderic hielt die Hände über die Flammen. »Es ist kalt heute nacht.«

»So ist es, Hoheit.« Der Wachposten stützte sich auf den Speer. »Was macht Ihr in einer solchen Nacht im Freien, obwohl Ihr es in Eurem Zelt doch warm hättet?«

»Auch drinnen ist es gar nicht so warm. Außerdem habe ich ein solches Land noch nie gesehen.«

»Davon geträumt habt Ihr bestimmt auch nicht, möchte ich wetten.«

»Es ist so leer.« Roderic streifte sich die Kapuze wieder über den Kopf und stopfte den Saum fest in den Ausschnitt.

»Leer?« Der angegraute Soldat schnaubte. »Hier wurde viel Blut vergossen, und es wundert mich, daß der Fluß sich nicht längst rot gefärbt hat. Ich diene jetzt schon siebenundzwanzig Jahre in der Armee, Hoheit, und die meiste Zeit habe ich an Orten wie diesem verbracht.«

»Ich könnte mir einen angenehmeren Ort vorstellen.«

»Es gibt schlimmere. Weiter im Süden gibt es Sümpfe, und Ihr könnt Euch gar nicht vorstellen, was es bedeutet, Tag und Nacht den Gestank der Giftgruben einzuatmen. Der Nebel hängt in der Luft, und weiter draußen in der Wüste jagen nachts die Ekelwürmer. Glaubt mir, Hoheit, kalt und leer ist gar nicht so übel.«

Roderic nickte und ging weiter. Die wenigen Dorfhütten waren im Sternenlicht kaum zu erkennen, das die entlang der alten Schlucht angehäuften Felsen reflektierten. Kein Lichtschimmer ging davon aus, kein Rauch stieg auf, und nichts deutete darauf hin, daß sie bewohnt waren. Während Roderic so schaute, ertönte aus dem Dunkel ein hohes, langgezogenes Heulen, ein Klagelaut, der das ganze Elend dieses gottverlassenen Ortes umfaßte. Roderic sträubten sich die Nackenhaare, und er bekam eine Gänsehaut. Dann brach das Heulen so plötzlich ab, wie es eingesetzt hatte, und es herrschte wieder Stille unter den stummen Sternen.

Haben die Ridenau-Könige nicht um dieser Menschen willen danach gestrebt, die Einzelstaaten Merigas zu einen? überlegte er. Sein Vater und Garrick und alle seine Lehrer hatten immer wieder betont, ein vereintes Meriga sei ein stärkeres Meriga, ein friedliches Meriga. Doch was nutzte der Friede, wenn er nur den Starken zugute kam? Ein vereintes Meriga war sein Geburtsrecht – Abelard hatte ihm immer wieder eingeschärft, das Königreich zusammenzuhalten. Und dennoch, was hatte Phineas noch an jenem Tag gesagt, als Roderic seinem Vater dabei zugeschaut hatte, wie er dem Appelationsgericht vorsaß? *Es besteht ein heiliger Bund zwischen Euch und dem Volk, vergleichbar dem Bund zwischen König und Kongreß.* Roderic ließ den Blick über die öde Landschaft schweifen. Wahrscheinlich war er für die vor ihm liegende Aufgabe denkbar gut gerüstet. Aber wie, überlegte er, steht es mit dem Vertrauen, jenem anderen Bund, der meistens unerwähnt bleibt? Er hatte das beunruhigende Gefühl, darauf weniger gut vorbereitet zu sein.

Er schreckte zusammen, als eine hochgewachsene, dunkle, in einen Umhang vermummte Gestalt neben ihn trat.

»Du kannst nicht schlafen?« Brands Stimme wurde

durch die Kapuze, die er tief ins Gesicht gezogen hatte, stark gedämpft.

»Brand.« Roderic fragte sich, weshalb er sich durch den Umstand, daß sein ältester Bruder neben ihm im Dunkeln stand, so erleichtert fühlte. »Was tust du hier draußen?«

»Ich habe nach dir gesucht. Gerade eben ist ein Bote von Ahga eingetroffen.«

»Was gibt es?« Unwillkürlich spannte er die Schultern an.

»Die Senadoren treffen allmählich zur Versammlung ein. Laß uns ein paar Schritte gehen, was meinst du?« Eine Zeitlang gingen sie schweigend nebeneinander her. »Seit Amanander bei uns ist, hatten wir beide nicht häufig Gelegenheit, miteinander zu sprechen.« Der Erdboden, so spröde wie morsche Knochen, knirschte unter ihren Sohlen. Roderic wartete darauf, daß sein Bruder weiterredete. »Jetzt, da er im Zelt ist, möchte ich dir einiges sagen, was eigentlich Phineas dir mitteilen sollte; allerdings halte ich es nicht für ratsam, noch länger zu warten. Die Kongreßversammlung ist für den ersten Prill angesetzt. Die meisten Senadoren werden erscheinen, und wenn wir weiterhin so rasch vorwärtskommen, werden wir gerade rechtzeitig eintreffen. Aber ich finde, du solltest wissen, daß Amanander dir den Thron wahrscheinlich streitig machen wird – und Alexander dürfte ihn unterstützen.«

»Warum?«

»Weil Vater vor vielen Jahren, lange bevor du geboren wurdest, eingewilligt hat, mit einer Frau namens Rabica Onrada, die bei der Geburt der Zwillinge starb, die Ehe einzugehen.«

»Aber Vater war nie mit ihr verheiratet?«

»In einigen Staaten, und das ist der springenden Punkt, gilt ein Eheversprechen ebensoviel wie eine rechtmäßige Ehe. Wenn sich die Senadoren der Staaten, in denen entsprechende Gesetze gelten, um Amanander sammeln ...«

»Dann könnte es nach unserer Rückkehr nach Ahga zum Streit kommen?«

Brand nickte. »Wenn sie dem Schwur, den sie geleistet haben, als Vater dich kurz nach deiner Geburt zu seinem Erben ernannte, Folge leisten, wird man dich als Regenten anerkennen, das ist keine Frage. Aber ich möchte dich davor warnen, daß es auch anders kommen könnte. Und dann ist da noch Phillip.«

Roderic blieb stehen und musterte forschend seinen Bruder. »Phillip vertraust du ebenfalls nicht?«

»Vater hat sieben Söhne – allesamt älter als du. Es hat lange gedauert, bis du geboren und von Vater zu seinem Erben ernannt wurdest. Es wäre nur verständlich, wenn sich die anderen ebenfalls Hoffnungen machen würden.«

»Für dich gilt das aber nicht.«

Brand lächelte. »Nein. Meine Mutter war eine Küchenmagd – ich bin höher aufgestiegen, als ich es mir je geträumt habe. Die Mutter von Amanander und Alexander aber entstammte dem Landadel. Und Phillip – Vater hat ihn mit der Tochter des alte Jarone von Nourk vermählt, weil seine Mutter ebenfalls adlig war, die Tochter irgendeines Dorfvorstehers. Einige waren der Ansicht, Vater solle Phillip zu seinem Erben ernennen.«

»Was ist mit den anderen? Mit Reginald? Mit Everard und Vere?«

»Vere ist vor Jahren verschwunden. Ich bezweifle, daß Vater weiß, wo er sich aufhält. Vielleicht ist er sogar tot. Everard – die Familie seiner Mutter hatte sich in den Dirondac-Bergen jenseits des Nordmeers verschanzt. Er hat dort Besitzungen, ähnlich denen der Hochlandbewohner des Pulatchian-Gebirges, und pflegt wenig Umgang mit anderen. Und was Reginald angeht ...« Brand schüttelte den Kopf. Trotz der tief herabgezogenen Kapuze konnte Roderic erkennen, daß er die Lippen zu einem schmalen Strich zusammengepreßt hatte. »Es läuft alles auf eines hinaus. Vater hat zu viele Söhne. Bei der Eins, er hat nach Kräften für uns gesorgt – mich hat er in die Königsgarde gesteckt, Phillip mit Nourks Tochter vermählt, Alexander in Spogan und Reginald in Atland untergebracht. Everard ist glücklich im Norden. Was Vere angeht, wer weiß? Aber ...« Brand seufzte. »Ich erzähle das bloß, weil du es meiner Meinung nach wissen solltest.«

»Und Amanander?«

Brand blickte sich über die Schulter um. »Ich vertraue ihm nicht. Er ist wie eine zu gut geölte Klinge; sie funkelt hübsch, aber man findet keinen Halt. Die Geschichte, die er uns in Atland aufgetischt hat, nehme ich ihm nicht ab. Daß er unterwegs eine Gruppe von Mutanten gefangengenommen und von ihnen erfahren hat, wo sich Ebram-taw aufhält, worauf sie wie gerufen wieder entflohen sind, halte ich für unwahrscheinlich.«

»Aber woher soll er gewußt haben ...«

»Wo wir nach Ebram-taw suchen sollen? Wenn ich an die verschiedenen Möglichkeiten denke, läuft es mir kalt über den Rücken. Aber das sieht für mich alles zu einfach aus. Wir wollten und mußten den Aufstand zu einem raschen Ende bringen. Und dann kommt Amanander und serviert uns den Anführer sozusagen auf einem Tablett.« Brand schüttelte den Kopf. »Man könnte fast meinen, er wolle ebenso rasch wie wir nach Ahga, aber warum, vermag ich nicht zu sagen. Mir gegenüber hat er nichts erwähnt, woraus man schließen könnte, er habe es auf den Thron abgesehen – andererseits wäre es auch töricht, wenn er das täte. Aber in den dreißig Jahren, die ich unter extremen Bedingungen im Feld verbrachte, habe ich gelernt, mich auf meinen Instinkt zu verlassen – und der sagt mir, daß wir Amanander nicht trauen sollten.«

»Im Moment können wir nichts tun.«

»So ist es. Aber du solltest wissen, worauf du dich da einläßt.« Ein kalter Windstoß fuhr in ihre Umhänge, und Brand fröstelte. »Leg dich schlafen. Gute Nacht.«

Er wandte sich ab, blieb aber stehen, als Roderic ihn abermals ansprach. »Brand. Gibt es Neuigkeiten von Vater?«

Brands Gesichtsausdruck erinnerte Roderic unerklärlicherweise an den König. Brand schüttelte den Kopf. »Nein. Nichts. Schlaf. Wir haben morgen einen weiten Weg vor uns.«

Er deutete eine Verneigung an. Roderic sah ihm nach, dann folgte er ihm und bahnte sich einen Weg durch das Durcheinander der Soldaten, Vorräte und Tiere.

In dieser Nacht träumte er. Inmitten einer grauen Stille ging er durch die dunklen Hallen von Ahga, unter den hohen, gewölbten Decken einher, die sich in seinem Traum bis in einen wirbelnden Nebel erstreckten. Die Gänge waren voller ausgemergelter, hohlwangiger Menschen, die ihn schweigend anstarrten. Die Last der Jahrhunderte lag in der Luft, gleichwohl vermittelten ihm die hoch aufragenden Wände und die Fundamente, welche das Armageddon und die Jahre danach unbeschadet überstanden hatten, das Gefühl gewaltiger Stärke. Er wanderte ziellos umher, blieb aber nirgends stehen, sondern ging immer weiter, als besäßen seine Füße einen eigenen Willen und verfolgten ein eigenes Ziel.

Schließlich gelangte er zum Schlafgemach des Königs, das für gewöhnlich streng bewacht wurde. Doch diesmal waren keine Soldaten da, die ihn hätten aufhalten können, daher öffnete er die schwere Tür und trat hindurch.

Der große Raum war dunkel. Das Bett des Königs, groß genug für drei Männer und drei Frauen, war mit Laken verhüllt, die schweren Vorhänge waren zugezogen. Es war kalt und roch staubig. Im Kamin, der so hoch war, daß ein Mann darin stehen konnte, brannte kein Feuer, die kostbaren Fliesen waren blankgeputzt. Die Juwelen im Wappen der Ridenau-Könige über dem Bett sahen aus wie gewöhnliche Kiesel aus einem Flußbett, und selbst die goldenen Lettern wirkten stumpf. Der Raum erinnerte an eine Gruft. Und dann bemerkte er einen Lichtschimmer, der unter der Tür zum Arbeitszimmer des Königs hindurchfiel. Er öffnete die Tür und trat über die Schwelle.

Im Kamin brannte ein munteres Feuer, und davor stand Abelard. »Vater!« rief Roderic.

Der König streckte lächelnd die Arme aus. Mit der eigentümlichen Gleichgültigkeit, wie sie einem im Traum bisweilen zu eigen ist, nahm Roderic zur Kenntnis, daß ein Arm in einem Stumpf endete. Die rote Wunde war ausgefasert, und der weiße Knochen schimmerte feucht. Gleichwohl zuckte er vor der Umarmung des Königs nicht zurück. »Vater, was ist mit dir geschehen?«

Abelard schüttelte den Kopf.

»Wann kommst du zurück?«

Abelards Begrüßungslächeln wurde traurig.

»Oh«, sagte Roderic. »Du kannst nicht zurückkommen.«

Abermals schüttelte der König den Kopf.

»Du fehlst mir, Vater.«

Im Traum war Abelard sehr groß. Er schloß Roderic in die Arme, als wäre dieser wieder ein kleiner Junge. Roderic spürte die gewaltige Stärke seiner Armmuskeln. Für einen Moment entspannte er sich, dann wich der König vor ihm zurück. Mit einer weit ausholenden Bewegung des unverletzten Arms deutete er auf den Raum, den mit zusammengerollten Pergamenten und Botschaften überhäuften Arbeitstisch, die gerahmten Landkarten von allen Gegenden Merigas an den Wänden. Er zog Roderic ins Schlafgemach hinüber und zeigte auf das Wappen über dem Bett. Das Breitschwert seines Vaters mit den im Halbdunkel funkelnden Steinen hing in einer Scheide über dem Wappen. Mit diesem Schwert war sein Vater in den Krieg gezogen.

Trotz der Dunkelheit konnte Roderic die Wappeninschrift ebenso deutlich erkennen, als schiene die Sonne darauf: *Der Glaube möge vollenden, was die Hoffnung beginnt.* Der König drehte ihn herum, so daß sie einander ins Gesicht sahen. In diesem Moment hatte Roderic das Gefühl zu wachsen, bis er und sein Vater gleich groß waren. Abelards Augen brannten sich in sein Hirn ein, und die Wappeninschrift hallte durch seinen Kopf, als hätte Abelard sie laut ausgesprochen. *Vergiß nicht,* schien sein Vater zu sagen. *Glaube. Hoffnung. Such darin deine Stärke.*

Roderic lächelte, obwohl ihm die Tränen kamen. »Ich werde dich niemals vergessen, Vater.«

Der König nickte ernst und traurig und zeigte mit dem Armstumpf zur Tür.

Roderic erwachte auf der niedrigen Pritsche. Das Licht war grau, und in der Luft lag Morgengeruch. Er kleidete sich eilig an und ging nach draußen. Das Lager erwachte soeben zum Leben. Einen Moment lang schaute er zu, wie die Soldaten aus ihren Zelten traten, während die Pferde, die gefüttert und getränkt wurden, gelegentlich aufwieherten. Der schwache Wind führte Essensdüfte heran.

Glaube und Hoffnung. Bilder der sterbenden Mutanten, der verhungernden Kinder gingen ihm durch den

Sinn, eine Bedrückung, die nicht einmal der anbrechende Tag von ihm zu nehmen vermochte. Angesichts dieser Leiden wurden alle Platitüden hinfällig. Woran glaubten diese Menschen, was erhofften sich die Mutanten? Er wußte, woran sein Vater glaubte – an den heiligen Treueschwur, an die Unteilbarkeit der Union. Ist das genug? fragte er sich. Oder waren das bloß verblaßte Worte auf einem matt gewordenen Schild? Er dachte daran, was Brand ihm in der Nacht gesagt hatte, und fragte sich, ob aller Glaube und alle Hoffnung Merigas ausreichen würden, die vor ihm liegende Aufgabe zu bewältigen.

6. Kapitel

»So, Tavy.« Jesselyn Ridenau zog die verschlissene Decke bis ans Kinn ihrer Schwester hoch und tätschelte Tavia die tränenüberströmten Wangen. »Schlaf ein wenig, am Abend wird Everard hier sein. Du weißt ja, er bringt dir jedesmal ein Geschenk mit.«

Die Frau im Bett drehte sich auf die Seite und schloß wie ein gehorsames Kind die Augen, obwohl sie über vierzig war. Jesselyn richtete sich seufzend auf und sah die Pflegerin an, die auf der anderen Bettseite stand.

»Es tut mir leid, daß wir Euch von der Krankenstube hergerufen haben, Ehrwürden, aber in diesem Zustand kommt einfach niemand mit ihr zurecht.«

Jesselyn nickte und streichelte Tavias glatte Wange mit ihrer abgearbeiteten Hand. Sie berührte die langen, dunklen, mittlerweile angegrauten Zöpfe ihrer Schwester. »Ihr habt recht getan. Ich wollte sowieso herkommen, um mich zu vergewissern, ob für heute abend alles vorbereitet ist.« Sie blickte sich im kleinen, schäbigen Zimmer um, das sie gleichwohl freundlich hergerichtet hatte. Die Vorhänge der schmalen Fenster waren hellgelb und mit blauen Bändern zurückgebunden, auf dem Boden aus blankgescheuerten Pinienbrettern lag ein bunter Flickenteppich. Auf dem Tisch stand neben einer leeren Wiege ein irdener Krug mit getrockneten Blumen. »Wenn es nichts mehr zu besprechen gibt, dann lasse ich Euch jetzt mit ihr allein. Sie wird erst in ein paar Stunden aufwachen.«

Die Pflegerin nickte und hob einen mit Nähsachen

gefüllten Weidenkorb hoch. Jesselyn schloß leise die wackelige Tür und trat auf den niedrigen Gang des Hauses, in dem sie den größten Teil ihres Lebens im östlichen Vorgebirge der Okcono-Berge verbracht hatte. Sie lehnte sich an die weißgetünchte Wand und strich sich eine braune Haarsträhne aus den Augen. Sie war mehr als müde – sie war erschöpft. Sie war kaum dreißig, fühlte sich aber wie sechzig. Wenn Everard erwartet wurde, gab es jedesmal soviel zu tun. Sie kannte nicht den Grund seines Besuchs, vermutete aber, daß er in Zusammenhang mit dem Verschwinden ihres Vaters stand, von dem sie vor etwa einer Woche durch eine Gruppe von Wanderarbeitern erfahren hatte, welche auf der Suche nach Arbeit den Jahreszeiten folgten. Ihre Erschöpfung rührte nicht bloß vom bevorstehenden Besuch ihres Bruders her. Alle Tage waren wie dieser – immer mehr Flüchtlinge strömten aus dem Süden herbei, und die Kranken, Alten und Armen fanden den Weg zu ihrer Tür. *Die Ernte ist groß, aber der Arbeiter sind wenige.* Diese Worte aus der alten Heiligen Schrift ginge ihr durch den Sinn. Sie lächelte still vor sich hin. Sie war zwar eine abtrünnige, exkommunizierte Priesterin, aber die Heilige Schrift kannte sie noch immer.

»Ehrwürden?«

Beim Klang der Stimme, die so leise war, daß sie jeder andere wohl überhört hätte, schreckte Jesselyn zusammen. Die Mutantenfrau stand zögernd in der Tür, als rechne sie mit einer Zurückweisung. Ihr Gesicht war teilweise unter einem verschlissenen Kopftuch verborgen, das die häßlichen Narben verdeckte, die man ihr bereits als Kind beigebracht hatte. Obwohl Jesselyn ihre Geschichte fraglos hingenommen und die Frau so wie alle anderen aufgenommen hatte, verspürte sie in ihrer Gegenwart doch häufig ein unerklärliches Unbehagen. In möglichst sanftem Ton fragte Jesselyn: »Ja, Sera? Ist mein Bruder eingetroffen?«

»Nein, Madam. Wir haben eines der Kinder im Wald gefunden – der Junge ist in schlechter Verfassung. Könnt Ihr mit zur Krankenstation kommen?«

Jesselyn hatte ihr Unbehagen sogleich vergessen und raffte die geflickten Röcke ihres abgenutzten Priesterinnengewands. »Es geht ihm schlecht? Ist er verletzt?«

»Nein, Madam. Es sieht aus wie die Purpurkrankheit ...« Kaum hatte Sera das Wort ausgesprochen, war Jesselyn auch schon aus der Tür gestürzt und rannte über den unbefestigten Weg zur Krankenstation, ohne auf den bitterkalten Märzwind zu achten. Keine andere Krankheit der Mutanten war so gefährlich wie diese. Es hieß, wer davon befallen sei, könne sich zum Essen hinsetzen und tot umfallen, bevor er die Hand zum Mund erhoben habe. Wenn es sich wirklich um die Purpurkrankheit handelte, mußte der Kranke so rasch wie möglich in Quarantäne, denn die Mutantenpflegerinnen brachten sich allein dadurch, daß sie die gleiche Luft einatmeten, in Gefahr. »Mharri, Chas'n!« rief sie, als sie über die Schwelle des langgestreckten weißen Gebäudes trat, das von einer Ansammlung Pinien überschattet wurde.

Es war vorbei. Sie wußte es, sobald sie die Gesichter der Pflegerinnen sah. Sie hatten sich in möglichst weitem Abstand von der Tür des Raumes versammelt, in dem man den Neuzugang untergebracht hatte. Die Kranken auf den niedrigen weißen Pritschen blickten ihr angsterfüllt entgegen. Ein süßlicher Geruch lag in der Luft.

Der Mutant lag reglos auf dem weiß bezogenen Bett. Offenbar war er unter Qualen gestorben, denn der Rücken war verkrümmt, die Haut voller purpurfarbener Flecken, die noch immer rötlichen Schleim absonderten. Dunkles Blut rann aus dem Mundwinkel übers Kinn. Die Sekundärarme waren ausgebreitet, die Primärarme hatte er auf der Brust zu Fäusten geballt.

Seufzend lehnte Jesselyn sich an den Türrahmen, während ihr die beiden menschlichen Pflegerinnen über die Schulter sahen.

»Ihr hättet ihm auch nicht helfen können, Ehrwürden«, flüsterte Mharri. Aus ihren hellen Augen sprach Mitgefühl.

»Nein.« Die alte Frau hatte recht. Weshalb aber fühlte sie sich dann so niedergedrückt, als habe sich ein zusätzliches Gewicht auf ihre Schultern gelegt, das sie unmöglich tragen konnte? Sie blickte sich in dem kühlen weißen Raum um. »Den Leichnam werden wir verbrennen müssen – außerdem alles, was er berührt hat.« In diesem Moment drangen von draußen Hufgetrappel und Begrüßungsrufe herein.

»Ehrwürden?« Eine der Mutantinnen zeigte auf die Wassereimer. »Wir haben nur sehr wenig Seife und sauberes Leinen. Wenn wir alles waschen sollen, wäre es dann möglich ...«

»Natürlich. Ich lasse Euch Nachschub aus der Wäscherei bringen.« Auf einmal fühlte sie sich völlig kraftlos. Es gab soviel zu tun und so wenige Helfer. »Der Leichnam darf nur von Menschen angefaßt werden, habt Ihr verstanden?« Sie hatte in barscherem Ton gesprochen als beabsichtigt, und sogleich tat es ihr leid. »Verzeihung«, sagte sie an niemand Bestimmten gewandt. »Wenn ich meinen Bruder begrüßt habe, werde ich für den Toten beten.«

Später, als die Sonne wie eine rote Scheibe hinter den abgerundeten Bergen im Westen versank, stand Jesselyn im Feuerkreis und rezitierte die alten Begräbnisformeln der Mutantenstämme, in einer Sprache, die reich an Vokalen und geheimnisvoller Bedeutung war. Die windgepeitschten Flammen loderten in alle Richtungen und verdeckten den Scheiterhaufen in der Mitte.

Während der ganzen Zeremonie war sie sich Everards

Anwesenheit bewußt, der beruhigend neben ihr stand und sie auf eine Weise tröstete, wie die alten Worte es niemals vermocht hätten. Als sie die Arme nach der letzten Segnung sinken ließ, bewegte sich Everard. Er war ein großer Mann; die Mutanten wirkten neben ihm zwergenhaft, und sie selbst kam sich vor wie ein Kind. Von allen ihren zahlreichen Geschwistern hielt allein Everard mit ihr Kontakt. Ihr Einsatz für die ärmsten der Mutanten hatte sie in ihrer Familie zur Außenseiterin gemacht. Unvermittelt wurde ihr bewußt, daß sie weder den Grund seines Besuchs noch sein nächstes Ziel kannte. Ausgerüstet war er für eine weite Reise. Als sich die Menge zerstreute, faßte er ihr unters Kinn. »Du siehst müde aus, Jessie«, brach er das Schweigen.

Sie zuckte die Schultern. »Es ist viel passiert in letzter Zeit – täglich treffen Flüchtlinge aus dem Süden ein, manchmal zwei bis drei Dutzend auf einmal. In Atland muß es schrecklich sein.«

Abermals schwiegen sie, bis Everard sie am Ärmel zupfte. »Komm. Ein Becher heißer, gewürzter Apfelwein wird dir guttun.«

»Tut mir leid. Wir haben keine Gewürze – mit den letzten Vorräten habe ich mir vom Vorsteher von Bartertown ein wenig Frieden erkauft.«

»Ich habe dir Nachschub mitgebracht. Und mach dir keine Sorgen – dieser kleine Lord wird dir keinen Ärger mehr machen. Seine Lakaien hatten das Pech, mir auf der Herreise über den Weg zu laufen.« Er legte ihr den Arm um die Schulter und drückte sie an sich. Schließlich machte sie sich los und rang sich ein Lächeln ab.

»Gewürzter Apfelwein, das klingt gut.«

Als sie sich zum Gehen wandten, näherte sich ihnen Mharri, den Rücken gebeugt unter dem zerschlissenen Umhängetuch, das sie zum Schutz vor der Abendkühle trug. »Ehrwürden, großer Lord.«

»Was gibt es?« fragte Jesselyn, welche die Frau am liebsten gebeten hätte, bis zum Morgen zu warten. Aus den Augenwinkeln nahm sie wahr, daß Sera im Schatten wartete, unmittelbar am Rande des Lichtkreises.

»Ich hatte bislang noch keine Gelegenheit, Euch dies zu geben, Ehrwürden. Aber der arme Kerl trug es in einem Beutel um den Hals. Als er starb, hielt er es umklammert. Wir haben es entdeckt, als wir ihn zum Scheiterhaufen trugen. Die Kinder der Magie befördern so ihre Nachrichten.« Zögernd streckte sie ihr ein in Leder eingeschlagenes, schmutziges, abgegriffenes Päckchen hin.

»Hat eines der Kinder es berührt?« fragte Jesselyn scharf.

»Nein, Ehrwürden. Aber wir hielten es für besser, daß Ihr es bekommt, als daß es verbrennt. Es scheint eine lange Reise hinter sich zu haben.«

Jesselyn nickte und nahm das Päckchen entgegen. »Jetzt wissen wir also, daß der arme Kerl ein Bote war.« Sie wandte sich Everard zu. »Wahrscheinlich wollte er das zu den Nordstämmen bringen. Wir sollten es uns einmal anschauen, und vielleicht kannst du ja dafür sorgen, daß es den rechtmäßigen Empfänger erreicht.«

Everard ist wie eine Glucke, dachte Jesselyn und lehnte sich an die hohe Lehne des einzigen bequemen Stuhls in dem Raum, der ihr als Wohnzimmer, Arbeitszimmer und notfalls auch als Vorratskammer diente. Sie kostete vom Apfelwein, den er ihr reichte. Für einen so großen und stämmigen Mann bewegte er sich behende, sogar anmutig. Er beobachtete sie aufmerksam, und wenngleich noch immer der gewohnte Humor in seinen Augen aufblitzte, wirkten diese doch ebenso vergrämt, wie sie sich fühlte. Sie schloß die Augen und schnupperte den heißen Dampf.

»Fühlst du dich jetzt besser?« Er ließ sich zu ihren Füßen auf dem Boden nieder.

»Viel besser.«

»Du hast viel durchgemacht.«

Das war nicht als Frage gemeint. Sie zuckte die Schultern. »Schlimmer war es noch nie. Der Flüchtlingsstrom reißt niemals ab – ständig fehlt uns alles mögliche. Ich weiß nicht, was ich hätte anfangen sollen, wenn du mir nicht vor einem Monat Vorräte geschickt hättest. Die Nahrung und die Kleidung reichen niemals aus. Ich bemühe mich, Land für sie zu finden oder sie bei den Nachbarstämmen unterzubringen, aber ...« Auf einmal war sie zu erschöpft, um fortzufahren.

»Du leistest gute Arbeit, Jessie.« Lange Zeit schwiegen sie und nippten am Apfelwein, während das Kaminfeuer munter prasselte. Er stocherte mit einem langen Eisen in den Scheiten. »Du solltest die Botschaft besser lesen, solange ich hier bin. Wenn nötig nehme ich sie morgen mit.«

Unvermittelt setzte sie den Becher auf dem Boden ab und holte das Päckchen aus ihrem Gewand. Es verströmte den Schweißgeruch eines Kranken. Vorsichtig entfernte sie die Umhüllung, bis sie mehrere Blätter Pergament in Händen hielt. Sie beugte sich vor und las mit wachsendem Erstaunen die Botschaft.

»Nun?« fragte Everard schließlich.

Sie reichte ihm die Blätter. Er warf einen Blick darauf und schüttelte den Kopf. »Du weißt doch, Jessie, daß ich die Mutantenschrift nicht lesen kann.«

»Ja«, sagte sie und begann zu zittern. »Aber sieh dir das Siegel an. Die Botschaft stammt von Vere.«

»Vere?« Everard drehte das Pergament um. »Ich hätte schon immer gern gewußt, wohin sich der Bursche abgesetzt hat, als er vor Jahren während Mortmains Aufstand einfach verschwand. Vielleicht warst du damals noch zu klein, um dich daran zu erinnern …«

»Tavia hat mir davon erzählt, als ich etwas älter war.«

»Und was steht drin? Wer ist der Adressat?«

Jesselyn nahm die Blätter von Everard entgegen und betrachtete sie mit gerunzelter Stirn. »Der Ältestenrat – die Pr'fessoren des Kollegs.«

»Vere verkehrt in hohen Kreisen.«

»So ist es. Der Bote sollte das in ihr Exil bringen – weißt du, wo das ist?«

Everard schüttelte bloß den Kopf.

»Laß sehen. Da steht: ›Ich grüße meine Brüder und Schwestern vom Ältestenrat und hoffe, daß die Unruhe unter den Gewöhnlichen Kindern ihr ruhiges Leben nicht beeinträchtigt hat. Allerdings fürchte ich, daß dieser Brief genau diese Wirkung haben könnte. Ich glaube, wir haben Ferad-lugz, den Verräter, in der Wüste von Dlas-for'Torth aufgespürt. Unsere Befürchtung, er könnte seine Studien der Magie fortgeführt haben, wurde bestätigt. Gegenwärtig stellt er eine große Gefahr nicht nur für den Herrschenden Rat und die Kinder, sondern für ganz Meriga dar. Trotz der ungewissen Lage schicke ich Euch meinen Boten in der Hoffnung, daß Ihr, wenn Ihr Euch beraten habt, in der Lage sein werdet, die nächsten Schritte festzulegen. Ich beabsichtige, dem Boten zu folgen. Aufgrund der gegenwärtigen Unruhen kann sich meine Ankunft allerdings verzögern. Möge die Macht, welche des Universum ordnet, mit Euch sein. Vere.‹«

Jesselyn hob den Kopf und sah Everard an. »Wir müssen dafür sorgen, daß die Ältesten den Brief erhalten.«

»Ist er datiert?«

Sie drehte das dicke Pergament um. »Der Brief ist vom ersten Febry. Kannst du die Botschaft zustellen?«

»Das hoffe ich. Aber du solltest eine Kopie anfertigen. Die Ältesten sind nicht die einzigen, die davon erfahren sollten.«

In ihren blauen Augen lag eine Frage.

»Roderic muß davon erfahren, Jessie«, bemühte Everard sich um eine Antwort. »Wenn ganz Meriga betroffen ist ...«

»Ach was!« Sie wandte sich heftig ab und hätte das fleckige Pergament beinahe zusammengeknüllt. »Weißt du, wie sie ihn nennen? Die Kinder der Magie, meine ich? Sie nennen ihn den Schlächter.«

»Jessie – ganz gleich, was geschehen ist, er ist der anerkannte Herrscher von ganz Meriga oder wird es in Kürze sein ...«

»Einen schönen Anfang hat er da gemacht. Kennst du die Geschichte aus erster Hand? Ich schon, Everard, und mir wird immer noch schlecht davon. Im Traum sehe ich diese armen Wesen vor mir ... Er hat befohlen, ihnen die Haut abzuziehen und ihnen die Gliedmaßen mit stumpfen Klingen abzuhacken. Wie kannst du ihn da noch als deinen Bruder bezeichnen?«

Everard schwieg. Er stand auf, schenkte Apfelwein nach und lehnte sich an den Kamin. »Vielleicht sind die Berichte ja übertrieben.«

»Das habe ich auch geglaubt – bis ich einen der Überlebenden traf. Roderic mag der Herrscher von ganz Meriga sein, aber er ist nicht der Mann ...«

»Du hast recht, Jessie. Er ist ein Jüngling – ein achtzehnjähriger Jüngling, der es mit dem größten Aufstand seit Menschengedenken zu tun hat, während Vater verschwunden ist. Ich will nicht entschuldigen, was er in Atland getan hat, ich sage bloß, daß es unter den gegebenen Umständen vielleicht verständlich war.«

»Willst du damit sagen, wir sollten Verständnis für die Schlächterei haben?«

Everard seufzte. »Ich erwarte nicht ...«

»Ach, erspar mir den Vortrag über die hilflose Frau.« Sie stand auf und ging vor dem Kamin auf und ab.

»Hast du vergessen, daß Vater irgendwo in Arkan verschwunden ist? Das liegt so nahe bei Dlas, daß sich mir die Vermutung aufdrängt, Ferad könnte bei Vaters Verschwinden die Hand im Spiel gehabt haben.«

Sie hielt inne, konnte ihm aber nicht in die Augen sehen. »Nein. Das glaube ich nicht.«

»Und dann ginge das nicht bloß die Ältesten etwas an. Diese Angelegenheit betrifft Roderic als Regenten und seine Berater, wenn nicht den ganzen Kongreß.« Als Jesselyn schwieg, fuhr er fort: »Ich werde die Botschaft mitnehmen und versuchen, sie zuzustellen. Aber ich glaube, du solltest nach Ahga gehen.«

Sie blickte Everard ungläubig an. »Bist du verrückt? Ich kann nicht nach Ahga gehen. Ich bin verbannt – die Bischöfin brächte mich vor den Bischofsrat, und dann könnte nicht einmal Vater mich noch schützen. Das ist unmöglich.«

»Es muß einen Weg geben, Jessie.«

»Weshalb reitest du nicht nach Ahga?«

»Ich bin unterwegs nach Atland. Phineas hat mich gebeten, Reginald bei der Durchsetzung der Friedensvereinbarungen zu helfen.«

»Ihm zu helfen? Du meinst, du sollst sicherstellen, daß er sein Wort hält. Er ist vom gleichen Schlag wie Roderic – obwohl ich zugeben muß, daß er noch nie eine solche Schlechtigkeit begangen hat. Die Kinder der Magie vertrauen Reginald nicht.«

Everard bedeutete ihr, sich hinzusetzen. »Es geht nicht bloß um Reginald. Der Senador von Atland ist alt, und Phineas verläßt sich darauf, daß ich mich der niederen Lords annehme – der Dorfvorsteher und Gouverneure. Reginald ist kein Diplomat. Du siehst, ich kann nicht nach Ahga zurückkehren. Ich werde dafür sorgen, daß die Botschaft die Ältesten erreicht, aber du mußt Roderic aufsuchen.«

»Könnte nicht jemand anders die Botschaft überbringen? Wie wäre es mit Phillip?« Doch im Grunde wußte sie bereits, daß Everard recht hatte. Phillip hielt sich wahrscheinlich schon in Ahga auf, und wenn die Botschaft wirklich so dringend war, wie Vere behauptete, blieb keine Zeit mehr, sich Gewißheit zu verschaffen. Und wem sonst wäre zu trauen gewesen? »Wer ist dieser Ferad-lugz?«

Everard schüttelte den Kopf und lächelte angesichts ihres Einlenkens. »Keine Ahnung. Den Namen habe ich noch nie gehört, aber es wundert mich eigentlich nicht. Du weißt wohl, daß am Kolleg vieles vor sich geht, das nicht bekannt wird oder sich dem Begreifen entzieht. Mir reicht es, daß Vere die Alte Magie erwähnt und daß dieser Ferad-lugz bei ihnen als Verräter gilt. Das kann nur eines bedeuten. Ferad versucht, die Magie für seine eigenen Zwecke zu nutzen, wie immer diese aussehen mögen. Denk drüber nach, Jessie. Überleg einmal, was das für uns alle bedeuten könnte.«

Jesselyn seufzte. Sie trat ans Fenster und blickte in die dunkle Nacht hinaus. Sie hörte den langsamen Rhythmus der Felltrommeln, mit denen die Mutanten den Tod des Boten beklagten, und das Glas an ihrer Wange fühlte sich kalt an. »Und wenn ich einfach bloß einen Brief schreibe?«

»Du bist dickköpfig, nicht wahr? Wenn es nicht notwendig wäre, würde ich nicht von dir erwarten, daß du das Gebirge überquerst. Aber die Mutanten kennen und respektieren dich – und die Menschen werden dich als Priesterin respektieren. Wenn du schon glaubst, es sei schwierig für dich, Ahga zu erreichen, was meinst du wohl, auf welche Hindernisse ein Mutant unterwegs stieße? Außerdem bist du nicht bloß eine untergeordnete Priesterin – du bist eine Prinzessin. Du hast jedes Recht dazu, nach Ahga zu kommen. Wenn du Roderic Nachricht gibst, du seist unterwegs, schickt er dir bestimmt eine Eskorte entgegen.«

»Ich müßte Tavia mitnehmen. Niemand kommt so gut mit ihr zurecht wie ich, und wenn es ihr schlecht geht, will sie mich ständig um sich haben.«

»Wie geht es Tavia? Ich habe sie beim Essen nicht gesehen.«

»Heute hatte sie einen schlechten Tag. Nach allem, was sie durchgemacht hat, kann ich ihr keinen Vorwurf machen. Aber ich kann sie nicht hierlassen.«

»Dann nimm sie eben mit. Hast du schon einmal daran gedacht, daß ihr die Reise nach Ahga guttun könnte? Wenn ich könnte, ginge ich selbst, Jessie. Aber der Friede in Atland ist zu gefährdet. Ich will nicht, daß diese armen Kerle umsonst gestorben sind.« Für einen Moment erschlafften seine Schultern, und seine Augen verloren den gewohnten Glanz. »Unter anderen Umständen überbrächte ich Roderic die Botschaft selbst.«

»Glaubst du, du erträgst seine Gegenwart?«

»Ich habe geschworen, seinem Ruf Folge zu leisten.«

»Aber ...«

Everard hob die Hand. »Friede, Jessie. Er ist der Regent. Wir alle haben geschworen, ihm zu gehorchen.«

»Ich nicht.« Jessie verschränkte die Arme vor der Brust und lehnte die Wange ans kalte Glas. »Ich nicht, und Gehorsam werde ich weder ihm noch sonst jemandem schwören.«

Everard nickte und atmete tief durch. »Verzeih mir die Bemerkung, Jessie, aber mir scheint, du hast es mit Gelübden noch nie so genau genommen.« Er verneigte sich knapp, ging auf Zehenspitzen zur Tür und riß sie auf. Sprachlos beobachtete sie, wie er beinahe über eine kleine Gestalt gestolpert wäre, die vor der Tür gehockt hatte. »Was tust du hier?« Everard zog die Gestalt am Nacken hoch, und Jesselyn wurde jäh bewußt, das Sera wohl die ganze Unterhaltung belauscht hatte.

»Sera. Was hast du hier verloren?«

»Ich habe Dienst, Ehrwürden.« Die Mutantin wand sich und hielt sich das Kopftuch vors Gesicht.

Everard setzte sie nicht allzu sanft ab. Er seufzte erleichtert. »Na los, an die Arbeit.« Während Sera davoneilte, wandte er sich zu Jesselyn um. »Bitte, Jessie. Bitte tu, worum ich dich gebeten habe.«

Jesselyn nickte schweigend und fragte sich, ob sie Sera vielleicht hätte folgen sollen.

7. Kapitel

Am letzten Märztag gegen Mittag überquerte Roderic, gefolgt von seinen Brüdern Brand und Amanander, die herabgelassene Zugbrücke und lenkte sein müdes Pferd zwischen den alten Türmen hindurch in den ersten Hof der Burg Ahga. Ihm folgte durch die gewundenen, von verhaltenen Schaulustigen gesäumten Straßen die erschöpfte Armee. Aufrecht im Sattel sitzend, bekleidet mit dem von der Schlacht mitgenommenen Lederpanzer, erwiderte Roderic die grimmigen Blicke so gleichmütig wie möglich. Er machte den Leuten keinen Vorwurf. Ihr König, den sie mehr als vierzig Jahre lang verehrt, bejubelt und unterstützt hatten, mit ihrem Blut, ihrem Gold, ihren Hoffnungen und Träumen, war verschwunden. Und doch gab es noch keine Gewißheit über seinen Tod – er war einfach verschwunden, aufgrund eines Vorfalls, den nicht einmal er hatte voraussehen können. Kein Wunder, daß die Bewohner von Ahga Angst hatten. Die schweren Proviantwagen schwankten übers unebene Pflaster, und das Rumpeln der Räder war der einzige Willkommenschor in den stillen Straßen.

Als sie vom Schatten des Tores in den Außenhof der großen Festung gelangten, sah Roderic das gesamte Gesinde auf der Treppe warten, die zum Innenhof führte. Über ihm erhoben sich zehn Stockwerke hoch die großen Stallungen; die Stallburschen hatten sich auf der ansteigenden, geschwungenen Eingangsrampe versammelt. Die aufgereihten Soldaten in der Uniform der Königsgarde nahmen Haltung an. Das Gesinde jubelte, laut und freundlich, und hinter seinem Rücken flatterte eine Standarte. Aus den Augenwinkeln nahm er eine blaue, weißgeränderte Fahne wahr, worauf der Adler von Meriga dargestellt war, wie er gerade auf dem Burgtor landete: seine eigene Standarte, die für jedermann verkündete, daß der Thronerbe Merigas wieder in der Festung weilte. Plötzlich wurde ihm bewußt, daß seine Fahne zum erstenmal allein über Ahga wehte. Er zog die Zügel stramm, und ein Stallbursche kam herbeigerannt. Mit einem müden Lächeln übergab Roderic das Pferd an den Knaben. »Danke«, murmelte er.

Der Knabe neigte verlegen den Kopf und führte das Pferd fort. Während andere Stallburschen von Brand, Amanander und den Regimentsoffizieren die Zügel übernahmen, strich Roderic glättend über sein Gewand und warf sich den Umhang über die Schulter. Endlich wieder zu Hause. Doch wie verschieden war diese Heimkehr von jener, die er sich an jenem Herbsttag vorgestellt hatte, als er mit Abelards Segen im Ohr in den Krieg gezogen war, während seine Hand von Händedruck des Königs noch prickelte. Er kehrte nicht als der geliebte Sohn, als der auserkorene Erbe heim. Jetzt war er Herr über die gewaltige Festung, deren höchsten Türme ganze fünfundzwanzig Stockwerke in den Himmel ragten. Und obwohl er gewußt hatte, daß der Tag, da ganz Meriga sein wäre, einmal kommen würde, hatte er doch geglaubt, dies werde erst in einer fernen Zukunft geschehen, die sich seiner Vorstellungskraft noch entzog.

Er war sich der allgemeinen Erwartung bewußt, er werde sogleich den Platz seines Vaters einnehmen, und fragte sich, ob er sich vor den Beratern seines Vaters für sein Vorgehen in Atland werde rechtfertigen müssen. Er rückte sich das Breitschwert auf dem Rücken zurecht und hielt Ausschau nach Peregrine. Er sah den breit lächelnden Garrick und Jaboa, die ihren freundlichen Blick auf Brand geheftet hatte.

In der Mitte der obersten Treppe, die zur eigentlichen Burg hochführte, stand Gartred, die Geliebte des Königs, mit dem dampfenden Willkommenstrunk in der Hand. Phineas lag neben ihr auf seiner Trage, die Lider über den blinden Augen geschlossen, mit den vernarbten Händen unruhig an der Decke zupfend, die ihn von der Brust bis zu den Füßen bedeckte.

Als Roderic am Fuß der flachen Treppe angelangt war, verneigte sich das Gesinde und knickste, und Gartred hob den goldenen Kelch. »Willkommen daheim, Hoheit.« Sie hatte so leise gesprochen, daß er sich vorbeugen mußte, um sie zu verstehen. »Ich hoffe, Ihr hattet eine angenehme Reise.« Sie neigte den Kopf, und ihre Wimpern standen wie dunkle Halbmonde vor ihren hellen Wangen. Ihre Haut duftete ebenso berauschend wie doppelt gegorener Wein. Als er den Kelch entgegennahm, berührten sich ihre Finger. Ihr dunkelrotes Kleid war so tief ausgeschnitten, daß man den Ansatz der Warzenhöfe sah. Unwillkürlich wandte er den Blick ab und hielt wiederum nach Peregrine Ausschau.

Gartred richtete sich auf und fing seinen Blick auf, als wüßte sie, wen er suchte. »Ihr seht gut aus, Hoheit.«

Ihre Lippen waren voll und rot, und zwischen ihre Brüste schmiegte sich eine Perlenkette. Trotz seiner Verlegenheit mußte er einfach hinsehen. »Ich danke Euch, Lady«, brachte er mühsam hervor und trank so unbeholfen, daß er ein wenig Wein verschüttete und ein blutroter Tropfen am Kelch hinunterrann.

Sie fing den Tropfen mit dem Zeigefinger auf. Lächelnd leckte sie den Finger mit der Zungenspitze ab.

Brand, der neben Roderic stand, hüstelte. Roderic

reichte den Kelch an seinen Bruder weiter und verneigte sich. »Danke«, wiederholte er, von der unverhohlenen Zweideutigkeit der Geste verwirrt. Die Geliebte des Königs war etwa zwanzig Jahre älter als er und hatte ihn ihrer Aufmerksamkeit bislang nicht für würdig befunden. Er trat an ihr vorbei, musterte abermals die Menge und blieb schließlich vor Phineas' Trage stehen. »Lord Phineas«, sagte er mit einem tiefen Seufzer.

»Roderic.« So gebrechlich er war, hatte sich seine Stimme doch kaum verändert – es war die Stimme eines Mannes, der bedingungslosen Gehorsam gewohnt war. Allerdings gab es einen Unterton, ganz so, als sei Phineas von einem Gefühl bewegt, das er nicht vollständig unterdrücken vermochte. »Willkommen zu Hause, Hoheit.«

»Ich bin froh, wieder daheim zu sein.« Es war das erste Mal, daß Phineas ihn ›Hoheit‹ nannte. Roderic hätte sich dem alten Mann am liebsten an die Brust geworfen und sein Gesicht in der Decke vergraben, so wie er es früher bisweilen getan hatte, wenn die Lehrer zu streng mit ihm gewesen waren. Er erinnerte sich an den Traum, in dem sein Vater vorgekommen war. »Ich wünschte, das Wiedersehen stünde unter einem günstigeren Stern. Gibt es Neues von Vater?«

»Wir müssen miteinander reden, sobald Ihr Euch frischgemacht habt.«

»Wie Ihr meint, Lord...«

»Stets zu Euren Diensten, Hoheit«, fiel Phineas ihm sanft ins Wort, und Roderic wurde jäh bewußt, daß alles anders geworden war.

Er blickte sich um. Brand wurde gerade von seiner Gemahlin umarmt, die anderen Offiziere waren von ihren Frauen, Kindern und Freunden umringt. Auf dem Hof herrschte ein geordnetes Durcheinander von Männern, Pferden und Wagen.

Garrick drängte sich vor und ergriff Roderics Hand. »Willkommen zu Hause, Hoheit. Der Feldzug scheint Euch gutgetan zu haben.«

Roderics blickte seinen Lehrer verwundert an. War er den Winter über tatsächlich so sehr gewachsen? Garrick wirkte magerer, schmaler, als sei er während Roderics monatelanger Abwesenheit irgendwie geschrumpft, wenngleich sein grauer Bart noch immer so akkurat gestutzt war wie früher. »Ich freue mich, Euch zu sehen, Garrick«, brachte Roderic hervor. Er wandte den Blick und bemerkte Amanander, der in eine Unterhaltung mit einem Senador vertieft war. »Garrick, ist das nicht Harland von Missiluse?«

Garrick folgte Roderics Blickrichtung mit den Augen. »Ja, das ist er. Die beiden brüten nichts Gutes aus. Erst gestern hat Phineas erfahren, daß Alexander unterwegs ist und zu Beginn der Kongreßversammlung einzutreffen hofft.«

Harland nahm Amanander beiseite und hörte ihm mit undurchdringlicher Miene zu. Plötzlich sah Amanander zu Roderic hinüber. Ihre Blicke trafen sich, doch Roderic sah als erster weg. Amanander lächelte.

Gartred tauchte aus der Menge hervor und verstellte Roderic den Eintritt in die Burg. »Gestattet mir, Euch zu Euren Gemächern zu geleiten, Hoheit. In Eurer Abwesenheit hat es zahlreiche Veränderungen gegeben – ich habe die Räume komplett renovieren lassen. Um Eurem neuen Status gerecht zu werden.« Sie ergriff Roderics Arm. Aus den Augenwinkeln bemerkte er ein wirbelndes waldgrünes Gewand, und er verdrehte den Kopf in der Hoffnung, es wäre Peregrine. Zu seiner Enttäuschung war es bloß eine Dienstmagd, die einen Knicks vollführte und albern lächelte.

Höflinge und Gesinde drängten auf ihn ein, Männer und Frauen jeglicher Stellung verneigten sich vor ihm und hießen ihn willkommen, und Gartred, deren Parfüm ebenso aufdringlich war wie ihre Erscheinung, zog ihn mit sich fort.

Schließlich standen sie vor der Tür zu den Gemächern, die er von Kindheit an bewohnte, im Ostturm, der aufs Meer hinausging. Gartred sah mit ihren mandelförmigen Augen lächelnd zu ihm auf, und Roderic unterdrückte einen Schauder. Sie vermittelte ihm das Gefühl, er sei ein besonders leckerer Fleischhappen auf einem Servierteller.

Er trat ins Zimmer und riß erstaunt die Augen auf. Sie war den Winter über tatsächlich fleißig gewesen. Den Vorraum, der erst Säuglingszimmer, dann Unterrichtsstube gewesen war, hatte man vollständig neu eingerichtet. Statt des ramponierten Tisches und der nicht zueinander passenden Stühle, die ihm damals gute Dienste geleistet hatten, beherrschte nun ein mit Schnitzereien verzierter großer Schreibtisch die eine Seite des Raums. Dahinter stand ein dick mit Leder gepolsterter Stuhl mit hoher Lehne. Er sah so aus, als könne man lange Zeit bequem darauf sitzen. Daneben stand ein kleinerer Tisch mit einem weiteren Stuhl, beide von schlichterer Machart und offenbar für den Schreiber bestimmt.

Die lädierte Holztruhe, in der er zunächst seine Spielsachen und später dann seine rissigen Landkarten und zerknitterten Schriftrollen aufbewahrt hatte, war einer Vitrine mit kostbarer Verglasung gewichen, die nur aus der Zeit vor dem Armageddon stammen konnte, und darin untergebracht waren lange Holzkästen und fein gearbeitete Lederköcher.

Vor dem Kamin bedeckte ein neu angefertigter Teppich in prachtvollem Rot, Purpur und Schwarz den Boden, und dicke Kissen luden zum Verweilen ein. Auf einem niedrigen Tischchen neben dem Kamin standen ein Weinflakon und zwei Trinkkelche.

Durch die Tür, die ins Schlafgemach führte, sah er,

daß auch die Bettvorhänge und Decken ersetzt worden waren. Alles wirkte so neu, so fremd, daß ihm war, als gehöre er nicht recht hierher. Er tat ein paar Schritte vor, spähte ins Schlafgemach, und als er sich umwandte, kniete Gartred vor dem Kamin.

»Möchtet Ihr Wein, Hoheit?«

Er gab keine Antwort. Sie schenkte ein wenig der dunkelroten Flüssigkeit in einen Kelch, und ihm fiel auf, daß es sich um einen der silbernen Kelche vom Tisch des Königs handelte. Er nahm ihn verlegen entgegen, noch zu verwirrt von den Veränderungen, um zu sprechen.

»Nun, Hoheit? Wie gefällt es Euch?«

»Ich weiß nicht, was ich sagen soll. Ihr habt Euch viel Arbeit gemacht ... Es ist ...«

»Kaum der Rede wert im Vergleich zum Gemach des Königs.«

»Damit habe ich nicht gerechnet ...«

»Ihr habt doch wohl nicht gedacht, alles würde noch so sein wie bei Eurem Aufbruch?« Sie legte den Kopf schief und lächelte mit schmalen Augen. »Dafür ist zuviel geschehen.«

»Ja.« Unwillkürlich nahm er einen Schluck Wein. Der Geschmack verweilte auf der Zunge. »So wird es wohl sein.«

Sie wippte auf den Fersen. »Soll ich Feuer machen, Hoheit?« Plötzlich bemerkte Roderic, daß die Nachmittagssonne die Fältchen in ihren Augenwinkeln hervortreten ließ und daß ihr Profil von der Andeutung einer Hängebacke verunstaltet wurde. Sie ist so alt, daß sie meine Mutter sein könnte, dachte er. Auf einmal begriff er, woher sein Unbehagen rührte. Der Grund waren nicht die plötzlichen Veränderungen, auch nicht das gewandelte Gebaren der Höflinge, sondern das Verhalten der Frau, die vor ihm kniete, deren Brüste aus dem tief ausgeschnittenen Mieder zu platzen drohten, deren Augen bemalt und deren Lippen künstlich gerötet waren. Sie ist die Geliebte meines Vaters, dachte er; sie könnte meine Mutter sein.

Heftig setzte er den Kelch auf der erstbesten Ablage ab und deutete zur Tür. »Nein, Lady. Wenn Ihr meine Bediensteten rufen könntet, Euch brauche ich nicht mehr.«

Sie erhob sich und schürzte schmollend die vollen Lippen. »Kann ich wirklich nichts mehr für Euch tun? Überhaupt nichts?«

»Morgen vielleicht. Ich habe Peregrine noch gar nicht gesehen ...«

»Peregrine geht ihren Pflichten nach, Hoheit.«

Ihr bitterer Tonfall wunderte ihn, und er konnte sich des Gefühls nicht erwehren, sie sei nicht ganz aufrichtig. »Ihre Pflichten werden sie doch gewiß nicht davon abhalten, uns willkommen zu heißen.« Plötzlich war er auf der Hut. Bis jetzt hatte sich Gartred noch nie um ihn gekümmert.

Ihre Augen wurden schmal. »Es gibt keinen Grund, Eure Zeit mit einer Waise zu verschwenden, die als Magd arbeitet, Hoheit. Jede Dame in Ahga wäre mehr als glücklich, Euch Gesellschaft zu leisten – wirklich jede.«

Das Angebot war unmißverständlich. Unwillkürlich wich er einen Schritt zurück. »Ich bezweifle, daß ich viel Zeit für Damen werde aufbringen können. Für welche auch immer. Wenn Ihr mir nun ein Bad anrichten und mir eine Bedienstete schicken würdet?« Er verneigte sich, eine unmißverständliche Abfuhr.

»Wie Ihr wünscht, Hoheit.« Mit einem tiefen Knicks, dazu gedacht, ihren üppigen Busen zur Geltung zu bringen, und laut raschelnden Röcken entfernte sie sich. Während er badete und sich ankleidete, verweilte der Geruch ihres Parfüms wie die Erinnerung an einen schlechten Traum, und auch den Rest des langen, langen Tages über haftete er noch an seiner Haut.

Erst zu sehr später Stunde kehrte er in seine Gemächer zurück. Auf dem Rost brannte ein Feuer, und vor dem Kamin stand ein Tablett mit Käse, Brot und Äpfeln. Das Essen gönnte er kaum eines Blickes. Auf dem Schreibtisch lag ein Stapel zusammengerollter Pergamente, die nach seiner Aufmerksamkeit verlangten. Er berührte sie flüchtig, während seine Kopfschmerzen schlimmer wurden. Manche verlangten nach einer Antwort, andere würden ausgiebige Beratungen mit Phineas erforderlich machen. Erst einen Tag war er Regent von Meriga, und schon verstand er, weshalb sich sein Vater so gern in den relativen Frieden seiner Sommerresidenz in Minnis Saul zurückgezogen hatte.

Er ging ins Schlafgemach und setzte sich auf den Rand des breiten Bettes. Die Decken und Vorhänge waren neu, und er befühlte den weichen Stoff, der in beruhigenden dunklen Grün- und Blautönen gehalten war. Die Kissen waren prall, bezogen mit frischem weißen Leinen, das nach Lavendel duftete. Am liebsten hätte er den Kopf darin vergraben und geschlafen, doch er wußte, daß er sich bloß schlaflos umherwälzen würde, wenn er sich jetzt hinlegte. Nach all den Ereignissen des Tages war er noch immer ganz aufgeregt. Den Nachmittag über hatte er sich mit Phineas und den übrigen Angehörigen von Abelards Beraterstab beraten: mit den Fürsten von Arkan, Mondana, Korado und Tennessey Fall. Zwei oder drei der Senadoren hatten um Privataudienzen ersucht, die er auf Phineas' Rat hin gewährte. Mit seinem Bruder Phillip hatte er eine kurze, besorgniserregende Unterredung gehabt.

Phillip ähnelte Abelard so sehr, daß Roderics Herz jedesmal, wenn sein hochgewachsener blonder Bruder ins Beratungszimmer stolziert kam, einen Satz tat. Phillip aber schien ganz zufrieden mit seiner Frau und der Besitzung, die sie ihm eingebracht hatte: Nourk, umschlossen von Bergen und vom Meer, die fruchtbaren Felder geschützt von den natürlichen Grenzen. Solange Roderic Phillips Recht respektierte, in Nourk nach Gutdünken zu herrschen, würde dieser ihn im Kongreß unterstützen. Als Roderic von der Notwendigkeit sprach, die Garnisonen in Arkan und im Süden zu verstärken, hatte Phillip gezögert, ihm Soldaten zuzusagen, und etwas von der Bedrohung durch die Mutanten gemurmelt. Roderic erinnerte sich noch, daß Phillip auf dem Höhepunkt des Aufstands, als nicht ausgeschlossen schien, daß die Mutanten auch in Nourk eindringen würden, alle Hilfsangebote abgelehnt hatte. Dieses Rätsel beschäftigte Roderic noch immer.

Er hatte viel Zeit im Beratungszimmer zugebracht, sich über den Zustand der Truppen kundig gemacht und sich über die vorgeschobenen Garnisonen und die neuesten Botschaften der Verwalter von Abelards weitverstreuten Besitzungen Bericht erstatten lassen. Die Ridenau-Könige besaßen riesige Ländereien, und zusammen mit den Gebieten im Westen, die Abelard Owen Mortmain abgenommen hatte, bildeten sie die größte Besitzung in ganz Meriga.

Das Feuer loderte auf, und ein Holzscheit barst und sprühte Funken. Roderic erhob sich seufzend und warf einen weiteren Scheit ins Feuer. Wenn es ausging, würde er frieren.

Eine gerahmte Landkarte über dem Kamin fiel ihm ins Auge, und er richtete sich auf, um sie genauer zu betrachten. Es war eine alte Karte Merigas, der Grenzverlauf noch aus der Zeit vor Mortmains Aufstand. Der Aufstand hatte sich lange vor Roderics Geburt ereignet und Abelard zu einer Königin und den Einkünften aus Mortmains weitläufiger Besitzung verholfen, dem fruchtbaren Vada-Tal. Mortmain lebte immer noch in Ungnade, unter der Aufsicht eines Verwalters, den Abelard eingesetzt hatte, um, wie er sich ausdrückte, die Interessen der Königin zu wahren. In Wirklichkeit quollen Abelards Schatztruhen über von Mortmains Reichtümern – mit denen teilweise der Krieg gegen die Harleyreiter und die Mutanten finanziert worden war. Außerdem dienten sie dazu, die anderen Lords in Schach zu halten.

In den folgenden Jahren hatte Abelard beschlossen, daß sich der Kongreß, der ursprünglich jedes Jahr am ersten Vember zusammengetreten war, nur noch jedes zweite Jahr versammeln sollte. Und dann, als sich der Krieg in den Prärien in die Länge zog, schien es ratsam, die Kongreßversammlungen auf jedes dritte Jahr zu beschränken. Auch als die Harleyreiter bereits in die Wüste südlich von Loma und Dlas zurückgedrängt worden waren, hatte sich die Gewohnheit gegenüber der Zweckdienlichkeit behauptet. Roderic hatte längst erkannt, daß Abelard auf diese Weise noch größere Freiheit bei der Ausübung seiner Macht gewonnen hatte.

Und diese Macht war nun die seine. Roderic fuhr mit dem Finger den alten Grenzen nach, dann kehrte er zurück ins Arbeitszimmer und nahm hinter dem Schreibtisch Platz. Er wollte mal schauen, was ihn morgen so erwartete.

Er hatte seinen Vater niemals als Tyrannen betrachtet. Phineas aber hatte ihn gewarnt, manche Senadoren könnten in Amananders Anspruch auf den Thron einen Vorwand zum Aufstand sehen. Er blätterte lustlos in den Pergamenten, während das Fensterglas hinter dem Schreibtisch im Wind klapperte. Über seiner Schulter flammten Blitze.

Der Sturm war um die Mittagszeit herum aufgekommen, als sich der Hofstaat im Palas versammelt hatte, um seine Rückkehr zu feiern. Der Regen war mit Eis und Schnee vermischt, und ein eiskalter Nordwind pfiff um die Türme. In der Stadt waren nur wenige

Lichter zu sehen, und das aufgewühlte Meer spülte schaumige Wellen in den Außenhof. Roderic auf seinem Platz in der Mitte der hohen Tafel, auf dem Podium, welches das eine Ende des Saals beherrschte, hatte gefröstelt. Der Frühling ließ dieses Jahr auf sich warten.

Gartred, die an seiner Seite saß, hatte gelächelt und Unsinn gemurmelt und ihm die besten Scheiben des gewaltigen Bratens gereicht, die weichesten dampfenden Brotlaibe, das beste gedünstete Obst und Gemüse. Sie hatte darauf geachtet, daß sein Weinkelch niemals leer wurde; trotzdem hatte Roderic in ihrer Parfümwolke den Eindruck gehabt, alles schmecke gleich. Als das Tanzen begann, hatte er sich überstürzt entschuldigt.

Jetzt hatte er einen schweren Kopf, und in seinen Schläfen pochte langsam das Blut. Er lehnte sich auf dem lederbezogenen Stuhl zurück und nahm wahllos den erstbesten Brief zur Hand. Er brach das dünne Siegel und überflog die Zeilen. Seine Schwester Jesselyn bat ihn um eine Eskorte nach Ahga.

Jesselyn. Ihr Name bedeutete ihm nicht viel. Er konnte sich kaum daran erinnern, wie sie fortgegangen war, gekleidet in das schwarze Priesterinnengewand, mit dem Auftrag, sich der Menschen anzunehmen, die zwischen Ahga und dem Ostmeer im Gebirge lebten. Ihr frommer Eifer aber war fehlgeleitet und sie in einen Skandal verwickelt worden, an dem auch Abelard, seine alte Feindin, die Bischöfin von Ahga, und die Mutanten beteiligt gewesen waren. Jesselyn war in Ungnade gefallen und aus der ›Heiligen Stadt‹ Ahgas verbannt worden. Nun aber wollte sie die weltliche Stadt betreten, und er nahm an, daß es in seiner Macht lag, sich über den Bann der Bischöfin hinwegzusetzen. Bei der Vorstellung, sich mit der Bischöfin und den Priesterinnen anlegen zu müssen, nahm sein Kopfweh zu. Selbst Abelard war dem ganzen Pack der schwarzgewandeten Krähen aus dem Weg gegangen und hatte sie mit einem verächtlichen Handschlenker abgetan. Allerdings hatte er sie nie offen herausgefordert.

Aber warum? fragte sich Roderic, als er den Brief noch einmal las. Warum will sie ausgerechnet *jetzt* herkommen? Hatte er nicht schon genug Probleme? Abermals überflog er den Brief. Er war ganz allgemein gehalten – sie deutete lediglich an, sie habe eine äußerst wichtige Information für ihn. Was im Namen der Eins und der Drei konnte sie in der östlichen Wildnis der Pulatchian-Berge schon herausgefunden haben? Abelard war jedenfalls ganz woanders verschwunden. Roderic seufzte schwer und legte den Brief weg. Es ließ sich nicht ändern. Er müßte ihr die Eskorte schicken. Und sich darauf gefaßt machen, sich den Groll der Bischöfin zuzuziehen, wenn diese davon erfuhr. Er war der Bischöfin noch nie begegnet, doch ihre Auseinandersetzungen mit Abelard waren legendär. Jetzt, da der König verschwunden war, würde die Bischöfin den Fehdehandschuh wohl erneut aufnehmen. Wundern würde es ihn nicht.

»Störe ich, Hoheit?«

Gartreds Stimme unterbrach seine Gedankengänge. Er richtete sich unvermittelt auf. Eigentlich hatte er geglaubt, ihr eine unmißverständliche Abfuhr erteilt zu haben. Gleichwohl wollte er sie sich nicht zur Feindin machen. Sie war nicht bloß Abelards Geliebte, sondern auch die First Lady und mit der Aufsicht über das Gesinde betraut.

»Wollt Ihr etwas Bestimmtes von mir, Lady?« Er zog den Stuhl näher an den Schreibtisch, froh darüber, sich dahinter verstecken zu können.

»Ich?« Sie lachte leise auf und schüttelte mädchenhaft den Kopf. »Nein, Hoheit. Beim Festmahl hatte ich den Eindruck, Ihr wärt nicht ganz auf der Höhe. Ich habe mir gedacht, ihr bräuchtet vielleicht …«

»Ich brauche Ruhe, Lady Gartred. Ich bin müde. Ich möchte schlafen.« Das mußte wohl ausreichen, um sie abzuwimmeln.

Gartred aber lächelte bloß und kam näher; der Feuerschein milderte die Konturen ihres Gesichts, und ihre dunklen Augen funkelten im Schatten unter ihren Wimpern.

Er straffte sich, preßte den Rücken an die hohe Lehne. Er hatte das Gefühl, Jagdbeute zu sein. Sie war wunderschön, das mußte er zugeben, so schön wie eine Rosenblüte, die sich vollständig geöffnet hat und die ersten Blütenblätter verliert. Der flackernde Feuerschein überdeckte die sprichwörtlichen Anzeichen des Alters, welche der grausame Sonnenschein enthüllt hatte.

Sie beugte sich über ihn und stieß den Stuhl spielerisch an. Auf gutgeölten Laufrollen schwenkte er zu ihr herum. Ihr Atem roch nach Wein. Sie warf einen Blick auf Jesselyns Brief, der offen vor ihm lag. »Ein Brief von Lady Jesselyn?« Sie las ihn, bevor er, benommen vom vielen Wein, reagieren konnte. »Dann habe ich also Besuch zu erwarten? Das müßt Ihr mir sagen, Hoheit. Ich möchte Euch in jeder Beziehung zufriedenstellen. In wirklich jeder.« Seine Augen war gleichauf mit ihren Brüsten. Gartred bot sie dar wie dicke weiße Kissen, eine Einladung, seinen Kopf darauf zu betten. Sie streichelte mit der Fingerspitze über sein Kinn, was ihn daran erinnerte, wie sie sich draußen auf der Treppe mit ihrer rosigen Zunge den Weintropfen vom Finger geleckt hatte. Er starrte gebannt die Brüste an. Trotz seiner anfänglichen Abwehr zeigte sich sein Körper empfänglich für ihre Reize. Es wäre leichter, dachte er, wenn ich ihr nachgäbe und sie mit ins Bett nähme. Schließlich wurde von ihm erwartet, daß er sämtliche

Pflichten seines Vaters übernahm. Weshalb dann nicht auch seines Vaters Annehmlichkeiten?

Er schloß die Augen, und als Gartred sein Gesicht an ihren Busen drückte, vergaß er Jesselyn und die Bischöfin.

»Ich verstehe mich darauf, einen König in den Schlaf zu wiegen«, flüsterte sie. »Euer Vater war häufig schlaflos.«

Plötzlich erblickte er vor seinem geistigen Auge seinen Vater in den Armen dieser Frau. Er machte sich von Gartred los, stand auf und schüttelte den Kopf. »Es tut mir leid, Lady. Wenn ich bei Euch läge, hätte ich das Gefühl, mit meiner Mutter zu schlafen. Ihr gehört zum König – anders vermag ich Euch nicht zu sehen.«

Eine häßliche Röte schoß ihr ins Gesicht, und sie hob eine schmale Braue. Ihre Augen funkelten. »Gefalle ich Euch nicht?«

»Doch, gewiß, Lady. Aber Ihr paßt nicht zu mir.« Er deutete zur Tür. »Bitte geht.«

Ihr Busen wogte vor unterdrückter Wut. »Ich nehme an, Ihr wollt wissen, wo dieser jammernde, heuchlerische Packesel ist. Glaubt ja nicht, Ihr würdet sie finden. Ich halte sie so beschäftigt, daß sie keine Zeit für ihren Balg hat, von Euch ganz zu schweigen.« Kaum hatte sie die Worte ausgesprochen, bedauerte sie ihren Fehler auch schon. Gartred preßte die Lippen zusammen und stürzte zur Tür.

Er packte sie beim Handgelenk und verstellte ihr den Weg. »Wovon redet Ihr da? Was für ein Balg?«

»Laßt mich los!« zischte sie.

»Redet schon – hat Peregrine ein Kind zur Welt gebracht?«

»Laßt mich los, oder ich schreie. Ich werde Euch vor dem ganzen Hof bloßstellen. Ich werde sagen, Ihr hättet versucht, mich zu vergewaltigen …«

»Schreit ruhig. Wir sind beide vollständig bekleidet ...«

Daraufhin riß sie sich mit der freien Hand den dünnen Stoff ihres Gewands vom Hals bis zur Hüfte auf. Ihre schweren Brüste sprangen hervor, prall wie Euter, und sie hob die Hand, um ihm mit ihren langen Nägeln das Gesicht zu zerkratzen. Er packte ihr Handgelenk und drückte ihr beide Hände auf den Rücken.

»Wo ist Peregrine? Antwortet mir«, befahl er. In seinem Blut regte sich etwas, das ihn an Atland erinnerte, der Wunsch, sie auf den Boden zu werfen und brutal zu vergewaltigen, bis sie ihm Auskunft gab. Sie starrte ihn haßerfüllt an. Bei der Eins, dachte er angeekelt, genau das will sie.

Er ließ ihre Handgelenke los, als ob sie brannten, und wandte ihr den Rücken zu. »Nehmt die Decke dort auf dem Stuhl am Kamin und bedeckt Euch. Fortan werdet Ihr nur noch in Begleitung zu mir kommen.« Er sprach über die Schulter hinweg, und aus den Augenwinkeln sah er, daß sie Anstalten machte, ihm zu gehorchen. »Geht. Ich werde mich morgen mit Euch befassen.« Noch während er dies sagte, wurde ihm bewußt, daß er viele Tage lang keine Gelegenheit haben würde, mit Gartred zu sprechen.

Sie funkelte ihn noch einmal an, dann ging sie hinaus, und er wartete, bis sich die Tür des Vorzimmers, untermalt vom leisen »Gute Nacht, Lady« seines Bediensteten, hinter ihr geschlossen hatte. Der alte Ben würde Stillschweigen bewahren. Als er sicher war, daß Gartred gegangen war, öffnete er die Tür. Der alte Mann sprang auf und schaute schuldbewußt drein, weil er gedöst hatte. »Hoheit. Womit kann ich ...«

»Erinnerst du dich an das Mädchen, das zu den Bediensteten der Mätresse des Königs gehörte? An Peregrine? Die mit dem ...«

»Mit dem dichten braunen Haar und der honigfarbenen Haut? Ihr habt sie oft in Euer Gemach mitgenommen, Hoheit.«

»Weißt du, wo sie steckt?«

Der alte Mann sah zu ihm auf, verwundert über Roderics drängenden Tonfall. Er überlegte. »Ich … ich weiß es nicht, Hoheit. Seit dem Tag, als bekannt wurde, daß der König verschwunden ist, habe ich sie nicht mehr gesehen. Wenn Ihr nicht zugegen seid, habe ich andere Pflichten, und ich habe einfach nicht daran gedacht …«

»Das macht nichts. Du weißt, wo die Küchen sind, die Unterkünfte der Bediensteten?« Der alte Mann nickte, und Roderic faßte ihn beim Arm. »Gut. Komm mit.«

»Aber … aber … aber … wo gehen wir denn zu dieser späten Stunde hin?« stammelte der Alte Ben, sich an Roderics Ärmel festklammernd.

»Wir suchen Peregrine. Und das Kind, dessen Vater ich vermutlich bin.«

8. Kapitel

»Mylady.« Die leise Stimme ließ Gartred zusammenzucken, so daß sie mit dem Knie gegen die steinerne Brüstung stieß. Der Regen hatte aufgehört, der Wind hatte sich gelegt, und sie war zu beschämt und wütend, um ihre Gemächer aufzusuchen und sich dem Hohn in den Gesichtern ihrer Gesellschafterinnen zu stellen. Hatten diese sie nicht gewarnt? Hatten sie nicht des öfteren durchblicken lassen, daß Roderic sie niemals zu seiner Geliebten machen werde? Daß mit dem Verschwinden des Königs ihre Macht über alle Bewohner Ahgas dahin sei? Gartred wußte, was sie denken würden, selbst wenn sie nicht den Mut aufbrächten, es auszusprechen. Sie könnte von Glück sagen, wenn Roderic sie nach dem heutigen Vorfall weiterhin First Lady sein ließ.

Ihr Knie pochte schmerzhaft. »Wer ist da?« fragte sie. »Zeigt Euch. Wie könnt Ihr es wagen, mir einen solchen Schrecken einzujagen?«

»Verzeiht mir, Lady.« Eine hochgewachsene, dunkle Gestalt löste sich aus dem Schatten, und sie meinte, Amanander zu erkennen. Er stand unnatürlich reglos da, und sie fröstelte ein wenig.

»Lord Amanander? Seid Ihr es?«

Er kam näher, so nahe, daß sein Umhang an der Decke streifte, die sie sich um die Schultern gelegt hatte. »Bitte keine Titel, Lady. Es tut mir leid, daß ich Euch in Euren Gedanken gestört habe.«

Sie raffte die Decke um den Hals zusammen. Der Stoff an ihren nackten Brüsten fühlte sich rauh an.

Schade, daß es nicht Abelards Erbe war, sondern dieser krummrückige, magere Jüngling. »Ihr stört mich nicht, Lord – Amanander.«

»Ihr wirkt aufgebracht. Kann ich irgend etwas für Euch tun?«

Tötet Roderic, schoß es ihr durch den Sinn, doch sogleich verdrängte sie den Gedanken.

Er kicherte, ein leiser Laut tief in seiner Kehle, und verstörenderweise kam es ihr so vor, als habe er ihre Gedanken gelesen. »Nein«, brachte sie hervor. »Ich danke Euch.«

»Genießt Ihr die Nacht, Gartred?«

Welch seltsame Frage, dachte sie, neigte aber instinktiv den Kopf auf eine Weise, welche die meisten Männer anziehend fanden, und antwortete mit tiefer rauchiger Stimme: »Das tue ich nur, wenn ich sie mit jemandem teilen kann.«

Als er scharf die Luft einsog, verspürte sie den gleichen Kitzel wie jedesmal, wenn sie einen Mann in ihren Bann schlug. Er streichelte ihr übers Gesicht. Sie hatte mit einer warmen Berührung gerechnet, doch seine Hand fühlte sich glatter und kälter an als Haut. Er trug Handschuhe, und von der Berührung des weichen Leders lief es ihr unerwartet kalt über den Rükken. Sie hätte gern gewußt, wie sich das Leder wohl an ihren Brüsten anfühlte.

Abermals kicherte er und drehte sie zu sich herum. Wiederum hatte sie das beunruhigende Gefühl, er habe ihre Gedanken gelesen. Er langte unter die Decke, liebkoste ihre runde Brust. Sie blickte wie in Trance zu ihm auf und spürte, wie sich ihre Brustwarzen erwartungsvoll versteiften. Als er über die harte Spitze streichelte, stöhnte sie und bekam weiche Knie. Was ist mit mir? dachte sie. Ich verhalte mich wie ein unerfahrenes Mädchen.

Er neigte den Kopf und suchte ihren Mund; seine

Haut war ebenso glatt wie das Leder, sein Geruch eine Mischung aus Leder und Seife und irgend etwas Metallischem. Er reizte ihre Brustwarze mit den Fingern, zwirbelte und drückte sie, so daß Funken der Lust durch ihren Körper sprühten. Seine Zunge war heiß und tastend, erkundete jeden Winkel ihres Mundes. Sie bekam kaum noch Luft. Abelard war fordernd gewesen, aber niemals brutal. Seinem Sohn war eine Härte zu eigen, die sie erregte. So ähnlich, dachte sie, muß es sein, vergewaltigt, auf den harten Steinboden geworfen und auf jede erdenkliche Weise genommen zu werden wie ein Tier, erniedrigt und ausgeliefert.

Amanander wich zurück. In seinen dunklen Augen lag ein unmenschliches Funkeln, und Gartred verspürte mehr als nur einen Anflug von Angst. »Was immer Ihr wollt, meine Liebe.« Er lachte, leise und grausam, und dann fiel er über sie her.

Die weitläufigen Küchen unterhalb des Palas von Ahga waren verwinkelt und wurden zu der späten Stunde allein von den Binsenlichtern erhellt, die in Wandhaltern angebracht waren. Als Roderic und der Alte Ben vorbeikamen, regten sich müde Küchenburschen und Mägde auf ihren Schlafplätzen neben den in Reihen angeordneten Feuerstellen, und ein- oder zweimal streckte ein Koch im Nachtgewand sein vom Schlaf verquollenes Gesicht aus einem der Kämmerchen, welche die Wände säumten. Niemand aber hielt sie auf, und Roderic hetzte den alten Mann durch die Küchen und die schmale Treppe zu den Unterkünften der Bediensteten hinauf.

»Wo ist sie?« zischte Roderic, als sie auf dem dunklen Gang standen, von dem die Schlafkammern mit dünnen Vorhängen abgeteilt waren. Es roch nach Staub und Moder, und Roderic wurde jäh bewußt, daß es für all jene, die in Ahga nichts zu sagen hatten, nur wenig Luxus und Bequemlichkeit gab.

»Um ehrlich zu sein, Hoheit«, flüsterte der Alte, »ich weiß es nicht – die Küchenmägde sind am anderen Ende untergebracht. Sie könnte überall sein.«

Roderic fluchte verhalten. Peregrine war die Tochter eines Landadligen. Wie konnte Gartred sie nur so behandeln? Jetzt aber blieb ihm nichts anderes übrig, als sie zu finden. Er mußte von Kammer zu Kammer gehen. Mit einem neuerlichen Fluch machte er Anstalten, in die nächstgelegene Kammer zu spähen, als ein großer, bärtiger und von der Hüfte aufwärts nackter Mann aus einem Raum etwa in der Mitte des Korridors trat.

»Was hast du hier zu suchen?« Sein Gesicht war verquollen vom Schlaf, und seine Hose machte ihn als Angehörigen der Königsgarde kenntlich.

»Ich suche nach einer Lady«, antwortete Roderic.

»Dann suchst du hier an der falschen Stelle, Bursche. Verschwinde – bevor du anständige Leute in ihrer Nachtruhe störst.«

Eine gähnende Frau lugte aus einer anderen Kammer hervor. Roderic stöhnte. Er hatte nicht vorgehabt, das ganze Haus aufzuwecken. »Ihr versteht nicht ...«, setzte er an.

»*Du* verstehst nicht«, erwiderte der behaarte Riese, die Hände in die Hüften gestemmt. »Was glaubst du eigentlich, wo du bist? Geh zurück in deine Unterkunft, sonst melde ich dich deinem Vorgesetzten.«

»Wie heißt Ihr, Soldat?«

»Ha! Du willst meinen Namen wissen, mein Hübscher? Verschwinde, sonst befördere ich dich eigenhändig hinaus.«

Immer mehr Gesichter, männliche wie weibliche, spähten hinter den Vorhängen entlang des Ganges hervor, und der Alte Ben zupfte Roderic immer nachdrücklicher am Ärmel. »Das ist der Prinz«, flüsterte jemand, und Roderic blickte in die Augen eines Serviermädchens, das ihm vor Jahren einmal zu Gefallen gewesen war. Er errötete, und als sich immer mehr Gesichter zeigten, erkannte er auch das eine oder andere wieder.

»Euer Name«, sagte Roderic, indem er sich sanft, aber entschieden von Ben losmachte, »mag mir vielleicht nichts sagen, der meine aber dürfte Euch wohlbekannt sein ... Ich bin Roderic Ridenau, und mein ›Vorgesetzter‹, wie Ihr ihn nennt, wird seit einiger Zeit vermißt. Während seiner Abwesenheit hat mir jeder Soldat der Königsgarde unverzüglich Rede und Antwort zu stehen, und das gilt auch für Euch.« Die Bediensteten, die sich auf dem schmalen Gang drängten, waren verstummt und glotzten, während dem Soldaten der Mund offenstand. »Liebe Leute«, wandte Roderic sich an die Zuschauer. »Es tut mir leid, daß ich euch in eurer Nachtruhe gestört habe. Aber ich suche nach einer Hofdame der Mätresse des Königs ...«

»Roderic?« Eine Frauenstimme, schrill vor Unglauben, übertönte das Gemurmel, und alle Köpfe wandten sich ihr zu. Männer wie Frauen drückten sich an die Wände.

»Peregrine?« Er trat vor, und dann lag sie in seinen Armen, das dunkelbraune Haar fiel ihr bis auf die Hüfte, ihr voller Mund hob sich zu ihm empor. Erst wurde nervös gelacht, dann applaudiert. Jauchzend löste sie sich von ihm, und Roderic schob sie auf Armeslänge von sich weg. Sosehr er sich freute, sie zu sehen, hatten sich seine Gefühle ihr gegenüber doch verändert. »Was ist mit Euch passiert? Weshalb seid Ihr hier? Hat Euch Gartred entlassen?«

Ehe Peregrine antworten konnte, drängte sich eine alte Frau nach vorn, ein in weißes Tuch gehülltes Bündel im Arm. »Gartred hat das getan, Hoheit. Weil Peregrine ein Kind von Euch bekam, versteht Ihr. Als bekannt wurde, daß der König verschwunden ist, wollte Gartred Peregrine aus dem Weg haben. Ich glaube, sie wollte ihre Stelle einnehmen – in Eurem Herzen.«

Er blickte Peregrine in die dunklen Augen. »Stimmt das?« flüsterte er.

Peregrine nickte. »Sie hat mich in die Küche geschickt – sie wollte verhindern, daß Ihr mich seht.«

Die alte Frau hatte ihn erreicht, und das Bündel regte sich und begann zu schreien. Peregrine nahm den Säugling entgegen. »Das ist Eure Tochter, Roderic. Ich habe sie Melisande genannt.«

Es war weit nach Mitternacht, als Roderic sich endlich in die Kissen am Kamin zurücklehnte. Peregrine vermochte er kaum anzusehen, als sie ihm ihre traurige Geschichte erzählte, eine Geschichte, die ihn daran erinnerte, daß er während seines Aufenthalts in Atland kaum an sie gedacht hatte. Der flackernde Feuerschein spielte über ihr Gesicht, und ihre Augen lagen in tiefem Schatten. Doch er spürte, daß sie ihn beobachtete, wußte, daß sie ihn seit dem Moment, da sie sich auf dem Gang begegnet waren, nicht aus den Augen gelassen hatte.

»... und so habt Ihr mich gefunden.«

Sie verstummte, und er blickte reglos ins Feuer.

»Roderic? Was habt Ihr? Seid Ihr mir böse?«

»Ob ich Euch böse bin?« Er sah rasch auf und schüttelte den Kopf. »Natürlich nicht. Ich fürchte bloß, ich kann heute mit Gesellschaft nichts anfangen.«

»Es ist wegen Gartred, habe ich recht? Ich wußte, daß sie alles verderben würde – ich wußte, daß sie Eure Heimkehr verderben würde ...«

»Peregrine.« Er stand auf und ging ein paar Schritte auf und ab, damit sie die Sorge in seinem Gesicht nicht sah. »Mit Gartred hat das nichts zu tun. Es tut mir wirklich leid, daß Ihr so leiden mußtet. Aber hier« – er deutete umher – »ist alles so verändert, daß ich nicht das Gefühl habe, zu Hause zu sein.«

»Sie hätte in Euren Gemächern nichts verändern dürfen.« Sie hob kurz die Hände, dann ließ sie sie wieder hilflos sinken.

Er verspürte jähes Mitleid und trat etwas näher. »Was passiert ist, tut mir leid. Ich habe nichts davon gewußt. Ich wünschte, ich hätte Euch eine Nachricht geschickt.«

»Ich ... ich habe mich nicht getraut, mich an einen Boten zu wenden. Ich hatte Angst, Gartred würde mir das Kind wegnehmen.«

»Wegnehmen?« Roderic runzelte die Stirn.

»Es einer kinderlosen Frau in der Stadt geben – so etwas kommt vor.«

»Bei der Eins.« Er ließ sich neben ihr auf ein Knie nieder und berührte ihre Wange. Beschaffenheit und Farbe ihrer Haut erinnerten ihn an mit Sahne vermischten Honig, und er beobachtete, wie an ihrem Hals eine Ader pulsierte.

»Ihr habt Euch verändert.«

»Ich hatte keine andere Wahl.« Sein Blick folgte dem Saum des Mieders bis zum Busen, der sich im Rhythmus ihres Atems hob und senkte. Sie roch nach Lavendel und Rosmarin.

Sie ergriff seine Hand und führte sie an ihr Gesicht. »Ihr ... Ihr habt mir ja so gefehlt. Die ganze Zeit über habe ich an Euch gedacht – nur an Euch. Und als Melisande zur Welt kam, da hoffte ich ...« Sie schlug den Blick nieder. »Ich dachte mir, vielleicht hättet Ihr mich ja ebenfalls vermißt. Aber Ihr habt mir nicht einmal geschrieben.«

Plötzlich blitzten vor seinem geistigen Auge die abgeschlachteten Mutanten und die in roten Schlamm verwandelte Erde auf. Er stand auf und wandte den Kopf ab. »Ich bin nicht mehr der gleiche wie beim Aufbruch, Peregrine. Ich bin mir nicht sicher, ob Ihr mich noch vermissen würdet, wenn Ihr wüßtet, was ich getan habe.«

Statt zu antworten, erhob sie sich und streckte zögernd die Hand aus, als fürchte sie eine Zurückweisung.

Ihr Körper schimmerte als dunkler Umriß durch das dünne Baumwollgewand hindurch. Er mußte an all die Nächte denken, die sie in seinen Armen verbracht hatte, an die langen, trägen Nachmittage, an denen er sich vor Gartred und seinen Lehrern verborgen hatte. Sein Begehren erwachte, ganz schwach zunächst, dann immer drängender. Er küßte ihre Hand, beobachtete ihre Reaktion.

Sie schloß die Finger um seine Hand und rückte ein Stückchen näher, das Gesicht zu ihm emporgehoben. Er neigte den Kopf und küßte sie. Sein Kuß war nicht besonders zärtlich, doch ihre Leidenschaft stand der seinen nicht nach. Sie schlang die Arme um seinen Hals und preßte ihre Hüften gegen ihn. Er hielt sie umarmt, den hart gewordenen Beweis seines Verlangens fest an ihren Bauch gedrückt. So standen sie eine Weile da, dann hob er sie hoch und trug sie zum Bett.

Er legte sie auf die Kissen und tastete ungeschickt nach den Schließen ihres Gewands. Sie schickte sich an, ihm zu helfen.

Er hob den Kopf und sah sie an. »Wollt Ihr es wirklich, Lady?«

»Roderic ...«, hauchte sie; es klang wie ein Flehen.

Er umfaßte ihre Hände und blickte ihr offen in die dunkelbraunen Augen. »Es tut mir leid, daß ich nicht geschrieben habe. Ich hatte keine Ahnung, was Gartred Euch antun würde. Ich weiß nicht, ob ich Euch im Moment etwas versprechen kann. Ich könnte mit Phineas reden, aber ... Ihr seid keine Küchenmagd, und Ihr habt ein Kind von mir. Ich werde Euch nicht so behandeln, als wärt Ihr mir gleichgültig.«

»Laßt mich Euch zeigen, wie ich behandelt werden möchte.« Mit einer Hand öffnete sie ihr Mieder und legte die andere auf seine Erektion. Seine letzten Vorbehalte und alle verschwommenen Schuldgefühle wurden von der heißen Woge der Leidenschaft fortgespült.

Als der graue Tag über dem Meer dämmerte, erwachte Roderic und stellte fest, daß sein Kopf zwischen ihre Brüste gebettet war. Behutsam weckte er sie auf. »Peregrine, das Kind ...«, sagte er, als sie die Augen aufschlug.

»Es ist eine Ehre, ein Kind von dir zu bekommen – das weißt du doch.«

»Ehre ohne Substanz ist ein schwacher Trost.« Er wälzte sich auf den Rücken, blickte an die Decke und spürte, daß sie ihn sorgenvoll musterte. Er dachte an die langen Nächte, die sie unter diesen Laken verbracht hatten, an die Sommerabende auf den schattigen Lichtungen von Minnis Saul. Sie hatte in den letzten Monaten um seinetwillen viel erdulden müssen.

»Du hast dich sehr verändert.« Sie setzte sich auf, bedeckte sich mit dem Laken und sprach über die Schulter hinweg, während sie durchs Fenster zu den kreisenden Möwen hinausblickte. Ihr Körper hatte sich verändert – ihre Brüste waren voller, weicher geworden, ihre Taille fülliger, und silbrige Falten überzogen Bauch und Hüften. Ihre Bemerkung überraschte ihn. »Als du gestern abend mit dem Soldaten gesprochen hast – so hast du dich früher nicht angehört.«

Schweigend liebkoste er die weichen Spitzen ihres Haars, um eine Antwort verlegen. Wie sollte er sie beruhigen, jetzt, da so viele Entscheidungen anstanden, so viele Fragen der Beantwortung harrten? Das Thema

Heirat hatten sie bislang nicht einmal andeutungsweise berührt, und wenn er es jetzt täte, bräche im Kongreß sicherlich ein Sturm der Entrüstung los, den er im Moment lieber vermeiden wollte. Hätte er Peregrine offiziell zu seiner Mätresse gemacht, wäre dies gleichbedeutend mit der Bekanntgabe einer Heiratsabsicht gewesen, zumal er noch keinen Thronerben hatte. Welche Sicherheit konnte er ihr bieten, wenn er sich selbst so unsicher war?

Als sie den Kopf wandte, sah er die Tränen in ihren Augen. »Ich will dich nicht verlassen. Lieber bin ich die niederste Küchenmagd …«

Er legte ihr den Zeigefinger auf die Lippen und zog sie neben sich. »Natürlich bleibst du hier. Ich wollte nicht den Eindruck erwecken, ich bräuchte dich nicht. Es ist bloß so, daß ich nicht einmal selber weiß, wo ich hingehöre, geschweige denn irgend jemand sonst.«

»Was ist mit Gartred?«

Bei der Erwähnung ihres Namens preßte er die Zähne zusammen und machte die Augen schmal. »Ich weiß nicht. Aber ich verspreche dir, daß irgend etwas geschehen wird.«

»Wirst du sie fortschicken?«

Er bewegte sich unruhig. Daran hatte er in den vergangenen Stunden schon häufiger gedacht.

Peregrine rückte näher an ihn heran, ließ ihre Hand tiefer wandern, liebkoste und erregte ihn. »Ich könnte deine First Lady sein.«

Er sah sie überrascht an. Ohne den Titel einer Gemahlin oder Mätresse war dies keine besonders ehrenvolle Stellung, die viele Pflichten mit sich brachte und häufig einer älteren Familienangehörigen übertragen wurde. Als sein Körper auf ihre Liebkosung reagierte, küßte er ihre faltenlose Wange. »Wenn du damit zufrieden wärst, zumindest für eine Weile …«

Sie senkte die Augen, bis ihre Wimpern an seiner

Brust streiften, und er nahm mit Erleichterung die Grübchen auf ihren Wangen wahr. »Wie Ihr wünscht, Hoheit. Verfügt über mich ganz nach Belieben.«

Alexander preßte die Wange ans kühle Glas der alten Fensterscheibe und beobachtete, wie der Nebel sich in dicken grauen Schwaden vom Meer heranwälzte. Die aufgehende Sonne war nur noch ein hellerer grauer Flecken am Horizont, und die schreienden Möwen waren im Nebel verborgen. Mit regloser Miene hörte er sich an, wie sein Zwillingsbruder seinen Plan für die Übernahme der Herrschaft erläuterte.

Schultern und Hals taten ihm weh, und vor Erschöpfung pochte ihm der Schädel. Trotz des schweren Sturms war er die ganze Nacht durchgeritten, um Ahga noch vor der Kongreßversammlung zu erreichen, und er hatte seine durchnäßten Kleider noch nicht gewechselt. Nebenan war die barsche, rauhe Stimme seines Kammerdieners zu vernehmen, der die Burgbediensteten ausschalt, die gerade Wasser für sein Bad herbeischafften. Die Versammlung würde erst zu Mittag beginnen, und Alexander hoffte, bis dahin ein paar Stunden schlafen zu können. Er unterdrückte ein Gähnen und erwiderte widerwillig Amananders Blick.

Die Brüder waren in körperlicher Hinsicht nahezu identisch, und ohne die Unterschiede in Kleidung und Erscheinung wären sie kaum auseinanderzuhalten gewesen. Alexanders Bart verbarg einen Mund, der ebenso sinnlich war wie der Amananders, und das dunkle Haar trug er an den Ohren kurzgeschnitten, im Unterschied zu Amanander, der kunstvoll geflochtene Zöpfe bevorzugte.

Amanander verstummte unvermittelt und hüstelte diskret, worauf Alexander sich umwandte. In der Tür zum Bad stand sein Kammerdiener. »Ja?«

»Eure Kleider liegen bereit, Lord Alex. Die Burgbediensteten machen gerade das Wasser heiß, und das Frühstück ist bereits unterwegs. Kann ich noch irgend etwas für Euch tun, ehe ich das Auspacken beaufsichtige?«

Alexander nickte mit Blick auf Amanander. »Geh zu Roderic und überbringe ihm meine Grüße.«

»Soll ich Euch wegen Eurer späten Ankunft entschuldigen?«

Amanander schnaubte. Alexander nickte bedächtig.

Als sich die Tür hinter dem Diener geschlossen hatte, tat Amanander seine Entrüstung noch einmal kund. »Entschuldigen? Du bist in Ahga ebenso zu Hause wie er.«

»Aber in Abwesenheit unseres Vaters ist Roderic hier der Herr, nicht wahr?« Amananders Stiefel machten kein Geräusch, als er zu seinem Zwillingsbruder trat. Alexander wich unwillkürlich zurück. »Ist dir eigentlich klar, daß man deinen Vorschlag als Verrat auslegen könnte?«

»Nicht, wenn der Kongreß mich unterstützt.«

Alexander seufzte. »Aber das würde bedeuten, daß die Senadoren den Treueschwur brechen müssen, den sie Vater geleistet haben.« Als Amanander schwieg, fluchte Alexander unterdrückt. »Auf wessen Unterstützung kannst du zählen?«

»Auf Missiluse. Harland hat nicht vergessen, wie Abelard seinen Vater gedemütigt hat. Er wird uns beistehen. Und Reginald – auf ihn können wir ebenfalls zählen. Was Phillip angeht, so ist er in Nourk zu behäbig geworden. Er wird so oder so nichts unternehmen.«

»Um Vaters Entscheidung rückgängig zu machen, benötigst du die Stimmen von zwei Dritteln der Senadoren. Wer sonst noch?«

»Ragonn. Mondana. Vada. Atland. Alle diese Staaten

erkennen die Kinder aus rechtmäßiger Ehe als gleichberechtigte Erben an.«

»Bei der Eins, Aman. Hat dir die Sonne in Dlas das Hirn verbrannt? Ragonn würde dich vielleicht unterstützen, aber womit? Die Armee in Ragonn ist Vaters Armee – sie kämpft sogar unter seiner Fahne. Die Lords von Mondana gehören seit jeher zu Vaters ergebensten Verbündeten. Roderic war eben noch in Atland – so schnell wird ihm der Senador das nicht vergessen ...«

»In dieser Beziehung werden uns Reginald und Harland von Nutzen sein. Sie schüren den Widerstand der niederen Lords in Atland, Tennessey und dem übrigen Süden – welche die Hauptlast des neuen Friedens tragen werden.«

»Reginald? Willst du damit sagen, er würde die niederen Lords zur Rebellion aufwiegeln? Er würde vorsätzlich die Verträge brechen, an deren Zustandekommen er soeben mitgewirkt hat?«

Amanander preßte die Lippen zusammen und hob die Brauen. »Reginald wird uns beistehen. In Atland hat er mir dies zugesichert; er hat nicht die Absicht, im Schatten eines Marionettenprinzen zu regieren. Meinst du nicht, er hätte gern mehr als diese gottverlassene Garnison, die Vater ihm so großzügig überlassen hat?«

Alexander rieb sich das Gesicht; den bitteren Sarkasmus seines Bruders hatte er kaum mitbekommen. Seine Augen waren verquollen, als wäre der Straßenstaub unter die Lider gedrungen. Zwar hatte er immer schon gewußt, daß Amanander glaubte, der Thron Merigas solle ihm gehören, doch sein offenkundiges Ränkespiel bestürzte ihn. »Und was ist mit Vada?« sagte er im verzweifelten Bemühen, herauszufinden, wie weit Amanander zu gehen bereit war. »Roderic ist der Enkel des Senadors. Ganz gleich, was Mortmain von Vater gehalten hat, glaubst du wirklich, die niederen Lords würden gegen Melisande Mortmains Sohn marschieren?«

Amananders Augen, dunkle Schlitze, waren auf den weit entfernten Horizont gerichtet. »Und du?«

Die Frage lag wie ein Stein am Grund eines stillen Tümpels. Alexander schluckte mühsam. »Ich kann meinen Eid nicht brechen.«

Amanander zuckte mit keiner Wimper. Aus irgendeinem Grund fand Alexander den scheinbaren Gleichmut seines Bruders erschreckender, als wenn er die Faust erhoben hätte. »Und welches Blut fließt in deinen Adern?«

Alexander atmete tief durch. Wie sollte er Amanander erklären, was er in all den Jahren in Spogan gelernt hatte, wo er mit den Häuptlingen der Settle-Inseln gerungen und sich bemüht hatte, den Frieden zwischen Mondana, Ragonn und den Häuptlingen zu wahren und einen Ausgleich zwischen den Interessen Merigas und den der Sascatch-Stämme unmittelbar jenseits der Nordgrenze zustandezubringen? »Ich habe schon zuviel Blutvergießen erlebt, bloß weil Männer ihren Eid gebrochen haben, Aman.« Er rieb sich die Augen. Es schmerzte ihn, seinen Bruder zu enttäuschen, denn er wußte, daß Aman fest mit seiner Unterstützung gerechnet hatte. »Vielleicht hast du in Dlas andere Erfahrungen gemacht. Du hattest bloß mit den Harleyreitern und dem Sand zu kämpfen; in Spogan mußte ich vermitteln, zwischen den Häuptlingen und den Lords und den Sascatch ...« Er stockte. »Ich habe gesehen, was passiert, wenn ein Mann sein Wort bricht. Infolgedessen habe ich Zehntausende sterben sehen. Ich kann nicht an dagegen, daß ich Vater geschworen habe, das Königreich zu bewahren ...«

»Ah.« Amanander wandte sich zu Alexander um, seine Miene so ausdruckslos wie ein Stein. »Und dennoch wärst du dafür, die Herrschaft einem unerfahrenen Jüngling zu überlassen ...«

»Ist er wirklich so unerfahren? Wie ich hörte, hat er seine Sache in Atland gut gemacht.« Alexander erwiderte den Blick seines Bruders und wunderte sich, daß ihm ein kalter Schauder über den Rücken lief.

»Oh, bewährt hat er sich schon, falls man eine solche Schlächterei bewundernswert findet. Hast du gehört, wie er den Anführer der Mutanten am Ende in die Knie gezwungen hat? Er hat befohlen, fünfzig oder mehr Gefangene nacheinander zu foltern – er ließ sie abhäuten und mit stumpfen Schwertern zu Tode hacken. Du hättest das viele Blut sehen müssen.«

Alexander runzelte die Stirn. »Nein«, sagte er langsam, »das habe ich nicht gehört. Warst du dabei? Hast du es mit angesehen?«

»Mit eigenen Augen. Natürlich war es bloß Mutanten-Ungeziefer, und dem Kongreß wird es einerlei sein, aber ...«

»Sollte Roderic sich als unwürdiger Herrscher erweisen, Aman, werde ich dich ohne Zögern unterstützen. Was zweifellos auch die anderen Genannten tun werden. Vielleicht könnten wir gemeinsam eine Koalition schmieden ...«

Amanander wandte sich ab, doch Alexander hatte sein geringschätziges Lächeln noch gesehen. »Jetzt ist mir klar, was aus dir geworden ist, mein Bruder. Du willst den Frieden wahren – um jeden Preis. Aber du vergißt, wie unser Vater uns behandelt hat: Er hat uns im Stich gelassen, sich nicht um uns gekümmert ...«

»Ich erinnere mich noch genau daran, daß Großmutter uns in den Süden geschleppt hat, als Vater sie verbannte, und daß er uns ihr überließ, um einen Bürgerkrieg zu vermeiden.«

»Um nicht an seiner Flanke gegen einen Feind kämpfen zu müssen, meinst du wohl.«

Alexander zögerte. Er dachte an die Jahre, die sie im Staate Missiluse verbracht hatten, an den Mutanten, der im höchsten Turm der Festung gelebt hatte. Damals hatte Amanander angefangen, sich zu verändern, während Alexander glauben wollte, Amanander sei bloß reifer geworden, habe sich zum Mann entwickelt. Aber welch ein Mann ist nun aus ihm geworden? dachte er, verlor die Frage aber gleich wieder aus dem Blick. Jedenfalls hatte sich etwas zwischen ihnen verändert, auch wenn er es nicht wahrhaben wollte und nach außen hin heftig bestritten hätte. Er erinnerte sich nur noch undeutlich an den Tag, als ihr Vater sie abgeholt hatte, doch er wußte, daß er sich damals zum erstenmal vor Aman gefürchtet hatte.

Und auch jetzt wieder fürchtete er sich vor Amanander, aus irgendeinem Grund, den er nicht recht fassen konnte. Vielleicht war er auch bloß müde. Er schüttelte den Kopf und atmete tief durch. Es gab nur eine Möglichkeit, damit umzugehen. Er mußte zu Amanander ebenso ehrlich sein wie zu den verschiedenen Gruppierungen des Nordwestens. »Offenbar haben wir eine unterschiedliche Sichtweise. Aber ich kann die Hand nicht gegen Roderic erheben. Das Land ist in Unruhe; Vaters Verschwinden hat Schockwellen von den Settle-Inseln bis nach Atland gesandt. Solange Roderic sich nicht als regierungsunfähig erweist, sehe ich mich aufgrund des Treueeids gezwungen, ihm zu dienen. Und der, möchte ich dich erinnern, gilt auch für dich.«

Amanander blickte ihn durchdringend an. »Ich habe mich auf dich verlassen, Bruder.« Alexander wich zurück, als ihre Blicke sich trafen. Was ihn da aus Amans Augen anfunkelte, war nicht der Bruder, den er kannte. Von jäher Furcht erfüllt, sah er instinktiv aus dem Fenster. Der Himmel zeigte ein gleichförmiges Grau, als ob die Sonne ausgelöscht wäre. »Also gut, Bruder«, fuhr Amanander fort; seine Stimme war ebenso kalt wie ein schneidender Wind. »Ich werde bei der Versammlung nicht das Wort ergreifen, und ich werde die Worte nicht vergessen, die du heute zu mir gesprochen hast.« Erstaunt über die versteckte Drohung, blickte Alexander sich über die Schulter um, doch Amanander hatte den Raum bereits verlassen.

9. Kapitel

Der Palas der Burg Ahga wurde erleuchtet von tausend Kerzen, und die Stimmen von mehr als tausend Menschen mischten sich mit der einlullenden Musik, die von der Empore erscholl. Von seinem Platz an der hohen Tafel aus ließ Roderic den Blick durch den überfüllten Saal schweifen, in dem sich nicht nur die Bewohner der Burg, sondern auch die Senadoren samt Gefolge drängten. Bedienstete eilten mit Tabletts und Körben voll dampfender Speisen zwischen den Bänken und Tischen einher oder rollten große Fässer mit Wein, Ale und Met von den Kellern unterhalb der Küche hoch.

Brand saß zu seiner Linken, Obayana, der Senador von Kora-lado, zu seiner Rechten. Gartred hatte Roderics Botschaft vom vergangenen Abend wohl verstanden, denn sie saß ein paar Plätze von ihm entfernt, zwischen Amanander und Phillip. Doch ganz gleich, was er von ihr halten mochte, Roderic mußte zugeben, daß sie ihre Sache gut gemacht hatte. Die Sitzordnung der fast fünfzig Senadoren, die eifersüchtig auf ihre Privilegien bedacht waren und jede noch so geringfügige Verschiebung der Machtverhältnisse ebenso aufmerksam beobachteten wie eine kleinliche Wirtschafterin, erforderte das strategische Genie eines Generals. Wenn Peregrine Gartreds Platz einnehmen wollte, kam eine schwere Verantwortung auf sie zu.

Peregrine saß an einem Tisch unmittelbar zu Füßen des Podiums, das flaumige Köpfchen ihrer Tochter an die Schulter gedrückt. Auf den geröteten Gesichtern der Frauen um sie herum lag ein sanftes Lächeln. Roderic lehnte sich zurück. So lang der Tag auch gewesen war, er fühlte sich doch eigentümlich heiter. Die Männer, die ihn stets mit Namen oder als ›Junge‹ oder ›Sohn‹ angeredet hatten, nannten ihn nun ›Lord‹, erhoben sich, wenn er den Raum betrat, und setzten sich erst, wenn er sie dazu aufforderte. Dies war ein Vorgeschmack auf die Ehre, die dem König zuteil wurde. Kein Wunder, daß Abelard dies genossen hatte wie ein sich in der Sonne rekelnder Luchs.

Der Tag war voll unterschwelliger Spannungen gewesen, doch selbst Phineas zeigte sich zufrieden mit dem Verlauf der Versammlung. Obwohl Roderic befürchtet hatte, der Vorfall in Atland könne aufgegriffen werden, war es lediglich zu einem kurzen spannungsreichen Moment gekommen, als Harland von Missiluse sich erhoben und erklärt hatte, Amanander solle Abelards rechtmäßiger Nachfolger werden. Doch selbst in seiner Abwesenheit warf der König noch einen langen Schatten, und die meisten Senadoren glaubten offenbar, Abelard werde irgendwann wohlbehalten wieder auftauchen. Amanander hatte sich merklich im Hintergrund gehalten, bis er mit den anderen vorgetreten und niedergekniet war, um den Treueschwur zu leisten.

Neben Roderic nippte Obayana schweigend am Wein und hörte dem jungen Nevin Vantigorn zu, Erbe des Ersten der Lords von Mondana. Der alte Niklas lag im Sterben, und Nevin rechnete fest damit, bei der nächsten Kongreßversammlung als neuer Senador bestätigt zu werden. Obayanas Gesicht hatte die Farbe des Wüstensands, und seine Augen waren dunkel und geschlitzt wie die vieler Bewohner des westlichen Meriga. Eine stille Wachsamkeit war ihm zu eigen, und Roderic spürte, daß es ihm an nichts fehlte. Seine Festung hoch über dem Kora-lado-Paß war so gut wie uneinnehmbar und zudem von höchster strategischer Bedeutung, denn sie schützte die Haupthandelsroute durch den Westen und den Rest des Landes. Abelard hatte während Mortmains Aufstand dort Zuflucht gesucht, und die guten Beziehungen zwischen den beiden Männern waren niemals beeinträchtigt worden.

Roderic gab dem jungen Bediensteten, der hinter seinem Stuhl stand, ein Zeichen, worauf dieser seinen Kelch auffüllte. Brand, der für seine Frau gerade einen Apfel schälte, hielt inne und murmelte: »Ich würde gern ein paar Worte mit Euch reden, Hoheit.«

»Bitte, Brand. Es gibt keinen Grund ...«

»Aber nur, wenn wir unter uns sind.« Brands dunkle Augen blickten bedeutungsschwer, seine Miene aber war ausdruckslos.

Roderic blickte sich um. Obayana war noch immer in eine Unterhaltung mit Nevin vertieft. Roderic zuckte die Schultern. »Ich höre?«

»Es geht um die Männer in Amananders Gefolge – um seine vier Leibwächter.« Brand zögerte, und Roderic kniff die Augen zusammen. Es sah seinem Bruder gar nicht ähnlich, um Worte verlegen zu sein. »Mir sind Klagen der Soldaten zu Ohren gekommen, die mit ihnen die Unterkunft teilen. Nichts Besonderes, keine Unbotmäßigkeiten. Daraufhin habe ich meinen Sohn zu ihnen geschickt, um sie ein wenig auszuhorchen. Er sollte mir seine Eindrücke schildern – was immer ihm auffiel. Ich habe ihnen sogar etwas von meinem besten Honigmet bringen lassen.« Er zuckte bedauernd mit den Schultern. »Doch Barran zufolge wollten sie nichts trinken. Und sie haben kaum etwas gesagt.«

»Ach, tatsächlich?«

»Oh, sie haben recht bereitwillig auf Fragen geantwortet, aber ansonsten waren sie schweigsam.« Brand runzelte die Stirn. »Barran konnte mir nichts Greifbares berichten. Schließlich sprach ich selbst mit ihnen. Dabei hatte ich ein äußerst merkwürdiges Gefühl.« Er starrte Roderic an, und dieser bemerkte zu seiner Verwunderung, daß Brand noch immer nach Worten suchte. »Es war, als ob – als wäre ich für sie gar nicht vorhanden. Als befänden sie sich an einem anderen Ort.« Er schüttelte den Kopf. »Tut mir leid, Roderic, mehr konnte ich nicht tun. Aber ich mußte es dir sagen. In Gegenwart dieser Männer bekam ich eine Gänsehaut. Wenn ich es nicht besser wüßte, würde ich sagen, das waren überhaupt keine Menschen. Solche merkwürdigen Empfindungen hatte ich noch nie. Selbst einen Mutanten könnte ich eher berühren.«

»Hattest du Angst?«

Abermals zögerte Brand, und plötzlich verspürte Roderic eine unerklärliche Furcht. »Nicht um mein Leben«, sagte Brand schließlich. »Sondern um meine Seele.«

Roderic schaute seinen Bruder verwundert an. Es war beinahe unvorstellbar, daß Brand, der schon länger Soldaten in die Schlacht führte, als Roderic auf der Welt war, sich vor irgend etwas fürchtete, das auf zwei Beinen daherkam.

»Aber das ist noch nicht alles.« Brand malte rund um seinen Kelch Kreise aufs leinene Tischtuch. »Amander hat in letzter Zeit eine Menge Fragen gestellt. Du errätst bestimmt nicht, was er wissen wollte. Er hat sich nach einer Frau erkundigt, mit der Vater vor langer Zeit eine Liebschaft pflegte, noch vor unserer Geburt. Nydia Farhallen hieß sie.«

»Nydia Farhallen?« mischte Obayana sich plötzlich in die Unterhaltung ein. »Verzeiht, ich will nicht aufdringlich sein, aber es ist fast zwanzig Jahre her, seit ich den Namen zum letztenmal gehört habe.«

»So ist es, Lord Senador«, sagte Brand. »Es ist zwanzig Jahre oder länger her, seit ihr Name unter diesem

Dach zum letztenmal genannt wurde. Mein Vater behielt sie in Minnis, bis ...« Er verstummte.

»Bis was?« warf Roderic ein. »Weshalb fragt Amanander plötzlich nach einer Frau, mit der Vater vor so langer Zeit bekannt war?«

»Das wüßte ich auch gern.« Brand blickte versonnen in den überfüllten Saal. »Ich erinnere mich an sie.«

»Jeder, der sie einmal gesehen hat, erinnert sich an sie«, bemerkte Obayana.

»Wie das?« Roderic wunderte sich über die wehmütigen Mienen der beiden.

»Weil sie so schön war.« Obayana nahm einen Schluck Wein. »Ach, es gibt viele schöne Frauen, zumal hier in Ahga, aber Lady Nydia überstrahlte sie wie die Sonne die Sterne. Wenn sie einen Raum betrat, war es, als verblaßten neben ihr alle anderen Frauen. Sie war sanft und freundlich, doch ich glaube nicht, daß die Schönheit ihr Glück gebracht hat. Auf mich wirkte sie häufig traurig und sehr einsam.«

»Sie hatte Vater Gefolgschaft geschworen«, sagte Brand. »Angeblich war dies der Grund, weshalb er sie auch nach der Heirat mit deiner Mutter in Minnis wohnen ließ, Roderic. Aber der wahre Grund war jedermann bekannt.« Auf Roderics unausgesprochene Frage hin hob Brand eine Braue. »Ohne sie hielt er es nicht aus. Um ihretwegen wurde Minnis erbaut – die Bischöfin von Ahga hielt Nydia für eine Hexe. Nach Mortmains Erhebung wurde ihr sogar der Prozeß gemacht. Mich hat er beauftragt, sie zu retten. Ich brachte sie nach Minnis, und im selben Jahr begann er mit dem Bau der Festung. Vorher war Minnis nur ein Jagdsitz. Eine Jagdgesellschaft hätte das Anwesen mühelos einnehmen können. Jetzt vermag es zehntausend Soldaten zu trotzen.«

»Mindestens«, meinte Obayana. »Ich war nie dort, aber ich habe die Baupläne gesehen.«

»Und das alles für eine ... Mätresse?«

»Sie war niemals seine Mätresse«, antwortete Brand. »Sicher, sie teilten miteinander das Bett. Und in dieser Zeit sah er keine andere Frau an. Kurz vor deiner Geburt aber kam es zum Streit, zum Zerwürfnis. Ich habe in jenen Jahren in Arkan gegen die Harleys gekämpft und nie die ganze Geschichte erfahren. Aber als ich zurückkehrte, war Nydia aus Minnis fort. Und Vater hat sie nie wieder erwähnt.«

»Wohin ist sie gegangen?«

»Kennst du den hohen Turm nördlich von Minnis, der bis über die Baumwipfel aufragt?«

»Den Hexenturm?« Roderic nickte.

»Angeblich ist Nydia die Hexe, die dort wohnt.« Brand schüttelte den Kopf.

»Aber warum – warum sollte sie dort leben, wenn Vater diese Frau geliebt hat? Und sie ihm Gefolgschaft geschworen hat, wie du sagst? Was ...«

»Hinter ihrer Beziehung steckte mehr, als beide nach außen hin zeigten«, meinte Obayana. »Doch es heißt, Nydia habe eine kurze Affäre mit Phineas gehabt und ein Kind von ihm bekommen, wenngleich Phineas dies weder mit Worten noch mit Taten bestätigt hat.«

»Phineas?« Roderic vermochte seine Skepsis nicht zu verbergen. Das waren zu viele Rätsel auf einmal. Er schüttelte den Kopf, als könne er so Ordnung in seine Gedanken bringen. »Aber warum erkundigt sich jetzt Amanander nach dieser Frau? Wahrscheinlich lebt sie gar nicht mehr. Und da Phineas das Gerücht niemals bestätigt hat, ist das Kind vielleicht ebenfalls tot.«

»Da stimme ich dir zu«, sagte Brand. »Aber wenn Amanander wieder auf dem Rückweg nach Dlas ist – wo du ihn am besten gleich hinbeordern solltest –, wäre es vielleicht ratsam, eine Patrouille zu dem Turm nördlich von Minnis zu schicken und die Lage erkunden zu lassen.«

Roderic atmete tief ein und ließ die Luft langsam wieder entweichen. »Meinetwegen. Und was Amananders Begleiter angeht ...«

»Ich werde sie überwachen lassen, Hoheit.«

Roderic blickte an Brand vorbei zu Amanander hinüber. Das Essen auf seinem Teller hatte er nicht angerührt, nahm sich aber gerade einen großen roten Apfel aus einer Schüssel. Als er zu Roderic hersah, verzog sich sein Mund zu einem Lächeln. Er hob den Apfel an die Lippen, und als er den Mund öffnete, um hineinzubeißen, hatte Roderic den Eindruck, der Apfel bewege sich. Er atmete schwer. Die Luft schien ihm dickflüssig, als tauge sie nicht mehr zum Atmen. Er blickte sich am Tisch um, und in diesem Moment verschwand das Gefühl. Offenbar hatte außer ihm niemand etwas bemerkt.

Amanander saß reglos da, den Apfel am Mund. Roderic hatte den Eindruck, es handle sich um ein kleines Tier. Als sein Bruder die Zähne hineingrub, färbten sich seine Lippen rot. Roderic schauderte. Er blinzelte.

Amanander kaute lächelnd und warf das Kerngehäuse in die Schüssel.

Der Stimmenlärm des Palas reichte nicht bis in die dunklen Gänge der unteriridischen Stockwerke der Burg Ahga. Die untersetzte Gestalt trat aus einem Tunnel hervor und verharrte kurz, den unter einer Kapuze verborgenen Kopf zur Seite geneigt, dann watete sie weiter durchs hüfthohe Wasser. Der schwere Zylinder, den sie in der Hand hielt, verbreitete ein stetiges Licht. Ledrige Schwingen flappten, und sehnige Körper schlängelten sich davon, als die jahrhundertelange Dunkelheit durchbrochen wurde. Hier und da brachten sich kleine Tiere mit einem Sprung ins Wasser in Sicherheit.

In der Mitte der Höhle hielt die Gestalt inne. Geborstene, bröcklige Mauern ragten bis in Brusthöhe auf. Der Eindringling verbarg die Kaltlichtlaterne im weiten Umhang und kletterte auf die Rampe. Er strich sich das nasse Gewand glatt und holte die Laterne wieder hervor. Der Lichtstrahl beschrieb einen weiten Bogen, was allerlei Geflatter und Geraschel zur Folge hatte. Das Licht wurde von zerbrochenen Glasscheiben und jahrhundertealten Fliesen reflektiert. Zufrieden schlüpfte der Mutant durch den alten Durchgang, hinter dem eine geborstene Treppe zur nächsten Ebene emporführte. Auf einem alten, schief hängenden Schild stand ›KONGRESS‹. Der Mutant setzte sich auf eine Stufe, richtete den Lichtstrahl in die tiefe Höhlung des Treppenaufgangs, schloß die Augen und stimmte einen leisen, eindringlichen Singsang an.

Fünfzehn Stockwerke höher hielt Amanander auf dem Weg zu Gartreds Gemächern inne. Obwohl sie noch ein wenig mitgenommen war nach seinen Zuwendungen der vergangenen Nacht, war sie auf seinen Vorschlag, ihre Beziehung heute abend fortzusetzen, gleichwohl bereitwillig eingegangen. Er hoffte, daß er jede einzelne ihrer dunklen Begierden befriedigt hatte. Ihr jedenfalls war es bei ihm gelungen. Beinahe jedenfalls.

Er wäre von sich aus niemals darauf verfallen, sie auf den harten, kalten Steinen der Brüstung zu nehmen. Doch wer vermochte den Wünschen einer Lady schon zu widerstehen? Zumal wenn sie so willig war wie Gartred? Zumindest anfänglich war sie willig gewesen. Gegen Ende hatte sie immer weniger Bereitschaft gezeigt, auf seine dunkleren Phantasien einzugehen. Er ließ sich in dieser Hinsicht von keinerlei Bedenken stören. Und es gab noch ein paar Dinge, mit denen er sie heute bekanntmachen wollte, ein paar

Dinge, von denen sie gewiß noch nie geträumt hatte. Dinge, die in der Abgeschiedenheit eines Schlafgemachs, wo man ihre Schreie nicht so leicht hören würde oder aber für Lustschreie hielte, besser aufgehoben waren. Er hatte seine Leibwache angewiesen, alle wohlmeinenden Nachfragen abzuwehren.

Doch nun hallte der Geistruf immer lauter in seinem Kopf, und er spähte über die Schulter. Der Gang war menschenleer, lediglich ein Wandleuchter brannte. Er lauschte eine Weile aufmerksam, dann bewegte er sich so leise wie ein Raubtier durch die dunkle Burg.

Als er müde Stimmen aus den Unterkünften der Bediensteten und der Küche vernahm, wich er verhalten fluchend in den Schatten zurück. Die Bediensteten aber waren zu sehr von den Aufräumarbeiten nach dem Fest in Anspruch genommen, um ihn zu bemerken.

Der Geistruf war laut und dringlich. Er schloß die Augen und konzentrierte sich, wie Ferad es ihn gelehrt hatte, indem er Energie aus den Staubteilchen in der Luft zog. Er antwortete voller Ungestüm und spürte mit Genugtuung den Schmerz des Adressaten.

Schließlich bahnte er sich einen Weg durch die Küche, vorbei an den müden Küchenjungen und erschöpften Mägden, zwischen Körben, Fässern und funkelnden Gerätschaften hindurch, vorbei an den schweren Töpfen und Pfannen und den Kräuterbündeln, die an großen Haken von den Deckenbalken hingen. Auf einer Bank in einem niedrigen Durchgang schnarchte ein Küchenjunge. Amanander warf ihm einen verächtlichen Blick zu und ging weiter.

Unter der Küche lag die Krypta, wo die Gebeine der toten Ridenaus zu Staub zerfielen. Ein steter Lichtstrahl wies ihm den Weg. Seine Stiefel scharrten leise über den unebenen Boden, und Mäuse brachten sich raschelnd in Sicherheit. Am Kopf der Treppe hielt er an. »Ja?«

Der Mutant in der Tiefe schreckte zusammen. »G-großer Lord! Ich bin ...«

»Dein Name ist mir gleichgültig. Ich weiß, wer dich geschickt hat. Was ist mißlungen?«

»Weshalb glaubt Ihr, etwas sei mißlungen, Großer Lord?« fragte der Mutant in schmollendem, verdrießlichem Ton.

Amanander packte den Mutanten beim Kragen und hob ihn hoch. Der Mutant zappelte mit den Sekundärarmen und schrie leise auf. »Wenn dein Herr einen so elenden Zwerg wie dich nach Ahga schickt, muß etwas mißlungen sein. Sag mir die Botschaft, sonst hole ich sie mir selbst aus deinem Kopf.«

Der Mutant schloß die Augen und schluckte. »Bitte. Laßt mich los.«

Amanander setzte das Wesen auf der obersten Treppenstufe ab, so daß ihre Augen gleichauf waren. Er spürte die Angst seines Gegenübers so deutlich, als wäre es seine eigene.

»Mein ... mein Herr bittet Euch aufzupassen, Großer Lord. Man hat einen Boten zu den Pr'fessoren des Kollegs geschickt – mein Herr sagt, das Laboratorium sei entdeckt worden ...«

»Von wem? Wer hat die Botschaft übermittelt?«

»Man nennt ihn Vere.«

Amanander wandte sich fluchend ab. »Vere? Dieser nutzlose, wehleidige Feigling? Vere hat Ferads Aufenthaltsort entdeckt? Wissen die Ältesten des Kollegs schon Bescheid?«

»Wir ... wir ...«

»Wir?«

»Ich – ich weiß es nicht, Großer Lord«, flüsterte der Mutant. »Der ... der Bote hat Jesselyn erreicht und ist dort an der Purpurkrankheit gestorben. Aber der, den man Everard nennt, hat die Botschaft an sich genommen ...«

»Jesselyn? Jesselyn Ridenau? Und Everard Ridenau? Meine Geschwister?«

Der Mutant nickte heftig.

»Bei der Eins. Und Vere? Was ist mit Vere?«

»Er ist verschwunden, Großer Lord. In der Wüste, im Nebel. Mein Herr ...«

»Dein Herr ist ein Narr.« Er drängte sich an dem Mutanten vorbei und blickte das große Wappen der Ridenaus an, das einen der Sarkophage zierte. »Er kann nicht länger in Dlas bleiben ...« Amanander brach ab und rammte die Faust gegen den Stein. »Und Vere – Vere muß gefunden werden. Hast du verstanden?«

Der Mutant nickte eifrig. »Ich werde es ihm ausrichten, Großer Lord.« Er wandte sich zum Gehen, doch Amanander hielt ihn auf.

»Warte.«

Der Mutant wand sich unbehaglich.

»Ich möchte, daß du noch wartest. Je nachdem, was die nächsten Tage bringen, könnte es sein, daß ich Ahga verlassen und selbst nach Vere suchen muß. Dann brauche ich dich, um Ferad eine Nachricht zukommen zu lassen.«

»Meine Brüder haben nach dem Mann gesucht, der Everard genannt wird. Mein Herr meint, wenn man ihn findet, wird man ihn töten. Und die, die Jesselyn genannt wird, ebenfalls ...«

»Gut.« Amanander machte auf dem Absatz kehrt.

»Großer Lord? Was soll ich essen? Wie soll ich mich wärmen?«

Amanander blieb nicht stehen. »Ihr seid doch geübte Diebe, oder? Die Küche ist dort oben. Ich bin sicher, du wirst zurechtkommen.« Seine Stimme hallte schaurig nach, als er mit der Dunkelheit verschmolz.

So lautlos wie ein Gespenst ging Amanander zurück durch die dunklen Säle zu Gartreds Gemach. In barschem Ton entließ er die Zofe und wartete, bis ein Soldat seiner Leibwache die protestierende Bedienstete fortgebracht hatte. Als ihre überraschten Klagen auf dem Gang verhallten, entkleidete er sich und schlüpfte geräuschlos neben der schlafenden Gartred ins Bett. Er war müde, denn das kleine Zauberkunststück beim Festschmaus hatte seine Kräfte stärker beansprucht, als er sich eingestehen wollte. Der Mutant hatte beunruhigende Nachrichten mitgebracht, und diese neuerliche Belastung machte sich bereits bemerkbar. Er mußte endlich herausfinden, was es mit Nydia Farhallen auf sich hatte.

Immer stärker breitete sich in ihm die Enttäuschung aus. Er hatte mühelos Gartreds Gedanken gelesen und herausgefunden, daß das dumme Huhn so gut wie nichts wußte. Alle anderen, die sich noch an Nydia erinnern und vielleicht etwas wissen mochten, waren in seiner Gegenwart zu gut bewacht. Aber vielleicht konnte ihm ja Gartred andere Dienste leisten.

Grob band er ihre Handgelenke über dem Kopf an den Bettpfosten fest. Er beugte sich über ihre Brüste, leckte und knabberte daran, und als sie sich zu winden und zu stöhnen begann, lächelte er. Als er die Brustwarzen so weit gereizt hatte, daß sie fest emporstanden, nahm er eine Kerze vom Nachttisch und tropfte ihr ein wenig flüssiges Wachs auf die empfindliche Haut. Sie erwachte mit einem leisen Schrei, stellte fest, daß sie gefesselt war, und entspannte sich erst mit einem schläfrigen Lächeln, als sie seinen dunklen Haarschopf erkannte. »Hoheit«, murmelte sie.

Er lächelte. Das war Roderics Titel, doch zu ihm paßte er besser. Er nahm einen Nippel zwischen die Zähne und biß so fest zu, daß sie nach Luft schnappte. Ohne weiteres Vorspiel stieß er ihr Daumen und Zeigefinger in die unteren Regionen. Gartred versteifte sich. »Noch nicht bereit? Beim Essen warst du so geil wie eine heiße Stute.«

Sie stöhnte und bog ein wenig den Rücken durch. Er drang ebenso mühelos in ihren Geist ein wie in ihren Körper, auf der Suche nach etwas, das ihm von Nutzen sein könnte. Plötzlich stieß er auf einen Namen. »Jesselyn Ridenau?« fragte er laut.

»Mhm.« Gartred erschauerte, als er die Hand zurückzog, ihre Beine auseinanderdrückte und abermals zur Kerze griff.

Er erinnerte sich an Jesselyn, ein dunkelhaariges Mädchen, auf ihre Weise schön – fünf oder sechs Jahre jünger als er. Sie hatte ihre Kindheit in Minnis verbracht, in den Jahren, als Abelard mit der Hexe liiert gewesen war. Vielleicht wußte sie ja Bescheid über Nydias Schicksal.

»Du kannst selbst mit ihr reden«, stöhnte Gartred unter seiner rücksichtslosen Behandlung.

Amanander wich von ihr zurück. Es war nicht ungewöhnlich, daß die Geistverbindung in beide Richtungen möglich war.

»Ich soll selbst mit ihr reden?« wiederholte er. »Wie meinst du das?«

»Mit Jesselyn. Sie ist hierher unterwegs. Hast du mich das nicht gerade gefragt? Ich dachte, du wüßtest es. Sie hat Roderic etwas Wichtiges zu berichten – er schickt ihr morgen eine Eskorte.«

Amanander setzte sich unvermittelt auf. Gartred wand sich ein wenig und bog den Rücken durch. Er versetzte ihr eine Ohrfeige. »Sei still und beantworte meine Fragen. Für wann erwartet er sie?«

»Ach«, sagte Gartred schmollend, »er bringt sie nicht hierher. Er will sich nicht mit den Priesterinnen anlegen. Daher trifft er sich in ein oder zwei Wochen in Minnis mit ihr, sobald er hier wegkann.« Sie spreizte die Beine noch ein wenig mehr und stemmte ihm die Hüften entgegen.

Amanander betrachtete sie mit einem spöttischen Lächeln. Er mußte Jesselyn vor der Eskorte erreichen. Er verengte die Augen und beobachtete, wie Gartred an den Fesseln zerrte. Als er sich auf sie legte, entspannte sie sich und lächelte ihn lüstern an. »Ich fürchte, ich muß bald aufbrechen«, flüsterte er und packte die Kerze fester, »und gewöhnlich nähme ich mir nicht soviel Zeit. Aber du hast mir so sehr geholfen, meine Liebe, daß ich dich reicher belohnen werde, als du dir je erträumt hast.«

10. Kapitel

Der Strand lag verlassen da. Nicht einmal eine Möwe durchmaß die leere Weite des blauen Himmels, und das dunkle Meer erstreckte sich bis zum Horizont, vom Wind zu schaumigen kleinen Wellen hochgepeitscht. Die Sonne schien warm, doch der Wind war kalt. Jesselyn zog den Umhang fester um sich und schauderte kurz, als der Planwagen unvermittelt anhielt. Unmittelbar oberhalb der letzten Anhöhe lag die Zollstation, welche die Grenze der Ländereien der Ridenau-Könige markierte. Bis Minnis würden sie noch ein paar Wochen brauchen, doch auf dem Gebiet der Ridenaus hatte der langwährende Friede das Wachstum zahlreicher Ordensgemeinschaften gefördert, und es wäre zu gefährlich gewesen, allein weiterzureisen. Roderics Bote hatte sie angewiesen, hier auf die Eskorte zu warten.

Über das Wasser ragten verwitterte Ruinen auf, die Überbleibsel einer längst vergessenen Stadt, und eine Straße führte geradewegs zum Strand hinunter und verschwand in den Wellen. Unter der Wasseroberfläche waren die schwarzen Ruinen untergegangener Gebäude zu sehen.

»Habt Ihr es warm, Ehrwürden?«

Die Frage des Kutschers riß Jesselyn aus ihren Träumereien. »Es ist erträglich, Chas'n.« Das graubärtige Gesicht war sorgenvoll gefurcht, und er hatte dunkle Ringe unter den Augen. Es wurde allmählich Zeit, daß sie Minnis erreichten. Sie nickte nach hinten, wo Tavia unter einer dünnen Decke schlief. »Wir sollten besser ein Feuer machen. Ich suche Holz.«

Sie kletterte auf den Boden, wobei das mehrfach geflickte, ausgebleichte Priesterinnengewand an ihren bloßen Knöcheln raschelte. Ihre unförmigen Schuhe verursachten ein klatschendes Geräusch auf dem Sand.

»Wie Ihr meint, Ehrwürden.« Chas'n stieg ebenfalls ab. Seine Gelenke waren steif von der langen Reise, trotzdem verzichtete sie darauf, ihm ihre Hilfe anzubieten. »Ich mache Feuer und versorge die Pferde. Es ist gut, daß wir rasten. Sie sind völlig erschöpft.«

Jesselyn nickte zustimmend. Die Meeresluft mit ihrem frischen Salzgeruch erinnerte sie an ihre Kindheit in Ahga und vermittelte ihr das Gefühl, wieder ein Mädchen von vierzehn zu sein. Sie ging zum Strand hinunter, wo der Sand durch die Lederflicken ihrer Schuhe und zwischen ihre Zehen drang. Den Mutanten zufolge hatte es hier, wo jetzt das Nordmeer lag, einmal fünf Süßwasserseen gegeben, die verschwunden waren, als aufgrund der Auswirkungen der Alten Magie das Meer die Ufer des alten Flußbetts überspült hatte. Ein paar Schritte vor dem Rand des Wassers blieb sie stehen und blickte in die Ferne. Im Norden erstreckte sich das Meer, so weit die Blicke reichten, und irgendwo im Westen lag Ahga. Es war einer jener ersten Frühlingstage, da die weiche Luft bereits vom nahenden Sommer kündete und die Sonnenwärme nach dem kalten Licht des Winters noch eine Überraschung darstellte. Sie atmete tief durch, schwelgte im frischen, salzigen Duft, der sich vermischte mit dem herben Geruch der Strandgräser, und hob das Gesicht. Vielleicht war es doch gar nicht so schlecht, wieder nach Hause zu kommen.

Dünne Rauchschwaden wurden an ihr vorbeigeweht. Verwundert darüber, daß Chas'n das Feuer so rasch in Gang gebracht hatte, drehte sie sich um. Doch der alte Mann war nirgends zu sehen. Besorgt musterte Jesselyn die Steine, die in Haufen rechtwinklig zum Strand lagen. Auf einer flachen grauen Steinplatte saß ein bärtiger großer Mann. Er rauchte eine lange Tonpfeife, wie die Mutanten sie verwendeten. Als er ihre Überraschung bemerkte, erhob er sich und verneigte sich unbeholfen. »Jesselyn? Bitte erschrick nicht. Ich bin Vere – dein Bruder Vere.«

Jesselyn stolperte ein paar Schritte zurück. Im ersten Reflex hätte sie beinahe die Röcke gerafft und wäre zum Wagen zurückgelaufen, doch sie beherrschte sich und musterte den hochgewachsenen, hageren Mann genauer. Er trug ein schlichtes graues, an der Hüfte gegürtetes Gewand, geflickte graue Kniehosen und weiche Lederstiefel. In einer perlenverzierten Scheide steckte ein langer Dolch. Er hatte langes graues Haar mit weißen Strähnen darin, und in seine Wangen waren grüne, weiße und blaue Spiralen eintätowiert.

Die Tätowierungen überzeugten sie. Die Muster kannte sie von den Erzählungen der Kinder her, wenngleich sie sie noch nie zu Gesicht bekommen hatte. Sie wußte aber, daß sie typisch waren für die Angehörigen des Kollegs, die viel von dem Wissen, das in der furchtbaren Zeit des Armageddons verlorengegangen war, bewahrt hatten. »Vere? Bist du es wirklich?«

»Ja.« Er näherte sich ihr über den Sand, die Pfeife in der einen Hand, die andere Hand ausgestreckt. Sie nahm sie und stellte verwundert fest, wie zart seine langen Finger waren. Die Haut an den Fingern aber war rauher als bei ihr, und Veres Augen, umsäumt von tiefen Falten, waren hell und durchdringend, die Augen eines Mannes, der es gewohnt war, in weite Fernen zu blicken.

»Willst du auch nach Ahga?« Dies war die erste Frage, die ihr bei dieser höchst unerwarteten Begegnung mit Vere, an den sie sich kaum noch erinnerte, in den Sinn kam. Zu der Zeit von Mortmains Rebellion hatte er Ahga den Rücken gekehrt und die Erwartungen eines Vaters, der ihn nie verstanden hatte, und das Leben, für das er vollständig ungeeignet gewesen war, einfach hinter sich gelassen. Schon seit längerem wußte sie, daß Vere zu den Mutanten gegangen und von dem geheimen Kolleg als einer der Ihren aufgenommen worden war. Doch er hatte sich niemals gemeldet, und sie hatte seinen Aufenthaltsort nie in Erfahrung gebracht, denn das Kolleg stellte das bestgehütete Geheimnis der Mutanten dar.

Er lächelte. »Ja.«

»Weißt du schon das Neueste?« platzte sie heraus. »Von Vater? Und Roderic?«

»Deswegen bin ich ja hier. Wie ich sehe, bist du gut ausgerüstet.« Er nickte zum Wagen hinüber, wo Chas'n gerade Essensvorräte auspackte. Tavia war aufgewacht und blickte aufs Wasser hinaus. »Ist das Tavia?«

Jesselyn nickte und legte ihm die Hand auf den Arm, als er ihr etwas zurufen wollte. »Nein, nein, tu das nicht. Du würdest sie erschrecken. Sie ist nicht mehr so wie früher. Sie hat sich verändert.«

»Was ist geschehen?« Vere runzelte die Stirn.

Jesselyn schüttelte den Kopf. »Ich weiß gar nicht, was ich sagen soll. Ich habe so viele Fragen ... so vieles hat sich verändert ... ich ...«

»Jessie.« Veres schmaler Mund kräuselte sich zu einem sanften Lächeln. »Ich begleite dich nach Ahga – wir werden viel Zeit zum Reden haben. Stell mich deinem Bediensteten vor.«

Sie raffte die Röcke, und gemeinsam schritten sie die Strandböschung hoch.

Sie waren erst wenige Schritte weit gekommen, als Vere sagte: »Ich war nicht ganz aufrichtig. Ich komme zwar mit nach Ahga, aber bin vor allem deinetwegen hier.«

»Meinetwegen?« Sie blieb unvermittelt stehen.

»Auf dem Weg zum Kolleg bin ich Everard begegnet. Ich bin dir sehr dankbar für die Hilfe, die du meinem Bediensteten Torach geleistet hast.«

Jesselyn schüttelte den Kopf. »Als wir ihn fanden, konnten wir bereits nichts mehr für ihn tun. Ich habe mich um seine Bestattung gekümmert, das war alles.«

»Das reicht schon. Everard hat mir erzählt, du seist unterwegs zu Roderic – auch ich finde, er sollte vom Inhalt der Botschaft erfahren. Ich wußte, daß du hier vorbeikämst. Und da habe ich mir gedacht, ich könnte mich dir als Eskorte andienen.« Obwohl er leichthin gesprochen hatte, entging Jesselyn nicht, daß er unablässig die Straße und die umliegenden Hügel musterte.

Jesselyn runzelte die Stirn. Da steckte doch mehr dahinter! »Roderic schickt eine Eskorte, aber jetzt, da du hier bist, kann ich ja vielleicht umkehren.«

»Du willst nicht mehr nach Ahga fahren?«

»Du dürftest ebenfalls kaum begierig darauf sein, dorthin zurückzukehren. Ich dachte immer, du wärst dort unglücklich gewesen, und ich habe nicht die geringste Lust, Roderic zu begegnen.«

»Wegen des Vorfalls in Atland?«

Jesselyn nickte.

Vere schaute grimmig drein. »Das könnte unserem kleinen Bruder noch einmal leid tun. Aber ich bin mir nicht sicher, ob er wirklich dafür verantwortlich war.«

Sie blickte ihn ungläubig an. »Er hat den Befehl erteilt.«

Vere zeigte zum Wagen. »Komm, Jessie. Wir unterhalten uns nach dem Essen.«

Als sie ihr einfaches Mahl beendet, das Geschirr abgewaschen und weggepackt hatten, ging die Sonne unter. Der Himmel zeigte eine Mischung aus Lavendel, Indigo und Rosa, und das Wasser schwappte sanft an den Strand. Vere streckte die langen Beine aus und zündete sich die Pfeife an. Chas'n schnarchte bereits unter seiner Decke, und Tavia hatte sich auf den Kutschbock zurückgezogen, wo sie ihrer Stoffpuppe mit monotoner Stimme ein Schlaflied vorsang.

»Wie hat Tavia die Reise überstanden?« fragte Vere.

»Recht gut. Ich konnte sie nicht alleinlassen, verstehst du, und ich dachte mir … Schließlich war Ahga bis zu ihrer Heirat auch ihr Zuhause. Ich dachte mir, wenn sie es wiedersähe, würde sie sich vielleicht an glücklichere Zeiten erinnern …« Jesselyn verstummte.

»Erzähl mir, was passiert ist.«

Jesselyn malte mit einer zerbrochenen Muschelschale ein wirres Muster in den Sand. »Tavia wurde im Alter von siebzehn Jahren mit dem Sohn eines Lords aus Arkan vermählt. Ich war damals gerade erst sechs, aber ich weiß noch, wie schön sie als Braut war. Ein, zwei Jahre später reiste sie durch die Prärie von Arkan zu ihrem Mann. Sie war schwanger. Sie wurde von Harleyreitern überfallen, und alle kamen um.«

»Und sie hat als einzige überlebt?«

»Man hat sie ein paar Tage später gefunden.« Jesselyn schlang die Arme um die Knie und starrte blicklos ins Feuer. »Du weißt ja, wie grausam die Harleys sind. Man hat ihr das Kind aus dem Leib herausgeschnitten.«

»Aber wie hat sie überlebt?«

»Das weiß niemand. Ich habe da so eine Ahnung, aber …« Unvermittelt blickte sie über die Schulter zurück. Tavia wiegte die Puppe, ohne auf ihre Unterhaltung zu achten. »Ich glaube, ein Empath hat sie gefunden.«

Vere hob eine Braue. »Ein Empath? Wie kommst du darauf?«

»Ich habe gehört, was sich die Kinder der Magie so erzählen: Empathen besitzen die Fähigkeit zu heilen, vollständig zu heilen. Und der Vorfall ist nicht zu bezweifeln, denn sie hat keine Narben zurückbehalten, nicht einmal Schrammen. Sie ist völlig unversehrt. Nichts deutet darauf hin, daß sie jemals schwanger war, geschweige denn verstümmelt wurde.«

»Bloß die geistigen Narben, die sie zurückbehalten hat.«

Jesselyn nickte. »Ich nehme an, der Empath war nicht stark genug, auch ihren Geist zu heilen.«

»Das könnte sein.« Vere nahm einen tiefen Zug aus der Pfeife. »Die Gabe der Empathie braucht Zeit, sich zu entwickeln, doch selbst die ältesten und erfahrensten Empathen haben ihre Grenzen. Und wenn Tavia tatsächlich so schwer verwundet wurde, wie du sagst, dann hat die Empathin wohl ihr Bestes getan und gehofft, die Zeit werde den Rest erledigen.«

»Du glaubst, es war eine Frau?« Jesselyn hob erstaunt die Brauen.

»Empathen sind meistens weiblich.«

Jesselyn zuckte die Schultern. »Ich weiß nicht, ob sie ihr wirklich einen Gefallen getan hat.« Sie blickte zu Tavia hinüber, die soeben ihr Mieder aufschnürte.

»Was tut sie da?« fragte Vere.

»Sieh nur!«

Bestürzt beobachtete er, wie Tavia eine blaugeäderte Brust enthüllte und der Puppe ihre große braune Brustwarze ins Gesicht drückte. Tropfen durchscheinender Milch näßten das plumpe Gesicht der Puppe.

»Selbst ihr Körper weint«, murmelte Jesselyn.

»Und sie ist nicht wieder schwanger geworden.«

»Was soll ein Mann in diesem Zustand schon mit ihr anfangen? Du weißt ebensogut wie ich, daß es nicht leicht für eine Frau ist, schwanger zu werden. Ich habe mit zahllosen Männern geschlafen und niemals ein Kind zur Welt gebracht. Als Tavia ihr Kind verlor, war damit auch ihre einzige Hoffnung dahin, Mutter zu werden. Allein die Mutanten – die Kinder der Magie – haben mehrere Kinder, und wir Menschen haben nichts Besseres zu tun, als sie systematisch umzubringen.«

»Das ist eine Frage der knappen Ressourcen, Jessie ...«

Jesselyn warf das Haar zurück. »Deine Belehrungen brauche ich nicht. Weshalb glauben Männer immer, bloß weil eine Frau einen anderen Standpunkt hat, verstünde sie den des Mannes nicht? Ich weiß, daß der Haß von Neid, Gier und Angst gespeist wird. Aber wieso können wir Menschen nicht lernen, den Kindern ihre Daseinsberechtigung zuzubilligen? Ihr Blut hat die gleiche Farbe wie das unsere.«

Vere gab keine Antwort. Er blickte in die lodernden Flammen und paffte an der Pfeife. Wohlriechende Rauchschwaden verhüllten sein Gesicht. Jesselyn fragte sich, ob es richtig gewesen war, ihm ihre Vermutungen hinsichtlich des Empathen mitzuteilen. Aber warum hätte sie sie ihm vorenthalten sollen? Vere gehörte dem geheimen Kolleg an. Nach dem Armageddon, in der Zeit der Verfolgung, hatten die Priesterinnen den Mob dazu aufgewiegelt, solche Leute zusammen mit Magiekundigen als Hexen und Diener des Bösen zu verbrennen. Es hieß, viele von ihnen hätten bei den Mutanten Zuflucht gefunden.

Schließlich brach Jesselyn das Schweigen. »Weshalb bist du fortgegangen?«

»Ich war in Ahga nicht glücklich, Jessie. Vater ...« Vere lächelte über diese alte Form der Anrede, die bei den Mutanten als Ehrentitel der Pr'fessoren verwendet wurde. »Vater hielt nicht viel von mir. Als einziger seiner sieben Söhne konnte ich weder mit dem Speer noch mit dem Schwert umgehen, nicht einmal mit dem Knüppel. In dieser Zeit habe ich selbst nicht viel von mir gehalten. Daher habe ich nach einem Ort gesucht, an dem ich nicht fremd wäre – wo das, was mir wichtig war, auch von anderen geschätzt würde. Und den habe ich bei den Kindern gefunden. Und was ist mit dir? Auf deine Weise bist auch du eine Abtrünnige. Wie bist du dazu gekommen, dich für die Kinder einzusetzen?«

»Ich wurde von Ahga ausgesandt, einen Orden zu gründen. Und das habe ich wohl auch getan. Bloß daß ich eine andere Gemeinde um mich versammelte, als ich sollte, und als ich mich weigerte, damit aufzuhören, wurde ich von der Bischöfin von Ahga verbannt. Deshalb brauche ich eine Eskorte nach Ahga. Denn wenn mich die Bischöfin in die Hände bekäme, würde ich eingesperrt, wenn nicht gar hingerichtet werden. Mit Sicherheit aber sähe ich meinen Orden nicht mehr wieder.«

»Ich habe gehört, was du dort leistest.« Vere veränderte die Sitzhaltung. »Ich bin stolz, dein Bruder zu sein.« Ihre Blicke trafen sich übers Feuer hinweg, und Jesselyns Augen füllten sich mit Tränen. Der Wind wehte ihr eine lose Strähne ins Gesicht, und sie streifte sie weg, zog den Umhang fester um sich.

»Ich glaube, wir sollten uns allmählich schlafen legen.«

Vere nickte. »Tu das. Ich werde noch ein Weilchen wachen. Wir sollten morgen früh aufbrechen. Die Straße führt geradewegs nach Ahga – wir werden Roderics Eskorte unterwegs begegnen.«

»Aber – ich will morgen wieder zurückfahren. Jetzt, da du hier bist, besteht für mich kein Grund mehr, Ahga aufzusuchen.«

Vere schüttelte den Kopf. »Ich fürchte, mit deinem Wissen wäre es für dich zu gefährlich, wenn du wieder umkehren wolltest.«

»Gefährlich? Die Kinder haben mir nie etwas zuleide getan – selbst als das Land noch von den Wirren des Aufstands erschüttert wurde, hatte ich unterwegs keine Schwierigkeiten. Vor den Kindern habe ich keine Angst.«

Vere seufzte. »Ich sollte dir noch etwas mitteilen. Hast du schon einmal von der Bruderschaft gehört?«

»Nein.«

Das Schweigen zog sich in die Länge, und Jesselyn wartete darauf, daß Vere weitersprach. Als er sich schließlich erhob, sagte er jedoch bloß: »In Ahga ist es für dich sicherer, Jessie. So sicher, wie man sich nur wünschen kann.« Besorgt sah sie ihm nach, als er zum Strand hinunterging und sich wie ein graues Gespenst an den Rand des Wassers stellte.

11. Kapitel

»Und das war Euer letztes Wort?« fragte Phineas mit solcher Schärfe, daß Roderic verwundert von seinem Bruder Phillip zu Phineas sah. So hatte er Phineas noch nie erlebt. Phillip, der in der Mitte des langen Beratungstisches saß, ließ den Blick durch den leeren Raum schweifen und unterdrückte ein Seufzen. Zumindest, dachte Roderic, hat er den Anstand, zerknirscht auszusehen; er rutschte unruhig auf dem unbequemen Stuhl herum und zupfte mit seinen unterschiedlich beringten Fingern an der breiten Goldborte am Ärmel seines fließenden blauen Gewands. Phillip ähnelte Abelard nicht nur im Hinblick auf seinen Geschmack und seinen Körperbau, sondern besaß auch eine ähnliche Ausstrahlung wie er. Bei den täglichen Kongreßsitzungen mit den eher nüchtern gekleideten Senadoren aus Arkan und den vom Krieg verwüsteten Bergstaaten fiel Phillip mit seinem blonden Haar und den farbenprächtigen Kleidern auf wie ein Schwan unter Sperlingen. Schade, dachte Roderic, daß es ihm an Abelards Hingabe für das Königreich mangelt.

Phillip blickte von Phineas zu Roderic und wieder zurück. »Lord Phineas, bitte.« Er sprach langsam und geduldig, als hätte er es mit einem geistig Behinderten zu tun, und Roderic wand sich inwendig. Wie konnte Phillip Phineas bloß so unterschätzen?

»Ihr müßt mich verstehen«, fuhr Phillip fort. »Ich weiß, wie Ihr Bewohner der Mittelstaaten die Dinge seht. Nourk ist reich und mit seinen Soldaten allen Anforderungen gewachsen. Doch auch wir mußten die Grenzbewachung zum Schutz vor den Mutanten verstärken. Nourk hat ...«

»... sich schon immer zurückgehalten«, warf Phineas in so sanftem Ton ein, daß Roderic sich unwillkürlich versteifte. »Wir bitten lediglich um Verstärkung. Der Kongreß hat Roderic zwar als Regenten anerkannt, doch das Land ist noch lange nicht befriedet. Wir bitten Euch lediglich um Verstärkung, um Reserveeinsatztruppen, die in Ithan Ford stationiert würden für den Fall, daß sie bei der Verteidigung Arkans gebraucht werden.«

»Ithan liegt für meine Belange viel zu weit entfernt. Und wenn sich nun die Mutantenstämme im Norden erheben? Dann wären meine eigenen Ländereien in Gefahr. Zu einem Zeitpunkt, da sich die Lage jederzeit ändern kann, könnt Ihr nicht von mir verlangen, daß ich meine Soldaten fortschicke.« Phillip hatte ebenfalls nicht ohne Schärfe gesprochen. Seine blauen Augen funkelten, und er ähnelte dem König so sehr, daß es Roderic einen Stich versetzte. Als Phillip unvermittelt den Stuhl zurückschob, bemerkte Roderic unter dem farbenprächtigen Gewand zum erstenmal einen Bauchansatz. Wenn ein Mann im kampffähigen Alter so fett wurde, mußte das Leben in Nourk wirklich angenehm sein.

»Wir hatten in Atland schwere Verluste«, erwiderte Phineas.

»Und warum? Ich bitte um Verzeihung, Hoheit, aber das hatte vielleicht auch mit Eurer Unerfahrenheit im Feld zu tun. Oder mit Eurem Hang zur Schlächterei.«

Roderic zuckte zusammen und schlug die Augen nieder. Jener Tag in Atland würde ihn noch lange verfolgen.

Phillip stand auf, stützte die Fäuste auf die gläserne Tischplatte und beugte sich vor. Ein heller Lichtstrahl wurde vom Glas reflektiert und fiel auf sein Gesicht. »Ich habe meinen Treueschwur erneuert. Wenn es sein muß, werde ich ihm Folge leisten. Aber ich werde es mir zweimal überlegen, ob ich Euch Soldaten zur Verfügung stelle.« Er blickte Roderic an und deutete eine Verneigung an. »Und das ist mein letztes Wort.«

Mit rauschendem Gewand stolzierte Phillip hinaus. Als sich die Tür hinter ihm geschlossen hatte, blickte Roderic verstohlen Phineas an. Der alte Mann hatte die Hände vor der Brust verschränkt und die Lippen geschürzt. »Wir haben uns noch nicht über Atland unterhalten.«

Phineas' Augen flackerten, und er holte tief Luft. »Ich mache Euch keine Vorwürfe wegen der Verluste in Atland.«

»Das hat Phillip nicht gemeint.« Roderic krampfte die Hände ineinander. »Es geht um den Tag, als Ebram-taw ... als ich ...« Er brach ab und biß sich so fest auf die Lippen, daß er auf einmal einen süß-salzigen Blutgeschmack im Mund hatte.

»Weshalb habt Ihr das getan, mein Sohn?«

»Ich weiß es nicht!« Die Antwort brach aus ihm hervor, und er ballte die Fäuste. »Beim Thron meines Vaters, ich weiß es nicht, Phineas. Ich begreife nicht, was ich getan habe. Ich nehme an ... ich vermute ... vielleicht glaubte ich, keine andere Wahl zu haben.«

»Und damit hattet Ihr möglicherweise recht.«

Roderic war sich nicht sicher, ob er richtig gehört hatte.

»Vielleicht gab es wirklich keine andere Möglichkeit, alldem ein Ende zu bereiten, Roderic. Ich will nicht sagen, daß Ihr recht getan habt. Ich höre am Klang Eurer Stimme, wie sehr Ihr den Vorfall bedauert. Aber wir alle – Euer Vater, Brand, sogar Phillip, dieser scheinheilige Narr – haben Dinge getan, auf die wir nicht stolz sind. Dinge, die wir ein Leben lang bedauern. Konsequenzen gibt es immer, Roderic. Immer. Ganz gleich, wie man sich entscheidet.«

Roderic legte die Hände flach auf die kühle Glasfläche des Beratungstischs. Unter dem Glas waren Karten des alten Meriga konserviert, die so alt waren, daß sie zu Staub zerfallen wären, hätte man sie in die Hand genommen. Der Sonnenschein malte regenbogenfarbene Prismen an die Wände, und sein Blick fiel auf eine verblichene Fahne, die schlaff in der Ecke hing. Angeblich war dies die Fahne des Alten Meriga, und die dreizehn Streifen und fünfzig Sterne waren gerade eben noch zu erkennen. Welche Entscheidungen hatten die Menschen des Alten Meriga getroffen, die ihre Kinder ein Leben lang bedauert hatten? »Was sollen wir tun?«

»In bezug auf Phillip? Soll er sich ruhig zieren. Wenn wir Truppen brauchen, zwingt ihn sein Eid, sie uns zu schicken. Und wenn sein Gewissen von ihm verlangt, sich hinter seinen Bergen hervorzuwagen und in den Krieg zu reiten, um so besser. Phillip steht es am wenigsten an, Euch Unerfahrenheit vorzuwerfen.«

Roderic verkniff sich ein Lächeln. Nourks geschützte Lage machte eine Invasion unwahrscheinlich, und Roderic konnte sich nicht erinnern, daß die Senadoren von Nourk jemals vom Thron um Hilfe ersucht worden wären. Abelard hatte dadurch, daß er Phillip mit der Tochter des alten Senadors vermählte, Nourks Ressourcen unter seine Kontrolle bringen wollen. Doch das war ihm offenbar nicht gelungen.

Das Schweigen zog sich in die Länge, bis Phineas schließlich seufzte. »Sind alle Botschaften, die wir gestern besprochen haben, losgeschickt worden?«

»Heute morgen.« Roderic war froh, das Thema wechseln zu können. »Ich hätte nie gedacht, Phineas, daß ich einmal soviel Zeit mit Unterschriften zu verbringen hätte.«

»Jetzt begreift Ihr wohl, weshalb Euer Vater, der die Jagd so sehr liebte, nur selten in Minnis war.«

Roderic kniff die Augen zusammen. »Ihr glaubt, ich sollte mich nicht mit Jesselyn treffen.« Es war eine Feststellung, keine Frage, und Phineas schwieg.

»Jesselyns Nachricht bereitet mir Sorgen«, sagte er schließlich.

Roderic stand auf und trat ans Fenster. Die Abendsonne war durch die tiefhängenden Wolken gebrochen und badete das Meer in funkelndes Licht. Die weißen Segel der Fischerboote schwankten auf weißen Schaumkronen. Kaum eine Woche nach seiner Ernennung zum Regenten konnte er nicht leugnen, daß er voller Sehnsucht an die grünen Wälder und kühlen Seen von Minnis Saul dachte. Nachrichten aus allen Winkeln des Reiches strömten nach Ahga, eine nicht einzudämmende Flut, die auf Jugend oder Unerfahrenheit keine Rücksicht nahm, nichts als Bitten um Nahrung, Soldaten und Gerechtigkeit. Vom Regenten wurde erwartet, daß er die endlosen Streitereien schlichtete, die Folgen zahlloser widerstreitender Interessen.

Wie von Phineas und Brand vorausgesehen, hatten die Harleys, welche sich in den vergangenen zwanzig Jahren fast ausschließlich auf die Wüsten von Loma und Dlas beschränkt hatten, den Aufstand der Mutanten genutzt, um einen größeren Teil der Prärien von Arkan unter ihre Herrschaft zu bringen. Und jetzt wurden sie immer dreister und drangen mit ihren zotteligen Ponies immer tiefer nach Arkan hinein, in Gebiete, die zwei Jahrzehnte lang von ihren Angriffen verschont geblieben waren.

Während der dreitägigen Kongreßversammlung hatten Senadoren, die unter Abelards fester Hand immer stiller geworden waren, versuchsweise ihre Stimmen erhoben, als wollten sie seinen Nachfolger auf die Probe stellen, worauf Roderic auf Phineas' Anraten hin den Kongreß auflöste. Jetzt, da Roderic als Regent bestätigt war, hatte der außerplanmäßig einberufene Kongreß seine Aufgabe erfüllt; es sei sinnlos, meinte Phineas, die Beratungen noch länger fortzuführen. Täglich tauchten mehr Bittsteller auf den Außenhöfen auf, um vor dem Königlichen Beschwerdegericht Gehör zu finden.

Am gleichen Morgen war Amanander mit dem Auftrag, die Harleys mit allen Mitteln zurückzudrängen, nach Dlas aufgebrochen. Roderic hatte viele Stunden mit dem alten Gredahl verbracht, dem Ersten der Senadoren von Arkan. Die Männer aus Arkan waren hart und stolz und beugten nur vor wenigen das Knie, doch Roderic wußte, daß sie zu seinen engsten Verbündeten zählten. Allein auf sich gestellt aber könnten sie nicht standhalten, und Phineas wäre es lieber gewesen, Phillip hätte ihnen entschlossene Unterstützung zugesichert.

Roderic hakte die Daumen hinter den Gürtel. »Auch mir bereitet das Sorge, Phineas«, sagte er mit Blick auf die auf dem Wasser schaukelnden Boote. Aus dieser Höhe, sieben Geschosse über dem Erdboden, wirkten selbst die größten Fischerboote klein wie Spielzeuge. »Außerdem will ich die Bischöfin nicht gegen mich aufbringen.«

Phineas winkte ab. »Sie ist alt, Roderic. Sie hat ihren Biß verloren. Aber mag sein ...« Phineas stockte.

»Ja?«

»Nichts, mein Junge. Reitet nach Minnis. Nach allem, was in den letzten Monaten geschehen ist, habt Ihr ein paar Tage Erholung verdient. Ruft Ihr meine Träger?«

»Phineas ...« Roderic zögerte, denn er wußte nicht, wie er sich dem Thema nähern sollte, das ihm auf der Seele lag. »Gestern abend hat Gartred mich um Erlaubnis gebeten, Ahga verlassen und Elsemone besuchen zu dürfen. Meint Ihr, ich sollte sie gehen lassen?« Er hatte Phineas von ihren Annäherungsversuchen und der Behandlung, die sie Peregrine und seinem Kind hatte angedeihen lassen, bereits berichtet. Er hatte mit Erleichterung auf ihre Bitte reagiert. Ihre Tochter, seine jüngste Halbschwester Elsemone, war mit dem Erben eines Lords von Mondana verheiratet. Gartred wäre es ein leichtes gewesen, mit Nevin Vantigorn hinüberzureiten.

Phineas breitete die Arme aus. »Warum nicht?«

»Dann ...«

»Sagt, was Ihr auf dem Herzen habt, mein Junge.«

»Ich brauche eine First Lady, nicht wahr?«

Phineas nickte. »Wohl wahr.« Er hob die Brauen und neigte den Kopf. »Und Ihr habt bereits jemand Bestimmten im Sinn?«

»Peregrine Anuriel – Ihr wißt schon, die Tochter ...«

»Ich weiß, wer sie ist«, fiel Phineas ihm scharf ins Wort.

»Nun ja, ich habe mir so meine Gedanken gemacht, wißt Ihr. Sie hat ein Kind von mir, und da habe ich mir gedacht, wenn die Mätresse meines Vaters fort ist, könnte ich Peregrine zur First Lady machen und später vielleicht ...«

»Denkt Ihr daran, das Mädchen zu heiraten?«

Roderic legte den Kopf schief. »Ich ... ja, ich finde das bedenkenswert. Glaubt Ihr, Vater hätte Einwände dagegen?«

Alle Farbe wich aus den ledrigen Wangen des alten Mannes. Phineas verschränkte die Finger und rieb die Handflächen aneinander. »Zunächst einmal habt Ihr keinen Erben. Und was das Thema Heirat angeht ...« Phineas stockte, offenbar um Worte verlegen. Roderic kniff die Augen zusammen. So erregt hatte er Phineas noch nie erlebt. »Ernennt Sie zur First Lady, wenn Ihr wollt. Aber das Thema Heirat ...« Abermals stockte er.

»Das muß warten. Wenn Ihr jetzt bitte die Träger riefet. Wir sollten allmählich den Palas aufsuchen. Die erste Sitzung des Appelationsgerichts steht an, und Ihr solltet Euch vor Eurem Aufbruch so viele Fälle wie möglich anhören.«

Als er hinter der Trage die Treppe hinunterstieg, dachte Roderic über Phineas' merkwürdige Reaktion auf das Thema Heirat nach. Vielleicht, sagte er sich, als er den Saal erreichte und die an den Wänden wartenden Bittsteller sah, war dies auch lediglich Folge der Ereignisse der vergangenen Wochen. Soviel ist passiert, dachte er, seit ich Vaters Platz auf dem Podest einnahm. Phineas hatte recht. Er würde das Thema Heirat nicht wieder ansprechen. Zumindest so lange nicht, dachte er, als der Schreiber ihm eine Schriftrolle reichte, bis ich Peregrine ein handfestes Angebot machen kann. Gartred würde fortgehen, Amanander war bereits weg. Die Regierungsgeschäfte lagen in guten Händen.

Er blickte in die bärtigen Gesichter der Kaufleute, die sich vor dem Podium drängten. Einer hatte Stoffballen dabei, ein anderer ein gebrochenes Wagenrad. Ein dritter unterhielt sich halblaut mit einem Schreiber und gestikulierte mit einer Pergamentrolle, die mit bunten Siegeln verziert war. Als Roderic nickte, trat der Herald vor, gekleidet in einen blau-weißen Wappenrock. Mit lauter Stimme erklärte er die Sitzung für eröffnet. Roderic lehnte sich auf dem Thronsessel seines Vaters zurück. Die eigentliche Regierungsarbeit hatte begonnen.

Kaum zwei Wochen nach seiner Ernennung zum Regenten von ganz Meriga brach Roderic mit Alexander, Brand, Peregrine und zwei Kompanien der Königsgarde nach Minnis auf, um dort auf Jesselyn zu warten und ein paar Tage Ruhe zu genießen. Als sie den Stadtrand erreichten, setzte Roderic sich an die Spitze der Kolonne, wie er es als Knabe immer getan hatte, und galoppierte vor den anderen aus dem Stadttor hinaus. Vor ihm lagen die breite gepflasterte Landstraße, die wogenden grünen Felder und die schmucken Bauernhöfe, die Zeugnis ablegten von den friedvollen Jahren unter Abelards Herrschaft.

Kurz hinter der Stadt stießen sie auf einen Trupp Arbeiter, welche die Winterschäden im Straßenpflaster ausbesserten. Roderic hob grüßend die Hand und hielt an, um sich kurz mit ihnen zu unterhalten. Die Straßen hatten es seinem Vater und seinem Großvater erlaubt, Soldaten und Vorräte über die großen Entfernungen Merigas hinweg zu transportieren, über Straßen, die Gebirge überwanden, Flüsse überspannten und die weiten Prärien pfeilgerade durchschnitten. Seine Lehrer hatten immer wieder ihre strategische und taktische Bedeutung hervorgehoben, und Abelard hatte sich über die hohen Unterhaltskosten niemals beklagt.

Der Belag bestand aus einem Hexengebräu, das gegossen worden war, und Roderic fragte sich, ob die Menschen, welche die Straßen erbaut hatten, wohl wußten, daß dies einmal ihr wichtigstes Vermächtnis sein würde.

Nach der kurzen Pause waren sie gerade wieder aufgesessen, als Alexander zu Roderic aufschloß. »Auf ein Wort, Roderic. Wenn ich nach Spogan zurückkehre, erwartet mich dort eine schwierige Lage. Ich habe mir gedacht, du könntest mir vielleicht raten.«

»Ich?« Roderic zog die Zügel so unvermittelt stramm, daß sein Pferd aufwieherte. Alexanders bärtiges Gesicht war ausdruckslos, seine Augen wirkten undurchdringlich. Er weiß über Atland Bescheid, dachte Roderic. Und jetzt will er herausfinden, welche Art von Herrscher ich bin. »Ich bezweifle, daß ich dir raten könnte«, meinte er schließlich. »Du kennst diese Gegend viel besser als ich.«

Mit knappen Worten schilderte Alexander ihm die gegenwärtige Lage im Nordwesten, und während Roderic lauschte, dämmerte es ihm allmählich. Das Ganze lief auf eines hinaus. Als Abelard dem Senador von Ragonn als Bestrafung für seine Teilnahme an Mortmains Rebellion einen königlichen Verwalter vor die Nase setzte, hatte er das heikle Machtgefüge in jener Gegend gestört. Und Ragonn hatte unter den Nachwirkungen des Aufstands dermaßen zu leiden gehabt, daß sich das Ungleichgewicht erst jetzt mit fünfundzwanzigjähriger Verspätung bemerkbar machte.

»... und deshalb glaube ich, daß ein ausgewachsener Krieg unvermeidlich ist, wenn es so weitergeht wie bisher«, schloß Alexander.

»Dann müssen wir einen anderen Weg finden, das Gleichgewicht wiederherzustellen«, sagte Roderic.

Alexander wirkte überrascht. »Und was schlägst du vor?«

»Vielleicht ist es an der Zeit, den königlichen Verwalter zurückzurufen. Die Truppen sollen bleiben, aber ich werde dem Kommandanten eine Nachricht schicken und ihn anweisen, dir Bericht zu erstatten. Damit hast du eine Sorge weniger am Hals und gewinnst größere Bewegungsfreiheit, was Soldaten und Ressourcen angeht.«

Alexander musterte ihn mit mißtrauischer Anerkennung. »Ja, Hoheit. So könnte es machbar sein.« Eine Weile trabten sie schweigend nebeneinander her, bis Alexander sich abermals räusperte. »Da ist noch etwas, Roderic. Der M'Callaster, der alte Cormall, hat eine junge Tochter, Brea. Ich hätte gern deine Erlaubnis, ihn um ihre Hand zu bitten.«

»Du willst sie heiraten?« Roderics Gedanken überschlugen sich. Der alte Cormall hatte keine Söhne, bloß zwei Töchter von verschiedenen Frauen. Wenn Alexander eine von ihnen heiratete, würde er den Titel der Settle-Inseln erben – und welche Folgen hätte das für das Machtgefüge im Nordwesten?

»Der alte Cormall ist dem Tode nahe. Ich glaube, er wüßte sie gern versorgt. Nein ...« Alexander schüttelte angesichts Roderics unverhohlener Skepsis den Kopf. »Das denkst du nicht. Wenn einer der Häuptlinge ohne direkten Erben stirbt, müssen die Anwärter auf den Titel darum kämpfen. Ich kann nicht versprechen, daß ich selbst darum kämpfen werde, aber es könnte durchaus sein.«

»Und was ist mit der älteren Tochter?«

»Du meinst Deirdre? Eine wahre Raubkatze. Sie zu zähmen, bedarf es eines anderen als mich.« Alexander zögerte, dann senkte er die Stimme. »Ich liebe Brea, Roderic. Ich nähme sie auch dann, wenn sie nichts weiter besäße als das Hemd, das sie am Leibe trägt.«

»Ich lasse es mir durch den Kopf gehen. Du hast sicher Verständnis dafür, daß ich die meisten Entscheidungen erst mit Vaters Beratern besprechen muß.«

Alexander nickte, ein Lächeln spielte um seinen Bart. »Wie Ihr wünscht, Hoheit. Wie Ihr meint.«

12. Kapitel

Sie erreichten Minnis ohne Zwischenfälle. Seit Amanander fort war, hatte sich die Atmosphäre vollständig geändert. Roderic erinnerte sich noch gut an die Erleichterung der Soldaten der Königsgarde, als Amanander und seine vier Leibwächter aus Ahga fortgeritten waren.

Am letzten Morgen der Reise, bevor die Türme von Minnis sichtbar wurden, trat eine Gruppe von Männern aus dem dichten Wald hervor und wartete am Straßenrand, bis Roderic und seine Begleiter sie erreicht hatten.

Der Anführer der Gruppe, ein kleiner Mann in einem geflickten Umhang, abgerissener Hose und einem Langbogen über der Schulter, hob vorsichtig grüßend die Hand. »Guten Tag. Wir wollen mit dem König sprechen.«

Roderic wechselte Blicke mit Brand. Die Wildlinge durchstreiften die nördlichen Wälder zwischen C'Nadia und Meriga und überquerten besonders im Sommer des öfteren die Grenze. Sie waren ein zurückgezogenes Nomadenvölkchen, das gern für sich blieb und von der Jagd lebte. Hin und wieder gab es Klagen über Diebstähle, aber die Wildlinge kamen so selten in bewohnte Gebiete, daß man sie meistens in Ruhe ließ.

»Ich bin Roderic Ridenau«, sagte Roderic und trieb sein Pferd ein Stück vor. »Mein Vater, der König, ist unterwegs. Ich bin sein Erbe. Kann ich Euch helfen?«

Der Mann blickte seine Gefährten an und räusperte sich. »Das hoffen wir, Hoheit. Es geht um die Wolfskatzen. Der Winter war hart hier draußen, und eine hat angefangen, Menschen zu töten.«

»Ein großes Tier, Hoheit«, sagte ein anderer. »Und nachts schleicht es sich an uns heran. Wir haben Wachen aufgestellt, aber die Katze ist schlau – sie merkt, wann wir aufpassen.«

»Sie raubt uns unsere Kinder«, meinte ein anderer mit schwankender Stimme. »Meine Tochter hat sie schon geholt; sie war erst vier Jahre alt.«

Roderic blickte Brand an, der die Schultern zuckte. Roderic unterdrückte ein Seufzen.

Nicht einmal hier konnte er die große Bürde der Verantwortung abschütteln. »Gute Leute, wir werden tun, was wir können. Morgen früh, noch vor Sonnenaufgang, werde ich mit meinen Männern auf die Jagd gehen. Wenn Ihr heute abend gegen Sonnenuntergang nach Minnis kommen wollt, könnt Ihr uns mehr über das Tier erzählen – wo es zuletzt gejagt hat, wo es sich aufhält. Wir werden unser Bestes tun.«

Die Männer bekundeten halblaut Zustimmung und Dank, dann zogen sie sich mit linkischen Verneigungen in den Wald zurück.

»Es muß wirklich schlimm sein«, meinte Alexander. »Die verschiedenen Gelegenheiten, bei denen sich die Wildlinge in all den Jahren in Spogan an mich wandten, kann ich an einer Hand abzählen. Sogar wenn die Sascatch-Stämme auf dem Kriegspfad sind, bleiben die Wildlinge unter sich.«

»Besser ein Wildling als eine Wolfskatze oder ein Sascatch«, bemerkte Brand.

»So ist es«, sagte Alexander. »Wildlinge fressen einen wenigstens nicht auf.«

Am nächsten Tag stand Roderic vor Sonnenaufgang auf und hauchte Peregrine einen Kuß aufs Ohr. Sie lächelte im Schlaf und kuschelte sich in die Kissen. »Geh nicht weg«, murmelte sie, worauf er kurz zögerte. Die Vorstellung, wieder zu ihr unter die warmen Decken zu schlüpfen, war verlockend, doch dann kleidete er sich seufzend an.

Die Bitte der Wildlinge war verständlich. Hatte eine Wolfskatze erst einmal Geschmack an Menschenfleisch gefunden, ließ sie nicht mehr von dieser vergleichsweise leichten Beute abbringen. Die Soldaten in der Garnison hatten bestätigt, daß man im umliegenden Wald mehrere Wolfskatzen gesichtet hatte und daß zwei der Tiere sogar bis hinter die Mauern von Minnis vorgedrungen waren. Der vorletzte Winter war mild und der Sommer trocken gewesen; ideale Bedingungen zur Fortpflanzung. Infolgedessen streiften viele hungrige Tiere durch den an Wild armen Wald.

Die aufsteigende Sonne erhellte den Nebel, als die Jagdgesellschaft die hohen Mauern von Minnis hinter sich ließ, und vom knospenden Blätterdach fielen vereinzelte Tropfen herab. Ein feuchter, lieblicher, frischer Duft lag in der Luft, und die Pferdehufe verursachten ein gedämpftes Geräusch auf der feuchten Erde der Waldpfade. Roderic hatte das Gefühl, hierher zu gehören, ganz so, als brächten die Verantwortlichkeiten, die er von seinem Vater übernommen hatte, auch ein besonderes Verständnis für dessen Vorlieben mit sich.

Während die Sonne höher stieg, der Nebel sich allmählich auflöste und die Pferde durchs grüne Unterholz brachen, schien ihm, alles sei so, wie es sein müßte. Und als diesmal sein Blut in Wallung geriet und seine Sinne im Jagdfieber entbrannten, war von der schuldbewußten Bedrückung, die er an jenem furchtbaren Tag in Atland verspürt hatte, nichts zu merken. Er schwang das Schwert, schleuderte den Speer und fühlte sich durch das dunkle sprudelnde Blut irgendwie gereinigt.

Die Jagd war nur teilweise erfolgreich: In weniger als vier Stunden spürten sie zwar fünf Katzen auf und erlegten sie, doch keine war so groß, daß die Beschreibung der Wildlinge darauf gepaßt hätte.

Anschließend rasteten die Männer auf einer sonnengesprenkelten Lichtung und reichten lachend frischgebackenes Brot und Käse herum. Roderic lag auf dem Rücken und hörte zu, wie die anderen sich gegenseitig beglückwünschten und die Einzelheiten der Jagd besprachen. Es war angenehm warm, doch ein kühler Wind rührte in den Baumkronen. Als die Männer sich erhoben und Blätter und Zweige von den Kleidern streiften, wälzte Roderic sich auf die Seite und setzte sich auf. »Reitet ohne mich weiter«, wandte er sich an seine verblüfften Gefährten. »Es ist zu spät, um Wolfskatzen zu jagen, und bis Minnis ist es nicht weit.«

»Aber was habt Ihr vor, Hoheit?« fragte der älteste, dem die Bestürzung deutlich anzumerken war.

»Es ist lange her, daß ich einmal allein jagen konnte, Teck. Ich reite bald los. Richtet Lady Peregrine aus, daß ich gleich nach dem Baden essen möchte. Und sagt dem diensttuenden Feldwebel, er soll Euch heute doppelte Ale-Rationen geben.«

Das brauchte man ihnen nicht zweimal sagen, und sie ließen Roderic in Frieden. Er lehnte sich an den Baumstamm und dachte daran, daß er sich als Kind vor dem Wald und dem Schatten unter den alten Bäumen gefürchtet hatte. Doch diese Ängste hatte er längst überwunden, was vielleicht kein Wunder war. Eingebildete Schrecken verblaßten gegenüber realen Gegnern mit rasiermesserscharfen Speeren.

Er hatte sich gerade zum Aufbruch entschlossen, als

er einen dünnen Schrei vernahm. Es war ein hohes Kreischen, und die Angst war unüberhörbar. Roderic lauschte mit geneigtem Kopf. Als der nächste Schrei ertönte, schwang er sich in den Sattel und brach in flottem Trab durchs dichte Unterholz.

Ein weiterer Schrei ertönte, diesmal ein Schmerzensschrei. Er gab seinem Hengst die Sporen, galoppierte auf eine Lichtung und erblickte die größte Wolfskatze, die er je gesehen hatte. Sie hatte sich an einem halbentwurzelten Baum auf die Hinterbeine gestellt. Die Fangzähne waren mindestens fünfzehn Zentimeter lang, eine groteske Variation der Hauskatzen, die man in Stallungen und Küchen antraf.

Der schief stehende Baum war entweder vom Blitz getroffen worden oder aus Altersgründen halb umgestürzt, denn Kletterpflanzen bedeckten den Stamm wie blättriges Haar.

Als sich die Wolfskatze duckte, um hochzuspringen, vernahm Roderic erneut den hohen Entsetzensschrei. Doch bevor er den Speer schleudern konnte, sprang die Katze, und als sie zurückfiel, hielt sie ein Menschenkind in den Tatzen.

Mit angelegtem Speer galoppierte er vorwärts und bohrte die Waffe dem Tier mit voller Wucht in die Seite. Der Hengst wieherte das rot-braun gefleckte Tier herausfordernd an, als sie vorbeigaloppierten. Roderic zog die Zügel stramm. Das Pferd warf sich herum und stellte sich auf die Hinterbeine.

Mit einem Kopfrucken schleuderte die Wolfskatze das Kind ins Unkraut am Fuß des Baums. Aus einer Halswunde des reglos daliegenden Jungen sprudelte Blut hervor.

Der Speer in der Flanke der Wolfskatze zitterte, doch Roderic erkannte, daß der Treffer nicht tödlich gewesen war. Die gelben Augen des Tieres funkelten haßerfüllt, als es sich seiner neuen Beute zuwandte.

Es stand so reglos da wie ein Stein, bloß der Schwanz schlug unruhig. Und dann warf es den Kopf zurück und brüllte, und Roderic sah die blutigen gelben Fänge, den mit doppelten Zahnreihen besetzten rosigen Gaumen. Das Pferd wieherte ängstlich, als ihm die Ausdünstung des Raubtiers in die Nüstern stieg. Die Wolfskatze duckte sich, ohne Roderic aus den Augen zu lassen.

Roderic ließ das Pferd ein paar Schritte zurückweichen, wickelte sich die Zügel um die eine Hand und zog mit der anderen das Kurzschwert aus der Scheide an seiner Hüfte. Als die Katze den Hals des Pferdes ansprang, ruckte Roderic fest an den Zügeln, zwang den Hengst auf die Hinterbeine und trieb der Wolfskatze die Klinge in den Hals. Eine schwere Tatze kratzte ihm über die Schulter, und die scharfen Krallen durchdrangen selbst den ledernen Panzer. Doch er schaffte es, das Pferd außer Reichweite zu bringen, so daß die Wolfskatze zu Boden fiel. Eine Staubwolke stieg auf, setzte sich langsam wieder ab. Das Raubtier stieß einen rasselnden Seufzer aus und erschlaffte.

Roderic sprang schweratmend aus dem Sattel und warf die Zügel über einen tiefhängenden Ast.

Hastig wischte er sich das Schwert am Schenkel ab. Ohne den Schmerz in seinem Arm zu beachten, eilte er zu dem Kind, das noch immer dort lag, wo die Wolfskatze es hingeschleudert hatte.

Das Kind stöhnte. Es war ein Knabe, sechs oder sieben Jahre alt, der mit der blutigen Faust noch immer einen kleinen Dolch umklammerte. Die Halswunde klaffte, und mit jedem flachen Atemzug drangen Blutblasen hervor.

Zum Glück war der Junge bewußtlos. Roderic blickte sich um und wünschte, er hätte die anderen nicht fortgeschickt, denn er selbst konnte nicht mehr für den Jungen tun, als ihn nach Minnis mitzunehmen. Er hatte keine Ahnung, wo sich das Lager der Wildlinge befand, und wenn er den Knaben bewegte, würde er sicherlich sterben, bevor sie Minnis erreichten. Roderic kniete nieder und legte dem Knaben die Hand auf die Stirn. Die Haut war feucht und wirkte bereits grau. Der Junge atmete in langen, rauhen Stößen, die in einem Rasseln endeten. Unter zerfetztem Fleisch und einer gelben Fettschicht blinkten weiße Knochen. Es würde nicht mehr lange dauern.

Seufzend riß er einen Stoffstreifen vom Gewand ab. Er befeuchtete den Stoff und wischte dem Kind das Gesicht ab. Auf die kühle Berührung hin regte sich der Junge ein wenig und stöhnte erneut. Roderic spritzte noch etwas Wasser auf den Stoff und hielt ihn dem Kind an die Lippen, drückte ihn aus, bis ein wenig Wasser in den Mund des Knaben rann. Dann steckte Roderic das Schwert in die Scheide und setzte sich mit dem Rücken gegen einen Baum.

Der schwache Wind zauste ihm das Haar und trocknete den Schweiß. Behutsam berührte er die Schulter des Kindes. Abgesehen vom Summen der Fliegen, die sich bereits über die tote Wolfskatze hermachten, und dem Rauschen der Blätter herrschte tiefe Stille auf der Lichtung. Es war etwas anderes, ob man einen Soldaten in der Schlacht sterben sah oder ob man dem sinnlosen Tod eines Kindes beiwohnte. Unvermittelt mußte er wieder an Atland denken, an die armen Kerle, die mindestens so schmerzhaft gestorben waren wie dieser Knabe. Und ich war verantwortlich dafür, dachte er, ganz so, als hätte ich die Dolche und Schwerter geschmiedet, die sie ums Leben brachten. Wie konnte ich das bloß tun? Werde ich es jemals vergessen?

Er tupfte dem Kind noch einmal das Gesicht ab und wollte sich gerade wieder zurücklehnen, als sich sein Instinkt meldete. Ihm sträubten sich die Nackenhaare. Er duckte sich, die Linke auf dem Heft des Dolches.

Im Schatten unter den Bäumen auf der anderen Seite der Lichtung stand eine Gestalt, so schlank wie eine junge Buche und mit Lumpen bekleidet. Ob Mann oder Frau, konnte er nicht erkennen, doch sie war kleiner als er und stellte sicherlich keine Bedrohung dar. »Komm her!« rief er.

Die Gestalt trat auf die Lichtung und blickte sich mißtrauisch um. Es war ein Mädchen, kaum älter als Roderic.

»Die Wolfskatze ist tot.« Roderic zeigte auf das leblose Tier. »Komm her, du brauchst keine Angst zu haben.«

Als sie näher kam, sah Roderic, daß ihre Kleidung – ein kurzes Gewand und Kniehosen – noch zerlumpter war als die der Wildlinge, zudem ungeschickt geflickt. Vielleicht, dachte er, hatte sich die Abordnung gestern aber auch besonders herausgeputzt. Das Mädchen trug keine Schuhe, doch das sah man erst auf den zweiten Blick, so schmutzig waren die Füße. Ungebärdige dunkle Locken fielen ihr ins Gesicht; das Haar hatte sie sich mit einem Tuch zurückgebunden, ähnlich den Hauben, welche die Hofdamen trugen. Dies veranlaßte ihn, sie genauer zu betrachten. Er bemerkte ihre gerade Nase, ein Grübchenkinn und volle rosige Lippen, dann wandte sie das Gesicht ab. Er deutete auf den Jungen im Gras.

»Kennst du ihn?« Roderic winkte sie ungeduldig näher. »Gibt es in der Nähe ein Lager? Kannst du deine Leute zu Hilfe holen?«

»Ich nehme ihn mit.« Die Stimme des Mädchens war sanft und lieblich, ohne den nördlichen Akzent der Wildinge, und ein vertrauter Ton darin ließ ihn aufhorchen.

Roderic schaute blinzelnd zu ihr hoch, denn sie hatte die Sonne im Rücken. »Er stirbt. Du kannst ihn nicht einfach mitnehmen. Wenn deine Leute in der Nähe sind und du mir den Weg zeigst, können wir ihn vielleicht auf dem Pferd transportieren.«

»Ich nehme ihn mit.«

Daraufhin richtete Roderic sich auf. Vielleicht war das Mädchen ja ein wenig einfältig. Wie er gehört hatte, kam dies bei den Wildlingen, die sich abseits hielten und Inzucht trieben, öfter vor. Das Mädchen sah ihn nicht an. Er widerstand dem Drang, es beim Kinn zu fassen und seinen Kopf zu sich herumzudrehen. »Das darf nicht sein.«

»Ich muß.«

»Der Junge ist halbtot ...«

»Aber wenn ich ihn nicht mitnehme, wird er sterben.« Roderic kniff ob ihrer Selbstsicherheit die Augen zusammen.

»Du bist doch selbst noch ein Kind. Er ist viel zu schwer ...«

»Wenn wir noch länger miteinander streiten, stirbt er.«

Da hatte sie recht, und deshalb machte Roderic ihr Platz. Sie trat an ihm vorbei, kniete neben dem Knaben nieder und erschauerte, als sie ihn berührte.

»Ich habe dir ja gesagt, es ist schlimm.«

Als sie das Gesicht hob, bemerkte er, daß sich auf ihrer Oberlippe und Stirn winzige Schweißperlen bildeten. Sie sah aus, als werde sie jeden Augenblick in Ohnmacht fallen. Er fragte sich, ob es nur am Licht lag, daß sie ihm so bekannt vorkam. Er beugte sich vor, doch kaum hatte er einen Blick in ihre wachen blauen Augen geworfen, da wandte sie das Gesicht ab.

»Nicht weit von hier gibt es einen Pfad«, sagte sie. »Kennt Ihr ihn?« Sie wich seinem Blick aus, beinahe so, als fürchte sie, erkannt zu werden. Der Gruppe der Wildlinge gestern hatte keine Frau angehört.

»Der Weg führt zu einem See.« Er versuchte, einen Blick auf ihr Profil zu werfen, doch das dichte Haar war ihr über die Wange gefallen.

»Dort sind seine … unsere Leute. Nehmt das Pferd. Ich bleibe bei ihm.«

Roderic zögerte. Sie hatte sicherlich nicht unrecht, doch sie weckte Empfindungen, die bar jeder Vernunft waren. Unvermittelt wurde ihm bewußt, daß er sie nicht zurücklassen wollte, daß dies gleichbedeutend damit wäre, etwas Kostbares und gleichwohl schwer Faßliches zu verlieren. Das Mädchen übte eine seltsame Anziehungskraft auf ihn aus, die sich dem Begreifen entzog und auch über bloßes Begehren hinausging. Sie hatte ihn allein durch ihre Gegenwart erregt, und doch war sein Wunsch, sie zu besitzen, zwingender und gleichzeitig schwerer zu erklären als alles, was er bislang in Gegenwart von Frauen verspürt hatte. Er hatte das Gefühl, sein Körper dehne sich aus unter der Kleidung. Mit einer Willensanstrengung, die der Situation gänzlich unangemessen war, wandte er sich zum Gehen, drehte sich dann aber noch einmal um. Er meinte, ein Stöhnen gehört zu haben.

»Geht!« Ein leiser, erstickter Laut, der ihn vorwärtstrieb.

Er saß auf und ritt den Weg entlang. Früher einmal war dies eine Straße gewesen, denn an einigen Stellen lugten noch schwarze Bruchstücke des alten Straßenbelags aus dem wuchernden Unkraut hervor. Der Weg führte geradewegs zum See. Am Ufer hielt er an und blickte sich um. Keine Siedlung weit und breit.

Er war getäuscht worden. Fluchend riß er das Pferd herum, das sich wiehernd auf die Hinterbeine stellte. Er brach durchs Unterholz, galoppierte zurück zur

Lichtung und hielt an. Das Mädchen und das Kind waren verschwunden. Er schnalzte mit der Zunge, worauf das Pferd folgsam weiterging. Die Wolfskatze lag noch da, die Wunden und blutigen Fänge von Fliegen umschwirrt. Roderic nahm den Speer zur Hand.

Er ritt zum Baum hinüber. Eine Vertiefung im Unkraut und gerinnende Blutflecken machten die Stelle kenntlich, wo das Kind gelegen hatte. Er saß ab und berührte das niedergedrückte Unkraut. Das Blut war klebrig, Fliegen krabbelten darin herum. Ihm wurde übel. Das Mädchen konnte das Kind unmöglich forgetragen haben. Wenn sie es mitgeschleift hätte, dann vielleicht, aber …

Roderic suchte den Boden nach Schleifspuren ab. Nichts. Er richtete sich langsam auf. Die Sonne hatte den Zenit erreicht, und Schweiß rann ihm zwischen die Schulterblätter. Das Pferd wieherte, stampfte ungeduldig und stieß Roderic an. Geistesabwesend tätschelte er ihm den Kopf. Das Mädchen hatte etwas äußerst Merkwürdiges an sich gehabt. Es kam ihm beinahe so vor, als hätte er sie kennen sollen – obwohl er den Wildlingen gestern doch zum erstenmal begegnet war. Tief in Gedanken versunken saß er auf. Hier konnte er nichts mehr tun; die Verantwortung für das Kind war ihm aus den Händen genommen worden. Er schnalzte mit der Zunge, und der Hengst machte sich bereitwillig auf den Heimweg.

Warum hatte ihn das Mädchen bloß angelogen? Er hatte den Eindruck gehabt, sie sei wirklich besorgt um das Kind. Vielleicht befand sich das Lager ja ganz in der Nähe – es war bekannt, daß die Wildlinge sich gern versteckten. Aber sie hätte Hilfe doch gut gebrauchen können. Seufzend schüttelte er den Kopf und ritt langsam nach Minnis zurück, ohne das Geheimnis gelüftet zu haben.

Als die Wachposten auf den Mauern lautstark seine

Ankunft vermeldeten und Brand herbeigelaufen kam und die Zügel übernahm, wußte er sogleich, daß etwas nicht stimmte. »Was gibt es?« setzte er an, doch Brand fiel ihm ohne Vorrede ins Wort.

»Die Eskorte, die du Jesselyn entgegengeschickt hast, ist eingetroffen. Sie ist tot.«

13. Kapitel

Roderic starrte Brand ungläubig an. »Tot?« wiederholte er. »Wie konnte das geschehen?«

Brand reichte die Zügel einem Stallburschen. »Komm mit. Der Feldwebel ist im Palas – bei Tavia und Vere.«

»Tavia? Vere?« Diese Namen bedeuteten ihm nichts. Der Bruder wie auch die Schwester waren viel älter als er, und bislang waren sie einander noch nie begegnet. Während er hinter Brand hertrottete, durchforschte er sein Gedächtnis. Tavia war lange vor seiner Geburt mit dem Sohn eines Senadors vermählt worden und von irgendeiner Tragödie umgeben. Abelard hatte nur selten und stets voller Bedauern von ihr gesprochen. Und Vere – Vere war vor langer Zeit aus Ahga fortgegangen; sein Name wurde niemals erwähnt. Er war in der chaotischen Zeit von Mortmains Aufstand verschwunden, und niemand kannte seinen Aufenthaltsort. Was Abelard betraf, so hätte Vere ebensogut tot sein können. Jetzt aber war er hierhergekommen – in Jesselyns Begleitung, obwohl sich wohl nur wenige an seinen Namen und sein Gesicht erinnerten.

Im Palas bot sich ihm ein Anblick, den man nur als geordnetes Chaos bezeichnen konnte. Küchenfrauen rannten umher, brachten Wasser und leinenes Verbandszeug, und vor einem hohen Kamin stand eine lange, mit einem weißen Leichentuch bedeckte Bahre.

Vor dem gegenüberliegenden Kamin standen weitere Tragen, und hier trippelten die Frauen durcheinander wie eine aufgescheuchte Gänseschar. Soldaten in schmutzigen Uniformen saßen schweigend da, tranken und verzehrten ein hastig serviertes Mahl. Roderic hielt inne und legte Brand die Hand auf den Arm. »Was geht hier vor?«

»Feldwebel ...« Brand winkte. Ein grauhaariger Kämpe mit dreckverkrusteten Stiefel humpelte herbei. Roderic kannte ihn. Er hatte lange im Dienste des Königs gekämpft, sich aber geweigert, in den wohlverdienten Ruhestand zu treten. Er hatte sich freiwillig dazu gemeldet, die Eskorte anzuführen.

»Feldwebel Tom?« Roderic löste den Schwertgürtel und reichte ihn einem vorbeikommenden Bediensteten.

»Hoheit.« Die Ehrenbezeigung des Feldwebels war so schneidig wie eh und je.

»Sagt mir, was passiert ist. Wie ist meine Schwester gestorben?«

»Das wissen wir nicht genau, Hoheit. Wir haben sie alle in einem Lager in der Nähe des Zollstation an der äußersten Grenze des Gebietes der Ridenaus gefunden. Lord Vere – wir wußten erst nicht, daß er es war, bis Hauptmann Brand ihn erkannte – war schwer verwundet. Lady Jesselyn lag mit durchschnittener Kehle in einer Blutlache. Und die andere Lady – Lady Tavia – konnte uns nichts sagen.« Er deutete mit dem Daumen über die Schulter zu Peregrine, die eine Frau mit langen dunklen Locken mit einem Löffel fütterte.

»Ihr habt keine Ahnung, wer das getan hat?«

»Nein, Sir. Es gab keinerlei Hinweise. Der an der Zollstation diensttuende Hauptmann war ebenso entsetzt wie wir. Wenn sich das herumspricht, könnte eine Panik die Folge sein. Aber die Mörder haben einen schweren Fehler gemacht. Sie hielten Lord Vere für tot. Wenn er sich erholt, kann er Euch vielleicht den Hergang schildern.«

»Was ist mit Tavia?« wandte Roderic sich an Brand.

Brand schaute weg. »Sieh selbst.«

Verwundert folgte Roderic seinem Bruder zum Podium. Peregrine blickte ihm bekümmert entgegen.

Er verneigte sich vor Tavia und streckte ihr die Hand entgegen. Als er in ihre Augen sah, erstarben ihm die Willkommensworte auf den Lippen. Die Frau auf dem Schemel blickte starr an ihm vorbei ins Leere. Sie summte tonlos vor sich hin, und ihre Augen waren blau und leer. Ihr Gesicht war bleich und faltenlos wie das eines Kindes, und sie drückte sich ein Bündel an die Brust, das Ähnlichkeit mit einer Puppe hatte. Bekleidet war sie mit grober, selbstgesponnener Wolle, die sie wie ein Panzer umhüllte. »Was ist mit ihr?«

Peregrine sah Brand an. »Vielleicht der Schock«, sagte sie. »Weil sie mit angesehen hat, wie ihre Schwester und ihr Bruder ermordet wurden.«

»Warum hat man sie nicht ebenfalls umgebracht?«

»Die Soldaten meinten, sie hätten sie im Wagen gefunden, so wie Ihr sie hier vor Euch seht. Offenbar hat sie sich dort versteckt. Selbst wenn sie etwas weiß, kann sie es uns in diesem Zustand bestimmt nicht sagen.« Brand hakte die Daumen hinter den Gürtel.

»Was ist mit Vere?« Roderic musterte Tavia und überlegte, wie man sie aus ihrer geistigen Umnachtung aufwecken könnte.

»Ich glaube, er wird sich wieder erholen«, antwortete Peregrine. »Er hat eine Menge Blut verloren, ist aber nicht lebensgefährlich verletzt.«

»Kann er sprechen?« fragte Roderic.

»Als man ihn hereingetragen hat, war er bewußtlos«, sagte Brand.

Roderic drängte sich durchs Gewühl und ließ sich neben Veres Trage auf ein Knie nieder. Veres Ähnlichkeit mit dem König war so stark, daß es ihm einen Stich versetzte. Vere hatte die gleiche vorspringende

Adlernase, die gleichen hohen Wangenknochen. Allerdings verdeckte ein Bart die untere Gesichtshälfte, und aus dem Kopfverband sickerte Blut. Roderic wunderte sich über Veres Gesichtstätowierungen. In dem Moment, als er zu Brand eine Bemerkung machen wollte, flatterten jedoch Veres Lider. Sein Mund bewegte sich, und Roderic beugte sich weiter vor. Als er den Namen vernahm, zuckte er zurück.

»Was ist?« fragte Brand. »Was hat er gesagt?«

Roderic richtete sich schwankend auf, wandte sich ab und überließ Vere der Obhut der Frauen. »Amanander«, antwortete er. »Er hat ›Amanander‹ gesagt.«

»Er behauptet, mein Zwillingsbruder habe seine eigene Schwester ermordet und ihn ebenfalls ermorden wollen?« Alexanders dunkle Augen blitzten, und Roderic mußte daran denken, wie ähnlich sich die Zwillinge doch waren. Es dämmerte bereits. Zumindest war im Saal allmählich wieder so etwas wie Ordnung eingekehrt. Jesselyns Leichnam lag gewaschen und in ein weißes Leinengewand gehüllt in der kleinen Kapelle. Tavia hatte man Peregrines Obhut anvertraut, und nun saß sie bei Melisandes Wiege, schaukelte summend die Puppe und wollte sich nicht von der Stelle rühren. Vere hatte man in eine Schlafkammer gebracht, wo er nur zeitweise bei Bewußtsein war. Ein Bote war nach Ahga zu Phineas unterwegs, und ein Trupp Soldaten sollte sich vergewissern, ob Amanander tatsächlich nach Dlas geritten war.

Roderic rutschte unbehaglich auf dem Stuhl hin und her. Die Wunden an seiner Schulter und seinem Oberarm pochten; bei dem ganzen Durcheinander hatte er noch keine Zeit gefunden, sie zu verbinden. Er hatte gehofft, daß sich zwischen ihm und Alexander allmählich ein Vertrauensverhältnis entwickeln würde, was nun durch die Anschuldigungen eines Fremden gefährdet wurde, der laut Brand ihr Bruder war. »Ja«, meinte er schließlich. »Das hat er gesagt.«

Alexander funkelte ihn bloß an, und Brand nahm einen großen Schluck Ale. »Aber warum?« fragte Brand. »Weshalb sollte Amanander Jesselyn und Vere töten? Angenommen, wir würden Vere Glauben schenken – vielleicht hast du ihn ja auch mißverstanden, Roderic –, aus welchem Grund sollte er dies getan haben?«

Roderic blickte vom bekümmerten Brand zum erbosten Alexander. »Das ist nicht bloß ein Besuch. Jesselyn hatte einen Grund für ihr Kommen.«

»Welchen?« fragte Alexander.

Roderic setzte seinen Kelch ab, bevor er antwortete. »Sie hat mir einen Brief geschickt – er war bereits eingetroffen, als ich von Atland zurückkam. Sie schrieb, sie habe wichtige Neuigkeiten für mich.«

»Was betreffend?« In Alexanders Augen lag ein so gefährliches Funkeln, daß Brand unwillkürlich ein Stück näher an Roderics Stuhl heranrückte.

»Ich weiß es nicht.« Roderic, von Brands Nähe gestärkt, erwiderte ungerührt Alexanders Blick. »Es scheint, als wurde Jesselyn deshalb getötet, weil ihr Mörder – ich sage nicht, daß es Amanander war – verhindern wollte, daß mich die Neuigkeiten erreichen.«

Alexander senkte den Blick. »Das klingt vernünftig.«

»Alex«, sagte Brand, »du stehst Aman näher als wir alle. Hat er in irgendeiner Weise erkennen lassen, was er vorhatte? Hattest du eine Ahnung ...«

»Nein!« Alexander schwenkte zu Brand herum und griff nach seiner Waffe, die zum Glück nicht an ihrem Platz lag. Roderic bemerkte aus den Augenwinkeln, wie sich die Soldaten an der Tür strafften.

»Ruhig Blut, Alexander.« Brand hob die Hände. »Ich will mich nicht mit dir streiten. Aber wer immer Jesselyn ermordet hat, muß für sein Verbrechen zur Verantwortung gezogen werden. Meinst du nicht auch?«

Alexander entspannte sich allmählich. »Es tut mir leid«, murmelte er und wandte sich ab. »Daß Amanander seine eigene Schwester ermordet haben könnte, wage ich mir nicht einmal vorzustellen.«

»Nein«, sagte Brand. »Das will keiner von uns glauben.«

Aber vorstellen können wir es uns sehr wohl, dachte Roderic.

»Roderic?« unterbrach Peregrines leise Stimme die Unterhaltung. »Vere ist wach.« Sie stand im Eingang, die weiße Schürze voller Blutflecken. In den Armen hielt sie einen Wäschekorb mit blutigem Leinen. »Er ist wach und fragt nach dir.«

Roderic nickte seinen Brüdern zu. »Gehen wir.«

Im Krankenzimmer brannte ein Feuer im Kamin, und durch die offenen Fenster wehte ein frisches Lüftchen und bauschte die weißen Vorhänge. Auf dem Nachttisch standen ein Korb mit sauberen Verbänden und ein Tablett mit Salben. Als die Männer eintraten, blickte ihnen die Pflegerin an Veres Bett mißbilligend entgegen. »Ihr habt nur ein paar Minuten, Hoheit. Er braucht Ruhe.« Sie stellte eine Schüssel auf ein kleines Tablett, legte einen Löffel daneben und trug das Tablett kopfschüttelnd hinaus.

Roderic beobachtete mit Erleichterung, daß es Vere anscheinend viel besser ging. Man hatte ihm Kissen in den Rücken gestopft und den Kopf frisch verbunden. Er trug ein sauberes Nachtgewand, und sein Bart war gestutzt. Allein die bunten Tätowierungen auf seinen Wangen wirkten noch ein wenig befremdlich. Vere lächelte seinen Brüdern matt entgegen. »Brand, Alexander. Und Ihr – Hoheit?« Seine Stimme war ein rauhes Flüstern.

Roderic trat neben das Bett. »Bitte nenn mich Roderic. Schließlich sind wir Brüder. Kannst du uns sagen, wer das getan hat?«

Veres graugrüner Blick umwölkte sich und schweifte von Roderic zu Alexander. »Amanander.«

»Aber warum?« Alexander drängte sich an Brand vorbei und stellte sich neben Roderic. »Warum?«

Vere schüttelte den Kopf und zuckte zusammen. »Jetzt nicht … ich kann nicht. Jesselyn – er hat sie vorsätzlich getötet …« Vere schloß die Augen und erbleichte.

»Das reicht«, sagte die Pflegerin. Sie stand im Eingang, die Arme in die Hüften gestemmt. »Hinaus mit Euch, alle miteinander. Sofort. Er braucht Ruhe, sonst kann er Euch niemals sagen, was Ihr wissen wollt.«

Widerwillig traten die Männer auf den Gang hinaus. Vor der Tür verharrten sie in verlegenem Schweigen. Alexander atmete tief durch. »Du weißt, daß ich morgen aufbreche, Roderic. Aber du mußt mir versprechen, mir zu schreiben, was Vere dir berichtet hat – ich will wissen, weshalb Amanander so etwas getan haben soll.« Seine Schultern erschlafften. Er entfernte sich mit den schweren Schritten eines alten Mannes.

»Alex.« Roderic faßte ihn beim Arm. »Es tut mir leid. Ich weiß, du liebst ihn.«

Alexander zögerte. Schließlich räusperte er sich. »Ich möchte, daß du weißt, daß ich mit Amans Tat nichts zu tun habe. Vielleicht glaubst du mir nicht, aber ich hatte keine Ahnung, daß er jemanden töten wollte.« Auf dem dunklen Gang wirkte Alexander um Jahre gealtert. Er hatte tiefe Ringe unter den Augen, die Mundwinkel schienen vom Gewicht der Falten, die sich in sein Gesicht eingegraben hatten, nach unten gezogen zu werden. »Eine unschuldige Frau zu ermorden … das kann ich ihm nicht verzeihen …«

»Verzeihen?« fragte Roderic barscher als beabsichtigt. »Das ist ein zu schwaches Wort, meinst du nicht?«

Alexander hob den Kopf; in seinem Blick spiegelten

sich Qual und Stolz. »Es war nie meine Absicht, dich herauszufordern, Roderic. Ich will kein König werden.«

»Und Amanander?«

»Du erwartest von mir, meinen Bruder zu verraten ...«

»Amanander muß gefaßt und für sein Verbrechen zur Rechenschaft gezogen werden.«

»Ich stimme dir zu, aber ...« Alexander zögerte, hin und her gerissen zwischen widerstreitenden Empfindungen. »Du weißt nicht, was du da von mir verlangst. Er ist mehr für mich als nur ein Bruder. Ich erwarte nicht, daß du das verstehst – das kann niemand nachempfinden, der keinen Zwillingsbruder hat –, aber er ist ein Teil von mir. Ich wußte stets, was er dachte, wie er sich fühlte, selbst dann, wenn wir getrennt waren. Ich muß zugeben, ich hätte mir nie träumen lassen, daß er zu so etwas fähig wäre. Roderic, du bist achtzehn Jahre alt. Kannst du verstehen, weshalb Amanander glaubt, er sollte König sein?«

»Ich bin nicht der König«, erwiderte Roderic sanft.

»Nein«, räumte Alexander ein. »Noch nicht.« Er massierte sich die Schläfen, als habe er Kopfschmerzen. »Bevor ich von der Garnison in Spogan aufgebrochen bin, habe ich geschworen, dem Königreich und dem König zu dienen. Ich weiß nicht, ob ich tun kann, was du von mir verlangst. Ich bin mir nicht sicher, ob ich meinen Bruder an dich ausliefern könnte, wenn er zu mir käme, obwohl ich ebenfalls glaube, daß er sich für dieses Verbrechen verantworten sollte. Aber ich werde ihm keinen Beistand gewähren, und soweit ich dies vermag, werde ich dir helfen, ihn zu finden.«

»Alex«, sagte Roderic in drängendem Ton. »Du mußt es uns sagen. Bist du in Amananders Pläne eingeweiht? Weißt du irgend etwas?«

Alexander schloß die Augen. »Mehr kann ich dir nicht sagen.«

»Und was verlangst du dafür, daß du mir hilfst, Amanander zu finden?«

Alexander sah zu Boden, dann blickte er Roderic an. »Ich glaube, man sollte tun, was richtig ist, ohne eine Belohnung dafür zu erwarten. Was mein Bruder getan hat, war abscheulich.« Er schüttelte den Kopf. Roderic hatte noch nie eine solche Qual in den Augen eines Menschen gesehen. »Mehr kann ich nicht sagen.«

Unvermittelt wandte Alexander sich um und ging davon. Roderic wollte ihm nacheilen, doch Brand hielt ihn fest.

»Er weiß etwas«, beharrte Roderic. »Er weiß mehr, als er uns sagt.«

»Ja«, meinte Brand. »Aber laß ihn jetzt in Ruhe. Mag sein, er ist nicht unser Freund, aber er ist auch kein Feind. Damit müssen wir uns einstweilen begnügen.«

14. Kapitel

Fünf Tage verstrichen, während Vere unter Roderics Augen mit dem Tode rang. Nachdem er zunächst gemeint hatte, Vere sei nur leicht verwundet worden, gewann er einen anderen Eindruck, als Peregrine ihm Veres Verletzungen schilderte. Vere aber erholte sich viel schneller, als man eigentlich hätte annehmen sollen. Roderic hoffte, daß er bald mit ihm werde reden können.

Eines kühlen Morgens, im Anschluß an eine kurze Andacht für Jesselyn, schauten Roderic und Brand zu, wie der schlichte Sarg auf einen Karren geladen wurde. Ihr Leichnam sollte nach Ahga gebracht werden, wo man sie in der Krypta bestatten wollte, in der die Gebeine der verstorbenen Ridenaus ruhten. Als die kleine Prozession durch das Torgewölbe verschwand, atmete Roderic tief durch. Er war betrübt, weil er jetzt nie mehr Gelegenheit hätte, Jesselyn kennenzulernen; stärker indes bedrückten ihn die Umstände ihres Todes. »Ich habe beschlossen, den Hof nach Minnis zu bestellen«, sagte er übergangslos. »Er wollte sowieso hierherkommen. Und ich möchte, daß auch Phineas sich anhört, was Vere zu sagen hat. Ich glaube, Vere wird für längere Zeit nicht transportfähig sein.«

»Vielleicht«, erwiderte Brand, »sollten wir zurückreiten.«

»Aber Vere ...«

»Es gibt noch andere Dinge, um die wir uns kümmern müssen.«

Roderic warf seinem Bruder einen raschen Blick zu. Brand beobachtete die Staubwolke, die von der Begräbnisprozession aufgewirbelt wurde. Er hat Jesselyn gekannt, dachte Roderic. Für ihn war sie nicht bloß ein Name. Er verkniff sich eine Erwiderung.

»Hoheit«, unterbrach eine Magd das angespannte Schweigen. »Lady Peregrine hat mir aufgetragen, Euch zu holen. Lord Vere ist aufgewacht und möchte dringend mit Euch sprechen.«

Roderic tippte Brand auf den Arm. Es hatte keinen Sinn, sich mit diesem Bruder zu streiten, dem sowohl sein Vater als auch Phineas bedingungslos vertrauten. »Komm. Laß uns gehen.«

In Veres Zimmer standen die Fenster offen, um frische Luft hereinzulassen. Über den Baumwipfeln des Großen Nordwalds war in der Ferne der dunkle Turm zu erkennen, in dem angeblich die Hexe Nydia lebte, und Roderic mußte daran denken, daß Amanander sich nach ihr erkundigt hatte.

Vere saß auf einem Stuhl am Fenster und wehrte kopfschüttelnd die Pflegerin ab, die ihn in eine Decke hüllen wollte. Als Roderic und Brand eintraten, hob Vere ergeben die Hände. »Friede, ich bitte Euch! Ich decke mich zu, ich versprech's. Laßt mich nur allein, Mistress – sonst bringt mich Eure Fürsorge eher um als der Wind.«

Furchtbare Drohungen murmelnd angesichts dieses männlichen Unverstands, verließ die Frau den Raum. Vere lächelte den Eintretenden entgegen. »Man schütze mich vor den guten Absichten tüchtiger Frauen.«

»Du wirkst erholt, Vere.« Roderic bemerkte, daß sein Bruder wieder etwas Farbe bekommen hatte, wenngleich er noch immer erbärmlich mager war und die Schulter unter dem feingewebten Leinen des

Nachtgewands hervorstanden. Er bemühte sich, die bunten Tätowierungen auf Veres Wangen zu übersehen.

»Es geht mir wieder besser.« Vere verschränkte die schlanken Finger im Schoß und blickte aus dem Fenster zu den Ästen, die den Fensterflügel streiften und mit den ersten purpurfarbenen Blüten geschmückt waren. Vom Hof her vernahm man den gedämpften Lärm der exerzierenden Garnisonssoldaten. Der Wind war beladen mit Blütenduft. »Jedenfalls besser als nach Amananders Überfall. Sie kamen bei Nacht. Wir hatten keine Chance. Die Männer haben Jesselyn die Kehle durchgeschnitten und glaubten wohl, sie hätten mich ebenfalls erledigt.«

»Weshalb glaubst du, es waren Amananders Männer?« Brand, der am Bettpfosten lehnte, rieb sich das Kinn.

»Ich habe ihn gesehen. Am Gemetzel hat er sich nicht beteiligt – er stand abseits, hat bloß zugeschaut. Die Arme hatte er vor der Brust verschränkt, der Wind peitschte seinen Umhang. Er rührte sich nicht; er schien nicht einmal zu atmen – seine Reglosigkeit war unheimlich.«

»Es war dunkel«, sagte Brand. »Vielleicht hast du dich ja geirrt?«

Vere wandte sich seinem Bruder zu, und die hochgezogenen Brauen und der stolz gereckte Kopf erinnerten Roderic an Abelard Ridenau. »Das ist ausgeschlossen.«

»Das hatte mit der Information zu tun, die Jesselyn mir überbringen sollte, nicht wahr?« fragte Roderic.

Vere nickte. »Das steht außer Frage.«

»Weißt du, worum es dabei ging?«

Vere zögerte. »Ich werde dir soviel sagen, wie ich kann. Aber du mußt Verständnis dafür haben, daß ich durch andere Gelübde gebunden bin – durch Gelübde, aus denen ich noch nicht entlassen bin ...«

»Falls es mit Vater zu tun hat ...«, setzte Brand an und verschränkte die Arme vor der Brust. Er runzelte die Stirn und senkte den Kopf wie ein wütender Stier.

Vere schüttelte den Kopf. »Da bin ich mir nicht sicher.«

»Du mußt uns alles sagen.« Roderic nahm Vere gegenüber Platz und schlug die langen Beine übereinander.

»Ich werde euch soviel sagen, wie ich kann.« Veres Entschiedenheit ließ keine Widerrede zu. »Ich bin ein Spurenleser – es kommt nicht darauf an, daß ihr im einzelnen wißt, was dies bedeutet; es reicht, wenn ich sage, daß ich den größten Teil der vergangenen Jahre damit verbracht habe, in Ruinen nach altem Wissen zu suchen. Was ich dort gefunden habe, ist für euch ebenfalls ohne Belang, doch ihr solltet wissen, daß ich viel gereist bin und nach dem Aufenthaltsort eines abtrünnigen Mutanten geforscht habe, der sich Feradlugz nennt.«

Brand schüttelte ungeduldig den Kopf. »Und was hat das mit Amanander zu tun?«

Roderic atmete tief durch und beugte sich vor. »Wenn die Sicherheit des Reiches auf dem Spiel steht, ist kein Platz für Geheimniskrämerei.«

»Ich werde euch soviel sagen, wie ich kann«, wiederholte Vere. »Vor vielen Jahren hatte Vater Streit mit seiner Mutter Agara und verbannte sie aus Ahga.«

»Weshalb?« fragte Roderic.

»Das kann ich dir sagen«, meinte Brand. »Bei dem Streit ging es um die Nachfolge. Agara wollte, daß Amanander Abelard nachfolgt. Er weigerte sich, Amanander als Erben zu benennen; er fürchtete, der Kongreß werde nur ein legitimes Kind des Königs und der Königin anerkennen. Amananders Mutter war zwar mit Vater verlobt, starb aber, bevor der Ehebund geschlossen wurde. Und da liegt das Problem: In manchen Staaten hat ein Verlöbnis den gleichen Stellenwert wie eine Ehe, in anderen nicht. Du darfst nicht vergessen, daß Vater zu einer Zeit auf den Thron kam, da mit dem Kongreß um die Einheit des Reiches gerungen wurde, und daß im Verlauf von Mortmains Rebellion der ganze Westen des Landes versuchte, ein eigenes Königreich zu etablieren. Daher fürchtete Vater, zu viele Kongreßmitglieder würden Amanander unterstützen, wenn er diesen als Erben benennen würde und später dann einen Sohn von der Königin bekäme, so daß abermals die Gefahr einer Teilung bestünde. Als Agara nach Missiluse zu Eldred zog, zu Agaras Vetter und Vaters altem Feind, nahm sie Amanander und Alexander daher mit.«

»Und in dieser Zeit«, fuhr Vere fort, als Brand schwieg, »ließ Agara sich mit dem Mutanten ein, mit diesem Ferad-lugz, weil sie von ihm die Alte Magie erlernen wollte.«

»Die Alte Magie?« wiederholte Roderic. »Wäre das denn möglich?«

»Natürlich nicht«, sagte Brand. »Sie war verrückt.«

»Es ist durchaus möglich.« Vere blickte Brand herausfordernd an. »Ich erwarte nicht, daß du mir glaubst, denn die Priesterinnen wollen uns etwas anderes weismachen. Aber Agaras Absicht, die Alte Magie anzuwenden und Vater dazu zu zwingen, Amanander als Erben zu benennen, traf sich mit Ferads eigenen Plänen.«

»Und wie sahen die aus?« fragte Roderic, als Vere schwieg.

»Ich glaube nicht, daß ich dir dies sagen kann, ohne meinen Eid zu brechen. Aber seit jenem Vorfall in Missiluse – als Eldred getötet und Vater und Phineas zusammen mit Amanander und Alexander gerettet wurden – suchen wir ohne Unterlaß nach Ferad.«

»Was heißt ›wir‹?« fragte Roderic. »Welchen Eid meinst du? In wessen Diensten stehst du?«

»Ich diene den Pr'fessoren des Kollegs der Ältesten.«

»Den Mutanten«, sagte Brand. Er lachte höhnisch. »Daß du irgendwann bei denen landen würdest, hätte ich mir denken können. Bei der Eins, Vere, jetzt habe ich aber genug von diesem Aberglauben. Als nächstes willst du uns noch einreden, die Alte Magie sei die eigentliche Bedrohung.«

»So ist es.«

Die beiden Brüder starrten sich an, und keiner wollte nachgeben. Schließlich lächelte Vere sanft und traurig. »Ich bin nicht hergekommen, um mich zu streiten, Brand. Und ich brauche auch keine Bestätigung dafür, daß ich die rechte Lebensweise gewählt habe. Ganz gleich, was du denken magst, aber ich bin gekommen, weil auch ich niemals vergessen habe, daß ich Abelard Ridenaus Sohn bin.«

Roderic hörte aus seinen Worten so etwas wie Sehnsucht heraus, Sehnsucht nach der Bestätigung, die Abelard seinem Sohn, der seinen Erwartungen nicht gerecht geworden war, vorenthalten hatte. Er sah zu Brand hinüber, der die Arme hatte sinken lassen und am kalten Kamin lehnte. »Fahr fort«, bat Roderic.

»Ich habe Ferads Unterschlupf in der tiefen Wüste nahe Dlas-for'Torth ausfindig gemacht, konnte seine Abwehr aber bislang noch nicht durchdringen. Ich habe einen Boten zu den Ältesten geschickt. Er starb in Jesselyns Obhut an der Purpurkrankheit. Sie hat meine Nachricht gefunden und Everard mitgegeben, der unterwegs nach Süden war, um sicherzustellen, daß der Friede, der nach Atland mit den Kindern der Magie geschlossen wurde, auch von allen eingehalten wird. Als die Ältesten die Nachricht erhielten, traf auch ich bei ihnen ein. Die Ältesten berichteten mir, wie es Ebram-taws Leuten ergangen ist.« Vere blickte Roderic an, der daraufhin errötete. »Als ich die ganze Geschichte erfahren hatte, beschloß ich, nach Ahga zu kommen. Ich wollte nach Möglichkeit mit Amanander sprechen.«

»Glaubst du, Amanander hat sich mit diesem Ferad eingelassen?«

»Ganz sicher«, antwortete Vere. »Amanander war dabei, als Ferad Agara in der Magie unterwiesen hat. Und Amanander stand im Mittelpunkt all ihrer Pläne.«

»Und Amanander war jahrelang in Dlas«, bemerkte Brand.

»Ja.« Vere ließ den anderen Zeit, das Gehörte zu verarbeiten.

»Erzähl mir mehr von der Alten Magie«, bat Roderic schließlich. »Was hat es damit auf sich? Was kann sie bewirken?«

»Ach komm, Roderic.« Brand gestikulierte ungeduldig. »Du wirst diesen Unsinn doch nicht etwa glauben. Wie kannst du dir so etwas bloß anhören?«

»Erinnerst du dich noch daran, was du mir in Ahga über Amananders Männer gesagt hast? Wie du dich fühltest, als du mit ihnen gesprochen hast?« Roderic blickte seinen ältesten Bruder an. »Du hast gesagt, du fürchtetest in ihrer Gegenwart um deine Seele – das waren deine Worte, Brand, nicht meine. Wir müssen Vere anhören – ob es uns paßt oder nicht.«

Vere hatte aufmerksam zugehört. »Ich würde mich irgendwann gern einmal mit dir über Amananders Soldaten unterhalten, Brand. Aber was deine Frage angeht, Roderic, die Alte Magie vermag alles zu bewirken, was wir uns vorstellen können. Sie umfaßt eine Reihe von Gleichungen – mathematische Gleichungen. Wenn man diese Gleichungen versteht, erzeugt der menschliche Geist soviel Energie, daß er auf die materielle Welt Einfluß nehmen kann. Daher kann man alles tun, was man sich wünscht – man kann sogar auf das Verhalten anderer Menschen Einfluß nehmen.«

»Was meinst du damit?« fragte Roderic.

»Wie hast du dich gefühlt an jenem Tag in Atland, als du Ebram-taws Männer getötet hast? Was ging dir durch den Sinn?«

Roderic zögerte und blickte zu Boden. »Es war falsch«, flüsterte er.

»Ja«, sagte Vere. »Aber wie hast du dich in dem Moment gefühlt? Schließ die Augen – versuch dich zu erinnern.«

Roderic schloß gehorsam die Augen. Tiefe Stille herrschte in Raum, selbst das Rascheln der Zweige am Fenster war verstummt. Die Stille war die gleiche wie an jenem Tag, bevor ihn die Mordlust überwältigt hatte. »Sie griffen unser Lager an. Sie wollten Ebram-taw befreien. Aber unsere Übermacht war zu groß. Amanander hatte uns gesagt, wo wir nach ihm suchen sollten. Er erwähnte, er habe unterwegs einen Hinweis bekommen. Wie sich herausstellte, hat er recht behalten.« Wie aus weiter Ferne hörte er, wie Vere scharf einatmete. »Das Kämpfen hatte aufgehört. Ich weiß noch, daß Amanander mich beobachtete, und dann hatte ich das Gefühl, keine Luft mehr zu bekommen – als wäre die Luft dickflüssig geworden, wie Wasser. Und dann verspürte ich auf einmal diese Blutgier – sogar die Sonne sah rot aus ...«

»Sie war rot«, warf Brand ein. »Das kam von den Wolken.«

»Weshalb hast du mir nicht Einhalt geboten?« fragte Roderic.

»Wie hätte ich das tun sollen?« Aus irgendeinem Grund war Brand errötet. »Du bist der Prinz. Ich kann deine Befehle nicht in aller Öffentlichkeit in Zweifel ziehen. Damit würde ich deine Autorität unterhöhlen.«

Roderic hob den Kopf und blickte Vere an. »Willst du behaupten, Amanander habe mich dazu gezwungen?«

»Das Potential zu derlei Gewalttätigkeiten trägt jeder Mann in sich – übrigens auch jede Frau. Amanander ist einfach in deinen Geist eingedrungen, hat das Potential gefunden und es an die Oberfläche gebracht. Gewöhnlich beherrschst du diese Gefühle, außer vielleicht in der Schlacht.«

»Ja«, sagte Roderic, »genau so habe ich mich gefühlt. Als kämpfte ich um mein Leben. Dabei wußte ich die ganze Zeit, daß die Schlacht vorbei war, kam aber trotzdem nicht dagegen an.«

»Es ist sehr schwer, sich dagegen zu wehren. Ich habe schon erlebt, daß ältere und erfahrenere Männer als du daran gescheitert sind«, meinte Vere. »Jedenfalls ist das der Grund, weshalb ich gekommen bin. Amanander steht höchstwahrscheinlich mit Ferad im Bunde, und Ferad ist gefährlicher, als du dir vorstellen kannst. Sollte Amanander jemals die Alte Magie beherrschen lernen ...«

»Als nächstes wirst du wohl vorschlagen, Roderic sollte sie erlernen.« Brand schüttelte den Kopf. »Das kann ich mir nicht anhören.«

»Nein, warte.« Roderics befehlender Ton veranlaßte beide Brüder, ihn anzusehen. »In Ahga – als du mir beim Festmahl von Amananders Männern erzählt hast – ist mir etwas aufgefallen. Vielleicht hab ich's mir aber auch bloß eingebildet.«

»Erzähl's mir«, sagte Vere.

Roderic schilderte kurz, wie Amanander in das

widerliche Wesen gebissen hatte – in ein Wesen, das er zuvor aus einem Apfel erschaffen hatte.

»Du warst müde«, sagte Brand. »Du hast dich getäuscht. So etwas gibt es nicht.«

»Jeder wäre dazu in der Lage«, sagte Vere. »Vorausgesetzt, er kennt sich mit der Magie aus.«

»Glaubst du, Amanander hat etwas mit Vaters Verschwinden zu tun?«

Vere zuckte die Schultern. »Das kann ich leider nicht mit Sicherheit sagen. Die Alte Magie ist sehr mächtig, aber sie erfordert ein jahrelanges Studium. Alexander ist sicherlich in der Lage, jemanden für kurze Zeit zu beeinflussen, aber der Geist hat seine eigenen Methoden der Abwehr. Wenn jemand Amanander beispielsweise mißtraut, wäre er bis zu einem gewissen Grad vor ihm geschützt. Ich bezweifle, daß er imstande wäre, eine solche Abwehr zu überwinden. Ich wünschte, ich hätte mehr Zeit mit ihm verbracht. Dann wüßte ich in etwa, wieviel er weiß.«

»Und Ferad?«

»Mich schaudert, wenn ich mir vorstelle, was er in der Zwischenzeit alles gelernt haben mag.«

»Hat die Magie irgendwo ihre Grenzen? Gibt es etwas, das sie nicht vermag?«

Vere nickte. »Sie ist sehr gefährlich und sollte nicht wahllos eingesetzt werden. Die Menschen des Alte Meriga, die sie entdeckten, mußten dies am eigenen Leib erfahren. Die Magie hat das Armageddon herbeigeführt. Es hat nämlich jedesmal Folgen, wenn man sich der Magie bedient. Jede Handlung bewirkt eine Gegenreaktion. Dies ist eines der elementarsten Gesetze des Universums, doch die Menschen des Alten Meriga haben es vergessen. Und während sie herumexperimentierten und mit der Magie wie mit einem Spielzeug hantierten, brach Meriga und mit ihm die ganze Welt auseinander. Und dann erhoben sich die

Priesterinnen und brachten das Volk hinter sich, das während des Armageddon natürlich furchtbar gelitten hatte. Damals begann die Zeit der Verfolgung. Jeder, der sich mit Wissenschaft, Mathematik oder Technik auskannte, wurde getötet. Die Mutanten zogen sich in die Berge zurück, denn die Priesterinnen behaupteten, sie seien Produkte der Magie. Bücher wurden verbrannt, alte Artefakte zerstört. Und so blieb uns nur wenig, um unsere neue Welt zu formen.«

»Aber hätte es dann nicht auch Folgen haben müssen, als Amanander in meinem Beisein Magie anwandten?«

»Die hatte es auch – irgendwo. Deshalb ist die Magie ja so unberechenbar. Die Folgen können an einem beliebigen Ort auftreten. Wendet jemand an den Ostküste Magie an, so kann dies Folgen im Westen haben.« Die Decke rutschte von Veres Knien zu Boden, und er stieß sie ungeduldig weg. »Dies hängt davon ab, wie stark die natürliche Ordnung gestört wurde. Doch es hat lange gedauert, bis man hinter diesen Zusammenhang kam.«

Roderic verschränkte die Arme vor der Brust und ließ sich das Gehörte durch den Kopf gehen. Im Geist vernahm er Garricks Stimme, der geduldig erklärte: ›Die Menschen kämpfen nicht um Ideen, Roderic. Sie kämpfen um Gold, um Getreide und Vieh oder um das Land, das alle ernährt. Sie kämpfen nicht einmal um Frauen, auch wenn manche dies gern von sich behaupten. Ideen sind bloß Vorwände. Es gab keinen einzigen Krieg, der vorgeblich um Ideen geführt wurde, bei dem sich der Verlierer bereit erklärte, seine Meinung zu ändern, und daraufhin seinen Besitz behielt. Vergiß das nicht.‹

Roderic war auf einmal wieder ein zwölfjähriger Knabe. Vor ihm lag ein grobes Pergament ausgebreitet, ein kalter Wind rüttelte an den Fenstern, im Kamin flackerte ein Feuer. ›Aber wie steht es mit der Zeit der Verfolgung?‹ fragte er herausfordernd. ›Damals haben sich die Menschen doch wegen der Magie gestritten, oder nicht? Wie könnt Ihr dann behaupten, Ideen seien kein Grund zu kämpfen?‹

Sein Lehrer erwiderte: ›Sie haben gekämpft, weil die meisten Menschen glaubten, daß die, welche der Magie kundig sind, auch die Ressourcen kontrollieren würden. Und als die Ressourcen – das Ackerland, das Wasser, das Vieh – knapp wurden, bekamen es diejenigen, welche der Magie nicht kundig waren, mit der Angst. Und deshalb begannen die Priesterinnen und Bischöfinnen mit den Verfolgungen.‹

Er hatte sich auf dem verschlissenen Teppich auf den Rücken gewälzt und das Gehörte zu verarbeiten versucht. ›Glaubt Ihr das alles, Garrick? Der Waffenmeister behauptet, die Menschen seien damals mit Wagen durch die Luft geflogen und hätten die Straßen mit Gefährten befahren, die so schnell waren, daß kein Pferd mit ihnen hätte Schritt halten können. Und wenn sie kämpften, dann benutzten sie …‹

›Das ist heute belanglos‹, erwiderte Garrick und wechselte das Thema.

Garrick hatte Roderics Aufmerksamkeit in andere Bahnen gelenkt, das Thema Magie nie wieder angesprochen und sich damit begnügt, das abergläubische Gerede der Bediensteten ins Reich der Träume zu verweisen. Die Themen, welche für Garrick nicht belanglos waren, nahmen Roderics Zeit und Aufmerksamkeit bereits genügend in Anspruch. Vielleicht aber, dachte Roderic nun, ist die Magie doch nicht so belanglos. »Was versteht man unter der natürlichen Ordnung?«

»Nehmen wir einmal an, jemand wollte aus den besten Absichten heraus mit Hilfe der Magie Regen machen.« Vere deutete auf den wolkenlosen Himmel vor den Fenstern. »Es ist durchaus möglich, der unsichtbaren Luft die Feuchtigkeit zu entziehen und daraus Regen zu machen. An einem schönen Tag wie diesem würde dies allerdings einen gewaltigen Energieaufwand erfordern und daher zu einer entsprechend großen Störung führen. Schau nach draußen. An einem Tag wie heute würde es von allein niemals regnen. An einem bedeckten Tag jedoch, da man mit Regen rechnen muß, wäre es ein leichtes, die Kombination von Faktoren zu manipulieren, die es regnen lassen. Es hängt also alles von den Umständen ab.«

»Und als Amanander mich zum Narren gehalten hat?«

Vere streichelte sich den Bart. »Wenn du dich nicht getäuscht hast, woran ich nicht zweifle« – er hob die Hand –, »dann ist Amanander gefährlicher, als ich dachte.«

»Was soll das heißen?« fragte Brand.

»Erzähl mir von seiner Leibgarde.«

Brand suchte mühsam nach Worten, als er sich anschickte, die Wirkung zu beschreiben, welche die vier Leibwächter auf ihn gehabt hatten. »Was hältst du davon?« fragte er herausfordernd, als er seinen Bericht beendet hatte.

»Die Magie befaßt sich vor allem mit der Reorganisation der fundamentalen Elemente der Materie. Amanander aber geht es nicht bloß darum, sich den Stoff, aus dem die Welt besteht, gefügig zu machen. Amanander strebt danach, Einfluß auf den menschlichen Geist zu nehmen. Er hatte die Leibwächter unter seiner Kontrolle; deshalb wirkten sie so unnatürlich. Sie sind unnatürlich – sie haben keinen eigenen Willen mehr. Und du ...« Vere sah Roderic an. »Er hat einen Weg in deinen Geist gefunden. Wegen deiner Jugend hatte er leichtes Spiel mit dir. Ältere Menschen sind stärker. Aber wenn Amanander seine Fertigkeiten vervollkommnen sollte, wird er ein tödlicher Gegner sein. Es geht ja nicht bloß darum, daß er anderen den Willen raubt. Er könnte ihn auch benutzen.«

»Benutzen? Wie? Zu welchem Zweck?« fragte Roderic.

»Um die Energie des fremden Willens in sich aufzunehmen. Um seine eigene Willenskraft zu stärken.« Vere stockte. »Wenn du willst, kann ich dir bestimmte Übungen und Formeln zur Stärkung deiner geistigen Abwehr beibringen. Aber ganz so stark ist Amanander noch nicht. Er hat Jesselyn getötet – das war ein Fehler. Und er hat mich am Leben gelassen – das war ein weiterer Fehler. Amanander ist gefährlich. Aber er ist nicht unbesiegbar. Noch nicht.«

Das Wort hing im Raum, und Roderic erhob sich unruhig und trat ans Fenster. Er war sich nicht sicher, ob ihm Veres Vorschlag gefiel. Beim Anblick des in der Ferne über den Baumwipfeln sichtbaren dunklen Umrisses fiel ihm etwas ein. Unvermittelt wandte er sich zu seinen Brüdern um. »Sagt dir der Name Nydia Farhallen etwas, Vere?«

Vere hielt die Luft an. »Nydia? Was hat sie damit zu tun?«

»Das wissen wir nicht«, antwortete Brand. »Vielleicht kannst du uns das erklären. Du hast sie gekannt, nicht wahr?«

»Ja«, sagte Vere, der ähnlich nachdenklich dreinschaute wie Obayana und Brand, als Nydias Name zum erstenmal gefallen war.

»Weshalb sollte sie Amananders Aufmerksamkeit erregen?«

»Vielleicht deshalb, weil sie mehr als nur Vaters Mätresse war.«

»Was meinst du damit?« fragte Brand scharf.

Vere zögerte, offenbar hin und her gerissen zwischen unterschiedlichen Loyalitäten. »Nydia konnte in die Zukunft blicken, und sie verstand es, sich der Magie zu bedienen.«

Brand fluchte unterdrückt. »Und Vater hat diesen Unsinn geglaubt? Kein Wunder, daß er sie hat Gefolgschaft schwören lassen.«

»Ist sie tot?« fragte Roderic.

»Er hat nicht bloß daran geglaubt, sondern hat sich darauf verlassen«, meinte Vere zu Brand, dann wandte er sich an Roderic. »Ich weiß nicht, ob sie tot ist oder noch lebt.«

»Angeblich hat Vater sie fortgeschickt, weil sie schwanger war – von Phineas.«

Vere runzelte die Stirn. »Schwanger? Wann war das?«

»Vor vielen Jahren«, antwortete Brand.

»Dann mußt du so bald wie möglich zum Turm reiten und sie ausfindig machen, falls das möglich ist.«

»Falls?« fragte Brand.

»Wenn Nydia noch immer dort lebt und keine Gesellschaft will, dürfte es schwer sein, in den Turm zu gelangen. Die Magie kann dazu benutzt werden, die Erscheinungsform der Dinge zu verändern, so daß ein gewundener Weg gerade erscheint und man anstelle eines Durchgangs ein undurchdringliches Dickicht wahrzunehmen meint. Vielleicht hat Amanander ja bereits versucht, dorthin zu gelangen, doch ich bezweifle, daß er imstande wäre, es mit Nydia aufzunehmen. Allerdings glaube ich, dieses alte Gerücht, wonach sie ein Kind bekommen hat, ist der wahre Grund für Amananders Interesse. Wenn sie ein Kind hat, dann steht es im Mittelpunkt von Ferads Plänen.«

»Warum?«

»Das Kind einer Frau, die in die Zukunft zu blicken vermag, ist stets ein Empath. Was das ist, brauche ich nicht zu erklären – ihr würdet mir sowieso nicht glauben. Aber der Empath ist der Schlüssel, wenn man die Folgen der Magie beherrschen will. Falls diese Empathin existiert, so werden Ferad und Amanander versuchen, sie in ihre Gewalt zu bekommen.«

»Sie?« wiederholte Roderic.

»Empathen sind fast immer weiblich. In der ganzen Geschichte hat es meines Wissens nur zwei männliche Empathen gegeben. Ihre Namen tun nichts zur Sache. Aber du mußt mir glauben, Roderic. Ich weiß, es klingt absurd und widerspricht allem, was man dich gelehrt hat. Aber du mußt mir glauben.«

Roderic schwieg. Dies alles war unglaublich – der Stoff, aus dem Legenden und Träume sind. Für Brands Spott hatte er Verständnis, und dennoch konnte er es sich nicht leisten, ein Risiko einzugehen. Es wäre ein leichtes gewesen, zum dunklen Turm zu reiten. Zu Pferd waren es nur ein paar Stunden bis dorthin. Amanander aber konnte er nicht persönlich suchen, und die Regimenter der Königsgarde waren bereits von der Suche nach dem König in Anspruch genommen. »Du bist ein Spurensucher, Vere. Traust du dir zu, Amanander zu finden?«

»Wenn er sich wieder seinen Soldaten angeschlossen hat, die nach Dlas zurückreiten ...«, setzte Brand an.

»Ich bezweifle, daß Amanander nach Dlas will«, sagte Roderic. Er trat ans Fenster und blickte zum Wald hinaus.

Veres Stimme unterbrach seinen Gedankengang. »Ich kann nicht an deiner Statt nach Amanander suchen. So verständlich dein Wunsch auch sein mag, ich diene anderen Herren. Aber ich werde das Kolleg aufsuchen und die Ältesten bitten, dir für den Fall, daß Amanander sich entschließt, Magie gegen dich einzusetzen, Unterstützung zu gewähren. Ich glaube, nach allem, was du mir berichtet hast, müssen wir damit rechnen.«

Brand schüttelte den Kopf. »Und in der Zwischenzeit? Soll Amanander weiterhin frei herumlaufen?«

»Wir senden Kundschafter aus«, meinte Roderic. »Ich glaube nicht, daß er uns entwischen wird. Wenn wir ihn nicht finden, findet Amanander uns.«

15. Kapitel

Vere brach am nächsten Tag auf und verließ Minnis nur mit den Kleidern, die er am Leib trug, einem Spazierstock und einem zerschlissenen Rucksack, der gerade das Allernötigste enthielt. Peregrine schüttelte beim Abschied den Kopf und meinte, seine Wunden würden sich wieder öffnen und er werde entweder verbluten oder von wilden Tieren gefressen werden. Angesichts des leichten, zuversichtlichen Gangs, mit dem sein Bruder im Wald verschwand, bezweifelte Roderic, daß ihre Befürchtungen eintreffen würden.

Tavia war fügsam und still; sie hatte aufgehört, der Stoffpuppe Liedchen vorzusingen. Sie aß und schlief und schaute den ganzen Tag lang aus dem Fenster; berührte man sie oder sprach sie an, so reagierte sie nicht. Vor lauter Verzweiflung brachte Peregrine ihr ein Kätzchen, worauf Tavia das kleine Tier stundenlang streichelte und in eine öde Ferne starrte, wohin niemand ihr folgen konnte.

Ein Bote traf aus Ahga ein und brachte Briefe und die Neuigkeit mit, daß der Hof binnen eines Tages eintreffen werde. Roderic sah die Dokumente durch und versuchte sich zu konzentrieren, doch der dunkle Turm schien ihn zu rufen, so daß er immer wieder über die Baumwipfel hinweg zu ihm hinübersah. Er verbrachte eine unruhige Nacht und wälzte sich neben Peregrine von einer Seite auf die andere. Noch vor Tagesanbruch war sein Entschluß gefaßt. Er würde nicht auf Phineas warten, sondern so bald wie möglich zum dunklen Turm reiten.

In der nebligen Morgenfrühe befahl er, Pferde zu satteln, und ritt mit Brands Sohn Barran als einzigem Begleiter fort, angeblich um zu jagen. Seine Sinne waren eigentümlich geschärft; überdeutlich spürte er die Pferdemuskeln, die sich unter ihm bewegten, als er über die Waldwege galoppierte, die Zweige und trockenen Blätter, die unter den Hufen zermalmt wurden, die herabfallenden Blütenblätter, die ihm im Haar hängenblieben. Die feuchten Blätter verströmten einen moderigen, leicht süßlichen Geruch. Als die Sonne ein wenig höher stand, rasteten sie an einem See, um etwas zu essen. »Wohin reiten wir, Hoheit?« fragte Barran. Eigentlich war er Roderics Neffe, doch da sie beinahe gleich alt waren, betrachtete Roderic ihn als Vetter.

»Ihr werdet auf mich warten, Barran. Ich reite zum Turm.«

»Zum dunklen Turm? Wo die Hexe lebt?« Barran bekreuzigte sich, wie es die Priesterinnen zum Schutz vor dem Bösen taten, und umklammerte das Eisenkreuz, das er um den Hals trug. »Roderic, seid Ihr verrückt? Ich kann Euch nicht dorthin reiten lassen. Mein Feldwebel würde mir den Kopf abreißen, und Vater gäbe mir den Rest.«

Das hatte Roderic erwartet. Er warf das Kerngehäuse des Apfels in den See, worauf dieser lautlos versank. »Das zu entscheiden, liegt nicht bei Euch, Barran. Ihr habt Befehl, auf mich zu warten. Ich habe nicht die Absicht, Euch noch weiter mitzunehmen.«

Barran hob den Kopf. Er war erst einundzwanzig Jahre alt – vor fast sechs Jahren war er in die Königsgarde eingetreten. Er grinste. »Sollen wir miteinander ringen?«

Roderic schüttelte lächelnd den Kopf. »Diese Zeit ist längst vorbei. Ich werde nicht lange bleiben.«

»Nein, Roderic. Ich komme mit – ich muß. Das versteht Ihr doch? Wenn ich Euch schon nicht daran hindern kann, Euch in Gefahr zu begeben, will ich Euch wenigstens nicht allein lassen.«

»Also gut«, erklärte Roderic nach kurzem Nachdenken. Er erhob sich und schüttelte den Umhang aus. »Es ist nicht mehr weit.«

Je näher sie dem Turm kamen, desto stiller wurde es im Wald. Es war, als wären sie die einzigen Lebewesen im Umkreis. Roderic hielt am Boden Ausschau nach Tierfährten, doch es waren keinerlei Spuren zu sehen. Schließlich war die Sonne im Zenit angelangt. Das Sonnenlicht, das durch das Laubdach fiel, sprenkelte den Boden mit seltsamen Schatten. Roderic streckte sich im Sattel. Er wurde allmählich müde. Sie waren bereits seit fünf Stunden unterwegs. Eigentlich hätten sie das Ziel bereits erreicht haben sollen.

Er bedeutete Barran abzusitzen. Das Gras hatte die Farbe von Smaragden und war weich wie Moos, und auf einmal fühlte er sich so erschöpft, daß er gegen das Pferd taumelte. Der Hengst wieherte protestierend und wich zurück. Barran gähnte unverhohlen. »Wir rasten hier.« Undeutlich war er sich bewußt, daß er nuschelte.

Sie hüllten sich in die Umhänge und schliefen ein. Als nächstes spürte Roderic, wie jemand ihn durchschüttelte. »Roderic, Hoheit, um der Eins willen, wacht auf!« rief Barran in flehentlichem Ton. »Der Wind hat gedreht; er weht jetzt aus Norden, und die Sonne ist verschwunden.«

Roderic setzte sich jäh auf; er war immer noch benommen, sein Kopf voller Träume, die er nicht fassen konnte. Er blickte sich um. Ein kalter Wind rührte im Laub, und der Himmel hatte sich zugezogen, während sie geschlafen hatten. Die Wolken hingen tief und sahen bedrohlich aus. »Wir sollten besser umkehren.« Roderic schüttelte den Kopf und sprang auf.

Wie in einem Traum mühten sie sich mit den Pferden ab, bis sie endlich wieder im Sattel saßen. Die Wind hatte zugenommen, das Laub raschelte warnend.

»Reiten wir!« übertönte Roderic den Wind, als ihm die ersten Regentropfen die Wangen näßten.

»Das ist Eis! Roderic, das kann nicht sein – für ein solches Wetter ist es viel zu spät im Jahr!« überschrie Barran das immer stärker anschwellende Windgeheul. Die Regentropfen brannten auf der Haut, und Roderic schauderte. Als der Sturm mit seiner ganzen Gewalt über sie herfiel, konnte er nicht mehr antworten. Die Pferde bäumten sich auf und wieherten. Es dauerte eine Weile, bis sie die Tiere wieder im Griff hatten.

»Wir sollten uns einen Unterschlupf suchen«, stieß Roderic hervor.

»Ich kann nicht mehr erkennen, wohin wir reiten!« rief Barran.

Stolpernd wie Blinde führten sie die Pferde zu Fuß durch die Graupelschauer. »Ich glaube, da ist etwas!« schrie Roderic, der durch die umherpeitschenden Äste spähte.

»Roderic!« rief Barran.

Hinter Roderic ertönte ein lautes Krachen, dann wieherte ein Pferd. Roderic drehte sich um, bemühte sich, die Dunkelheit zu durchdringen. »Was ist passiert?«

»Mein Bein … es ist …«

»Ich kann Euch nicht verstehen.«

Roderic führte sein Pferd ein Stück zurück. Barran lag neben einem umgestürzten Baum auf dem Waldboden.

»Mein Bein«, stöhnte Barran. »Ich habe gehört, wie der Knochen brach.«

Roderic rieb die Hände aneinander und zog die Schultern hoch. »Ich lege dich aufs Pferd!« übertönte er den Wind. Er schaffte es, Barran auf das unruhig tänzelnde Pferd zu wuchten. Sein Gesicht war schmerzverzerrt. Aus dem zerrissenen Stoff schaute weißer

Knochen hervor. »Das sieht übel aus, Barran.« Er band die Pferde aneinander, schwang sich hinter seinem Verwandten in den Sattel und bettete Barrans Kopf an seine Schulter.

Barran sackte zusammen. »Es tut weh, Roderic.« Das Haar klebte ihm am Kopf. Seine Lippen waren ein schmaler Strich.

»Wir suchen uns einen Unterschlupf.«

Während ihnen Zweige ins Gesicht peitschten und die Graupelschauer ihre Umhänge durchnäßten, gelangten sie halb blind auf eine Lichtung unmittelbar am Fuß des dunklen Turms.

»Roderic? Ihr wollt doch nicht etwa dort hinein?« schrie Barran.

»Wir müssen«, antwortete Roderic. »Wir müssen dem Unwetter entkommen. Wir können nicht weiter.« Er glitt behutsam aus dem Sattel, und Barran fiel gegen den Hals des Pferdes. Mit gesenktem Kopf rannte Roderic die Steintreppe zu dem mit Schnitzereien verzierten Tor hoch. Er legte die nassen Hände auf den eiskalten Knauf und drückte erst dagegen, dann zog er daran. Das Tor bewegte sich nicht. Er hämmerte mit den Fäusten dagegen. Das Tor erbebte. »Öffnen!« rief er so laut wie möglich, doch niemand antwortete ihm. Der Wind heulte lauter denn je, und die Pferde drängten sich auf der kleinen Lichtung dicht aneinander. Roderic hob erneut die Fäuste, als das Tor plötzlich mit einem lauten Knarren aufschwang. Er kniff die Augen zusammen und spähte in die Dunkelheit.

Vor ihm stand eine schlanke Gestalt, bekleidet mit einem formlosen Gewand aus bunten Lumpen. »Ich bin Roderic, Prinz von Meriga«, keuchte er. »Ich brauche Schutz für meinen Gefährten und die Pferde.«

Die Gestalt machte ihm mit einer Verneigung Platz. »Was ist mit den Pferden?« Wortlos bedeutete ihm die Gestalt, die Tiere ebenfalls mit in die Burg zu bringen.

»Mein Begleiter ist verletzt. Wir müssen uns wärmen und die Wunde verbinden«, sagte er. Die Gestalt nickte und neigte den Kopf. Roderic ging die Pferde holen.

Behutsam führte Roderic die Tiere die glatten Stufen hoch. Barran war ohnmächtig geworden. Als Roderic über die Schwelle trat, blickte er sich um. Die Decke war hoch, der Raum höhlenartig. Rechts und links gingen Gänge ab. Die schwarz-weißen Marmorfliesen am Boden waren stumpf und geborsten. Die Säulen überzog ein Spinnwebmuster aus Rissen, die nur notdürftig ausgebessert waren. Die einstmals mit kostbaren Glasscheiben verschlossenen Fenster waren mit Brettern verrammelt, die kaum Licht durchließen. Roderic verharrte einen Moment lang zitternd zwischen den Pferden, dann zog er Barran aus dem Sattel und nahm ihn auf die Arme. »Er ist schwer verletzt«, wiederholte er. »Bitte, kann ich ihn irgendwo hinlegen?«

»Das wenige, das wir haben, werden wir mit Euch teilen, Prinz«, krächzte eine Stimme von oben, zu tief für eine Frauenstimme, zu sanft für einen Mann. Roderic wandte den Kopf und entdeckte auf einer breiten, geschwungenen Treppe eine weitere von Kopf bis Fuß schwarzverhüllte Gestalt. Roderic bemühte sich, die Dunkelheit zu durchdringen. »Tragt ihn nach oben, Prinz«, sagte die Stimme, »und folgt mir.« Die Gestalt drehte sich schwerfällig um und stieg, untermalt von einem seltsamen Rascheln und Klicken, die Treppe hoch.

Roderic blickte die Frau in den bunten Lumpen an, die schweigend bei ihm stand. »Geht voran.«

»Aber, Hoheit«, flüsterte Barran kraftlos, »das ist die Hexe.«

»Wollt Ihr lieber verbluten?« zischte Roderic. Barran war schwer, und Roderics Arme ermatteten bereits. »Wir haben keine andere Wahl.«

»Kommt, Prinz, und fürchtet Euch nicht.« Die krächzende Stimme tönte aus großer Höhe zu ihnen herab.

Die Frau deutete zur Treppe. Roderic nahm Barran abermals auf die Arme, stieg die Treppe hinauf und spürte überdeutlich die Gegenwart der Frau, die ihm folgte. Früher einmal muß es schön hier gewesen sein, dachte er, als er sich auf die breiten, flachen Stufen konzentrierte. Die Treppe führte in weitem Schwung zu einem hübschen Balkon, und auf dem Gang erkannte er im Licht der Binsenlichter die gedrungene, schwarzverhüllte Gestalt der Hexe. Etwa in der Mitte des Ganges berührte ihn die Frau am Ärmel. Sie deutete in einen Nebenraum, den Roderic zögernd betrat. An der Seite stand ein niedriges, fellbedecktes Bett, in einem primitiven Kamin brannte ein Feuer. Offenbar stammte der Hauptteil der Festung noch aus der Zeit, als die Wärme von Öfen im Keller erzeugt und durch Rohrleitungen in den Wänden verteilt worden war. Die Frau bedeutete ihm, Barran abzulegen.

Er blickte in Barrans bleiches Gesicht. Sie berührte seine Hand, eine kurze, flüchtige Liebkosung, worauf sich seine Angst und sein Mißtrauen unerklärlicherweise verflüchtigten. Mit frischem Zutrauen legte er Barran aufs Bett. Die Frau deutete zur Tür.

»Kommt, Prinz«, flüsterte die krächzende Stimme.

Roderic zögerte. Barran hatte die Augen geschlossen und atmete schwer.

»Prinz.« Das Flüstern hatte etwas Verführerisches. Roderic warf noch einen Blick zurück, dann wandte er sich der Stimme zu. Am Ende des Ganges blieb er vor einer großen Holztür stehen.

»Prinz.«

Er stieß die Tür auf und trat in einen warmen, hell erleuchteten Raum. Früher einmal waren die Wände an zwei Seiten von großen Fenstern mit kostbaren Glasscheiben gesäumt gewesen, doch nun waren alle vier Wände mit Teppichen behängt, die jedem Vergleich mit den Wandteppichen von Ahga standgehalten hätten. Auch die ramponierten Sessel sahen aus, als seien sie einmal mit prächtigem Stoff bezogen gewesen, denn sie waren mit kunstvollen Schnitzereien verziert, die nur aus der Zeit vor dem Armageddon stammen konnten.

Die schwarzgewandete Gestalt hockte wie eine Spinne vor dem lodernden Kamin, die Hände zu den Flammen ausgestreckt. Er hörte, wie der Wind ums Gebäude heulte, doch in der Wärme des Zimmers schien der Sturm weit weg. Er trat vor. »Ihr wißt, wer ich bin.«

Als sie sich umdrehte, meinte er einen Moment lang, an ihren Händen dunkle Schuppen wahrzunehmen, bevor sie unter dem Gewand verschwanden. »Wer kennt den Erben von ganz Meriga nicht?«

»Ich kenne Euch nicht, Lady.«

Sie lachte, krächzend und gequält. »Ihr seid der erste seit vielen Jahren, der mich Lady nennt, Prinz. Ihr habt die Höflichkeit Eures Vaters geerbt, wenn auch nicht sein Gesicht.« Sie lachte noch lauter, als hätte sie einen Witz gemacht.

»Habt Ihr einen Namen?«

»Ich hatte zwei Namen«, sagte sie, »aber das ist lange her.«

»Und jetzt?«

»Ich bin Nydia, und diese finstere Burg ist mein Zuhause.« Ihre Arme beschrieben eine weit ausholende Bewegung, und ihre Gesichtsschleier bewegten sich. Er meinte, etwas zu sehen, das ihm nicht menschlich vorkam.

»Danke für Eure Gastfreundschaft.« Roderic neigte den Kopf.

Abermals lachte sie, und ihm sträubten sich die Nackenhaare.

»Dankt mir nur, Prinz, bezahlen werdet Ihr später.«

Er runzelte die Stirn. »Bezahlen?«

»Das ist jetzt nicht wichtig«, krächzte sie. Sie hob die Arme, und diesmal sah er ihre Hände. Anstelle von Fingern hatte sie drei gebogene Fortsätze, die in langen Klauen endeten. Das Fleisch war dunkel und geschuppt, so daß er unwillkürlich schaudernd vor ihr zurückwich. Sie schlug die beiden gräßlichen Klauen aneinander, worauf das schlanke Mädchen in der Tür erschien. Als Roderic sich umwandte, winkte die Hexe das Mädchen näher, das mit gesenktem Kopf an ihre Seite eilte. Aus dem formlosen Gewand kam eine schlanke weiße Hand zum Vorschein, doch die Hexe ergriff ungeduldig den stoffumhüllten Unterarm. Sie murmelte etwas Unverständliches. Ein kühler Luftzug wehte durch den Raum, und Roderic bekam eine Gänsehaut. Er öffnete den Mund und stellte fest, daß seine Bewegungen schwerfällig und langsam waren, als habe die Zeit sich gedehnt. Seine Kleidung trocknete am Rücken, und die Risse im Stoff, die vom Sturm herrührten, schlossen sich von einem Moment zum anderen. Plötzlich normalisierte sich der Zeitablauf wieder.

»Welche Bezahlung erwartet Ihr von mir?«

»Setzt Euch. Eßt. Erholt Euch.« Sie deutete auf einen Tisch mit zwei Trinkkelchen und Schüsseln voller Frühlingsbeeren und Nüssen.

»Was ist mit Barran?«

»Es wird gut für ihn gesorgt.«

»Ich muß wieder zu ihm.« Er wandte sich zum Gehen.

»Noch nicht, Prinz.«

Abermals murmelte sie etwas, und seine Hand war plötzlich wie gefroren, als sei alle Wärme aus ihr gewichen, und als er sie vom Türknauf zurückzog, bemerkte er, daß dieser weißglühend geworden war. Er zuckte zusammen. »Was für eine Frau seid Ihr?«

»Ich bin gar keine Frau«, zischte sie. »Und Ihr dürft

nur dann von hier fort, wenn Ihr auf meine Bedingungen eingeht.«

»Welche Bedingungen?«

»Dazu ist es noch zu früh. Setzt Euch und eßt.«

Er hatte den Raum mit drei Schritten durchquert und packte sie bei der Kehle. Das Fleisch war weich und fühlte sich durch den Stoff hindurch wie ein Schwamm an, und er drückte so fest wie möglich zu. Sie warf die Schleier ab. Sein Griff erschlaffte. Ihr Gesicht war nicht menschlich. Ihre Augen waren gelb wie die eines Reptils, die Pupillen lange, schwarze Schlitze. Sie hatte keine Nase, bloß eine spitze Schnauze und lange gelbe Zähne, von denen der Speichel troff. Ihre Haut war schwarz geschuppt und funkelte grün im Feuerschein. Er ließ die Hände sinken und hatte das Gefühl, er müsse sich übergeben.

»Wenn Ihr darauf besteht, Prinz, dann reden wir eben gleich darüber.«

Sie bedeckte das Gesicht. Abermals vernahm er das merkwürdige Klicken und kam zu dem Schluß, daß es wohl das Geräusch ihrer Füße auf dem Boden war.

»Was wollt Ihr?«

»Ich will, daß Ihr meine Tochter heiratet.«

Unwillkürlich wanderte Roderics Blick zu dem Mädchen, das reglos vor dem Kamin stand. »Was?«

»Ja«, zischte sie. »Ihr müßt sie heiraten, wenn Ihr von hier fortwollt.«

»Ihr könnt mich nicht festhalten.«

»Das kann ich nicht?«

Er wollte ihr antworten, doch auf einmal schloß ihn eine Feuerwand ein. Das Feuer leckte an seinen Stiefeln und versengte ihm das Haar. Gleich darauf erlosch es wieder, nur der Gestank von versengtem Haar blieb zurück.

»Ihr solltet meine Macht nicht in Zweifel ziehen, Prinz. Sie ist ebenso wirklich wie die Hitze der Flammen.«

»Aber ich kann Eure Tochter nicht heiraten.«
»Weshalb nicht?«
»Meine zukünftige Gemahlin muß ...«
»... von höchster Geburt und bester Abstammung sein.«
Roderic nickte.
»Dies alles trifft auf meine Tochter zu.«
»Ich kann sie nicht heiraten.«
»Vielleicht fürchtet Ihr, sie könnte mir ähnlich sein. Nun gut. Dann wollen wir diese Befürchtung zerstreuen.« Sie wandte sich zu dem Mädchen um, das schweigend neben ihr stand. »Roderic, Prinz von Mergia, das ist meine Tochter Annandale.«

Die Gestalt trat vor ins Licht. Roderic packte sie beim Arm und streifte ihr die Kapuze ab. Als sie seinen Blick erwiderte, sog er scharf den Atem ein. Das war das Mädchen, dem er im Wald begegnet war.

Auf den ersten Blick kam sie ihm nicht sonderlich hübsch vor.

Doch dann, im flackernden Feuerschein, wurde ihm bewußt, daß sich ihre Schönheit jeder Beschreibung entzog. Er war Prinz und Soldat, kein Dichter, und der Hof seines Vaters zog viele schöne Frauen an. Doch es gab stets irgendeinen Makel, irgendeine Unvollkommenheit, die dem Gesicht Charakter, Charme oder Spannung verlieh. Das Mädchen aber, das mit tiefen, strahlendblauen Augen zu ihm aufblickte, hatte keinerlei Makel. Er hatte den Eindruck, ihr Gesicht werde immer schöner, je länger er es anschaute. Auf schwer faßliche Weise war es ausgeglichen, als sei es das Urbild, dem alle anderen Gesichter nachgebildet waren.

Als er sie berührte, lief eine Schwingung seinen Arm entlang und breitete sich wie eine warme Brise in seinem Blut aus, während das Mädchen tief errötete.

Annandale spürte, wie ihr die Hitze in die Wangen stieg, doch ihre Neugier gewann die Oberhand über ihre Scheu. Sie blickte dem jungen Prinzen furchtlos in die Augen. Schwer vorstellbar, daß er Abelards Sohn sein soll, dachte sie. Er war viel schlanker, seine Schultern waren hagerer als die des Königs. Auch sein Gesicht war schmaler, die Wangenknochen traten weniger hervor, die Nase war gerade und spitz, ganz anders als Abelards Hakennase. Und auch seine grünen Augen und das hellbraune Haar hätten auf einen anderen Vater schließen lassen.

Seine Haltung und der hochmütige Schwung der Brauen aber erinnerten an den König. In seiner Miene spiegelten sich Verblüffung und Abscheu wider, als stülpe ihm die Vorstellung, sie zu berühren, den Magen um. Verzweifelt blickte sie zu ihrer Mutter, obwohl sie wußte, daß die dicken Schleier jede wortlose Verständigung unmöglich machten.

Sie schluckte mühsam und sah Roderic wieder an. Dies war also der Mann, dem sie zugedacht war, und jetzt schaute er sie an wie ein verdorbenes Stück Fleisch aus der Küche. Sie erschauerte vor Angst. Was mutete ihre Mutter ihr da bloß zu?

»Hoheit.« Ihre Stimme war glockenklar, und auf einmal war er ganz sicher, daß sie es gewesen war, die im Wald den verletzten Jungen fortgeschleppt hatte. Wie es dem Kind wohl ergangen war?

Roderic wandte den Blick von Annandales Gesicht und sah ihre Mutter an. »Sie ist eine ebensolche Hexe wie Ihr. Ich kann sie mitnehmen, aber ich kann sie nicht heiraten.«

»Dann will ich Euch zeigen, welches Unheil Ihr auf Eures Vaters Land herabbeschwört.« Sie trat vom Kamin zurück und deutete in die Flammen.

Sosehr er sich auch dagegen sperrte, erblickte er doch plötzlich sich selbst, wehrlos der Hexe ausgeliefert. Er sah mit an, wie Brand und Phineas nach ihm suchen ließen. Er sah, wie der Kongreß, die Mutanten und die Harleyreiter sich erhoben. Er sah ein zerfallendes Land, blutend und verwundbar, zersplittert in hundert verschiedene Regionen. Er sah, wie sich ein gewaltiges Heer erhob und Meriga wie ein verdorrtes Blatt vor sich hertrieb. Er sah Soldaten, die mit toten Augen übers Land marschierten, und selbst die Harleyreiter flohen vor ihnen. Er sah, wie Kinder aufgespießt, Frauen zerrissen und Männer einen langsamen, qualvollen Tod starben. Die gegnerischen Schilde zierte ein Dreieck mit einem schräg stehenden Halbmond darüber, der an gebogene Hörner erinnerte. Er sah seine Brüder in einer fürchterlichen Entscheidungsschlacht sterben. Phineas wurde in Amananders Dienst gezwungen, seine Schwestern wurden vergewaltigt und gehäutet. Und Annandale – das Mädchen, das so klein und verletzlich und irgendwie rein vor ihm stand – wurde von Amanander mißbraucht, ein Anblick, der ihm Übelkeit verursachte.

Er blickte die Hexe an. »Ist das alles wegen Amanander?«

»Er sät bereits Unheil im ganzen Land, so daß Euch nur noch eine verminderte Ernte einzubringen bleibt. Dies alles wird geschehen, wenn Ihr von hier nicht mehr fortkommt. Wie ein todbringendes Raubtier bei Nacht wird das Verderben ganz Meriga zwischen seinen Klauen zerquetschen. Sogar in diesem Moment regt es sich bereits; die Geburtswehen haben schon eingesetzt. Den Zeitpunkt habe nicht ich gewählt. Vor zwei Wochen kam Amanander ans Tor dieses Turms und verlangte, eingelassen zu werden. Er hatte vier Begleiter dabei, fünf dunkle Reiter insgesamt, mit einer Absicht.«

»Amanander war hier? Wegen des Mädchens?«

»Er wollte zu mir, doch wenn er meine Tochter gefunden hätte, dann hätte er sie mitgenommen. Ich habe nur noch wenig Kraft. Ich bin schwach geworden;

mein Ende naht – ich kann sie nicht länger schützen. Eure einzige Hoffnung besteht darin, Annandale mitzunehmen, sie zu heiraten und nach Kräften zu schützen.«

»Wohin ist er geritten?«

»Nach Westen. Er wollte zu Alexander, von dem er sich Beistand erhofft. Hört auf mich, Prinz«, zischte die Hexe. »Mir geht es darum, das Königreich zu retten. Es steht mehr auf dem Spiel, als Ihr ahnt.«

Er schaute das Mädchen an, das reglos vor ihm stand. »Bist du ein Zaubergeschöpf der Hexe?« fragte er.

»Sie ist, was Ihr vor Euch seht.«

»Weshalb sollte ich Euch vertrauen?«

»Sprecht mit Phineas. Er wird Euch sagen, daß Ihr sie heiraten und beschützen müßt – mit all Eurer Kraft, Prinz, denn sie ist die Hoffnung Eures Vaters und der Schlüssel zur Magie.«

»Phineas? Woher kennt Ihr Phineas?«

»Ihr ahnt nicht, wieviel ich weiß.«

»Werdet Ihr mich gehen lassen?«

»Wenn Ihr meine Tochter mitnehmt.«

»Und was ist mit Barran?«

Sie zuckte die Schultern. »Was sollte ich mit ihm anfangen? Seht selbst.« Sie deutete zur Tür.

Barran lehnte am Türrahmen. Sein Gesicht war gerötet, und er wirkte geschwächt, doch beide Beine waren unversehrt.

»Barran!«

»Roderic.«

»Euer Bein?«

»Alles in Ordnung.«

»Aber es war gebrochen – ich habe es selbst gesehen.«

Barran zuckte die Schultern. »Da habt Ihr Euch wohl getäuscht, Roderic. Ich kann mich nicht daran erinnern.«

Roderic wandte sich wieder der Hexe zu. »Noch mehr Zauberei.«

»Von Zauberei versteht Ihr nichts, Prinz.«

»Ich werde das Mädchen mitnehmen. Weitergehende Versprechungen kann ich Euch nicht machen. Und wir reiten gleich los.«

»Roderic«, sagte Barran, »es stürmt noch immer.«

»Wir brechen auf.« Roderic blickte Nydias Tochter an. »Wir reiten nach Minnis, Lady. Wir haben genug von Eurer Hexerei.«

Annandale machte sich von ihm los. Das war zuviel. Dieser Jüngling – dieser Mann – begriff einfach nicht, was auf dem Spiel stand. Mit Amanander hatte das Böse bei ihnen angeklopft, und die Vorstellung, die sichere Burg ihrer Mutter zu verlassen, schreckte sie über alle Maßen. Sie sank vor ihrer Mutter auf die Knie nieder. »Mutter, zwing mich nicht, dich zu verlassen. Bitte, er weiß nichts – er begreift nichts. Er kann mich nicht schützen. Zwing mich nicht, mit ihm zu gehen.«

Nydia stieß ein Fauchen aus und wich zurück. »Deine Zeit ist gekommen.« Sie schüttelte die Hand ihrer Tochter ungeduldig ab. »Sag Phineas, ich habe das Versprechen erfüllt, das ich dem König gegeben habe. Geh, Kind – ich habe meine Rolle gespielt. Ich will nichts mehr damit zu tun haben. Meine Schuld ist getilgt.«

Annandale schnappte nach Luft, ein Schluchzer, der ihr im Hals steckenblieb und Roderic überraschenderweise rührte. Was immer zwischen der Hexe und seinem Vater vorgegangen sein mochte, das Mädchen hatte offenbar nichts damit zu tun, und plötzlich war er entschlossen, Licht ins Dunkel zu bringen. Wenn allein Phineas seine Fragen beantworten konnte, auch gut. »Kommt mit.« Er zog sie auf die Beine und schob sie an der Hexe vorbei. »Jetzt gleich.«

Sie stolperte mit tränenüberströmten Gesicht neben

ihm her, dann blieb sie stehen und sah sich noch einmal um, als könne sie nicht recht glauben, daß ihre Mutter sie fortschickte. Am Fuß der breiten Treppe warteten auf sie die Pferde, doch auch die waren getrocknet. »Öffne das Tor!« wandte Roderic sich an Barran.

Annandale riß sich von Roderic los. »Mutter!« Die Arme flehentlich ausgestreckt, blickte sie zu der Gestalt empor, die wie eine fette Spinne am Kopfende der Treppe hockte.

Roderic wollte sie fortziehen, als Nydia mit erstickter Stimme krächzte: »Kind, du weißt, daß ich nicht aus freien Stücken handle. Such mich in deinem Herzen – das Band zwischen uns kann nur der Tod zerreißen.«

»Versprich mir, Mutter …« Annandales Stimme brach. »Versprich mir, daß du die Magie nicht gegen dich selbst einsetzt.«

»Mein Zeit ist abgelaufen, Tochter. Laß mich in Frieden gehen.«

Annandale blickte unverwandt zu ihrer Mutter auf. »Versprich es mir!«

»Wie sollte ich die Hand gegen mich erheben, Kind? Meinst du nicht, daß ich am besten weiß, daß der Wille der Eins unabänderlich ist?«

Nach einem Moment des Schweigens wandte Annandale sich ab. Draußen angelangt, hob Roderic sie in den Sattel und schwang sich hinter ihr aufs Pferd. »Und wohin reiten wir?« murmelte er vor sich hin.

Das Mädchen vor ihm seufzte ergeben, und Roderic verspürte einen so schmerzhaften Stich, daß er sich unwillkürlich fragte, weshalb er ihren Schmerz so deutlich spürte, als wäre es sein eigener. »Minnis liegt dort«, sagte Annandale. Als sie in den Wald hineinritten, lehnte sie sich an Roderics Brust.

»Lehnt Euch an mich an und reitet langsam«, sagte

Roderic. Die Graupelschauer waren in leichten Regen übergegangen, doch es wurde allmählich Nacht. Der Himmel war finster, und es wehte ein kalter Wind. Annandale nahm die Zügel in die Hand und lenkte das Tier durch den immer dunkler werdenden Wald und den fallenden Regen, zurück zu den Mauern von Minnis Saul.

Sie saßen dicht aneinandergepreßt, Hüfte an Hüfte, Schenkel an Schenkel, Schulter an Schulter, und allmählich breitete sich in Roderics ganzem Körper eine seltsame Wärme aus, bis er sich so behaglich fühlte wie an einem Sommertag, obwohl er durchnäßt war bis auf die Haut.

16. Kapitel

Als sie Minnis erreichten, eilten Stallburschen herbei und halfen ihnen aus dem Sattel. Roderic stapfte, gefolgt von Annandale, zum Palas hinüber, und die vielen Wagen und Menschen, die sich im Freien drängten, verrieten ihm, daß der Hofstaat eingetroffen war.

»Ich suche Phineas«, wandte er sich an den erstbesten, der ihm begegnete.

»Sofort, Hoheit«, antwortete der Bedienstete.

Roderic hielt Ausschau nach Peregrine. »Hol Lady Peregrine«, befahl er einem anderen Bediensteten.

»Jawohl, Hoheit.«

Er blickte Annandale an, die in ihren nassen Lumpen wartend dastand. Sie schaute sich neugierig im Saal um, und ihm wurde bewußt, daß sie wahrscheinlich noch nie so viele Menschen an einem Ort gesehen hatte. Er fragte sich, was sie wohl von Ahga halten würde. Als sie zu ihm aufsah, runzelte Roderic die Stirn. »Wartet hier«, sagte er barscher als beabsichtigt, worauf sich ein Schatten auf ihre Züge legte.

»Lord Phineas ist bereit, Euch zu empfangen, Hoheit.« Der erste Bedienstete verneigte sich. Gleich darauf näherte sich Peregrine.

»Roderic! Wir haben uns ja solche Sorgen gemacht.« Sie schlang die Arme um ihn. Roderic löste sich von ihr und deutete auf Annandale.

»Kümmere dich um das Mädchen.«

Peregrine blickte Annandale verwundert an. In ihren

nassen Kleidern bot sie einen jämmerlichen Anblick. »Wer ...«

»Das ist jetzt unwichtig. Gib ihr trockene Sachen zum Anziehen und etwas zu essen, wenn sie Hunger hat. Und zeig ihr, wo sie schlafen kann.«

Peregrine machte große Augen.

»Ich ziehe mich jetzt um und spreche anschließend mit Phineas. Es wäre nett, wenn du mir etwas zu essen bringen ließest.«

»Jawohl, Hoheit.«

Roderic kleidete sich in seinen Gemächern um und suchte anschließend Phineas auf. Er klopfte an die Tür, worauf ihm ein erstaunter Bediensteter sogleich öffnete.

»Hoheit?«

»Phineas.« Er drängte sich am Bediensteten vorbei. »Phineas!«

»Roderic, was ist geschehen?« Der alte Mann lag auf dem Bett, die Decke bis ans Kinn hochgezogen, dünne graue Strähnen übers leinenbezogene Kissen gebreitet.

»Ich verlange nach Antworten, und ich erwarte von Euch, daß Ihr nicht um den heißen Brei herumredet.«

»Roderic, was ist denn los?«

»Kennt Ihr den hohen Turm nördlich von hier?«

»Ob ich ihn kenne?«

»Die Hexe, die dort wohnt, kennt Euch. Sie hat mir geraten, Euch zu fragen, weshalb ich ihre Tochter heiraten soll.«

»Was habt Ihr heute erlebt?«

Roderic schritt neben dem Bett unruhig auf und ab. So aufgebracht war er noch nie gewesen. »Ich war heute dort. Wir wurden von einem Unwetter überrascht, und ein Dämon führte uns zu ihrer Schwelle. Barran wurde schwer verletzt, daher suchten wir nach einem Unterschlupf. Und so bin ich der Hexe begegnet. Sie sagte mir, ich müsse ihre Tochter heiraten. Sie ließ mich erst gehen, nachdem ich ihr versprochen hatte, ihre Tochter mitzunehmen ...«

»Sie ist hier?«

»Ja, sie ist hier. Dieses ... dieses ... Ungeheuer wollte mich ohne sie nicht fortlassen. Wer ist sie?«

»Was meint Ihr damit? Die Hexe ...«

»Ich will die Wahrheit wissen, Phineas. Wer ist sie?«

»Sie kennt sich mit der Magie des Alten Meriga aus. Und ihre Tochter ist hier?«

»Bei Peregrine.«

Roderic blieb stehen und blickte Phineas an, der den Kopf ins Kissen drehte. Ein paar Tränen sickerten aus Phineas' blinden Augen und tropften aufs Leinen. »Also stimmt es doch«, murmelte er. »Die Prophezeiungen sind eingetroffen.«

Roderic berührte Phineas an der Schulter. Die Knochen unter dem wollenen Nachtgewand fühlten sich dünn und spröde an. »Ihr müßt das Mädchen heiraten. Sie ist die Braut, die Euch Euer Vater bestimmt hat.«

»Das kann nicht sein.«

Phineas schüttelte den Kopf. »Es kommt nicht darauf an, ob Ihr mir glaubt. Roderic, unter meinen Papieren befindet sich ein Brief für Euch. Euer Vater hat ihn am Tag Eurer Geburt verfaßt und mich gebeten, ihn Euch zu geben, wenn Ihr dem Mädchen begegnet. Ich lasse ihn in Euer Gemach bringen. Mein Diener wird eine Weile brauchen, bis er ihn gefunden hat.«

Roderic atmete tief durch und rieb sich das Gesicht. »Mein Vater hat das alles eingefädelt?«

»Ja.«

»Habt Ihr dies damit gemeint, als Ihr sagtet, meine Heirat müsse noch warten? Weshalb habt Ihr mir nicht schon früher davon erzählt? Weshalb wußte ich nichts davon?«

»Damals schien mir der Zeitpunkt noch nicht gekommen. Die letzten Monate waren so gefahrvoll, und überhaupt ... Ich wußte ja nicht, wann und auf welche Weise sie mit Euch zusammenträfe.«

Roderic schlug mit der Faust gegen den Bettpfosten, so daß der ganze Rahmen erbebte. »Ich kann mir nicht vorstellen, daß es klug wäre, sie zu heiraten, Phineas – den zerlumpten Sproß eines nichtmenschlichen Ungeheuers.«

»Lest den Brief, Roderic. Vielleicht wird er ja Eure Fragen beantworten.«

»Und wenn nicht?«

»Dann müßt Ihr selbst entscheiden, was das Beste ist.«

»Was meint Ihr?«

»Der König wollte, daß Ihr sie heiratet. Der König wollte, daß ihr Sohn Euch auf dem Thron nachfolgt.«

Roderic wußte nicht, was er sagen sollte. Er suchte seine Gemächer auf, verzehrte, was Peregrine ihm hatte bringen lassen, und wartete auf den Brief seines Vaters. Der Sturm hatte sich nahezu gelegt, und der Himmel war wieder wolkenlos. Er öffnete das Fenster, stützte sich auf die Brüstung und blickte zum Sternenhimmel hinaus.

Es wehte wieder ein schwacher Ostwind, und vom Dachgesims fielen mit einem leisen Plitsch-Platsch Tropfen auf den Erdboden. Die Blätter wisperten und raschelten im Nachtwind, und die friedlich ausgebreitete Landschaft stand in scharfem Gegensatz zum Aufruhr in seinem Herzen.

»Roderic?« Peregrines Stimme ließ ihn zusammenschrecken. »Verzeiht mir, aber habt Ihr noch Wünsche?«

»Was willst du?«

»Was ist heute geschehen?«

»Ich will nicht darüber sprechen.«

»Ihr wirkt aufgebracht.«

»Ich bin aufgebracht.«

»Wer ist dieses Mädchen?«

Roderic lachte abgehackt. »Wenn ich Phineas glauben soll, ist sie meine Braut. Die nächste Königin von ganz Meriga.«

»Diese Streunerin? Ihre Lumpen bedecken nicht einmal den Rücken – wer ist sie?«

»Was tut das zur Sache?«

»Roderic, ich begreife nicht ...«

»Du begreifst nicht – ha. Meinst du etwa, ich verstünde etwas?«

»Aber woher kommt sie?«

»Aus den Gefilden der Hölle.«

»Roderic, das ergibt alles keinen Sinn.«

»Wenn es dich nach einem Sinn verlangt, dann verschwinde.«

»Weshalb seid Ihr mir böse?«

Plötzlich tat es ihm leid, und er streckte die Hand aus. »Verzeih mir. Dich trifft keine Schuld. Mit dir hat das nichts zu tun.«

Sie ergriff seine Hand, und er zog sie an sich. »Ich hatte Angst um dich«, sagte sie. »Ich habe mir solche Sorgen gemacht.«

»Tatsächlich?« Er drückte ihre Hüfte an sich und zog ihre Haarnadeln heraus. Das Haar fiel ihr in dichten dunkelbraunen Wellen über die Schultern und auf den Rücken, und er wickelte es sich um die Hand und preßte es sich gegen die Lippen. Sie schlang die Arme um seinen Hals und lehnte sich an ihn. Er neigte ihren Kopf zurück und küßte sie bedächtig. Sie öffnete den Mund. Ihr Atem roch lieblich, ihre Lippen waren weich und willig. »Hast du heute noch zu tun?« flüsterte er ihr ins Ohr.

»Nein.«

»Das trifft sich gut.« Abermals küßte er sie. Als an der Tür geklopft wurde, lösten sie sich voneinander. »Was gibt es?«

»Lord Phineas schickt Euch diesen Brief, Hoheit«, lautete die Antwort.

»Leg ihn auf den Schreibtisch«, antwortete Roderic.

»Ist es wichtig?« fragte Peregrine, als er sie abermals an sich zog.

»Nichts ist wichtiger als dies.« Er liebkoste durch den Stoff hindurch ihre Brüste. Sie schloß die Augen und stöhnte leise.

»Was ist mit dem Mädchen?«

»Mit welchem Mädchen?«

»Das du mitgebracht hast.«

»Denk nicht an sie. Sie ist nicht wichtig.« Er geleitete Peregrine zum Bett, wo sie sich entkleideten. Als sie nackt waren und er über ihren Schenkel streichelte, geschah etwas Seltsames. Plötzlich erinnerte er sich so deutlich daran, wie sich Annandales Arm im Turmzimmer der Hexe angefühlt hatte, als hätte er sie in diesem Moment berührt. Er erstarrte. Peregrine rekelte sich neben ihm wie ein Katze, streichelte über seine Schultern und liebkoste die Muskeln seiner Oberarme. Er legte sich auf sie, doch die Erinnerung an Annandales Körper, der sich im Sattel gegen ihn gelehnt hatte, löschte Peregrine aus.

Sie wimmerte, führte seine Hand zu ihrer Brust und preßte sie dagegen. Er senkte den Kopf, nahm die Brustwarze zwischen die Zähne und horchte auf ihr leises Stöhnen, während sie sich an seiner Hüfte wand. Er saugte an der weichen Haut ihres Halses, als er in sie eindrang, und plötzlich erblickte er Annandales Gesicht in all seiner makellosen Symmetrie vor sich. Als er sich dem Rhythmus der Vereinigung überließ, hatte die Frau unter ihm tiefblaue Augen und sandte Hitzewellen durch seinen Körper. Und als er auf dem Höhepunkt der Lust erschauerte, war die Frau, die ihn mit ihren Schenkeln umklammerte, eine andere als die, deren Namen ihm auf den Lippen lag.

Am frühen Morgen, noch bevor es hell geworden war, erwachte Roderic aus tiefem Schlaf und trat sogleich an den Schreibtisch. Er zündete eine Kerze an und erblickte vor sich den Umschlag mit der ungelenken Handschrift seines Vaters. Nach kurzem Zögern nahm er ihn in die Hand. Das Papier war im Laufe der Jahre vergilbt. Er brach das Siegel.

Der Brief datierte vom Tag seiner Geburt.

Die Anrede lautete: *Mein Sohn.*

Ein kalter Schauder lief ihm über den Rücken, als er die vertraute Handschrift betrachtete. Er begann zu lesen.

Mein Sohn,

Du bist noch keine zwölf Stunden alt und ruhst in deiner Wiege, und Deine Mutter liegt auf der Totenbahre. Sie starb bei Deiner Geburt, Du aber bist kräftig und gesund. Heute erreichte mich aus dem Wald von Minnis Saul die Nachricht, daß dort ein weiteres Kind geboren wurde. Dieses Mädchen soll Deine Braut werden, wenn die Zeit gekommen ist. Ein großes Wagnis wurde eingegangen, um Euch beiden das Leben zu schenken. Wenn Phineas Dir diesen Brief gegeben hat, wirst Du wohl König sein, verpflichtet allein dem Gesetz Merigas und dem Wohl des Reiches. Sie heißt Annandale, und ihre Mutter ist Nydia, die im Turm von Minnis Saul lebt. Ich hoffe sehr, daß Du dich entschließen wirst, sie zu heiraten, denn das Schicksal ganz Merigas und all dessen, wofür ich gelebt habe, hängt von Deiner Entscheidung ab. Ich weiß nicht, unter welchen Umständen Du dies lesen wirst. Ich bitte Dich nur, mir zu glauben, daß dies die wohl wichtigste Entscheidung ist, die Du je treffen wirst, und ich flehe Dich an, meinem Wunsch Folge zu leisten.

Der Brief schloß mit der kühnen, unverwechselbaren Unterschrift seines Vaters. Roderic setzte sich. Das

Feuer war im Lauf der Nacht heruntergebrannt, und er warf ein neues Scheit auf den Rost.

»Roderic?« In der Tür stand Peregrine, gehüllt in ein Laken.

Er streckte die Arme aus, und sie kuschelte sich auf seinen Schoß. Er nahm den Brief zur Hand. »Der beantwortet auch nicht alle Fragen.«

»Was ist das?«

»Ein Brief meines Vaters, verfaßt am Tag meiner Geburt. Nach seinem Tod sollte ich ihn lesen.«

»Was steht darin?«

»Mein Vater will, daß ich sie heirate.«

Peregrine setzte sich auf. »Und – wer ist *sie*?«

»Sie heißt Annandale, ihre Mutter Nydia – das ist die Frau, die nördlich von hier in dem hohen Turm lebt.«

»Die Hexe.«

»Ja.«

»Wirst du tun, was der König von dir verlangt?«

Er preßte ihren Rücken gegen seine Schulter und vergrub das Gesicht in ihrem Haar. Apfelblütenduft stieg ihm in die Nase. »Ich weiß es nicht.«

»Das heißt, du willst es dir überlegen?«

»Ich muß darüber nachdenken. Vater will, daß ich sie heirate. Er macht zwar klar, daß es sich um meine Entscheidung handelt, aber … Warte, ich lese es dir vor. ›Das Schicksal ganz Merigas hängt von Deiner Entscheidung ab.‹ Tja. Was soll das bedeuten? Und außerdem …« Er stockte. Er konnte nicht genau sagen, was gestern eigentlich geschehen war. Die Visionen, welche die Hexe ihm gezeigt hatte, verblaßten allmählich wie ein Traum.

»Wann wird es soweit sein?«

Er faßte sie beim Kinn und blickte in ihre dunklen Augen. »Peregrine, bereitet dir das Kummer?«

Sie wich seinem Blick aus und biß sich auf die Lippen. »Ich habe gewußt, daß du eines Tages heiraten würdest.«

»Aber?«

»Es macht mich nicht glücklich, daß es mit uns beiden ein Ende haben muß.«

»Du hattest doch auch noch andere Männer. Vielleicht wäre einer von ihnen ein brauchbarer Ehemann. Vater hätte gewollt ...«

»Nein. Es gab keine anderen Männer.«

»Wie das? Wir haben uns keine Versprechungen gemacht. Ich war mir sicher ...«

»Nein. Es gab keine anderen.«

»Aber ...«

Sie preßte das Gesicht an seine Brust, und als sie aufsah, hatte sie feuchte Augen. »Ich wollte ... Ich dachte mir, wenn ich schon ein Kind von dir bekomme, will ich ganz die Deine sein und niemandem sonst gehören.«

»Peregrine.« Mehr wußte er nicht zu sagen. Er wiegte sie in den Armen. »Möchtest du nach Hause zurückkehren? Dafür hätte ich Verständnis. Vielleicht könnte Jaboa dich hinbringen ...« Noch während er diese Worte aussprach, spürte er, daß sie Peregrine trafen wie Peitschenhiebe, und da wußte er, daß er das Falsche gesagt hatte.

Sie versteifte sich, und Tränen strömten ihr übers Gesicht. »Du überlegst schon, wie du mich ersetzen kannst? Willst du mich loswerden? Und ich dachte, hier wäre mein Zuhause.«

»Nein. Nein, das will ich nicht. Ich will, daß du bei mir bleibst, aber ich will dir nicht weh tun. Du weißt, daß ich Treue geloben muß, wenn ich heirate, und daß dieser Schwur so lange gilt, bis entweder ein Thronerbe geboren ist oder benannt wird.«

»Und wann wirst du diese kurzberockte Hexenbrut heiraten?«

»Irgendwann muß ich heiraten.«

»Aber ausgerechnet *sie*?«

»Ich muß tun, was für das Reich das Beste ist.«

»Und ist *sie* das?«

»Ich weiß es nicht.« Er blickte ihr offen in die Augen. »Du hast mir sehr viel bedeutet, und daran wird sich nichts ändern. Sollten wir noch einen Sohn bekommen, könnte ich ihn vielleicht zu meinem Erben ernennen, aber ...«

»Aber wir haben keinen Sohn – bloß Melisande, und wenn du dieses Mädchen heiratest ...« Sie stockte. »Ich werde mich da nicht einmischen.«

Er war hin und her gerissen und verwirrt. Er liebte Peregrine als Freundin und Gefährtin und wollte sie nicht verlieren oder ihr weh tun. Am liebsten hätte er ihr versprochen, daß alles beim alten bliebe, doch beim Gedanken an den Liebesakt der vergangenen Nacht stockten ihm die Worte, und er fühlte sich zu der Fremden hingezogen wie ein Lachs zu dem Fluß, dem er entstammt.

Weil ihm nichts Besseres einfiel, küßte er sie und trug sie zurück zum Bett. Er überlegte, wie wohl sein Vater mit den vielen Frauen verfahren war, die ihm Kinder geschenkt hatten, mußte sich aber eingestehen, daß er es nicht wußte. Und so vollführte er die Bewegungen, die von ihm erwartet wurden, während Peregrines Kummer ihm wie ein Schreckgespenst im Nacken saß.

17. Kapitel

Anschließend fand er keinen Schlaf mehr. Als das graue Morgenlicht sich golden färbte, zog er behutsam die Decke über Peregrines schlafende Gestalt. Er legte die Kleider an, die er bereits gestern getragen hatte. Abgesehen von ein paar Flecken und Falten deutete nichts mehr auf die Strapazen des gestrigen Tages hin. Er nahm die Stiefel ins Nebenzimmer mit und setzte sich in einen Sessel, um sie anzuziehen.

Als er erst den einen und dann den anderen Stiefel genauer betrachtete, sträubten sich ihm die Nackenhaare. Beide Stiefel waren alt gewesen, die Absätze abgelaufen, die Nähte locker und das Leder an der Kappe beinahe durchgescheuert. Jetzt waren sie wieder wie neu. Die Nähte waren tadellos, das Leder wirkte so dick, als wäre es gerade erst zugeschnitten worden. Von Menschenhand waren sie jedenfalls nicht instand gesetzt worden, denn ein Mensch hätte zwar die Nähte erneuern, nicht aber das abgenutzte Leder wiederherstellen können.

Widerwillig zog er die Stiefel an.

Er ging in der Küche vorbei und nahm sich dort einen Becher mit heißem Apfelmost und einen halben Laib Brot, dann begab er sich zu den Unterkünften der Soldaten, da er wußte, daß er Brand dort fände. Die Soldaten wuschen sich gerade an einem steinernen Bottich vor dem flachen Holzgebäude und nahmen Haltung an, als er sich näherte.

»Hoheit«, grüßten sie im Chor.

Roderic nickte. »Guten Morgen. Wo ist Hauptmann Brand?« wandte er sich an den erstbesten Soldaten.

»Drinnen, Sir.«

»Danke.«

Brand stand mit nacktem Oberkörper in seiner makellos reinlichen Kammer und rasierte sich gerade. Als Roderic eintrat, hielt er inne und nahm unwillkürlich Haltung an. »Hoheit.«

»Ich wollte mir dir über gestern reden.«

Brand nahm das Rasiermesser zur Hand und wandte sich dem Spiegel zu. »Worum geht's?«

»Hast du mit Barran gesprochen?«

»Was hast du dir bloß dabei gedacht, Roderic? Er ist ein guter Soldat, und ich würde ihm mein Leben anvertrauen, die Eins ist mein Zeuge, aber er ist bloß ein Mensch. Wenn es im Wald wirklich gefährlich geworden wäre, was hätte er dann schon ausrichten können? Und wenn ihr nun Amanander begegnet wärt?«

»Was hat er dir erzählt?«

Brand verzog das Gesicht und schwieg. Schließlich wischte er sich das Kinn mit einem leinenen Handtuch ab. »Er hat mir eine Geschichte aufgetischt, die ich als Phantastereien eines Wahnsinnigen abtäte, kämen sie nicht aus dem Mund meines Sohnes. Allerlei Unsinn über die Hexe, den Turm und eine Prinzessin. Was hast du dazu zu sagen?«

»Es ist wahr.«

Brand fluchte unterdrückt und wandte sich zu Roderic um. »Jetzt hör mir zu. Ich bin bloß der Hauptmann der Königsgarde, und du bist der Regent von Meriga. Aber ich habe gelobt, dich unter Einsatz meines Lebens zu schützen, und bevor du alles nur noch schwieriger machst, solltest du mir gut zuhören. Vergiß Vere und diesen Mutanten-Unsinn ...«

»Was ist mit Amanander und seinen Leibwächtern? Du hast sie selbst gesehen – willst du behaupten, das wäre ebenfalls bloße Einbildung gewesen? Und er trägt die Verantwortung für Jesselyns Tod – für den Tod unserer Schwester. Wenn er imstande ist, seine eigene Schwester umzubringen, dann ist ihm auch zuzutrauen, daß er uns alle tötet.« Roderic setzte den Becher ab und wartete.

Brand hob kopfschüttelnd sein Hemd auf. »Aber denk doch einmal nach, Roderic. Wenn die Mutanten der Magie mächtig sind, weshalb haben sie sie dann nicht gegen uns eingesetzt? Klingt das, was Vere sagt, etwa vernünftig? Du kennst Vere nicht so gut wie ich. Er war schon immer etwas seltsam, hat in den Kellern unter der Burg herumgestöbert, Tunnel erkundet, nach Büchern gesucht. Als er schließlich fortlief, haben wir ihn nicht einmal vermißt, wenn ich ehrlich bin. Zugegeben, Amananders Leibgarde hat mir angst gemacht. Aber es waren bloß vier. Roderic, vier gegen alle unsere Soldaten. Und der Kongreß – ja, es gibt dort ein paar Unzufriedene, die gab es schon immer. Ja, Missiluse stellt ein Problem dar, auch Senifay und noch ein paar andere. Aber begreifst du denn nicht? Man soll keinen Schatten nachjagen. Veres Geschichten eignen sich allenfalls dazu, unartigen Kindern Angst einzujagen.«

»Amanander war vor zwei Wochen am Hexenturm.«

Brand, der sich gerade das Hemd über den Kopf ziehen wollte, hielt inne, und sein gerade eben noch finsterer Gesichtsausdruck wirkte plötzlich höchst erstaunt. »Was?«

»Mit vier Begleitern. Sie kamen nicht hinein – offenbar gelingt einem das nur mit dem Einverständnis der Hexe. Aber Vere hat recht. Sie suchen nach dem Mädchen. Nydia meinte, sie seien nach Westen geritten. Ich glaube, sie wollen zu Alexander.«

Brand strich glättend über das Hemd und schnürte es zu. Als er zu Roderic aufsah, schaute er grimmig drein. »Hast du Lust, ein wenig mit mir zu üben?«

Roderic nickte. »Gut«, sagte er. »Warum nicht?«

Schweigend gingen sie auf den Übungsplatz hinaus. Die Sonne war über den Baumwipfeln aufgestiegen, doch es war immer noch kühl. Im Schatten unter den Bäumen war der Erdboden mit weißem Rauhreif bedeckt. Obwohl es vereinzelt schon blühte, hatte es in der Nacht gefroren.

Sie ließen sich vom Waffenmeister Schwerter geben, und Roderic wog das seine prüfend in der Hand, bevor beide Männer auf einem markierten Feld einander gegenüber Aufstellung nahmen. Es gab noch eine andere Lektion, die er niemals vergessen würde. Im Gegensatz zu vielen anderen Lords, die nur ihre eigenen Waffen benutzten, hatte sein Vater Wert darauf gelegt, daß er auch mit fremden Schwertern umzugehen lernte.

In der Nähe übten sich noch viele andere Soldaten, und die kalte Luft hallte von hohlen Schlägen wider. Sie salutierten kurz, dann trafen sich zum erstenmal die Klingen.

»Dann glaubst du also, er will zu Alexander?«

Roderic zuckte die Schultern und griff an. »Wohin sollte er sonst wollen?«

Brand brummte zustimmend, parierte den Hieb und konterte.

Roderic duckte sich und beschrieb mit erhobener Klinge einen Kreis.

Als Brand auf Roderics Mitte zielte, wich dieser zurück. Brand täuschte nach rechts einen Ausfall an und griff links an. »Und was nun?«

Roderic führte einen Hieb von unten nach oben und traf Brands Schwertgriff. Brand schob ihn nach hinten und wich zurück, als Roderic eine Reihe von Hieben gegen seine ungeschützten Beine führte. Er strauchelte, wälzte sich auf die Seite und richtete sich wieder in geduckter Kampfhaltung auf. »Ich werde Boten zu den

Lords von Mondana schicken, zu den Kommandanten der Garnisonen und Zollstationen. Vielleicht gelingt es uns ja, Amanander zu ergreifen, bevor er mit Alexander Kontakt aufnehmen kann. Zwei Wochen sind nicht sonderlich lang.«

Unvermittelt senkte Brand das Schwert und stützte sich auf den Knauf. Auch Roderic senkte seine Klinge und blickte sich um. Alle anderen waren in Zweikämpfe verwickelt; niemand achtete auf sie. »Hör zu, Roderic, du mußt mir verzeihen, daß ich so mit dir gesprochen habe. Es ist bloß so, daß du mir manchmal eher wie mein Sohn vorkommst als wie mein Bruder. Oder wie mein Vorgesetzter. Es steht mir nicht zu, dir vorzuschreiben, was du tun und lassen oder wie du regieren sollst.«

Roderic nickte bedächtig. Er brauchte Brand, brauchte den Rat seines ältesten Bruders, der ihrem Vater so lange gute Dienste geleistet hatte. Es war leichtsinnig von ihm gewesen, ohne größere Eskorte umherzustreifen, und er hatte nicht nur Barrans Leben gedankenlos aufs Spiel gesetzt, sondern auch sein eigenes.

»Was wirst du mit dem Mädchen anfangen?« fragte Brand.

Roderic zögerte. Er wußte, daß Brands Frage berechtigt war, daß Brand ein vernünftiger Kopf und ihm treu ergeben war, daß er sich eher selbst die Kehle durchgeschnitten als ihn hintergangen hätte. Er hätte Brand gern gefragt, was er über Nydia wußte und wie lange sie in Ahga und in Minnis gelebt hatte. Aber vielleicht war es besser, diese Dinge mit Phineas zu besprechen. Gestern abend hatte er nicht den Eindruck gehabt, als täte Phineas derlei Fragen ebenso leichtfertig ab wie Brand. »Ich weiß es nicht«, antwortete er wahrheitsgemäß. »Ich nehme deine Entschuldigung an.« Er reichte Brand sein Schwert. »Danke für den Übungsgang.«

Roderic kehrte tief in Gedanken versunken zum Palas zurück. Er fühlte sich einsamer denn je und spürte, daß Brand ihm besorgt nachsah. »Ist Lord Phineas bereits aufgewacht?« fragte er eine der Dienstmägde.

»Ich werde nachsehen, Hoheit.«

Er setzte sich in der Nähe eines Kamins auf eine Holzbank und stützte das Kinn auf die Hand. Was sollte er Phineas sagen? Wie fragte man jemanden nach seinem eigenen Kind aus, wenn der Betreffende vielleicht nicht einmal davon wußte? War es überhaupt denkbar, daß Phineas mit einem so gräßlichen Wesen in Liebe vereint gewesen war?

»Hoheit?«

Beim Klang der Stimme schreckte er zusammen. Vor ihm stand ein königlicher Bote. Sein Umhang war schlammbespritzt, und seine Stirn glänzte von Schweiß. »Was gibt es?«

»Ein Nachricht aus Ahga, Hoheit.« Der Bote verneigte sich knapp und reichte ihm einen hölzernen Köcher. Das Siegel war offenbar in Eile angebracht worden, denn das Wachs war verschmiert.

Roderic brach das Siegel und zog die Schriftrolle hervor. Ungläubig las er die Nachricht. »Ein Erdbeben in Ahga?« Das Schreiben kam vom Befehlshaber der Garnison in Ahga, dessen Soldaten die Stadtmauern bewachten. Das Gekritzel war kaum leserlich. »Habe ich das richtig verstanden – die westliche Stadtmauer ist eingestürzt?«

Der Bote nickte. »An drei Stellen.«

»An drei Stellen? Ist überhaupt noch etwas davon übrig?«

»Das meiste wurde zerstört, Hoheit.«

»Gab es Verletzte?«

»Als ich aufbrach, hatte man noch keinen genauen Überblick, aber ich schätze die Zahl der Verletzten auf mehrere hundert.«

Roderic winkte den Boten fort. »Ich danke Euch, Bote. Ruht Euch aus.«

Der Mann verneigte sich erneut. »Sehr wohl, Hoheit.«

Roderic rollte das Pergament zusammen und steckte es wieder in den Köcher. Ahga war seit zwanzig Jahren nicht mehr eingenommen worden, und die Menschen wären gewiß beunruhigt. Wenn die Harleyreiter erfuhren, daß die Stadtmauer eingestürzt war, mochten sie einen Angriff wagen. Er rieb sich die Stirn. Seit dem Armageddon hatte es in Ahga kein Erdbeben mehr gegeben. War das nun ein Omen?

»Hoheit.« Die Bedienstete vollführte einen Knicks. »Lord Phineas ist bereit, Euch zu empfangen.«

Roderic vergaß die Lage in Ahga, als er Phineas den Brief seines Vaters vorlas. »Hier.« Er warf das Papier wie einen Fehdehandschuh auf den Tisch. »Könntet Ihr mir das bitte erklären? Weshalb will mein Vater, daß ich die Tochter einer Hexe heirate? Was ist das Schicksal ganz Merigas, und weshalb betrifft dies alles, wofür er gelebt hat?«

Phineas atmete tief durch. »Euer Vater hat mit dieser Frau verkehrt – das weiß ich.«

»Verkehrt? Da habe ich etwas anderes gehört. Man sagt, sie habe ihm Gefolgschaft geschworen – sie habe in die Zukunft blicken können und sich für ihn der Alten Magie bedient. Außerdem ist mir zu Ohren gekommen, die junge Frau, die ich gestern mitgebracht habe, sei Eure Tochter.«

Als Phineas schwieg, fuhr Roderic fort: »Welche Stellung hattet Ihr bei meinem Vater inne, daß er die Frau verbannte und den Mann, der ihn betrog, bei sich behielt?«

»Ich war der Hauptmann der Königsgarde.«

»Ihr?«

Phineas straffte mühsam und voller Stolz seine gebeugte Gestalt. »Ich war nicht immer so, wie Ihr mich vor Euch seht, Roderic. Auch ich war einmal groß und stark. Und der König liebte mich wie einen Bruder.«

»Was ist geschehen?«

»Was jedem zustoßen kann, der sich des Schwertes bedient. Ich wurde in der Schlacht schwer verletzt. Der König aber brachte mich nach Ahga, und da er meinen Rat so sehr schätzte, erhob er mich nach meiner Genesung in den Adelsstand.«

Roderic starrte Phineas fassungslos an und versuchte zu begreifen, weshalb er das Gefühl hatte, es stecke weit mehr hinter der Geschichte, als Phineas eingestand. »Weshalb habt Ihr gestern geweint, als ich Euch berichtete, ich hätte das Mädchen mitgebracht?«

»Als Ihr noch nicht geboren wart, hat Nydia den König vor drohendem Unheil gewarnt, das sich abwehren ließe, wenn Ihr ihre Tochter heiraten würdet.«

»Welches Unheil? Magie?«

»Euer Vater kannte nur ein einziges Unheil. Der Zerfall des Königreichs war für ihn das Schlimmste, was geschehen konnte, und er wollte es verhindern – es mochte kosten, was es wollte.«

Es mochte kosten, was es wollte. Diese Worte hallten durch Roderics Kopf wie eine Morgenglocke. Und die Heirat mit der Tochter einer Hexe war der Preis, den er nun zahlen sollte. »Ich begreife das alles nicht, Phineas.«

»Ich bin sicher, daß Nydia dem König die Zukunft gezeigt hat, so wie sie dies bei Euch getan hat. Ihr wißt nicht, was er sah, doch es dürfte ganz ähnlich gewesen sein. Er hat nie darüber gesprochen, sondern bat mich bloß, für den Fall, daß er sterben solle, alles in meiner Macht Stehende zu tun, damit Ihr sie heiratet.«

»Habt Ihr die Hexe jemals gesehen?«

»Ja.«

»Wie sah sie aus?«

Phineas wandte den Kopf ab, doch Roderic hatte wohl bemerkt, daß seine Lippen zitterten. Die Stille wurde tiefer. »Sie war wunderschön.« Seine Stimme war ein rauhes Flüstern.

»Das sagen alle.« Roderic erhob sich rastlos und trat ans Fenster. Der Wind wirbelte das Laub um den alten Baumstamm, was ihn wieder an das Unwetter erinnerte. Unwillkürlich schauderte er. »Und was nun? Soll ich diese … diese Frau, oder was immer sie sein mag, heiraten und womöglich jeden, der eine heiratsfähige Tochter hat, vor den Kopf stoßen?« Er wartete die Antwort nicht ab. »Aber jetzt, jetzt muß ich heute noch oder spätestens morgen nach Ahga zurückkehren. Ich habe eine Nachricht erhalten: Kurz nachdem der Hof aufgebrochen war, gab es dort ein Erdbeben. Die westliche Stadtmauer ist eingestürzt.«

»Ein Erdbeben?« Phinas lehnte sich zurück und runzelte die Stirn. »Das ist besorgniserregend. Seit dem Armageddon hat es in Ahga kein Erdbeben mehr gegeben.«

»Vielleicht war das ein Werk der Hexe mit ihrer Magie.« Roderic hob den Brief hoch und faltete ihn sorgfältig.

»Amanander.« Phineas flüsterte den Namen, und sein runzliges Gesicht war so blaß geworden wie die gebleichten Leinenkissen unter seinem Kopf.

Roderic starrte den alten Mann an. »Wie kommt Ihr darauf?« Er berichtete von seinen Unterhaltungen mit Brand und Nydia. »Dann gehen die Befehle also heute noch hinaus. Wir werden Amanander finden. Er kann doch nicht spurlos verschwunden sein.«

»Abelard ist auch spurlos verschwunden.«

Das Schweigen schien plötzlich vor Spannung zu vibrieren, und Roderic hatte das Gefühl, als drücke ihm jemand die Kehle zu. »Amanander – er hat etwas mit Vaters Verschwinden zu tun«, flüsterte er. »Glaubt Ihr das, Phineas?«

»Ich fürchte mich, diese Möglichkeit auch nur in Betracht zu ziehen.«

»Glaubt Ihr, er ist noch am Leben?«

»Abelard? Nein.«

»Aber weshalb sollte er …?«

Phineas bewegte den Kopf auf dem Kissen hin und her, als suche er in der Dunkelheit vor seinen Augen nach einer Antwort. »Vielleicht um uns alle zu überrumpeln. Solange der König als verschwunden gilt, könnt Ihr sieben Jahre lang nicht gekrönt werden. Alle Eure Bündnisgenossen haben ihren Eid auf den König abgelegt. Und wenn sich genügend viele überzeugen ließen, daß dem Königreich mit jemand anderem besser gedient wäre …? Außerdem bliebe Amanander dann ausreichend Zeit, Nydia und das Mädchen zu finden.«

»Glaubt Ihr, wir werden sie finden?«

»Ich glaube, man wird Abelard finden. Wahrscheinlich tot. Und was Amanander angeht …«

»Wenn wir ihn nicht rechtzeitig finden, wird er gegen uns arbeiten. Ich beabsichtige, Alexander Nachricht zu geben, daß Amanander wahrscheinlich zu ihm unterwegs ist.«

»Gut. Aber was das Mädchen angeht, Roderic, so solltet Ihr ungeachtet Eurer Entscheidung, ob Ihr sie nun heiraten wollt oder nicht, dem ganzen Hof klarmachen, daß sie unter Eurem persönlichen Schutz steht.«

Roderic zögerte.

»Es wäre besser, wenn ihre Identität verborgen bliebe.«

»Ich fürchte, dafür ist es bereits zu spät. Ich werde veranlassen, daß sie bewacht wird.«

»Aber Ihr müßt sie ebenfalls beschützen. Nicht nur vor Amanander. Euer Vater mag Gründe gehabt haben, von denen Ihr vielleicht nie erfahren werdet, und Ihr mögt Euch entschließen, seinen Willen zu mißachten, aber Ihr wollt doch bestimmt nicht, daß es der Frau, die er zur Königin ausersehen hat, schlecht ergeht.«

»Habe ich jemals geduldet, daß jemand in meinem Haus schlecht behandelt wird?«

»Aber Ihr seid häufig fort, und Aberglaube ist eine starke Kraft. Was meint Ihr, wie das Gesinde und die Priesterinnen reagieren werden?«

Bei der Erwähnung der Priesterinnen preßte Roderic die Lippen zu einem schmalen Strich zusammen. »Ich verstehe, was Ihr meint.«

»Und sollte Amanander ihr wirklich nachstellen, aus welchen Gründen auch immer, dann müssen wir davon ausgehen, daß das Mädchen Schutz braucht. Habt Ihr Euch bereits einmal ausführlich mit ihr unterhalten?«

»Nein.« Sogar Roderic hatte den Eindruck, seine Stimme klinge kindisch.

Die Sonne fiel auf Phineas' dünnes Haar und hüllte seinen Kopf in eine goldene Aura. »Roderic, Ihr habt Euch bislang wacker geschlagen, und Euer Vater wäre stolz auf Euch. Laßt nicht zu, daß Eure Entscheidung von Groll und Angst beeinflußt wird.«

Roderic blickte beschämt auf den Tisch nieder. »Nydia mag einmal wunderschön gewesen sein, doch jetzt gilt das jedenfalls nicht mehr. Es fällt mir schwer zu glauben, daß mein Vater diese Heirat für mich wollte.«

»Werdet Ihr wenigstens mit dem Mädchen sprechen?«

»Sobald ich mich gewaschen und umgezogen habe. Aber ich muß nach Ahga reiten. Ich überlasse sie Eurer

Obhut, Phineas. Die Bediensteten haben mehr Angst vor Euch als vor mir.« Er ging zur Tür, öffnete sie und blickte sich noch einmal zu Phineas um. »Phineas – ist sie Eure Tochter?«

Phineas wandte den Kopf in die Richtung von Roderics Stimme, und seine Schultern bebten von unterdrücktem Schluchzen. »Ach, mein Sohn«, antwortete er mit brechender Stimme, »ich wünschte, sie wäre es. Ich wünschte, sie wäre es.«

Am späten Nachmittag, als das goldene Frühlingslicht durchs leuchtende Laub fiel und die erste Sommerwärme spürbar wurde, ließ Roderic Annandale zu sich kommen. Er konnte sich nicht entscheiden, wo er mit ihr sprechen sollte. Die Gärten und der Palas waren zu öffentlich. Wenn er sie in den Wald mitnahm, würde er sich zu ausgeliefert fühlen, und in der Kammer, die Peregrine ihr zugewiesen hatte, wollte er sie nicht aufsuchen.

Peregrine begleitete sie herein, als die Bediensteten gerade in Erwartung der Abendkühle das Feuer entzündeten. Er legt das Buch weg, in dem zu lesen er vorgetäuscht hatte, lehnte sich zurück und versuchte, sein Herzklopfen nicht zu beachten. »Danke«, wandte er sich an Peregrine. »Du kannst gehen.«

Sie warf ihm einen wütenden Blick zu und entfernte sich mit laut raschelnden Röcken. Er wartete, bis sich die Tür geschlossen hatte und die Bediensteten gegangen waren, und musterte in der Zwischenzeit das Mädchen, das vor ihm stand.

Sie trug ein braunes Kleid, sauber und mehrfach geflickt, und das dunkle Haar hatte sie mit einem kurzen weißen Schleier bedeckt. Die Ärmel waren zu lang, das Mieder paßte schlecht, und der Rock endete knapp über den Knien. Sie trug keine Strümpfe, bloß dick gefütterte Hausschuhe, wie sie bei den Mägden üblich waren. Offenbar hatte Peregrine ihre Truhen nicht für sie geöffnet. Und dann fiel ihm ein, daß er sie nicht darum gebeten hatte.

»Ihr heißt Annandale.«

»Ja, Hoheit.« Ihre Stimme war leise und wohlklingend, jedes Wort wie der Ton einer Glocke.

»Seht mich an.« Als sie den Kopf hob und er ihr ungewöhnliches Gesicht in aller Deutlichkeit erblickte, krampfte sich ihm das Herz zusammen. Ein Teil von ihm wollte ihm einreden, er täusche sich, und ihre Schönheit sei Folge eines Zaubers oder beruhe auf der Wirkung des Kaminfeuers, doch da ihr die Sonne voll ins Gesicht schien, war jeder Zweifel ausgeschlossen.

Ihr Mund war weder voll noch schmal; ihre Nase weder lang noch kurz. Ihr Kinn wies die Andeutung eines Grübchens auf, ihre Wangenknochen waren hoch und gerundet. Dunkle Brauen überwölbten die Augen, die so blau waren wie das Nordmeer an einem Sonnentag. Ihre Haut war glatt und rosig überhaucht.

Ihr Gesicht war so schön, daß es einen zum Schwelgen brachte wie ein kostbarer Edelstein, eine gute Mahlzeit oder der Klang einer harmonisch gestimmten Harfe.

»Eure Mutter möchte, daß ich Euch heirate.«

Sie senkte errötend den Blick. »Ja.«

Ihm wurde immer unbehaglicher zumute. »Ich will mich kurz fassen. Ich weiß noch nicht, was ich mit Euch anfangen soll. Ihr werdet hier beim Hofstaat bleiben und uns zum gegebenen Zeitpunkt nach Ahga begleiten. Dies ist der Regierungssitz der Ridenau-Könige; meine Familie herrscht schon seit Hunderten von Jahren in Ahga. Damals war Meriga noch nicht vereint. Ich breche morgen auf; wir werden uns also eine Zeitlang nicht sehen.«

»Sehr wohl, Hoheit.«

Diese Antwort amüsierte und rührte ihn. »Wer hat Euch beigebracht, so zu sprechen?«

»Lady Peregrine meinte, dies sei die angemessene Entgegnung, wenn Ihr ein Ansinnen an mich stellen würdet.«

»Hat sie Euch diese Kleider gegeben?«

»Nein, Hoheit.«

»Wer dann?«

»Der Küchenmeister.«

»Weshalb ausgerechnet der Küchenmeister?«

»Weil mich Lady Peregrine für die Küchenarbeit eingeteilt hat.«

»Ach, tatsächlich? Nun ja...« Er mußte mit Peregrine sprechen. »Dann wart Ihr heute schon in der Küche?«

»Ja, Hoheit.«

»Was habt Ihr dort getan?«

»Kartoffeln geschält.«

»Kartoffeln? Zeigt mir Eure Hände.« Sie streckte ihm ihre kleinen weißen Hände entgegen. Die Nägel waren kurz und rosig, die Haut weich und geschmeidig. »Ihr macht nicht den Eindruck, als hättet Ihr in Eurem Leben jemals Kartoffeln geschält.«

Sie erwiderte belustigt seinen Blick. »Ich habe in meinem Leben mehr Kartoffeln geschält als Ihr in Eurem, Hoheit.«

»Ach, ja? Und was habt Ihr sonst noch getan?«

»Was immer Mutter von mir verlangt hat.«

»Und was war das? Mußtet Ihr sterbende Kinder stehlen?« Er hatte es als Scherz gemeint, sie aber bekam feuchte Augen und schaute weg.

»So war es nicht, Hoheit. Ihr wißt nicht, wovon Ihr redet.«

Er räusperte sich. »Ich werde mit Peregrine sprechen. Ich möchte nicht, daß meine zukünftige Braut Kartoffeln schält.«

»Eure zukünftige Braut?«

»Ich will nicht ausschließen, daß ich dem Wunsch Eurer Mutter nachkommen werde. Aber ich muß bedenken, welche Auswirkungen eine solche Heirat auf das Königreich hätte.«

»Ich verstehe, Hoheit.«

Es entstand ein längeres Schweigen. Währenddessen schaute sie sich im Raum um, und er betrachtete sie. »Da wäre noch etwas. Eure Lage ist nicht ganz einfach. Die alten Legenden, welche die Magie und das Armageddon betreffen, werden vom Burggesinde gern nacherzählt, und sie glauben daran. Es könnte sein, daß einige sich vor Euch fürchten.« Ihm wurde bewußt, daß auch er ein wenig Angst vor ihr hatte. »Und deshalb könnten sie versuchen, Euch etwas anzutun. Ihr sollt wissen ...« Er räusperte sich und setzte neu an. »Ihr könnt Euch unmittelbar an mich wenden, wenn Ihr irgendwelche Schwierigkeiten mit dem Gesinde haben solltet.« Sie lächelte ihn an, und er atmete tief durch. So befangen hatte er sich in Gegenwart einer Frau seit seinem fünfzehnten Lebensjahr nicht mehr gefühlt.

»Ich danke Euch, Hoheit.«

»Hier, nehmt das.« Er reichte ihr einen Silberring, der einmal der Königin gehört hatte. So weit er zurückdenken konnte, hatte er in seiner Truhe gelegen, außerdem war er schlecht gearbeitet und nicht sonderlich wertvoll. Besetzt war er mit einer kleinen weißen Perle. »Das ist kein Brautgeschenk und auch kein Unterpfand. Also denkt Euch nichts dabei. Aber ich bin häufig fort, und solltet Ihr in Gefahr geraten, schickt mir diesen Ring. Dann werde ich zu Euch kommen. Ihr dürft Euch entfernen.«

Zu seiner Verwunderung schaute sie ihn unverwandt an. Er hatte erwartet, daß sie ihm ebenso fraglos gehorchen würde wie jedermann sonst. »Stimmt etwas nicht?« fragte er schließlich.

»Die Entscheidung darüber, ob Ihr mich heiraten wollt, liegt bei Euch, Hoheit. Aber Ihr müßt mir glauben, daß Ihr Euch in Gefahr begebt, wenn Ihr die Warnung meiner Mutter mißachtet.« Sie vollführte einen anmutigen Knicks, ebenso geübt wie die Damen des Hofes. »Ich danke Euch, Hoheit. Wir werden sehen, welchen Schutz mir dies gewährt.« Den Ring in der Hand, ging sie zur Tür.

Bestürzt sah er ihr nach. Als sie die Tür öffnete, brachte er mühsam ihren Namen hervor.

»Hoheit?«

»Wir sprechen uns noch.«

»Sehr wohl, Hoheit.« Sie neigte den Kopf und ging hinaus. Er entspannte die geballten Fäuste und atmete tief durch. Er ließ Peregrine rufen, und als sie kam, packte er gerade Papiere zusammen.

»Was tut Ihr da?«

»Ich reite morgen nach Ahga.«

»Weshalb?«

»In Ahga gab es ein Erdbeben, Peregrine. Mach dir keine Sorgen. Sobald wie möglich komme ich zurück. Ich muß mich auch noch um einige Angelegenheiten kümmern, die seit der Kongreßversammlung der Erledigung harren. Wir sind recht früh hierhergekommen. Hast du das vergessen?«

»Nein, natürlich nicht. Grollt Ihr mir, Roderic?«

Er gab darauf keine Antwort.

»Da ist noch etwas, Peregrine. Sorg dafür, daß das Mädchen nicht mehr in der Küche arbeitet. Sie ist keine Küchenmagd.«

»Was ist sie dann?«

»Hast du sie das gefragt?«

»Ich habe sie gefragt, worauf sie sich verstünde, und sie hat gemeint, sie wolle tun, was anstehe. Der Küchenmeister hat sich beklagt, eine der Mägde sei fortgelaufen, und eine andere habe sich arg verbrannt und könne nicht arbeiten, daher habe ich sie dort eingesetzt, wo jemand gebraucht wurde. War das ein Fehler?« Sie blickte ihn demütig an.

Er entspannte sich ein wenig. Wenn er Peregrine gegen sich aufbrachte, wäre nichts gewonnen. »Kannst du sie nicht den Frauen zuteilen, die sich um Tavia kümmern?«

Sie senkte den Blick und schluckte. »Das ... das könnte ich tun.«

Kopfschüttelnd wandte er sich zum Arbeitstisch um. »Hast du sie dir einmal genau angeschaut?« Er blickte ins Leere und sah wieder Annandales überirdisch schönes Gesicht vor sich.

»Natürlich habe ich sie mir angesehen.«

»Und was hältst du von ihr?« Er blickte auf den Tisch nieder, so daß er nicht mitbekam, wie sie das Buch schleuderte. Es traf ihn genau am Hinterkopf und fiel auf den Boden.

»Genau wie alle anderen Männer!« Peregrine hatte Tränen in den Augen, ihr Gesicht war gerötet. »Ihr denkt alle mit dem Schwanz und nicht mit dem Kopf. Bloß weil sie schön ist ...«

Er schloß sie in die Arme und hielt sie fest, während sie an seiner Brust hemmungslos weinte. »Wenn das so ist, dann denke ich oft an dich.«

»Versuch nicht, mich zu beschwichtigen!«

»Peregrine, ich weiß, es ist nicht leicht für dich. Aber ich erwarte von dir, daß du das Mädchen wie einen Gast behandelst. Hast du mich verstanden?« Er drückte sie fest an sich.

»Es tut mir leid, daß ich das Buch nach dir geworfen habe.«

Er küßte sie auf den Scheitel. »Können wir über Annandale reden?«

»Wenn es sein muß.«

»Ich möchte, daß du sie gut im Auge behältst. Und

du mußt auch ein Auge auf das Gesinde haben. Sag mir Bescheid, wenn dir irgend etwas auffällt.«

»Was, zum Beispiel?«

»Das Mädchen könnte uns vielleicht schaden. Es könnte auch selbst in Gefahr geraten. Man muß an die Bediensteten denken. Sie könnten den Priesterinnen etwas hintertragen. Mein Vater hatte schon genug Schwierigkeiten mit der Bischöfin von Ahga. Und ich mache mir Sorgen wegen des Gesindes.«

»Was soll ich tun?«

»Komm sofort zu mir. Auch Annandale habe ich gesagt, daß sie sich jederzeit an mich wenden kann. Allen soll klar sein, daß ich jeden, der sie grundlos in Schwierigkeiten bringt, hart bestrafen werde.«

»Ich verstehe.«

»Alles in Ordnung?«

»Roderic, ich habe stets gewußt, daß du irgendwann heiraten würdest. Nicht, daß ich eifersüchtig wäre ... Es ist bloß ... Ich dachte, du nähmst die Tochter eines bedeutenden Senadors zur Frau ...«

»Weshalb redest du so, als hätte ich bereits einen Entschluß gefaßt? Ich weiß nichts über das Mädchen – jedenfalls so gut wie nichts. Und was ich weiß, das gefällt mir nicht. Eine solche Entscheidung werde ich nicht übereilt oder leichtfertig treffen.« Er stemmte ihr seine Hüften entgegen und setzte hinzu: »Und auch nicht im Bett.«

Sie machte sich von ihm los. »Ich werde morgen alles Notwendige veranlassen.«

»Ich danke dir.«

»Wünschst du ... wünschst du heute abend meine Gesellschaft?«

»Bring mir das Abendessen aufs Zimmer. Ich will früh zu Bett gehen – bei Tagesanbruch breche ich auf.«

»Wie Ihr wünscht.« Sie lächelte, und er war froh, ihre Grübchen zu sehen.

»Peregrine?«

In der Tür blieb sie stehen.

»Gibst du ihr etwas anderes zum Anziehen? Bitte!«

Sie schürzte schmollend die Lippen und zog einen Flunsch. »Wie Ihr wünscht, Hoheit.«

18. Kapitel

Als Minnis erst einmal hinter ihm lag, fiel es Roderic leicht, Annandale zu vergessen, und Peregrines Brief entnahm er mit Erleichterung, daß selbst sie sich in den vergangenen ereignislosen Wochen entspannt hatte. Eingedenk Brands Worte machte Roderic sich an die Überwachung der Instandsetzungsarbeiten.

Doch als sich der Wiederaufbau der Stadtmauer von Ahga dem Ende näherte, als sie Pläne für den Verteidigungsfall gemacht hatten, als die Post gelesen und beantwortet und er nach Minnis zurückkehrt war, mußte Roderic wieder an Annandale denken, obwohl er sie am liebsten vergessen hätte. Es war unmöglich, sie zu vergessen. Ihr Bild trat ihm ungewollt vor Augen: der Schwung ihres Profils, das Heben der Hand, das Aufblitzen ihres Rocks. Sein Körper reagierte unwillkürlich auf sie, und er empfand ihre Abwesenheit ebenso deutlich wie ihre Anwesenheit.

Er war nicht als einziger davon betroffen; wo sie auch hinging, blieben alle – Männer, Frauen und Kinder – stehen und blickten ihr aus purem Behagen nach. Dieser Umstand vermochte ihn für die Ablenkung allerdings nicht zu entschädigen.

Peregrine teilte Annandale wie versprochen den Frauen zu, die sich um Tavia kümmerten. Wenn Roderic sie sah, war sie nie allein, und er machte auch nicht den Versuch, mit ihr unter vier Augen zu sprechen. Er wußte, daß sie sich mit Phineas traf und daß der alte Mann froh war über ihre Besuche. Und er wußte, daß sie nach der Abendmahlzeit bisweilen zur Begleitung der Harfenspieler sang. Er blieb nie so lange, daß er sie hätte singen hören; er hatte auch so schon genug damit zu tun, ihr Gesicht und ihre Gestalt aus seinen Gedanken zu verbannen. Er wollte vermeiden, daß ihn auch noch ihre betörende Stimme verfolgte.

Annandale war zurückhaltend, sagte wenig und hielt sich nach Möglichkeit im Hintergrund. Peregrine erwähnte sie nicht, und Roderic erkundigte sich nicht nach ihr.

So verstrich der Sommer. Roderic las aufmerksam die Nachrichten der Vorposten. Daß keiner der Kommandanten der Garnisonen und Zollstationen im Westen über Amananders Verbleib Bescheid wußte, beunruhigte ihn. Täglich trafen Boten aus allen Teilen des Reiches ein, bloß Vere meldete sich nicht, und über Abelards Verschwinden war auch nichts Neues zu erfahren. Roderics Träume wurden bisweilen von Gespenstersoldaten mit leeren Augenhöhlen verdunkelt, und eines Tages zeichnete er aus dem Gedächtnis die Hügelkuppe, die er in Nydias Burg in den Flammen erblickt hatte. Die Zeichnung versteckte er in einer Schublade und bemühte sich, seine bösen Vorahnungen zu vergessen.

Als es allmählich auf Gost zuging, beschäftigte Roderic sich immer öfter mit der Frage seiner Heirat. Früher oder später mußte der Hof nach Ahga zurückkehren. Früher oder später mußte er einen Entschluß fassen. Er hatte immer geglaubt, dieser werde Gegenstand einer allgemeinen Diskussion und längerer Verhandlungen sein. Nun aber schien es so, als habe Abelard geglaubt, alles sei bereits entschieden. Welche Schuld hatte sein Vater bei der Hexe abzutragen, daß sein Sohn einen solchen Preis zahlen sollte? Phineas weigerte sich, mehr zu sagen, und schützte Unwissen vor.

Eines Tages, als er gerade mit seinem Schreiber zusammensaß, sprach Peregrine bei ihm vor und bat ihn mitzukommen.

Roderic runzelte die Stirn. Er war mit einer schwierigen Angelegenheit befaßt, bei der es um Wasser- und Schürfrechte benachbarter Staaten ging, die von gleichermaßen mächtigen Senadoren regiert wurden, welche sich auf alte und offenbar widersprüchliche Gesetze beriefen.

»Muß es sofort sein, Lady?«

»Es geht um Lady Annandale.«

»Ach?«

»Und um Eure Schwester.«

»Um Tavia?« Roderic legte die Feder weg und folgte Peregrine. »Was ist geschehen?«

Als sie die Turmtreppe zu Tavias Gemach hochstiegen, erklärte Peregrine: »Sie war heute unruhig. Ich glaube, ihre Katze hat sie gekratzt. Jedenfalls versuchten wir, sie zu beruhigen, und als Annandale sie in die Arme nahm, fing Tavia zu weinen an.«

»Und deswegen holt Ihr mich von meiner Arbeit fort?«

Peregrine blieb mitten auf der Treppe stehen. »Begreift Ihr nicht? Tavia weint nie. Sie stößt ein unheimliches Heulen aus, aber sie weint nicht. Sie hat noch nie Tränen vergossen. Als Annandale sie in die Arme schloß, war es, als sei ein Damm gebrochen. Kommt mit.«

Als sie die Tür behutsam öffnete, legte sie einen Finger an die Lippen. »Hört nur.«

Roderic vernahm leisen Gesang:

»Schlaf, Kindchen, schlaf,
Im Westen stirbt der Tag,
Ganz sanft fällt die Nacht,
Schlaf, Kindchen, schlaf.

Im Süden weht der Wind
So warm und mild und sacht,
Schlaf ein, mein Kind,
Dein Vater wacht.

Im Norden weht der Wind
So heftig, stürmisch, kalt,
Schlaf ein, mein Kind,
Hier ist es warm.

Im Osten weht der Wind,
Der Morgen kommt bestimmt,
Mond und Sterne verblassen,
Drum schlaf, mein Kind.

Im Westen weht der Wind,
Die Nacht fällt, ruh dich aus,
Schlaf, Kindchen, schlaf,
In deiner Mutter Haus.«

Roderic schloß die Augen und lehnte sich an die Wand. Die Melodie war rein und klar und wahr, wie er es erwartet hatte, und er spürte, wie ein weiterer Stein in der Mauer zerbröckelte, die er zwischen sich und Annandale aufgerichtet hatte. Als das Lied verklang, öffnete er die Augen. »Laßt uns hineingehen.«

Sie spähten in den Raum. Annandale saß neben Tavia, die mit geschlossenen Augen auf dem Bett lag. Das Kissen war naß von Tränen.

Annandale hatte den Kopf gesenkt und hielt Tavias Hände.

»Annandale?«

Sie schaute hoch, und Roderic blickte sie verwundert an. Ihre Wangen waren tränenüberströmt. Aus ihrem gequälten Blick sprach Todesangst.

»Schläft sie?« Peregrine trat auf Zehenspitzen ans Bett.

»Kommt mit, Lady«, sagte er barsch.

Annandale ließ Tavias Hände sogleich los und wischte sich das Gesicht mit einem Leinentuch ab. Sie sah zu Peregrine auf.

»Ich bleibe bei ihr.« Peregrine nickte.

Roderic machte Annandale Platz und ließ ihr auf der Treppe den Vortritt. »Hier entlang.« Er geleitete sie in sein Arbeitszimmer und entließ den Schreiber mit einer schroffen Handbewegung. Als der Schreiber mit seinem Bündel Federn und Pergamenten hinausgegangen war, deutete Roderic auf den Stuhl. »Setzt Euch.«

Sie gehorchte.

Er musterte sie aufmerksam. Sie wirkte ruhig, wenngleich ihr Gesicht noch immer feucht war. »Was habt Ihr mit meiner Schwester angestellt?«

»Ich habe ihr ein Schlaflied vorgesungen.«

»Hat sie geweint?«

»Sie hat vieles zu beweinen.«

»Zum Beispiel?«

Annandale sah ihn an, als spräche er auf einmal eine fremde Sprache. »Sie hat viel Leid erfahren.«

»Aber Peregrine behauptete, sie weine niemals.«

»Dazu kann ich nichts sagen, Hoheit.«

Ihre Antwort kam ihm wie eine Ausflucht vor. Er trat zu ihr und packte sie beim Handgelenk. »Wenn Ihr meiner Schwester etwas zuleide getan habt ...«

»Nein! Nein, Hoheit, ich schwör's! Ich kann ihr gar nichts zuleide tun. Ich habe bloß versucht, sie mit einem Lied zu trösten, das meine Mutter mir immer vorgesungen hat, als ich noch klein war. Es ist ein Schlaflied.«

Roderic sah die Angst in ihren Augen, und ohne zu wissen warum, glaubte er ihr. Er ließ ihre Hand los; er hatte nicht die Absicht, die Erinnerung an jene erste Berührung aufzufrischen. »Das wird sich zeigen.«

»Ihr ist bestimmt nichts geschehen, Roderic.«

»Ihr habt meinen Namen gebraucht.«

»Verzeiht mir. Ich weiß, daß Ihr mir dies nicht gestattet habt.«

Die Stille im Raum vertiefte sich, bis Roderic meinte, ihrer beider Herzschlag zu hören. Sie wirkte so klein und verletzlich. Die Finger hatte sie in ihr Gewand gekrampft. Plötzlich stach ihm dessen häßliches Orangerot ins Auge. Peregrine bemühte sich offenbar noch immer, Annandales Schönheit zu mindern.

Als sie aufsah, schluckte er mühsam. »Ich schwöre, ich habe ihr kein Leid zugefügt, Hoheit.«

Er schloß die Augen und bemühte sich, seinen Atem zu beruhigen. Das Blut pochte in seinen Adern, und er spürte, wie sich sein Glied versteifte. Es wäre so leicht, dachte er, sie zu packen und zu nehmen. »Seid Ihr eine Hexe?«

»Nein.«

»Ich will die Wahrheit wissen.«

Sie schüttelte den Kopf. »Von der Magie verstehe ich nichts, und ich habe noch nie jemandem etwas zuleide getan.« Sie streckte die Hand aus. »Ich weiß nicht, wie ich Euch davon überzeugen soll.«

»Ich auch nicht.« Er rückte von ihr ab und lehnte sich an den kalten Kamin. Abermals entstand ein längeres Schweigen.

»Behandelt man Euch gut, Lady?«

»Ja, Hoheit.«

»Gibt es irgendwelche Schwierigkeiten?«

»Nein, Hoheit.«

»Und Peregrine?«

»Lady Peregrine ist sehr freundlich.«

Er schaute lächelnd auf ihr Kleid. »In der Tat. Gefällt es Euch hier?«

»Hier ist es anders als dort, wo ich herkomme.«

»Was macht Ihr den ganzen Tag?«

»Ich nähe. Ich singe. Ich lese.«

»Ihr lest?«

»Ja, Hoheit.«

»Und was ist mit den anderen?«

Sie zögerte einen Moment. »Sie sind sehr freundlich. Ich kann mich nicht beklagen.«

»Ist das wahr? Gilt das für alle? Seid Ihr ganz sicher?«

»Sie reden über mich – darüber, wo ich herkomme, weshalb ich hier bin.«

»Das habt Ihr doch erwartet, oder? Ich jedenfalls schon.«

»Manchmal starren sie mich an.«

»Tatsächlich? Das wundert mich nicht.«

Daraufhin errötete sie und schlug die Augen nieder. Sein Blick fiel auf ihre Hände, die sie unruhig im Schoß bewegte. »Ihr tragt den Ring.«

»Ihr habt es mir nicht verboten.«

»Nein.«

»Wollt Ihr ihn zurückhaben?«

»Ich habe Euch gesagt, unter welchen Umständen ich ihn zurückhaben will. Ist er jemandem aufgefallen?«

»Nein.«

»Bestimmt nicht?«

»Bloß Phineas. Er hat ihn gefühlt, als er irgendwann meine Hand ergriff.«

»Habt Ihr ihm gesagt, daß Ihr ihn von mir habt?«

»Ja.«

»Und was hat er gesagt?«

»Er wirkte erfreut.«

»Wußtet Ihr, daß ich einen Brief meines Vaters besitze? Er schrieb ihn an jenem Tag, als ich – als wir geboren wurden. Wußtet Ihr, daß wir am selben Tag zur Welt gekommen sind?«

»Ja, Hoheit.«

»Und soll ich glauben, das wir füreinander bestimmt sind?«

Sie hob den Kopf und sah ihn an. Mit ihrem stolz gereckten Kinn und dem kühnen Schwung der Stirn wirkte sie ebenso königlich wie jeder von Abelards Nachkommen.

»Es ist wahr, Lady«, sagte er nach einer Weile. »Ich fühle mich aus unerklärlichem Grund zu Euch hingezogen. Weshalb aber sollte ich Euch heiraten? Ihr versteht Euch nicht darauf, einen Haushalt wie den von Ahga zu beaufsichtigen, habe ich recht? Sollte ich Euch heiraten, wärt Ihr die First Lady. Ich will kein Weibergezank unter meinem Dach. Mein Vater wünscht, daß ich Euch heirate, das weiß ich. Doch aus welchem Grund?«

Erneutes Schweigen. Dann fragte sie: »Warum nicht?«

»Wie bitte?«

»Weshalb solltet Ihr mich nicht heiraten?«

Roderic starrte sie verblüfft an.

»Was spricht dagegen? Gibt es eine andere Kandidatin?«

Er durchforschte sein Gedächtnis, doch es fiel ihm bloß Peregrine ein – und dies war eine Kandidatin seiner eigenen Wahl. Er konnte sich nicht erinnern, daß Abelard – oder sonst jemand – jemals über seine Heirat gesprochen hätte. »Nein«, räumte er ein.

»Warum also nicht?«

Weil ich dir nicht vertraue, wollte er sagen. Du machst mir angst mit deiner überirdischen Schönheit. In deiner Gegenwart komme ich mir vor wie ein Verdurstender in der Wüste, der nach Wasser lechzt. Er verdrängte den Gedanken und sagte langsam und stockend: »Eure Mutter hat mir ein Schicksal gezeigt, das meine schlimmsten Alpträume übertrifft, und gemeint, Ihr könntet mich davor bewahren. Aber nichts, nichts, was man mich gelehrt hat, nichts, was ich erlebt habe, hat mich auf Euch vorbereitet. An dem Tag, als ich Euch begegnete, brach mitten im Frühling ein

Schneesturm aus, und in der Nacht, als ich Euch herbrachte, stürzten die Mauern von Ahga ein. War das ein natürliches Erdbeben, oder hatte die Magie Eurer Mutter etwas damit zu tun? War es die Folge davon, daß ich Euch hierhergebracht habe? Was soll ich glauben?«

Sie erhob sich. »Ich kann Euch nicht sagen, was Ihr glauben sollt, Hoheit. Meine Mutter hat den Schneesturm bewirkt, um Euch in die Burg zu holen. Ich kann Euch aber versichern, daß das Erdbeben unbedeutend war im Vergleich zu dem, was die Magie vermag. Weder Euch noch Phineas, noch den Senadoren ist klar, was alles geschehen könnte. Die Frage also ist, was gegen unsere Heirat spricht. Die Frage ist: Könnt Ihr dem Wort einer Frau vertrauen?« Sie neigte anmutig den Kopf und ging hinaus, ehe er sich eine Entgegnung zurechtlegen konnte.

Am Nachmittag, nach einer langen Besprechung mit Phineas und den Abgesandten zweier Senadoren, befahl Roderic den eintretenden Sänftenträgern, die Phineas abholen wollten, draußen zu warten.

Phineas blieb ruhig sitzen, und als die Männer hinausgegangen waren, sagte er: »Habt Ihr etwas mit mir zu besprechen, Roderic?«

»Ja. Und ich glaube, Ihr wißt, worum es geht.«

»Um Eure Heirat.«

»Ja.«

»Es ist fast zwei Monate her, daß Ihr sie hergebracht habt. Ihr hattet ausreichend Zeit, sie kennenzulernen und sie in Gesellschaft zu beobachten. Was meint Ihr?«

»Es gab keinerlei Schwierigkeiten mit ihr. Allerdings stelle ich mir immer wieder die gleiche Frage. Warum? Warum soll ich sie heiraten? Weshalb hat mein Vater sie für mich ausgewählt?« Er blickte aus dem Fenster auf die grünen Gärten hinaus. »Außerdem habe ich das Gefühl, sie noch immer nicht zu kennen.«

»Das liegt an Euch, habe ich recht?«

Roderic wußte, daß Phineas recht hatte. »Schon möglich.«

»Ihr habt sie gemieden.«

»Ja.«

»Warum?«

Roderic ging nicht auf die Frage ein. »Alexander hat sich bislang noch nicht zu Amanander geäußert. Niemand hat ihn gesehen oder von ihm gehört. Phineas, ist Euch irgendein merkwürdiges Vorkommnis aus dem Reich zu Ohren gekommen?«

Phineas runzelte die Stirn. »Was meint Ihr mit merkwürdig?«

»Ich weiß nicht – irgend etwas Ungewöhnliches. Wie das Erdbeben in Ahga; das war nicht vorhersehbar.«

»Weshalb fragt Ihr?«

»Ich habe Euch nicht alles berichtet, was an jenem Tag geschah. Ich habe in den Flammen des Kamins eine Vision erblickt; die Hexe hat mir gezeigt, was geschehen wäre, wenn ich die Burg nicht wieder verlassen hätte.«

»Ja, das habt Ihr erwähnt.«

»Diese Vision verfolgt mich bis in den Schlaf – sie war gräßlicher als jeder Alptraum. Und am meisten hat mich erschreckt, daß sie sagte, meine einzige Hoffnung bestünde darin, das Mädchen zu heiraten.«

»Ich verstehe.«

»Sie meinte, in allen vier Himmelsrichtungen des Reiches werde Krieg ausbrechen. Man werde von allen Seiten gleichzeitig über mich herfallen, und nur mit Annandales Hilfe bestehe Aussicht auf Sieg.«

Phineas schwieg.

»Ich weiß nicht, was ich glauben soll, Phineas. Wenn Vater wußte, daß so etwas geschähe, weshalb hat er uns dann nicht vorgewarnt? Ihr habt die Hexe nicht gesehen und könnt auch das Mädchen nicht sehen,

Phineas. Sie hat das Gesicht einer… In ihrer Gegenwart kann ich den Blick nicht von ihrer Gestalt wenden. Welcher Zauber schlägt mich da in seinen Bann?«

»Weshalb glaubt Ihr, es handle sich um Magie?«

»Weil keine Frau so schön ist! Die Schönheit dringt bei ihr aus allen Poren; sie zieht mich an wie ein Magnet.«

»Vielleicht hat das gar nichts mit Magie zu tun, Roderic.«

»Was sollte es sonst sein?«

»Vielleicht steckt ja nicht mehr dahinter als das, was Ihr seht. Ich kann Eure Fragen nicht beantworten. Ich weiß, daß Euer Vater es für unumgänglich hielt, daß Ihr sie heiratet. Solltet Ihr es nicht tun, und der König kehrt zurück, dann möchte ich ihm nicht Rede und Antwort stehen.«

»Aber Phineas!« Roderic ließ sich in einen Sessel sinken und fuhr sich durchs Haar. »Sie weiß nicht einmal, wie man einen Haushalt führt. Peregrine müßte also First Lady bleiben. Sie brächte kein Land, keine Soldaten in die Ehe ein; sie besitzt nicht einmal eine Aussteuer. Außerdem habe ich sie an jenem Tag in der Burg nicht zum erstenmal gesehen. Ich begegnete ihr bereits im Frühling, als ein paar Wildlinge mich baten, eine Wolfskatze zu jagen, die einige ihrer Kinder getötet hatte. Ich erlegte die Wolfskatze, zuvor aber verletzte sie ein Kind. Das Kind war so gut wie tot, und sie – Annandale – nahm das Kind mit.«

»Was heißt das: Sie nahm es mit?«

Roderic schilderte die Ereignisse jenes Tages. »So«, schloß er. »Was meint Ihr nun dazu? Sie hat mich überlistet. Was ist mit dem Kind geschehen? Was hat sie mit ihm angestellt? Was meint Ihr?«

»Was meint *Ihr*?«

Roderic starrte den alten Mann an. Auf diese Frage gab es keine Antwort. »Ich weiß es nicht«, brummte er.

»Hoheit.« Eine Magd spähte zur Tür herein. »Lady Peregrine bittet Euch, sogleich in Lady Tavias Zimmer zu kommen.«

»Nun, wir werden sehen«, wandte er sich an Phineas. »Wartet hier.« Ohne eine Entgegnung abzuwarten, drängte er sich an der Magd vorbei und eilte, jeweils zwei bis drei Stufen auf einmal nehmend, die Treppe hoch. »Peregrine? Tavia?«

Sie standen Seite an Seite am Fenster, und Peregrine hatte Tavia den Arm um die Hüfte gelegt.

Bei seinem Eintreten drehten sie sich um. »Roderic«, sagte Tavia. Ihr Stimme hatte sich verändert und klang rauh. Auch ihr Gesicht wirkte nicht mehr so jung wie sonst; es wies viele Falten auf, und sie schien beinahe so alt wie Brand zu sein. Doch sie blickte nicht mehr durch ihn hindurch an einen Ort, wohin niemand ihr folgen konnte. Lächelnd trat sie mit ausgebreiteten Armen auf ihn zu.

»Tavia?« Roderic wollte seinen Augen nicht trauen.

»Danke, daß du dich so gut um mich gekümmert hast.« Das Lächeln verschönte ihr Gesicht und erinnerte ihn unerklärlicherweise an Annandale.

Er zog Tavia an sich und blickte über ihren Kopf hinweg zu Peregrine. »Wie ist das gekommen?«

Peregrine schüttelte den Kopf. »Ich bin seit drei oder vier Stunden hier, seit Ihr Annandale fortgeschickt habt, und sie ist so erwacht, wie Ihr sie jetzt seht.«

Er hielt Tavia auf Armeslänge von sich. »Wie fühlst du dich?«

»Als wäre ich aus der Dunkelheit ins Licht getreten.« Sie wandte sich an Peregrine. »Ich weiß nicht, wie es kam, aber als ich erwachte, war es, als erhöbe ich mich aus dem Grab.« Sie lachte. »Ist das nicht wundervoll?«

»Erinnerst du dich an etwas?«

Das Lächeln verflüchtigte sich, und sie ergriff seine Hände. »Ich erinnere mich an alles. Aber es ist vorbei, und ich bin am Leben. Roderic, ich habe das Gefühl, als sei nach einer sehr, sehr langen Nacht die Sonne aufgegangen.«

Die wunderbaren Ereignisse dieses Tages würde er niemals vergessen. Seine Schwester erklärte, sie habe Hunger und brauche ein Bad, und während sich die Bediensteten beeilten, ihren Wünschen nachzukommen, stolperte Roderic wie benommen in das Beratungszimmer zurück, wo Phineas wartete.

»Was ist geschehen?«

»Es ... ging um Tavia. Sie ist wieder gesund.«

Phineas schwieg.

»Ich habe keine Ahnung, was geschehen ist, aber Annandale war daran beteiligt, das weiß ich.«

»Wie das?«

»Sie war als letzte bei ihr.«

»Hat sie Tavia weh getan?«

»Ach, ganz im Gegenteil. Es geht ihr besser denn je.« Roderic lachte kurz auf. »Wenn das Magie ist, dann brauchen wir sie vielleicht doch.«

Roderic öffnete den Sänftenträgern die Tür, und als sie sich anschickten, Phineas hinauszutragen, hob dieser die Hand, worauf die Männer im Eingang verharrten. »Ich habe vor langer Zeit einmal einen Fehler gemacht, Roderic. Es war der schlimmste Fehler meines Lebens, und alles, was ich seitdem getan habe oder was mir zugestoßen ist, ging darauf zurück.« Seine Stimme brach, und Roderic wartete verblüfft. »Auch ich habe einmal einer schönen Frau mißtraut – einer Frau, deren Schönheit einen traf wie ein Schwerthieb. Ich fürchtete mich vor ihr, vor mir selbst, vor den Gefühlen, die sie bei mir auslöste.« Phineas holte tief Luft, dann sprach er eilig weiter. »Wäre es mir gelungen, sie mit der gleichen Innigkeit zu lieben, mit der ich sie begehrte, dann wäre alles ganz anders gekommen.«

»Wovon redet Ihr?« fragte Roderic, der Mühe hatte, sich Phineas als verliebten Jüngling vorzustellen.

Phineas schüttelte den Kopf. »Dann wäre der König noch bei uns, und ich wäre ein wesentlich glücklicherer Mensch.«

Als man ihn die Treppe hinauftrug, sagte Roderic mit leiser Stimme: »Ich kann Euch nichts versprechen, Phineas, aber ich will versuchen, sie näher kennenzulernen.«

Tavia speiste im Palas mit ihnen zusammen zu Abend und langte so herzhaft zu und scherzte so munter mit ihnen, daß Roderic ihr mit Vergnügen zuschaute. Nach dem Essen wollte er sich wie üblich entschuldigen, doch Tavia faßte ihn beim Arm und bat ihn, auch dem Gesang und dem Tanz beizuwohnen. Dies konnte er ihr schlecht abschlagen.

Roderic lehnte sich zurück, ließ sich dann aber von Peregrine und Tavia auf den Tanzboden locken, und als er genug hatte und sich abermals entschuldigen wollte, rief ihn Rordan an, des Königs Harfenspieler. »Hoheit!« Die Stimme des Harfenspielers drang in jeden Winkel des Saals. »Wollt Ihr uns nicht noch ein Weilchen die Ehre geben?«

Roderic hielt inne und hoffte, man werde ihn nicht auffordern, etwas vorzusingen.

»Zu Ehren Lady Tavias möchte ich ein Lieblingslied Eures Vaters vortragen, des Königs. Tavia hat es häufig hier gehört.«

Roderic nickte knapp und nahm achselzuckend wieder Platz. Rordan setzte sich lächelnd auf einen Schemel und schlug ein paar Saiten an. »Wir haben Glück, Hoheit, denn es hält sich eine Lady bei Hofe auf, deren Stimme dem zweiten Teil Rechnung trägt.«

Roderics Herz tat einen Satz, als Annandale neben

den Harfenspieler trat. Rordan lächelte zu ihr hoch und sie auf ihn hinunter, und seine tiefe, wohlklingende Stimme füllte den Saal:

»Ich muß fort, meine Liebe,
Einen Sturm durchqueren,
Mich ohne Stolpern leiten lassen
In die Arme, die ich am meisten liebe.

Und als er kam zu seiner Liebsten Haus,
Kniete er behutsam nieder auf einem Stein
Und flüsterte durchs Fenster:
›Ist meine Liebste zu Haus?‹«

Annandale holte tief Luft, und Roderic straffte sich, als der Klang ihrer Stimme sich wie ein Wasserfall über die Gesellschaft ergoß:

»Sie hob den Kopf vom weichen Kissen,
raffte die Decke an der Brust im Nu.
Ganz leis flüsterte sie durchs Fenster:
Wer stört da meine Ruh?«

Die Harfenklänge perlten wie das kristallklare Wasser eines Bergbachs, und Roderic wurde bewußt, wie wenig er im Grunde von seinem Vater wußte. Ein Lied wie dieses hatte er noch nie vorgetragen hören.

Rordan ließ Annandales Gesicht keinen Moment aus den Augen.

Roderic spürte, wie das Blut in seinen Adern pulsierte, eine Hitze, die sich in seinen Lenden sammelte und mit jedem Herzschlag zunahm. Annandale hob die Augen, und während ihre und Rordans Stimmen verschmolzen wie die Körper zweier Liebender, hielt Roderic ihren Blick fest.

»Und als die lange Nacht war aus
Und als die kleinen Wolken wuchsen,
Da nahm er ihre Hand und küßte sie,
Bestieg sein Pferd und ritt nach Haus.«

Während der Hof pfiff und klatschte und lautstark Vorschläge gemacht wurden, wie die Belustigungen weitergehen sollten, winkte Roderic den Harfenspieler zu sich. »Dieses Lied habe ich noch nie gehört, Rordan, und doch behauptet Ihr, es sei eines der Lieblingslieder meines Vaters gewesen?«

»Ja, das stimmt, Hoheit. Doch nach dem Tod Eurer Mutter, der Königin, wollte er es nur noch bei sich hören, in seinem Gemach. Und dort habe ich es ihm fast jeden Abend vorgespielt.«

»Weshalb nicht mehr in Gesellschaft?«

»Weil es ihn zu Tränen rührte, Hoheit.«

Roderic wandte sich an Annandale. »Eure Stimme ist ebenso schön wie Euer Gesicht.«

Sie errötete. »Ich danke Euch, Hoheit.«

»Hat Rordan Euch das Lied beigebracht?«

»Nein, Hoheit.«

»Wo habt Ihr es dann gelernt?«

»Es war eines der Lieblingslieder meiner Mutter. Sie sang es ständig, so lange bis ...« Sie stockte und schlug die Augen nieder.

»Bis wann?«

»Bis sie nicht mehr singen konnte.« Als sie langsam zu ihm hochschaute, waren ihre Wimpern mit Tränen benetzt.

Begierde und noch etwas anderes, stärker und tiefer als alles, was er jemals empfunden hatte, veranlaßten ihn, die Finger um die Sessellehnen zu krampfen. Er wünschte sich nichts so sehr, wie diese Frau zu der seinen zu machen und sie ganz zu besitzen. Alle anderen Frauen, die er gekannt hatte, sogar Peregrine wirkten angesichts der Gefühle, welche dieses seltsame, traurige Mädchen in ihm weckte, blaß und fade. Wären sie allein gewesen, hätte nichts ihn zurückhalten können. »Möchtet Ihr morgen abend mit mir speisen?«

»Morgen. Oh, ich ...«

»Paßt es Euch nicht?«

»Peregrine – Lady Peregrine – hat ein Picknick vorbereitet.«

»Tatsächlich?«

»Ja, aber wenn Ihr ...«

»Nein, durchaus nicht! Vielleicht ein andermal! Ich wünsche Euch viel Vergnügen bei dem Ausflug.« Er erhob sich und reichte Peregrine die Hand. »Kommt, ich bin müde und will ins Bett.« Als er Peregrine aus dem Saal führte, spürte er, daß Annandale wie festgewurzelt neben dem Sessel stehenblieb.

19. Kapitel

Der Tag nach Tavias Genesung war kalt und verregnet, und Roderic glaubte nicht, daß das Picknick stattfinden werde. Doch anstatt Annandale aufzusuchen und seine Einladung zu erneuern, entschloß er sich unvermittelt, nach Ahga zurückzukehren. Es war einfach, dringende Geschäfte vorzuschützen, wenngleich er wußte, daß Phineas die Ausflucht nicht verborgen bliebe. Er war etwas über einen Monat abwesend, und als der Gost, einhergehend mit drückender Schwüle und schlaflosen Nächten, dem Tember Platz machte, wußte er, daß es Zeit war zurückzukehren. Dies war vielleicht die letzte Gelegenheit, ein wenig Muße zu finden.

Die Bauern arbeiteten auf den Feldern am Wegesrand, die Bäume waren beladen mit Früchten, und das Land lag wie ein reifer Pfirsich in der Sonne. Der Himmel war wolkenlos und tiefblau. Am Abend lagerte Roderics Gesellschaft unter Bäumen am Ufer eines rauschenden Bachs. Roderic lag auf einer Decke und schaute zum Himmel hoch, beobachtete die kreisenden Sterne und lauschte den Geräuschen der Nachttiere. Er beteiligte sich ebenfalls an der Nachtwache und bewachte die Schlafenden. Er hockte sich neben das Feuer, während sich tiefer Friede aufs Lager herabsenkte. Plötzlich brach ein Ast und sandte einen Funkenschauer empor, und als Roderic aufsah, schoß eine Sternschnuppe über den Himmel und zog einen Feuerschweif hinter sich her. Er erhob sich und schaute zu, wie sie am östlichen Horizont verschwand. Gleich darauf war der Himmel wieder schwarz, und dann, als hätte sich das Sternenlicht zerstreut und verteilt, zeigte sich am Himmel das erste Tageslicht.

Ich bin weggelaufen, ging es ihm durch den Sinn, weggelaufen vor etwas, das mir unverständlich war. Nein, verbesserte er sich, nicht vor etwas – vor jemandem. Die Umstände ihres Kennenlernens waren so phantastisch, so unglaublich, daß es ihm Mühe bereitete, überhaupt an die Existenz des Mädchens zu glauben, von einer Heirat ganz zu schweigen. Was Vere über die Magie gesagt hatte, war eher Stoff für Geschichten und wurde dennoch bestätigt durch seine und Brands Erfahrungen. Während Brand ihm riet, alles beim alten zu belassen und sich ganz dem Königreich zu widmen, drängte ihn Phineas, Annandale so bald wie möglich zu heiraten. Er verstand nicht so recht, weshalb sie vor Amanander beschützt werden sollte; sie hatte etwas Verletzliches und Jungfräuliches an sich, so daß es ihn, sobald er sich vorstellte, Amanander könnte ihrer habhaft werden, unwillkürlich schauderte. Doch gleichzeitig schreckten ihn diese Eigenschaften auch. Er hatte das Gefühl, ihre Augen – die so groß, klar und blau waren – blickten ihm bis ins Herz. Er mochte gar nicht daran denken, was sie alles sahen.

Und noch etwas anderes als ihre Augen setzte ihm zu, etwas Wohlbekanntes. Er wollte ihr nicht vertrauen, wollte sich ihrer unbestreitbaren Anziehungskraft nicht ergeben. Er fragte sich, was Phineas wohl damit gemeint hatte, als er sagte, er habe einer schönen Frau mißtraut und damit einen fürchterlichen Fehler begangen. Ob das auf Nydia gemünzt gewesen war? Wie kam es, daß Nydia, die ehemalige Schönheit, sich in ein Ungeheuer verwandelt hatte? War ihre Schönheit nichts weiter als Verstellung gewesen?

Von seinen eigenen Gedanken angewidert, schüttelte

er den Kopf. Ich verhalte mich gerade so, wie Brand es befürchtet hat, dachte er. Im Baum zwitscherte vorwurfsvoll ein Vogel, der Morgenwind fachte das Feuer an. Roderic bückte sich, um die Decke zusammenzurollen. Es war Zeit zum Aufbruch.

Von ihrem Fenster im Ostturm aus schaute Annandale der Sternschnuppe nach. Sie verschwand in dem Moment im Westen, als sich am Himmel das erste Tageslicht zeigte. Annandale verlagerte den Kopf des Kindes an ihrer Schulter. Seidiges dunkles Haar kitzelte sie an der Wange. Das Kind regte sich, wimmerte kurz, dann war es wieder still.

Melisande bekam gerade Zähne. Ihr Zahnfleisch war geschwollen und wund, die Zähnchen schimmerten wie kleine Perlen durch die Haut. Tagsüber gab es mehr Abwechslung, und stets war jemand in der Nähe, der sie hielt und tröstete. Nachts aber wurden die Schmerzen schlimmer, und mittlerweile waren die Nachtwachen zu Annandales Gewohnheit geworden.

Sie setzte sich wieder in den Schaukelstuhl und deckte die Schultern des Kindes zu. Auch ihr eigenes Zahnfleisch schmerzte und pochte. Sie lehnte sich zurück, schloß die Augen und lauschte dem einsetzenden Vogelgesang.

Hinter dem Stuhl öffnete sich eine Tür. »Wie geht es dem Kind?« flüsterte Peregrine scharf.

Annandale atmete tief durch und wappnete sich gegen Peregrines jäh aufflammende Eifersucht. »Melisande geht es gut. In der Nacht hatte sie Schmerzen; ich glaube nicht, daß ihr die Medizin viel geholfen hat …«

»Die hat auch schon meine Mutter uns Kindern gegeben.« Die Lippen fest zusammengepreßt, eilte Peregrine zum Schaukelstuhl, doch als sie ihre schlafende Tochter erblickte, hellte sich ihre Miene ein wenig auf. Die

Blicke der beiden Frauen begegneten sich, und Peregrine schlug seufzend die Augen nieder und wandte sich ab. »Am liebsten würde ich dich hassen, weißt du.«

»Ich weiß.« Annandale wiegte Melisande sanft, schwelgte in ihrem butterartigen, süßen Duft.

»Er ist deinetwegen fortgegangen.« Peregrine starrte aus dem Fenster, als könnte sie Roderic mittels schierer Willenskraft zurückholen. »Und ich habe keine Ahnung, wann er zurückkommt.«

»Aber er wird zurückkommen.«

Peregrine wurde von heftigen Gefühlen erschüttert – von Schmerz, aus Eifersucht und Angst geboren. »Das ist ungerecht.« In dem dämmrigen Zimmer war Peregrines Gesicht ein bleicher Schatten. »Weshalb sollte er zu dir zurückkehren? Weshalb solltest du diejenige sein, die ihn heiratet? Was hast du mit ihm angestellt?« Ihre Stimme brach.

Annandale schaute weg. Peregrines Schmerz war wie eine Schlange, die in ihren Eingeweiden zuckte. »Es tut mir leid.«

Peregrine lachte trocken auf. »Ich weiß nicht warum, aber ich glaube dir. Auch deshalb sollte ich dich hassen, aber wie könnte ich? Sogar mein Kind mag dich lieber als mich.«

»Das stimmt nicht.« Annandale erhob sich und trat neben Peregrine. »Melisande liebt dich. Du bist ihre Mutter …« Plötzlich mußte sie an Nydia denken, die allein mit ihrem Kummer, ihrem Schmerz und ihren Selbstvorwürfen im Turm lebte. Als sie ihren Gedanken zu Ende brachte, zitterte ihre Stimme. »Das Band zwischen Mutter und Kind vermag niemand zu zerschneiden.«

Falls Peregrine Annandales Zögern aufgefallen war, so ging sie nicht darauf ein. »Aber du vermagst sie zu trösten, wenn sie weint, und das kann niemand sonst, nicht einmal ich selbst.«

Annandale atmete tief durch und betete lautlos zu einer unbekannten Macht. Im nächsten Moment versiegte ihr Schmerz, und sie beherrschte ihre Gefühle wieder. Ihre Mutter hatte ihr immer wieder eingeschärft, sich niemandem zu offenbaren, ganz gleich, was geschehe. »Ich ... ich hatte schon immer eine Schwäche für Kinder«, murmelte sie nach kurzem peinlichen Schweigen.

Peregrine schüttelte den Kopf. »Was auch immer. Eigentlich sollte ich froh sein, daß du so liebevoll zu ihr bist. Ich weiß, du wirst gut für Melisande sorgen, auch dann, wenn Roderic will, daß ich fortgehe, wenn er ...«

»Es ist gar nicht sicher, daß er mich heiraten wird.«

Peregrine schnaubte leise. »Nicht sicher? Er hat sich bereits entschieden – er weiß es bloß noch nicht.«

Ein Widerhall von Peregrines Schmerz durchzitterte Annandale. Nur mit größter Anstrengung vermochte sie den Impuls zu unterdrücken, den Schmerz zu packen und zu ihrem eigenen zu machen. Sie spürte die Verlockung, ihn auszulöschen, mit jeder Faser ihres Körpers. Statt dessen flüsterte sie: »Es tut mir leid.«

Peregrine verzerrte höhnisch das Gesicht. »Weshalb solltest du etwas bedauern? Du kannst schließlich nichts dafür, daß sein Vater dich zu seiner Braut erkoren hat. Roderic hat stets getan, was sein Vater von ihm verlangte.« Sie wandte sich zum Fenster um. Der Wind hatte zugenommen, und die Bäume rauschten, während die aufgehende Sonne die bauschigen Wolken am blaßgrauen Himmel orange, rosa und golden färbte. »Ich erinnere mich noch genau an unsere erste Begegnung. Ich war gerade nach Ahga gekommen – ich war erst vierzehn, und die Dienstmägde redeten ständig nur von ihm. Er sei immer so freundlich, meinten sie, aber doch seines Vaters Sohn ... und habe bereits ein Auge auf hübsche Mädchen geworfen. Ich sah ihn auf dem Hof. Die anderen Burschen hänselten einen

Küchenjungen; er war dick und behäbig und ständig Zielscheibe ihrer Frotzeleien. Aber an jenem Tag stellte sich Roderic vor ihn und forderte sie alle heraus.«

»Und was geschah dann?« Annandale wiegte das schlafende Kind in den Armen.

»Als der König zufällig vorbeikam, liefen sie alle weg, auch der Küchenjunge. Bloß Roderic blieb stehen und nahm die Bestrafung durch den König auf sich ...«

»Weshalb wurde er denn bestraft?«

»Raufereien sind verboten. Hänseleien nicht. Der König befahl ihm, die Ställe auszumisten. Und Roderic gehorchte, doch man sah ihnen an, daß sie einander verstanden. Er war wirklich seines Vaters Sohn, aber nicht so, wie die Mägde es verstanden. Er bemerkte, daß ich ihn beobachtete, und ich wollte mich verstecken, denn ich meinte, er wolle bestimmt nicht, daß jemand Zeuge seiner Schande werde, doch er lächelte bloß und zwinkerte mir zu. Ich glaube, in diesem Moment verliebte ich mich in ihn.«

Annandale legte den Säugling der Mutter in die Arme.

»Ich wußte«, fuhr Peregrine fort, die Wange ins seidige Haar des Kindes gedrückt, »ich wußte, daß irgendwann eine Frau auftauchen würde – daß er sie heiraten würde. Ich glaubte, dann ginge ich einfach fort. Daß es so schwer wäre, hätte ich nicht gedacht.«

»Fortzugehen?« fragte Annandale, die spürte, daß es Peregrine guttat, über ihre Gefühle zu sprechen.

»Zu hassen.« Peregrine drückte das Kind an ihre Brust und wandte sich zum Gehen. Wie aus weiter Ferne vernahm man Rufe und Hufgetrappel auf dem Kopfsteinpflaster des Hofes. »Sie sind da.« Peregrine trat auf die Schwelle.

»Ich wußte, daß er zurückkommt«, sagte Annandale.

»Aber nicht zu mir«, erwiderte Peregrine. »Er kommt zu dir.«

Als Roderic die Augen aufschlug, saß Annandale neben ihm auf dem Bett und ordnete gerade ihren Kopfschleier. Auf ihrem Schoß lag ein Stapel blutiger Leinentücher, und im Schlafgemach herrschte Halbdunkel. Roderic starrte zu den Bettpfosten hinauf. Er blinzelte. Er erinnerte sich noch daran, wie er auf den Hof geritten war, erinnerte sich an die Willkommensrufe des Gesindes, das ihm entgegengelaufen war. Er erinnerte sich, wie der Stallbursche mit seiner schmutzigen Hand nach den Zügeln gegriffen hatte. Als er absitzen wollte, hatte das Pferd unerwartet gescheut. Er war rückwärts aus dem Sattel gestürzt. Mehr wußte er nicht. Er hob den Kopf, auf Schmerzen gefaßt, doch zu seiner Verwunderung spürte er nichts. »Annandale.«

»Wie fühlt Ihr Euch, Hoheit?« Sie straffte sich, als wolle sie jeden Moment weglaufen.

»Was ist geschehen?«

»Euer Pferd hat gescheut, als Ihr absitzen wolltet. Ihr seid mit dem Kopf aufgeschlagen.«

»Mit dem Kopf?« Er betastete sich vorsichtig den Hinterkopf, darauf gefaßt, eine Wunde oder eine Schwellung zu fühlen. Er stützte sich auf einen Ellbogen auf. Das Kissen war blutig. Er setzte sich stirnrunzelnd auf. Mit den Fingern spürte er bloß verfilztes, klebriges Haar, mehr nicht; keinen Schorf, keine Wunde, nichts. Er blickte von den blutigen Leinentüchern in Annandales Schoß zu den Blutflecken auf dem Kissen. »Wo kommt das ganze Blut her?«

Sie hielt den Blick niedergeschlagen. »Ihr wart verletzt.«

»Weshalb habe ich keine Schmerzen?«

Sie wandte das Gesicht ab und hantierte weiter am Schleier.

»Annandale?«

In ihrem Blick lag eine solch nackte, unverhohlene Angst, daß er ganz verwirrt war. Ohne recht zu wissen, was er da tat, nahm er ihr den Schleier ab. Er berührte ihr Haar und machte große Augen, denn es war klebrig von Blut. Er hielt seine blutbeschmierten Finger hoch. »Was ist das?«

Sie atmete scharf ein und verkrampfte die Hände im Schoß. »Ich konnte Euch doch nicht sterben lassen!« Die gequälten Worte hörten sich an, als hätte man sie ihr aus der Kehle herausgerissen. »Es ist mir gleich, was Ihr von mir denkt – aber ich konnte Euch nicht sterben lassen!«

»Mich sterben lassen?« Er wollte sie erneut berühren, wollte es so sehr, daß er die Hand zur Faust ballte und sich statt dessen selbst an den Hinterkopf faßte.

»Ihr wart sehr schwer verletzt ...«

»Das ist Hexerei ...«

Sie schauderte. »Mit Hexerei hat das nichts zu tun. Ich ... ich bin so.«

»Was seid Ihr?« fragte er, sich an Veres Worte erinnernd. »Eine Empathin? Das seid Ihr. Mein Bruder hat gesagt ...« Wie hatte Vere sich noch gleich ausgedrückt? *Ihr würdet mir sowieso nicht glauben.* Roderic setzte sich gerade hin. Die Matratze knickte ein, so daß Annandale ein Stück näher an ihn heranrückte. Sogleich wich sie wieder zurück. »Vere – einer meiner älteren Brüder – hat gemeint, Ihr wärt eine Empathin. Aber er hat mir nicht erklärt, was das bedeutet.« Roderic faßte sie beim Kinn und zwang sie mit sanfter Gewalt, ihn anzusehen. »Also erklärt *Ihr* es mir. Was ist eine Empathin?«

»Eine Empathin«, sagte sie so leise, daß er die Ohren spitzen mußte, »besitzt die Fähigkeit zu heilen – vollständig zu heilen. Ich habe Euch nichts davon gesagt, weil ich Angst hatte. Meine Mutter hat mir eingeschärft, niemandem davon zu erzählen, nicht einmal Euch.«

»Warum?«

Sie zuckte seufzend mit den Schultern. »Sie hat mir erzählt, wie sie nach Minnis gelangt ist – daß die Bischöfin von Ahga damit gedroht hätte, sie als Hexe zu verbrennen. Auch Empathen werden von der Kirche als Hexen betrachtet.«

»Damals im Wald habt Ihr Barrans Bein geheilt. Und jetzt Tavia. Daß es Tavia jetzt besser geht, dahinter steckt doch Ihr, habe ich recht?« Als sie nickte, fragte er: »Wie ist das möglich?«

Wie ein Kind, das eine auswendig gelernte Lektion wiedergibt, antwortete sie mit schiefgelegtem Kopf: »Es besteht ein Gleichgewicht zwischen Körper und Geist. Ist der Körper oder der Geist verletzt oder krank, vermag ich dadurch, daß ich die Verletzung oder Krankheit auf mich nehme, das Gleichgewicht wiederherzustellen.«

»Dann habt Ihr meine Verletzung also auf Euch übertragen?«

Sie nickte.

»Laßt sehen!«

Sie neigte den Kopf und teilte behutsam die wirren, blutverklebten Locken. Er betrachtete ihren Schädel. Die tiefrote Narbe verblaßte zusehends. »Das ist alles?«

»Das ist alles, was davon übrig ist.«

Er richtete sich wieder auf. »Spürt Ihr den Schmerz?«

»Er währt nicht lange.«

»Aber doch wohl eine ganze Weile. Und Ihr tut dies freiwillig?«

»Ich muß es tun. Würde ich mich dagegen sträuben, käme es nicht zur Heilung.«

»Dergleichen habe ich noch nie gehört.« Er blickte sie staunend und ungläubig an.

»Tavia wurde auch damals schon von einem Empathen geheilt.«

»Woher wollt Ihr das wissen?«

»Als ich sie berührte, spürte ich den Restschmerz in

ihrem Geist. Sie wurde von Harleyreitern verletzt, die sie für tot hielten und liegenließen. Wenn man bedenkt, was ihr angetan wurde – ohne das Eingreifen eines Empathen hätte sie nicht überlebt.«

»Aber weshalb hat der Empath sie nicht vollständig geheilt, wie Ihr es getan habt?«

»Unsere Gabe hat Grenzen. Ich kann weder Lahme wieder gehend noch Blinde sehend machen. Die Energie, die ich aufwenden kann, ist beschränkt. Wenn ich die Grenze überschritte, stürbe ich.«

»Und das hat nichts mit Magie zu tun?«

Abermals verkrampfte sie die Hände. »Diese Gabe haben wir der Alten Magie zu verdanken.«

»Was meint Ihr damit?« Er vergaß seine Vorsicht und löste sanft ihre Hände.

»Vor langer Zeit, noch vor dem Armageddon, wollten die Menschen, die sich der Magie bedienten, aller tödlichen Krankheit, welche die Menschheit plagte, ein Ende bereiten. Damals wurden die Menschen noch krank ...«

»Krank? Heißt das, sie aßen und tranken zuviel?«

»Nein, das meine ich nicht. Wußtet Ihr, daß die Mutanten unter der Purpurkrankheit zu leiden haben? Sie tötet binnen Stunden, befällt aber niemals Menschen. In der Zeit vor dem Armageddon gab es viele solcher Krankheiten, die uns Menschen befielen. Die Magiekundigen aber haben uns verändert. Sie nutzten ihr Wissen und entschlüsselten die Informationen innerhalb der kleinsten Gebilde unseres Körpers, die uns zu dem machen, was wir sind. Ihr Tun hatte allerdings Folgen.«

»Ich verstehe«, murmelte Roderic, dem ein kalter Schauder über den Rücken lief.

»Mit ihren Experimenten bewirkten sie vielerlei Dinge. Auf diese Weise entstanden die Mutanten, und die Menschheit wurde für Krankheiten unempfänglich –

heutzutage sterben wir nur noch an Verletzungen oder an Altersschwäche. Außerdem gab es Menschen, die sich noch stärker von den anderen unterschieden, doch die sind irgendwann verschwunden. Sie konnten in die Zukunft blicken wie meine Mutter, und ihre Kinder waren wie ich – sie besaßen die Gabe des Heilens.«

»Dann haben die Priesterinnen also …«

»Auf ihre Weise recht. Die Magie hat zum Armageddon geführt. Wir aber – die wir in die Zukunft zu blicken und zu heilen vermögen – sind nicht böse.«

»Der Knabe … damals, als ich die Wolfskatze tötete … was habt Ihr mit ihm gemacht?«

»Ich habe ihn geheilt und seines Weges ziehen lassen.«

»Er war so gut wie tot.«

»Er war der schlimmste Fall, der mir je untergekommen ist. Aber Kinder sind erstaunlich zäh – sie lassen sich leichter heilen. Und mit jedem Mal werde ich stärker und kann die nächste Person leichter heilen.«

»Dann gibt es also noch mehr wie Euch?«

»Mag sein. Ich weiß es nicht. Viele kamen in der Zeit der Verfolgung um. Meine Mutter hat mich davor gewarnt, mich zu offenbaren. Sie meinte, die Priesterinnen würden mich verbrennen, wenn sie davon erführen.«

»Weshalb habt Ihr es dann mir verraten?«

Sie biß sich auf die Lippen und hätte wieder die Hände verkrampft, er aber hielt sie fest. »Weil – weil ich wollte, daß es zwischen uns keine Geheimnisse gibt.«

»Hat mein Vater gewußt, daß Ihr eine Empathin seid?« flüsterte er.

Sie nickte.

Er hob ihr Kinn mit der Fingerspitze an. »Ich verstehe.« Ihre Blicke trafen sich, und auf einmal wurde ihm schmerzhaft deutlich bewußt, daß sie im Schlafgemach allein waren. Staubteilchen tanzten in den dünnen Lichtstrahlen, die durch die zugezogenen Vorhänge fielen, und der Zeitablauf schien verlangsamt. Allein das Pochen seines Herzens zeigte das Verstreichen der Minuten an. Offenbar hatte Abelard sie wegen ihrer Gabe zu seiner Braut auserkoren. Kein Wunder. Was brauchte er noch Land, Soldaten, Pferde? Was bedeutete dies alles im Vergleich zu der ungewöhnlichen Gabe dieser Frau? Sie würde dafür sorgen, daß er so lange gesund und am Leben blieb, bis das Land geeint und wieder befriedet war. Diese Gabe allein war schon Grund genug, weshalb Amanander es auf sie abgesehen haben mochte, aber Vere hatte doch gesagt, es habe auch etwas mit Magie zu tun …

»Annandale.« Zum erstenmal fiel ihm auf, wie leicht ihm die Silben von den Lippen kamen, daß sie wie eine Liebkosung in seinem Ohr nachhallten. »Was ist mit Eurer Mutter geschehen?«

»Das darf ich nicht verraten.« Diesmal rang sie unglücklich die Hände, und er faßte sie und hielt sie mit sanfter Gewalt fest. Ihre Haut war weich und ebenso makellos wie die von Melisande, so glatt wie allerfeinste Seide.

»Ihr habt gesagt, es solle keine Geheimnisse zwischen uns geben.«

»Sie hat Magie eingesetzt. Auf eine Weise, wie sie niemals eingesetzt werden sollte. Und deshalb ist sie so geworden, wie Ihr sie kennt.«

Welchen Ausdruck hatte Vere gebraucht? Die natürliche Ordnung? Die Magie habe die natürliche Ordnung verletzt? »Hat sie die natürliche Ordnung verletzt? Und wurde sie deshalb zu dem, was … was …« Er suchte nach den passenden Worten. »Daher also rührt ihr Aussehen. Aber weshalb …« Er zögerte, denn er wußte nicht, wie er die Frage formulieren sollte. »Weshalb habt Ihr sie nicht geheilt?«

»Sie ließ es nicht zu.« Annandale wich seinem Blick aus, doch in ihrer Stimme lag so großer Kummer, daß ihm die Augen feucht wurden. »Deshalb ist sie ständig nur verschleiert umhergelaufen. Damit ich ihr Gesicht nicht sah und sie zufällig berührte.«

»Aber weshalb wollte sie das nicht?«

Annandale schüttelte den Kopf, eine hilflose Geste der Hoffnungslosigkeit. »Sie glaubte, ich würde es nicht schaffen – was die Magie so gefährlich macht, ist der Umstand, daß wir so wenig davon begreifen. Und je mehr wir damit herumpfuschen …« Abermals zuckte sie die Schultern. »Meine Mutter wollte sich nicht von mir helfen lassen.«

Eine einzelne Träne rollte ihre Wange hinunter. Aus einem unerklärlichen Impuls heraus verfolgte er den Lauf der Träne mit der Fingerspitze. Als ein blaßblaues Leuchten aufflammte, riß Roderic die Hand zurück. Er biß sich so fest auf die Lippen, daß er Blut schmeckte. »Wenn das keine Magie ist – Hexerei –, dann weiß ich nicht, wie man es nennen soll.«

Er wälzte sich vom Bett und wünschte, sein Herzklopfen möge aufhören. »Geht. Zieht Euch um. Kommt anschließend in den Palas.« Als sie sich fügsam erhob, rutschte ihr der Stapel blutiger Leinentücher aus der Hand. »Nein, wartet.« Mit zitternder Hand hielt er sie fest, in seinem Innern ein Aufruhr von Verwunderung, Begehren und Angst. »Wer außer Euch hat mich sonst noch stürzen sehen?«

»Alle.«

Er fluchte unterdrückt. »Ihr solltet mir besser einen Kopfverband anlegen. Weiß der Himmel, was sie denken werden. Kommt.« Er setzte sich in den Sessel am Kamin, und sie umwickelte seinen Kopf kunstvoll mit den blutigen Leinentüchern. »So ist es gut«, sagte er, als sie fertig war. »Und jetzt geht.«

Er wartete, bis die Außentür mit einem leisen

Klicken ins Schloß fiel. Ein Chor von Fragen tönte ihm in den Ohren, Zweifel stürzten auf ihn ein. Allein die Intensität seiner Empfindungen ängstigte ihn. Er faßte sich erneut an den Hinterkopf, betastete das Leinen, das steif war von geronnenem Blut. Wessen Blut mag das sein? überlegte er. Meines? Ihres? Einerseits wollte er sie zurückrufen, andererseits hätte er sie am liebsten fortgeschickt, zurück in den Turm im Wald, zurück zu dem Ungeheuer, in das Nydia sich verwandelt hatte. Beim Gedanken an Nydia erstarrte er. Annandale hatte gemeint, die Magie habe ihre Mutter zu dem gemacht, was sie jetzt sei, und ihre Fähigkeit zu heilen habe nichts mit Magie zu tun. Und wenn das nun gelogen war? Die Hexe hatte sich von Annandale nicht anfassen lassen wollen. Andererseits hatte sie gemeint, Annandale müsse beschützt werden, und allmählich begriff er auch, weshalb. Er blickte zum Wald hinaus, der sich jenseits der Mauern so weit in alle Richtungen erstreckte, wie das Auge reichte, und auf einmal kam ihm Minnis auf schwer zu benennende Weise verwundbar vor. Ich sollte sie nach Ahga mitnehmen, dachte er plötzlich ... Dort sind die Mauern höher als hier ...

Er dachte an Phineas, der so fest davon überzeugt war, daß er Annandale heiraten solle. Bislang hatte er noch keinen Grund gehabt, an Phineas zu zweifeln. Und das galt auch für Abelard. Er stand auf und vergewisserte sich, daß der Verband auch fest saß. Als er die Vorhänge aufzog, strömte Sonnenschein ins Zimmer. Er hüllte sich in Entschlossenheit wie in einen Umhang und öffnete die Tür zum Vorzimmer. »Ben.«

Der alte Mann sprang sogleich auf und bot ihm ein Tablett mit Obst, Brot und Wein an. »Hat Euch die Lady geholfen, Hoheit?«

Roderic erstarrte im Eingang und faßte sich an den Verband. »Mir geholfen? Was wißt Ihr von der Lady?«

Ben schob sich behutsam an ihm vorbei, stellte das Tablett auf den Tisch am Fenster, worauf er sich anschickte, die Kissen aufzuschütteln und die Bettdecke glattzustreichen. »Ist Euch denn gar nichts aufgefallen, Hoheit? Was sich seit ihrem Eintreffen alles verändert hat, meine ich. Doch mag sein«, fuhr er fort und legte die Leibwäsche aus, »Ihr wart diesen Sommer zu beschäftigt, um es zu bemerken.«

Roderic lehnte sich an den Türrahmen und schaute dem Bediensteten bei der Arbeit zu. »Du hast recht. Ich war beschäftigt. Also sag's mir. Was hat sich verändert? Zum Guten oder zum Schlechten?«

Der alte Mann hob seinen arglosen Blick. »In ihrer Nähe zu sein, das ist – als fände man ein warmes Plätzchen am Feuer, als träte man des Nachts aus dem Dunkel in einen hell erleuchteten Raum. Sie ist freundlich, Hoheit, freundlicher als jeder andere Mensch, den ich kenne.«

»Freundlich, in welcher Weise?«

»Sie nimmt Anteil, Hoheit. Sie nimmt an jedem Anteil, am Geringsten wie am Höchststehenden.« Ben zögerte. »Ich erinnere mich noch an ihre Mutter. Die Priesterinnen und die Bischöfin wollten sie verbrennen, wißt Ihr. Aber Lady Nydia war nicht böse. Sie war bloß wunderschön. Ich glaube, die alten Weiber waren eifersüchtig auf sie. Wenn Ihr mich fragt, waren sie die Hexen, nicht aber Lady Nydia. Und die Kinder hier in Minnis ...«

»Was ist mit den Kindern?« Roderic beobachtete, wie der Sonnenschein auf Bens runzliges Gesicht fiel.

»Die Kinder spüren es auch. Die Kinder lieben Lady Annandale. Ihr wart so beschäftigt, Hoheit, Ihr bekommt das nicht mit. Aber die Kinder haben ein Gespür dafür, was falsch und richtig ist, und Lady Annandale trägt ebenso wenig Böses in sich wie ihre Mutter.« Ben reichte ihm zwei Gewänder. »Welches möchtet Ihr anziehen, Hoheit? Das grüne oder das blaue?«

Roderic gab keine Antwort. Er blickte unverwandt zum Fenster hinüber. Von seinem Standpunkt bei der Tür aus konnte er den Kräutergarten und die akkurat angelegten Beete mit Salbei, Basilikum, Rosmarin und Thymian nicht sehen, doch die schwüle Luft war schwer beladen mit dem Duft der ausgedörrten Kräuter. Er meinte sogar, das Bienengesumm in den Lavendelblüten zu hören. Er betrachtete unentwegt den blauen Himmel. »Was würdest du sagen, Ben, wenn ich dir eröffnete, daß mein Vater sie mit mir vermählen wollte?«

»Ich würde sagen, er war ein weiser König, Hoheit.« Der Alte legte das blaue Gewand neben die Leibwäsche aufs Bett und schüttelte eine Hose aus. »Diesen Gürtel, Hoheit?«

Roderic lächelte. »Und was würdet Ihr sagen, wenn ich Euch eröffnete, daß ich ihm zu gehorchen gedächte, Ben? Wenn ich die Lady zu meiner Frau machte?«

Ben, der leise vor sich hingesummt hatte, hielt inne. »Dann würde ich sagen, Ihr habt eine gute Wahl getroffen, Hoheit.«

20. Kapitel

Tober, im 75. Jahr der Herrschaft der Ridenau-Könige
(im Jahre 2747 nach Alter Zeitrechnung)

Nach Rosen und Lilien duftender Dampf stieg vom Badewasser auf. Annandale lehnte sich an den hohen Rand der Porzellanwanne und lauschte auf das aufgeregte Geplapper der Frauen im Ankleideraum. Tavias Gelächter übertönte Jaboas leises Gemurmel. Sie hatte sich das dunkle Haar schon vor Stunden gewaschen und es zu einem Knoten hochgebunden. Einzelne Strähnen fielen ihr über die Schultern und schwammen im Wasser. In kaum einer Stunde würde die Hochzeit stattfinden.

Die Kerzen warfen riesige Schatten an die gekachelten Wände des Badezimmers, und auf einem Holzständer in der Ecke schimmerte die dunkelblaue Seide ihres Hochzeitskleids. Solch ein schönes Kleid hatte sie noch nie besessen. Es hatte einen einfachen Schnitt und folgte den Konturen ihres Körpers, war dabei aber äußerst schlicht, ohne jede Stickereien oder anderen Schmuck. Ein kühler Luftzug wehte durchs angelehnte Fenster, und sie fröstelte, als er ihren Nacken berührte. Sie ließ sich tiefer ins Wasser gleiten und fragte sich, ob sie wohl wegen der Herbstkühle schauderte.

In den sechs Wochen, seit sie Roderic geheilt und ihr Geheimnis preisgeben hatte, war sie kein einziges Mal mit ihm allein gewesen. Seit der Hof nach Ahga zurückgekehrt war, hatte sie ihn nicht einmal mehr beim Essen gesehen. Doch seit seiner Genesung folgten ihr auf Schritt und Tritt vier Leibwächter und hielten nachts sogar vor ihrem Schlafgemach Wache. Sie hätte meinen können, sie sei eine Gefangene, doch war ihre Bewegungsfreiheit in keiner Weise eingeschränkt, und man begegnete ihr mit äußerster Ehrerbietung und Höflichkeit. Sie sagte sich, daß Roderic sie vor einer Gefahr zu schützen suchte, die er noch nicht begriff.

Sie schloß die Augen und stellte sich vor, wie sie seinen Kopf gehalten hatte, als er bewußtlos in ihren Armen lag. Sie hatte die auf seine Jugend zurückzuführende Unsicherheit gespürt, seine Angst vor der von Amanander ausgehenden Bedrohung, die fürchterliche Last der Verantwortung, die vom König auf ihn übergegangen war. Seine Zweifel entsprangen seinem Selbsterhaltungstrieb. Wenn es ihr nur gelänge, seine Abwehr zu durchdringen!

Sie erinnerte sich, wie glatt sein Haar war, wie es ihm in die Stirn gefallen war, so daß er eher wie ein schlafendes Kind als wie ein verwundeter Mann gewirkt hatte. Sie erinnerte sich an das Gewicht seines Körpers in ihren Armen, die verborgene Kraft der langen, kraftvollen Glieder, und fragte sich nicht zum ersten Mal, wie es sich wohl anfühlen mochte, wenn er seinen Leib an den ihren preßte. »Sind wir füreinander bestimmt, Lady?« hatte er sie gefragt. Wenn er bloß wüßte, wie wahr dies war. Sie schloß die Augen und ließ sich noch tiefer in die Wanne gleiten, bis ihr das Wasser ans Kinn reichte, und betete zu den Göttern, falls es sie denn gab, daß sie für ihre Zukunft ein wenig Glück bereithalten mochten.

Ein leises Klopfen an der Tür weckte sie aus ihren Träumereien. »Annandale?« Tavias Stimme wurde durch die dicke Tür gedämpft. »Es wird Zeit! Die Bischöfin ist da; wir müssen dich ankleiden.«

Die Frauen trockneten sie eilig ab, kleideten sie an, lösten ihr Haar und ließen es in dunklen Wellen über ihre Schulter in den Rücken fallen. »Ihr habt eine gute

Wahl getroffen, mein Kind.« Jaboa strich glättend über die dunkelblaue Seide, die in schimmernden Falten von Annandales Hüften bis auf den Boden fiel.

Die Tür wurde aufgerissen, und Peregrine spähte in den Raum, das Haar bedeckt mit einem dünnen Leinenkopftuch, am Gürtel einen schweren, klirrenden Schlüsselbund. »Die Bischöfin wartet. Ist alles bereit für sie?«

Tavia und Jaboa sahen sich an, und Annandale nickte und hoffte, ihr Gesicht wirke gefaßter, als ihr zumute war. Vor Aufregung hatte sie feuchte Hände, und sie ballte sie zu Fäusten, damit das seidene Kleid nicht schmutzig wurde. »Ja, ich danke Euch, Lady.« Sie hatte einen trockenen Hals, ihre Stimme war ein Flüstern.

Peregrine gab keine Antwort und sah Annandale auch nicht an. Sie drückte die Tür noch weiter auf und trat beiseite, wobei sie einen Hofknicks andeutete.

Tavia lächelte Annandale aufmunternd zu. Für weitere Ermutigungen war keine Zeit, denn die Bischöfin von Ahga stapfte in den Raum, die knochige Gestalt vom schweren scharlachroten Umhang wie von gebrochenen Schwingen umflattert. Im Eingang blieb sie kurz stehen und blinzelte, als sei sie geblendet. »Die Braut ist bereit?«

Ihre Stimme war krächzend und altersmüde. Annandale blickte sie verwundert an. War das die Frau, die ihre Mutter als Hexe verbrennen wollte – nicht nur einmal, sondern gleich zweimal? Die es gewagt hatte, dem König in seiner eigenen Stadt zu trotzen? Deren Feindschaft der Grund war, weshalb der König die Festung Minnis erbaut hatte?

Das Gesicht der Bischöfin überzog ein Netz aus Runzeln; die Furchen auf ihrer Stirn wirkten wie eingemeißelt. »Die Braut«, wiederholte sie.

»Hier bin ich«, antwortete Annandale. Sie blickte der

Bischöfin entgegen, und das Mißtrauen, das sie der Feindin ihrer Mutter gegenüber empfand, die da mit krummem Rücken näherschlurfte, ein abgegriffenes Lederköfferchen in der alterfleckigen Hand, verwandelte sich in Mitgefühl für dieses Wrack von einer Frau. Annandale streckte die Hand aus und reagierte unbewußt auf die deutlich spürbare Einsamkeit dieser Frau, die wie ein Fluß in einem tiefen Bett dahinströmte und den gefurchten Fels blank schliff und ihn verwundbar machte.

Die alte Frau blieb ein paar Schritte vor Annandale stehen, die Augen schmale Schlitze, das runzlige Gesicht geprägt von unerbittlichem, unbeugsamem Stolz. Diese Frau würde sich niemals, unter keinen Umständen beugen. Sie hielt mit der Hartnäckigkeit eines Baums, der sich mit den Wurzeln an einen Fels klammert, an einem überholten Glauben fest. Annandale ließ die Hand sinken, vollführte einen Knicks und neigte demütig das Haupt. Die Bischöfin mochte zwar zu schwach sein, um die Ridenaus erneut herauszufordern, doch was Verzeihen bedeutete, war ihr unbekannt. Annandale fragte sich, ob es wohl einmal anders gewesen war.

Die Bischöfin hustete und räusperte sich, und die anwesenden Frauen zuckten zusammen. Sie hantierte an der abgenutzten Schließe ihres Köfferchens und holte mehrere Seiten vergilbten Papiers heraus. Das Papier war alt und kostbar. Ihre Mutter hatte Annandale häufig davon erzählt. Alles Gedruckte stammte aus der Zeit vor dem Armageddon. Das Papier war am Rand zerfleddert und zerkrümelte der Bischöfin zwischen den Fingern zu Staubflocken, die langsam zu Boden trudelten. Jaboa und Tavia schnappten nach Luft und versuchten vergeblich, die Papierfetzchen aufzufangen.

Die Bischöfin hatte Annandale keinen Moment lang

aus den Augen gelassen. In den runzligen Höhlungen ihres Gesichts kündete tief eingegrabener Starrsinn von einem geheimen Schmerz. Der Glaube hatte sie im Stich gelassen und ihr nichts als leere Hoffnung vorgespiegelt und unverständliche Versprechungen gemacht. Der Schmerz, der an der Bischöfin nagte, entsprang der Leere ihres Herzens und nährte sich aus sich selbst. Bald würde auch er der Vergangenheit angehören.

»Mädchen«, krächzte die Bischöfin. Sie vollführte eine knappe Geste, die als Segnung gemeint sein mochte.

»Hochwürden«, keuchte Tavia, die vor ihr kniete, die Hände voller Papierfetzen, »der Text ...«

»Das macht nichts. Meint Ihr etwa, ich wüßte den Wortlaut nicht?« knurrte die Bischöfin. »Ich kenne ihn. Komm her.« Sie musterte Annandale und stockte. »Kenne ich dich irgendwoher, Mädchen? Dein Gesicht ... mir scheint, ich sollte ich kennen«, murmelte sie, mehr an sich selbst als an die Allgemeinheit gewandt. »Nun gut. Einerlei. Ich kenne den Wortlaut. Komm mit.« Die Bischöfin drehte sich um, wobei der Saum ihres schweren scharlachroten Umhangs die Papierfetzchen zu einer Staubwolke verwirbelte. Schweigend folgte ihr Annandale, das Herz schwer von der Seelenpein der Bischöfin.

Auf dem Podium befingerte Roderic seine goldene Gürtelschließe und betastete das Muster der Dolchscheide. Phineas lag auf der Trage, die Lider über den blicklosen Augen geschlossen, die Hände locker auf der Brust gefaltet. Man hätte meinen können, er schlafe, doch das schwache Lächeln um seine Mundwinkel verriet ihn. Phineas hätte sicherlich nicht gelächelt, wenn er Roderics Gedanken gekannt hätte, der im Begriff war, diese Frau zu heiraten – diese Hexe, wie es in ihm flüsterte. Er würde Abelards Wunsch Genüge tun, und doch wurde er den Gedanken, sie sei kein richtiger Mensch, nicht los.

Aus den Augenwinkeln bemerkte Roderic Peregrine, deren schwerer Schlüsselbund sich deutlich abhob von ihrem schlichten grünen Gewand. Mit trippelnden Schritten, begleitet vom Klirren des Metalls, stolzierte sie zum Podium, um ihren Platz einzunehmen. Ihre Lippen waren schmal, ihr Gesicht blaß, und es schien, als habe sie in den vergangenen Monaten abgenommen. Roderic verspürte jähe Gewissensbisse, weil sie um seinetwillen leiden mußte. Ich habe ihr keine Versprechungen gemacht, dachte er, wußte aber, daß dies nicht stimmte. Peregrines verkniffenes Gesicht war wie das eines Gespensts, das ihn im Wachen verfolgte.

Dann vergaß er Peregrine, denn von der Empore der Musiker erschollen die Trompeten, und Brand, in vollem Hofstaat, geleitete Annandale zum Podium.

Roderic bekam nur wenig mit von der Zeremonie, doch er bemerkte, daß Annandale ein Kleid aus dunkelblauer Seide trug, das ihrer Schönheit endlich angemessen war. Das lange Haar fiel ihr in dunklen Wellen über die Schultern. Als einzigen Schmuck trug sie die Ringe, die einmal der Königin gehört hatten: einen Saphir- und einen Perlenring. Er stand neben ihr vor dem ganzen Hof und hielt sie bei der Hand gefaßt. Der Druck ihrer Hand vibrierte in seinem Körper nach wie der Schlag einer gedämpften Trommel. Er erinnerte sich an das Licht, das an dem Tag, als sie ihn geheilt hatte, in dem Moment zwischen ihnen aufgeflammt war, als er ihre Wange berührte, und dann eilten seine Gedanken dem Ablauf voraus zu dem Zeitpunkt, da sie allein wären. Seit jenem Tag hatte er sie nicht wieder berührt.

Im Schein der vielen hundert Kerzen strahlte ihr Gesicht geradezu. Sie sah zu ihm auf und brachte mit ihrem Lächeln sein Herz für einen Moment aus dem Takt. Dann sprach die Bischöfin das feierliche Heiratsgelübde, jene uralten Worte, die ihn fester an sie banden als der Wille des Königs. Er streifte ihr den schlichten Goldring über den Finger, das einzige sichtbare Glied der Kette.

Sie wohnten der Hochzeitsfeier nicht lange bei. Bereits nach einer Stunde und dem ersten von drei Gängen erhob sich Roderic und reichte Annandale die Hand. Sie stand gehorsam auf, worauf die Gesellschaft in lauten Jubel ausbrach. Vertrauensvoll wie ein Kind legte sie die Hand in die seine. Er geleitete sie durch die Säle und die Treppe hinauf, bis in die Gemächer, die man für sie vorbereitet hatte. Wie zuvor abgesprochen, hinderten Wachen die Gesellschaft daran, ihnen zu folgen.

Die Gemächer waren früher einmal von Gartred bewohnt gewesen; weitläufige, hübsche Räume weit oben im Ostturm, die Ausblick boten auf das Meer. Im großen Kamin des Außenzimmers brannte ein Feuer, und es roch nach Hochzeitskräutern, die man in die Flammen gestreut hatte. Die Räume waren in den vergangenen Wochen völlig erneuert worden, und nun bedeckten blaue Teppiche den Boden, die Fenstervorhänge waren aus fein gesponnenem weißen Leinen, das ihn an Nebel gemahnte, und die Bettvorhänge waren aus weichem blauen und weißen Samt.

Roderic ließ Annandale im Vorzimmer stehen und sagte brüsk: »Ihr könnt Eure Zofen rufen, Lady.« Vielleicht war es ein Fehler gewesen, sich all diese Wochen von ihr fernzuhalten. Seine Selbstbeherrschung war brüchig; er hörte es um sich herum knacken. Er betrat sein Ankleidezimmer, in das man heute seine persönlichen Dinge geschafft hatte, zog sich aus und ließ seine Kleidung auf einem Haufen liegen. Dann ging er ins

Schlafgemach hinüber, stieg ins Bett und löschte die Kerze. Lange brauchte er nicht zu warten.

Als sie eintrat, verursachten ihre bloßen Füße kaum ein Geräusch auf dem weichen Teppich. Neben dem Bett blieb sie stehen. Roderic wandte ihr den Rücken zu. »Kommt ins Bett, Lady. Es war für uns beide ein langer Tag.«

»Roderic?« Sie sprach seinen Namen zögernd aus. Abgesehen von dem einen Mal im Audienzzimmer und heute bei der Hochzeitsfeier war dies das erste Mal, daß sie ihn beim Namen nannte.

»Ja?«

»Wollt Ihr mich nicht anschauen?« Sie stockte. Bevor er reagieren konnte, eilte sie zur anderen Bettseite und stellte sich vor ihn hin. Der Vollmond schien durchs Fenster und hüllte sie in eine silberne Aura. Er konnte den Blick nicht vom Umriß ihrer Brüsten wenden, die sich unter dem dünnen Baumwollstoff ihres Nachtgewands bewegten. »Findet Ihr mich abstoßend?«

Er musterte sie eine Weile, während ein Lächeln um seine Mundwinkel spielte und sich in seinen Lenden ein Druck aufbaute, bis er sein Begehren nicht länger verbergen konnte. Er streckte die Hand aus. »Nein.« Mehr brachte er nicht heraus.

Roderic legte ihr den Arm um die Hüfte und zog sie neben sich aufs Bett nieder. Sie zitterte, als er ihr Kinn mit dem Finger anhob. Er neigte den Kopf und küßte sie zum ersten Mal auf den Mund.

Keine andere Frau hatte je einen solchen Eindruck auf ihn gemacht wie bei diesem einen Kuß. Als er schließlich den Kopf hob, zitterte auch er. »Verzeiht mir, Lady«, flüsterte er, denn er wußte, er hatte sie verletzt. Eigentlich wollte er sie gar nicht zurückstoßen, doch die Umstände waren einfach zu unglaublich.

Sie strich ihm eine Haarsträhne aus dem Gesicht.

»Ich wünschte …«, setzte sie an, dann biß sie sich auf die Lippen.

»Was wünschtet Ihr?«

»Ich wünschte, Ihr würdet mir glauben, daß ich Euch niemals weh tun werde.« Ihre Augen füllten sich mit Tränen, und gleichzeitig verspürte er ein nie gekanntes Bedauern. »Ich weiß, Ihr fürchtet Euch«, flüsterte sie. »Ich mich auch.«

Er wurde von seinen Gefühlen überwältigt, von Begehren und Angst, und darüber und darunter und mit allem durchmischt empfand er ein so vollständiges und bedingungsloses Einverständnis, daß er meinte, das Herz sprenge ihm die Brust. Er legte die Hände um ihr Gesicht und sah ihr in die Augen. »Ich werde Euch zu meiner Frau machen …« Er stockte, suchte nach den passenden Worten, um die unbekannten Gefühle auszudrücken. »Beim Thron meines Vaters, ich werde Euch mein Leben anvertrauen.« Sie schloß die Augen und bot ihm ihre Lippen dar.

Er streifte ihr das Nachtgewand von den Schultern, bis sie nackt war, und dann sah er, daß ihr Leib ebenso vollkommen war wie ihr Gesicht, als hätte ihn ein Bildhauer mit sicherer Hand und vollendetem Formgefühl erschaffen. Er umfaßte eine Brust und streifte mit dem Daumen sanft darüber. Sie wälzte sich herum, so daß sie nun einander zugewandt dalagen. Sie berührte sein Gesicht, strich mit der Fingerspitze über sein Kinn, seinen Hals und seine Brust. Sie schob die Finger wie einen Kamm durch sein Brusthaar. Seine Haut prickelte, als wären die Nerven vor ihrer Berührung nur teilweise wach gewesen.

Er ergriff ihre Hand, bevor sie noch tiefer wandern konnte; er traute seiner Selbstbeherrschung nicht. Er faßte sie um den Hals, liebkoste ihr dichtes dunkles Haar und streichelte ihren Rücken. Dann schob er das Kissen fort, so daß sie flach neben ihm lag, und sie spreizte die Beine und legte ihm das eine über die Hüfte.

Sein Begehren war so stark, daß es schmerzte. Er küßte ihre Brüste, nahm eine der aufgerichteten Spitzen in den Mund und saugte daran, bis sie stöhnte. Sie spreizte die Beine noch weiter, und die Spitze seines pochenden Glieds preßte sich gegen ihr heißes, feuchtes Fleisch. Unwillkürlich stieß er vor und traf auf Widerstand. Sie nahm die Hände von seinem Rücken, umfaßte seine Hinterbacken und wölbte ihm ihr Becken entgegen. Abermals stieß er zu und traf erneut auf Widerstand. Er hob den Kopf und schaute sie durch den roten Nebel seines Begehrens hindurch an. Sie war noch Jungfrau. Natürlich. Sie hatte ihr ganzes Leben in der Einöde verbracht. Er wälzte sich von ihr herunter. »Annandale.«

Sie öffnete lächelnd die Augen. »Nicht aufhören.« Ihr Atem ging ebenso heftig wie der seine.

»Ich will dir nicht weh tun. Aber …«

»Das wirst du auch nicht. Bitte …«

»Du verstehst mich nicht, Liebes.« Sein Körper war angespannt bis zum Zerreißen; er konnte sich auf seine Selbstbeherrschung nicht verlassen. »Wenn wir jetzt weitermachen, wirst du kein Vergnügen dabei empfinden – gib mir deine Hand.« Er schloß ihre Finger um seinen pulsierenden Stab und zeigte ihr, wie sie ihn streicheln sollte. Nach kurzem Auf und Ab beschleunigte sich sein Atem, er erschauerte, und sein Samen ergoß sich aufs Laken. Er öffnete die Augen. »Verzeih mir. Ich habe dich zu lange und zu heftig begehrt – das gleiche wäre passiert, sobald ich in dich eingedrungen wäre, und du hättest keine Erleichterung gefunden.«

Ohne ihn loszulassen, stützte sie sich auf einen Ellbogen auf und beugte sich über ihn. »Glaubst du etwa, ich hätte dich nicht begehrt?«

Lächelnd löste er ihre Hand. Er zog sie dicht an sich heran und küßte sie ausdauernd und leidenschaftlich, während sein Begehren abermals erwachte. Jetzt, da sein Verlangen vorübergehend Befriedigung gefunden hatte, konnte er sich ganz darauf konzentrieren, ihr Lust zu bereiten. Er drehte sie um, legte den Arm um sie. Er schob ihr dichtes Haar beiseite und hauchte ihr Küsse auf den Nacken und den Rücken. Mit dem Mund beschrieb er langsame Kreise um ihre festen Hinterbacken, teilte ihre Schenkel.

Mit einem tiefen Seufzer drehte sie sich in seiner Umarmung herum. Roderic hob den Kopf, und sie umfaßte sein Gesicht mit bebenden Händen. Sein Begehren überwältigte ihn – noch nie hatte er eine Frau so sehr begehrt, noch nie war sein Wunsch, ihr Lust zu bereiten, so stark gewesen. Es war, als spüre er ihr Begehren ebenso deutlich wie sein eigenes. Mit Lippen und Zähnen liebkoste er die weiche Haut ihrer Schenkel, dann teilte er behutsam die geschwollenen Lippen zwischen ihren Beinen und kostete die leicht salzige Feuchtigkeit ihres Begehrens. Als er sie langsam, bedachtsam streichelte, stöhnte sie. Sie faßte ihm ins Haar und zerrte daran.

Er schob sich an ihrem Bauch hoch, liebkoste sie mit Lippen, Händen und Zunge, und als er sich diesmal zwischen ihren Schenkeln in Stellung brachte, wußte er, daß er ihr Lust schenken würde. Sie wölbte ihm das Becken entgegen, bot sich dar, und er schob sein Glied mit jedem bedachtsamen Stoß ein wenig weiter vor.

»Ich will dir nicht weh tun.«

»Das macht mir nichts aus.« Sie drängte ihm entgegen, zog ihn in sich hinein. Er spürte ihren heißen Atem an seinem Ohr. Mit einem kurzen, heftigen Stoß zerriß er das Jungfernhäutchen. Sie krampfte die Hände um seine Schultern. Ihr Körper fühlte sich an wie heiße Seide. »Geht es dir gut?« murmelte er an ihrem Hals.

Sie legte die Hände um sein Gesicht und schaute ihn an. Ihre Augen wirkten dunkel im Mondschein. »Bitte. Mach weiter.« Sie fanden einen Rhythmus, der ihnen beiden zusagte, und sie bewegte sich unter ihm wie das Meer, und als die Bewegungen allmählich schneller wurden, suchte sein Mund den ihren. Sie war sein, ganz und gar sein, und noch nie hatte er sich so vollständig und so eins mit einer Frau gefühlt. Zusammengeschmiedet an Lippen und Lenden, strebten sie dem gleichen Ziel entgegen, immer schneller und heftiger, und als er spürte, wie sie sich erst verkrampfte und dann wieder entspannte, verkrampfte und entspannte, ließ auch er die Zügel der Wollust schießen. Sie schrie unterdrückt auf an seiner Schulter. Kurz darauf hob er den Kopf. Sie schauten einander lächelnd an.

Den Rest der Nacht verbrachten sie in gegenseitiger Umarmung. Ihr Körper verschmolz mit dem seinen, als hätten sich tatsächlich zwei Hälften zu einem Ganzen gefügt. Während der Mond am Nachthimmel versank und die Luft abkühlte, schliefen sie schließlich ein.

Als er im Morgengrauen erwachte, stand sie am Fenster und schaute aufs graue Meer hinaus. Er streckte die Hand nach ihr aus. »Komm her.«

Sie drehte sich um und raffte das Nachtgewand an der Brust, und er sah, daß sie geweint hatte. »Was hast du, Liebes? Was fehlt dir denn?« Sie schloß die Augen, wischte sich die Tränen ab und schlüpfte neben ihn ins Bett. »Willst du es mir nicht sagen?«

»Ich habe an meine Mutter gedacht ...« Sie wandte sich ab.

»Was ist mit ihr? Soll ich einen Boten zu ihr schicken?«

»Nein!« Sie schüttelte heftig den Kopf. »Laß sie in Frieden … Glaubst du etwa, sie will, daß jemand sie so sieht?«

Er versuchte nicht, sie zu verstehen. Er sagte nichts mehr, sondern schloß sie in die Arme, küßte ihr die salzigen Tränen fort und hielt sie fest, bis sie eingeschlafen war.

21. Kapitel

Annandale schlug die Augen auf. Die Morgensonne fiel auf ihr Bett, und der Himmel draußen vor dem Fenster war strahlend blau. Es mußte sehr spät sein. Sie wandte den Kopf. Roderic schlief noch, das Gesicht auf die flache Hand gebettet, eine braune Haarlocke in der Stirn. Beinahe gedankenlos strich sie ihm die Locke aus dem Gesicht. Er regte sich und murmelte etwas, dann schlief er weiter.

Mit der Fingerspitze streichelte sie ihm ganz sanft über die Wange und das stopplige Kinn. Sie waren jetzt seit zwei Wochen verheiratet, und sie hatte noch immer Mühe, die tiefe Verbindung zwischen ihnen zu verstehen.

Die körperliche Vereinigung hatte eine tiefere, umfassendere Intimität mit sich gebracht, als sie sich je erträumt hatte. Auch er spürte dies, und sie wußte, daß sich ein Teil seiner Zweifel und Ängste mittlerweile zerstreut hatte. Der Rest würde sich im Lauf der Zeit verflüchtigen. Jedesmal, wenn sie zusammenkamen, spürte sie seine Einsamkeit, seine Unsicherheit, so tief vergebene Ängste, daß nicht einmal er sich ihrer bewußt war. Sie wußte, wie sehr er den König liebte, wie sehr er sich wünschte, Abelards Rolle erfolgreich auszufüllen. So deutlich wie niemand sonst war sie sich der Last bewußt, die er trug, einer Last, die nur größer werden konnte.

Sie verdrängte die Gedanken an die Zukunft, denn mit ihnen ging eine bohrende Angst einher. Immer wieder gingen ihr die Warnungen ihrer Mutter durch den Kopf. Früher oder später würden Amanander und Ferad, der Mutant, sie aufspüren. Dies war unvermeidlich. Immer wieder hatte ihre Mutter ihr klarzumachen versucht, daß der Ausgang ganz von ihr abhänge. Aber werde ich stark genug sein? überlegte sie. Wird meine Willenskraft ausreichen, den Angriff abzuwehren? Alle Soldaten des Königs könnten ihr dabei nicht helfen. Sie schaute Roderic an, seinen sanften, verletzlichen Mund, und versuchte sich einzureden, daß er das Ausmaß der Bedrohung begriff.

Unvermittelt schlug er seufzend die Augen auf. »Guten Morgen.«

Sie erwiderte sein Lächeln, und während sie alle Gedanken an die Zukunft beiseite schob, küßte sie die Hand, mit der er ihre Wange berührt hatte. »Sollen wir heute ausreiten, Hoheit?« Die meiste Zeit der vergangenen zwei Wochen hatten sie im Bett verbracht, und nun spürte sie bei ihm eine zunehmende Rastlosigkeit. Sosehr sie einander auch begehrten, war er doch ein viel tätigeres Leben gewohnt.

Seine Miene hellte sich sogleich auf, und er packte ihre Hand fester. Als er näher rückte, entzog sie sich ihm und setzte sich auf. »Der Tag ist bereits zur Hälfte um. Ich hole das Frühstück – du kleidest dich in der Zwischenzeit an.«

Er wälzte sich auf den Rücken, und als sie seinen flachen Bauch und die glatten Muskeln an Brust und Armen sah, verspürte sie einen Anflug von Begehrlichkeit. Verglichen mit dem König, so wie Nydia ihn beschrieben hatte, war Roderic schlanker als Abelard und hatte eine andere Hautfarbe, und es wunderte sie, daß niemandem aufzufallen schien, wie wenig Ähnlichkeit Roderic mit dem König aufwies. Vielleicht, dachte sie, kommt es daher, daß die Leute nur das sehen, was sie sehen wollen oder zu sehen erwarten.

Als sie die Kleider aufsammelte, die er am Abend

achtlos hatte fallen lassen, faßte er sie beim Handgelenk. »Warte. Bist du sehr hungrig? Kannst du noch ein wenig warten?«

Sie zuckte verwundert mit den Schultern. Er wirkte so aufgeregt wie ein Kind, und etwas von dieser Erregung sprang auch auf sie über. »Ich könnte noch warten. Warum?« fragte sie lächelnd, während die Erregung stärker wurde. »Was hast du vor?«

»Laß uns zum Strand gehen.«

»Jetzt gleich?«

»Warum nicht?« Er setzte sich auf, die Decke fiel von ihm ab, und sie spürte, wie sich ihre Wangen röteten. »Komm her.« Er zog sie an sich, hob sie so mühelos wie ein Kind auf seinen Schoß und küßte ihren Hals, ihre Ohrläppchen und ihre Brüste. »Andererseits könnten wir auch ...«

Lachend schob sie ihn weg. Seine Umarmung war so stark wie seine Liebe. »Ich werde veranlassen, daß man uns einen Proviantkorb packt. Es ist ein wunderschöner Tag – es wird nicht mehr viele wie diesen geben.« Sie nickte zum Fenster hin.

Er blickte nach draußen, und ein Schatten fiel auf seine Züge. »Bislang haben wir großes Glück gehabt.«

Sie schauderte, ohne genau zu wissen warum, und erhob sich. »Ja«, sagte sie, als sie sich bückte, um die Kleider aufzusammeln. »Bislang hatten wir Glück.«

Gegen Mittag ritten sie aufs offene Land hinaus, in diskretem Abstand gefolgt von der unvermeidlichen Leibgarde. Als sie zu einer kleinen Ansammlung von Bäumen in Strandnähe gelangten, schwang Roderic sich vom Pferd und half anschließend Annandale beim Absitzen. Er band die Pferde an einen Baum und ergriff den Essenskorb. Das Laub zeigte alle möglichen Schattierungen von Rot, Orange und Gelb, und man vernahm das tiefe Seufzen der gegen den Strand anbrandenden Wellen. »Früher nutzte ich jede Gelegenheit, um mich fortzustehlen und hierherzukommen«, sagte er. »Irgendwann hat man herausbekommen, wo ich mich aufhielt.«

»Durftest du dann nicht mehr herkommen?« fragte sie und raffte die Röcke. Ein leichter Wind raschelte im Laub, und ein übler Geruch stieg ihr in die Nase. Sie wandte sich zum Meer.

Roderic hatte es ebenfalls gerochen. »In der Nähe muß irgend etwas Totes liegen. Komm weiter. Ich zeige dir, wo ich mich versteckt habe, wenn man nach mir gesucht hat. Am Strand stinkt es bestimmt nicht.« Er reichte ihr die Hand und geleitete sie zwischen den Bäumen hindurch. Doch je näher sie dem Strand kamen, desto stärker wurde der Gestank.

Die Bäume traten immer weiter auseinander, und schließlich erblickten sie den weißen Sandstrand. Annandale ging ein Stück hinter Roderic, denn der Pfad war schmal und unkrautüberwachsen, und so sah sie bloß, daß er am Rand des Strands stehenblieb. Ein Windstoß zauste ihm das Haar, und diesmal bereitete ihr der Gestank Übelkeit.

Roderic blickte den Strand ungläubig an.

»Was gibt es?« Annandale schloß zu ihm auf und spähte an ihm vorbei. So weit das Auge reichte, war der Strand gesäumt von Granitbrocken, als hätte ein Kind sein Spielzeug liegengelassen. Die Gesteinsbrocken waren bedeckt mit toten Fischen und Tang, als wären sie vom Grund des Meeres heraufgeschleudert worden. Wellen brachen sich an den Trümmern, als wolle das Wasser dies alles fortschwemmen. Hunderte von Möwen stießen kreischend darauf herab und labten sich an dem unerwarteten Festmahl.

»Was ist hier wohl passiert?« murmelte er, erst nach links, dann nach rechts blickend. »Im Sommer gab es ein Erdbeben – aber ich hatte keine Ahnung ...«

»Roderic.« Annandale berührte ihn am Arm. »Dies ist keine Folge des Erdbebens im Sommer; dies hat mit Magie zu tun.«

Er setzte sich auf einen Stein am Rande des Sandstrands. Fliegenschwärme summten über den stinkenden Fischen. »Wovon redest du?«

»Das ist erst kürzlich passiert. Sieh nur ...« Sie deutete auf die Fische, die mit blinden Augen zwischen den Blöcken hervorstarrten. »Die Möwen haben ihnen noch nicht einmal die Augen ausgepickt. Das ist erst wenige Stunden her. Schau!« sagte sie und zeigte zum nächsten Granitbrocken. »Der Sand ist noch feucht. Irgendwo hat jemand aus einem Grund, den wir vielleicht nie erfahren werden, Magie angewendet. Und dies ist die Folge davon.«

»Aber – weshalb hat mir denn niemand gesagt, was hier los ist?« Er blickte sie an wie ein Kind, das nichts begriff.

»Du hast selbst gesagt, niemand käme an diesen Strand – deshalb magst du ihn ja so. Du hast gesagt, die Steine – diese Blöcke – machten den Strand für Fischerboote unzugänglich, und es sei hier im Wasser sehr gefährlich. Außerdem haben wir Vember. Wir waren von der Stadt aus eine halbe Stunde unterwegs. Wer sollte schon hierherkommen?«

»Aber ...« Er schüttelte den Kopf. »Was ist hier passiert? Wie konnte dies ohne Getöse geschehen, ohne daß jemand etwas davon bemerkte?«

Sie sah sich um. »Lebt hier jemand in der Nähe?«

Er blickte den Pfad entlang und schwieg.

»Niemand weiß, welche Auswirkungen die Magie hat, Roderic«, sagte sie sanft.

»Könnte vielleicht deine Mutter dafür verantwortlich sein?« fragte er mit einem Anflug von Mißtrauen in der Stimme.

»Nein.« Sie schüttelte heftig den Kopf.

»Wieso nicht? Du hast gesagt, sie verstünde sich auf die Magie.« Er dachte an Veres Worte. »Mein Bruder hat gemeint, ihr Empathen wärt das Mittel, um die Magie zu beherrschen. Aber wenn du nichts davon verstehst, wie sollst du sie dann beherrschen?«

Sie zögerte. »Das ist schwer zu erklären, doch ich will es versuchen. Aber laß uns zur Lichtung zurückkehren. Vielleicht könnten wir dort etwas essen.«

Er hob den Korb hoch. »Gehen wir. Den Anblick kann ich nicht länger ertragen.«

Als sie sich auf der kleinen Lichtung niedergelassen hatte, wo auch die Pferde angebunden waren, holte Roderic die Speisen aus dem Korb. Beide waren hungrig und aßen eine Weile schweigend. Schließlich sagte Annandale: »Wenn ich jemanden heile, weiß ich tief in meinem Innern, wie alles sein muß. Wenn ich meine Gedanken auf die Person konzentriere, die ich heilen will, sehe ich sie gesund und unversehrt vor mir, im Einklang mit der Welt.«

Roderic schleuderte die Reste eines Apfels zu den Pferden hinüber und nickte. »Red weiter.«

»Die Magie stellt eine Verletzung der Weltordnung dar.« Sie zeigte zum Strand, suchte nach den richtigen Worten. »Ich weiß nicht wie, aber irgendwie vermag ich auch diese Verletzung zu heilen. Wenn meine Mutter also Magie einsetzen wollte, dann konzentrierten wir uns beide auf ihr Vorhaben und ...« Sie brach ab. »Ich bin ein Kanal, ein Leiter für die magische Energie. Ich weiß nicht, warum das so ist und wie es vonstatten geht. Ich weiß bloß, daß es so ist.«

»Wenn also jemand Magie einsetzen will, dann braucht er bloß jemanden wie dich ...« Er hob den Kopf und blickte zu den Bäumen hinüber. Allmählich dämmerte es ihm. Dies war also der Grund, weshalb sie Amanander fürchtete. »Ich habe dir von Amanander erzählt – daß er Jesselyn getötet hat und glaubt, der Thron stünde ihm zu. Von Alexander haben wir keine Nachricht, auch nicht von den Garnisonen im Westen. Er ist spurlos verschwunden.«

»Würde ich versuchen, dir zu helfen, dann hätte dies eine Zerstörung ähnlich der am Strand zur Folge. Aber ich muß dir helfen, Roderic. Dabei muß ich ganz bewußt vorgehen. Amanander stünde ich niemals bei.« Sie hob das Gesicht der Sonne entgegen und atmete tief durch. Hier, unter dem weiten Himmel, auf dem laubübersäten Gras, umgeben von Bäumen, fühlte sich der Teil von ihr, den sie nur schwer zu benennen vermochte, viel sicherer als hinter den Mauern Ahgas, die erbaut waren aus zertrümmerten Hoffnungen, mit Tränen als Mörtel. »Das alles klingt bestimmt verrückt.«

Roderic lächelt wehmütig. »Wie würdest du an meiner Stelle handeln?«

»Stell es dir so vor.« Sie zog unter den weiten Röcken die Beine an die Brust. »Siehst du den Baum dort? Den dort drüben? Fällt dir auf, wie verschieden er von den anderen ist? Und doch ist es die gleiche Sorte Baum – Blätter, Samen, Holz, alles ist gleich. Man kann die einzelnen Teile trennen, sie sogar forttragen, trotzdem ist der Baum für sich genommen ein Ganzes. Und so verhält es sich auch mit dem Universum: Es ist ein Ganzes, bestehend aus Millionen und Abermillionen Teilen, aber in sich vollständig. Und aus irgendeinem Grund versteht ein Teil von mir dieses Muster – oder wie man es nennen will – und bewahrt seine Ganzheit.«

»Gibt es etwas, das du nicht zu heilen vermöchtest?«

Sie überlegte mit schiefgelegtem Kopf. »Selbstauferlegten Schmerz. Die Bischöfin war der traurigste, einsamste Mensch, dem ich je begegnet bin, aber ich konnte ihr keine Erleichterung verschaffen. Und Peregrine ...« Sie verstummte, denn sie spürte sein Unbehagen bei der Erwähnung dieses Namens.

»War alles in Ordnung? Hat sie dich gut behandelt?« Er setzte sich auf und hätte beinahe den Wein verschüttet. »Ich kann sie nicht fortschicken; sie ist die Mutter meines Kindes ...«

Annandale lächelte traurig. »Es ist nicht einfach für sie, Roderic, denn sie liebt dich nun einmal. Doch auch ihr kann ich nicht helfen. Der Schmerz ist ihr Schild und ihr Schwert. Eine solche Waffe ist zweischneidig und trifft sie auch selbst. Allerdings glaube ich, es wäre grausam, sie fortzuschicken.«

Er zog sie an sich. Sie spürte seinen Herzschlag unter dem Gewand, und sogleich paßte sich der Schlag ihres Herzens an. Seine Stärke war wie die der Bäume tief im Zentrum seines Seins verwurzelt. Doch da waren auch Wunden, kleine Verletzungen, von denen er nichts wußte. »Ich werde nicht zulassen, daß sie dir Schwierigkeiten macht.« Er streichelte ihre Wange und ihr Haar und atmete in tiefen Zügen, als wolle er sie in sich einsaugen. »Meine Liebe, mein Schatz – das also hat deine Mutter gemeint, als sie sagte, ich solle dich vor Amanander schützen.« Sie nickte an seiner Brust. »Bislang gibt es keine Spur von ihm«, flüsterte er in ihr Haar.

»Vielleicht mit Ausnahme der Trümmer am Strand.«

»Amanander gibt nicht so leicht auf.« Er hob ihr Gesicht zu sich empor. »Wieso glaubst du, er könne dich nicht zwingen, ihm zu helfen? Sähest du tatenlos zu, wie er jemanden zu Tode quält, obwohl du es verhindern könntest?« Sein haselnußbrauner Blick hielt den ihren fest, und plötzlich wußte er die Lösung. »Wenn er verschwunden ist, gibt es einen Grund dafür. Ich hoffe, ich bin vorbereitet, wenn man ihn findet.« Er zog sie enger an seine Brust und neigte den Kopf über sie. »Ich werde nicht zulassen, daß dir etwas geschieht«, flüsterte er ihr ins Ohr. »Das schwöre ich. Amanander wird dir nicht einmal auf hundert Meilen nahe kommen – ich werde dich beschützen.«

»Vielleicht wird das nicht immer möglich sein.«

Die Hände in ihrem dichten Haar vergraben, hob er ihr Gesicht zu dem seinen empor und versuchte, ihr ein Lächeln zu entlocken. »Ich brauche bloß den Befehl zu geben, und schon nehmen zehntausend Soldaten Aufstellung, um dich zu beschützen. Ich werde niemals zulassen, daß dir ein Leid geschieht.«

Die Tränen in ihren Augen paßten nicht zu ihrem Lächeln. Sie berührte seine Wange und spürte unter seiner Tapferkeit die ruhige Gewißheit, daß etwas auf sie wartete – auf sie beide.

Sie wandte das Gesicht zum nördlichen Horizont. »Ich glaube, wir werden schon bald von deinem Bruder hören. Schon sehr bald.«

Als sie die Burg erreichten, kam ein Stallbursche angelaufen und übernahm die Zügel, und während Roderic Annandale vom Pferd half, eilte ein Bediensteter herbei.

»Was gibt es jetzt schon wieder?« fragte er erschöpft.

»Krieg, Hoheit.« Der Mann atmete schwer, entweder vor Anstrengung oder aus Angst. Er drückte Roderic eine zerfledderte und schmutzige Botschaft in die Hand. »Im Norden. Euer Bruder Alexander steht unter Belagerung.«

Einen Moment lang wirkte Roderic bestürzt. Dann brach er das Siegel und überflog entsetzt das Pergament. »Ruf Phineas und Brand. Ich bin in einer Viertelstunde im Beratungsraum. Ich brauche zehn Boten, und sag den Stallburschen Bescheid, sie sollen in einer Stunde gesattelte Pferde bereithalten. Mein Schreiber soll ebenfalls in den Beratungsraum kommen.«

Der Bedienste verneigte sich. »Sehr wohl, Hoheit.«

»Schick einen Boten zum Vorsteher der Getreidehändler nach Ariad. Ich will, daß ihr Vertreter in zwei Stunden hier ist.«

»Sogleich, Hoheit.«

»Das wäre alles. Du kannst gehen.«

Der Bedienstete überschlug sich beinahe und eilte davon. Roderic wandte sich wieder Annandale zu; seine Unentschlossenheit war ihm deutlich anzusehen. »Ich will nicht, daß du fortgehst.« Er berührte ihre Wange.

»Muß ich denn?«

Er zögerte. »Laß mich erst mit dem Boten sprechen. Vielleicht ist es gar nicht nötig.«

»Roderic!« rief Brand von der Treppe aus, die in den Innenhof führte. »Der Bote ist im Palas.«

»Also los.« In Annandales Begleitung folgte Roderic seinem Bruder Brand ins Burginnere. Im Palas drängte sich ein Dutzend Leute um einen der großen Kamine. Ein Bote lag auf einem Stapel Felle, die man hastig von den Bänken genommen hatte. Seine Uniform war zerrissen und schmutzig, eine Schulter steckte in einem blutigen Verband, eine weitere Verletzung am Schenkel war von blutverkrusteten Lumpen bedeckt. Peregrine kniete neben ihm, einen Trinkkelch in der Hand, auf dem Boden eine Schüssel mit Wasser.

Annandale ballte die Fäuste und ließ sich auf eine Bank niedersinken.

»Kommst du zurecht?« fragte Roderic und ergriff ihre Hände. »Laß mich mit ihm reden. Man soll ihm ein Quartier zuweisen, und dann ...« Ihre Blicke trafen sich, und sie nickte. Allmählich verstand er, wie es für sie war. »Bote.« Roderic ließ sich auf ein Knie nieder. Der Mann schlug die Augen auf; er atmete schwer, und sein Atem hatte einen üblen Geruch.

»Seid Ihr ... der Prinz?«

»Ja. Was kannst du mir von meinem Bruder berichten?«

Der Mann hustete gequält, und Roderic sah Peregrine an, die den Kopf schüttelte. »Verraten.« Seine Stimme war ein heiseres Flüstern.

»Von wem?«

»Von den Häuptlingen. Er wurde überrascht. Er hat ihnen vertraut. Er wollte Frieden schließen – ein neues Abkommen ...«

»Laß dir Zeit.«

»Ich habe keine Zeit mehr.« Der Bote packte Roderics Gewand. »Er hat fünf von uns losgeschickt – ich allein habe es durch die Schlachtlinien hindurch geschafft. Er hält sich auf Sentellen's Island auf. Die Verletzungen habe ich abgekommen« – er deutete kraftlos auf seinen Arm und seine Beine –, »als ich in Mondana auf einen Spähtrupp stieß.«

»Die Lords von Mondana wurden ebenfalls angegriffen?«

»Der ganze Nordwesten – man hat den Wald von Koralane in Brand gesteckt. Ihr werdet Mühe haben, Soldaten dorthin zu verlegen.«

»Aber warum? Was ist geschehen?«

Die dunklen Augen des Boten wurden trüb. »Alexander hat versucht, den uralten Zwist zwischen den Häuptlingen und den Lords von Mondana beizulegen. Aber jemand hat ihn verraten ... hat die Häuptlinge gegen ihn aufgehetzt. Die Verträge wurden gebrochen und Alexander auf Sentellen's Island eingekesselt.« Er fiel erschöpft zurück, und auf seiner Stirn bildeten sich Schweißperlen.

Roderic blickte sich nach Brand um, der den Kopf schüttelte. »Schafft ihn nach oben in eine Kammer. Kümmre dich um ihn, Peregrine.«

»Jawohl, Hoheit.«

Seufzend richtete Roderic sich auf. Er winkte die Zuschauer ungeduldig fort, blickte Annandale an und forderte sie mit einer Handbewegung auf, zu ihm zu kommen. »Was meinst du?« fragte er Brand, als Annandale neben ihm stand.

»Wir sollten ihm so rasch wie möglich zu Hilfe kommen«, erklärte Brand.

Roderic schaute Annandale an. »Ich verließe Ahga lieber nicht, wenn es möglich wäre.«

Brand schnaubte. »Wenn Ihr entschuldigt, Lady?« Er zog Roderic zu einem Kamin an der anderen Seite des Saals. »Dann willst du also am Feuer sitzen und mit deiner Frau Händchen halten?«

»Das habe ich nicht gesagt, Brand. Es ist bloß so, daß ...«

»Daß du vor kaum einem Monat geheiratet hast und dir die Vorstellung, sie zu verlassen, das Herz bricht.«

Roderic blickte sich im Palas um. Falls jemand ihrer Unterhaltung folgte, so verbarg er es gut. Aber selbst die Wände hatten Ohren; er wußte, daß den Bediensteten kaum etwas verborgen blieb. »Ich muß sie beschützen, Brand. Sie ist etwas Besonderes ...«

»Stimmt. Aber wer außer dir könnte den Streit zwischen den Häuptlingen und dem Lord von Mondana beilegen? Wer außer dir besitzt die nötige Autorität? Hast du nicht gehört, was der Bote gesagt hat? Jemand hat Alex verraten. Was meinst du, wer das wohl war?«

Roderic erwiderte ruhig den Blick seines ältesten Bruders. »Als erstes ist mir Amanander eingefallen, obwohl ich mir nicht recht vorstellen kann, daß er seinen eigenen Bruder verraten haben soll.«

»Warum nicht? Vielleicht hat er Alex ja in seine Pläne eingeweiht, und der hat sie abgelehnt. Glaubst du nicht, Amanander wäre zuzutrauen, daß er sich gegen jeden wendet, der ihm im Wege steht?«

»Doch.« Roderic nickte bedächtig. »Das mag schon sein.«

»Dann sollten wir ihn ergreifen. Laß uns die Sache jetzt beenden, ein für allemal. Und dann können wir alle hier am Kamin dick und behäbig werden.«

Roderic schaute weg. Was Brand da sagte, klang vernünftig, und dennoch wollte er Annandale nicht alleinlassen. In Phineas' und Garricks Nähe, beschützt von den Stadtgarnisonen und der Burg, wäre sie in Sicherheit – zumal wenn Amanander sich im Norden aufhielt. »Aber der Wald von Koralane steht in Flammen. Der Landweg ist abgeschnitten. Wie lange wird es dauern, die Streitmacht aufzustellen?«

»Die in Bereitschaft befindlichen Divisionen wären in einer Woche marschbereit«, antwortete Brand.

Roderic blickte über Brands Kopf hinweg auf das Wappen der Ridenaus, welches das uralte Motto verkündete: *Was die Hoffnung beginnt, möge der Glaube vollenden* … Die Worte hallten durch seinen Kopf, während er die Antwort formulierte. »Wir sollten die Saravenas über den Koralado-Paß überqueren und dann zur Küste vorstoßen. Und wir sollten beten, daß der Schnee den Paß noch nicht unüberwindbar gemacht hat; sonst dürfte es uns verteufelt schwerfallen, dorthin zu gelangen.«

»Wir werden vom Nachschub so gut wie abgeschnitten sein.«

Roderic blickte seinen Bruder an. »Nicht wir. Du gehst nach Mondana – jemand muß das Feuer bekämpfen und die Häuptlinge an der Flanke angreifen. Damit wird der Landweg für den Nachschub geöffnet. Außerdem werde ich einen Boten zum M'Callaster schicken und ihn um Verhandlungen ersuchen. Wir müssen herausbekommen, was eigentlich geschehen ist.«

Brand sah seinem Bruder tief in die Augen. »Bist du bereit dazu?«

Roderic schaute Annandale an. Sie erwiderte seinen Blick und nickte; in ihren Augen lagen Liebe und noch etwas anderes, das er nicht verstand. Plötzlich wünschte Roderic sich nichts sehnlicher, als Alexanders Rettung jemand anderem anzuvertrauen. Garrick und Phineas waren alt – zu alt, um seine unersetzliche Braut zu schützen. Und dann räusperte sich Brand und verschränkte in Erwartung seiner Antwort die Arme vor der Brust, was Roderic wieder in Erinnerung rief, daß er der Herrscher von Meriga war und es somit ihm oblag, die Einheit des Reiches zu bewahren. Er straffte die Schultern und sagte in bemüht lockerem Ton: »Im Grunde kommt es gar nicht darauf an, ob ich bereit bin oder nicht.«

22. Kapitel

Febry, im 76. Jahr der Herrschaft der Ridenau-Könige
(im Jahre 2748 nach Alter Zeitrechnung)

Die Ruder hoben und senkten sich rhythmisch und durchpflügten das pechschwarze Wasser. So lautlos wie Gespenster bewegten sich die Boote durch die Bucht. Vor ihnen ragten unter dem Wolkenhimmel die dunklen Klippen von Sentellen's Island auf, die immer abweisender wirkten, je näher sie der Insel kamen. Roderic bewegte sich unruhig im Bug des Bootes, und die weiße Waffenstillstandsfahne flatterte im Wind. Kalter Nieselregen brannte auf seinen Wangen und rann unter seinen Lederpanzer und das Gewand. Doch Unannehmlichkeiten war er gewohnt, denn während des Marsches durch die Saravenas und zur dicht bewaldeten Küste von Ragonn hatten sie unter windgepeitschtem Regen und bitterer Kälte zu leiden gehabt. Als sie die Küste von Ragonn erreichten, war die Verteidigung von Sentellen's Island bereits zusammengebrochen, und Alexander war mit seinen Soldaten vom M'Callaster und den Häuptlingen gefangengenommen worden. Somit blieb ihm nichts anderes übrig, als sich um Friedensverhandlungen zu bemühen, mit dem Ziel, Alexander wieder freizubekommen. Und nach allem, was er wußte, wäre dies keine leichte Aufgabe. Die Häuptlinge dürsteten nach Alexanders Blut. Warum bloß? fragte er sich und raffte den Umhang am Hals zusammen. Womit hatte Alexander sich den Groll der Männer zugezogen, mit denen er so lange in Frieden zusammengelebt hatte? Darauf vermochte er sich keinen Reim zu machen.

Plötzlich berührte ihn der Mann an seiner Seite am Arm. Roderic schreckte zusammen. »Ja, Havil?«

»Dort drüben, Hoheit. Seht Ihr sie?«

Roderic kniff die Augen zusammen und bemerkte am Strand eine Gruppe von Männern. »Ja. Sind das die Häuptlinge?«

»Das ist ihr Begrüßungskommitee.« Havil zog sich die Kapuze tief ins Gesicht und hockte sich wieder hin.

Gedankt sei der Eins für Havil, dachte Roderic. Havil war Alexanders Stellvertreter in der Garnison von Sponga gewesen, ein vernünftiger, erfahrener Verwalter und Soldat, Alexander treu ergeben. Roderics Armee hatte er sich an der Nordküste Ragonns angeschlossen und sich im Umgang mit dem alten Senador von Ragonn und seinem grollenden Erben bereits als unersetzlich erwiesen. Lewis von Ragonn hatte an Mortmains Rebellion teilgenommen und sich mit ihm gegen den Thron erhoben. Roderic konnte die Gründe, weshalb Abelard die aufständischen Lords an so kurzer Leine geführt hatte, im Prinzip nachvollziehen, bezweifelte aber, daß sein Vater bedacht hatte, welch ein Vermächtnis an Mißtrauen er seinem Erben damit aufbürdete.

Männer wie Alexander und Havil jedoch hatten sich große Mühe gegeben, den Bruch zu kitten, weshalb Roderic sich immer wieder fragte, was die Häuptlinge wohl veranlaßt haben mochte, sich gegen Alexander zu stellen. Überall gab es Hinweise darauf, wie unparteiisch Alexander den widerstreitenden Interessen der einzelnen Gruppierungen gegenübergestanden hatte, die um die Vormachtstellung im Norden wetteiferten.

»Es wird nicht mehr lange dauern, Hoheit«, murmelte Havil und hockte sich neben Roderic in den Bug des Bootes.

Roderic bekundete halblaut seine Zustimmung. Von Amanander gab es keine Nachricht. Niemand hatte ihn gesehen, niemand wußte, wohin er gegangen war oder was er vorhatte. Es war, als sei er in den Wäldern um Minnis spurlos verschwunden.

Roderic fand dies äußerst beunruhigend. Er hatte erwartet, auf ein Zeichen von Amananders Anwesenheit zu stoßen, und daß er trotz der eindringlichen Fragen, die er an Havil und den Sohn des Senadors gerichtet hatte, nichts in Erfahrung gebracht hatte, deutete darauf hin, daß Amanander niemals hier gewesen war.

Es hatte den Anschein, als ragten die Felswände senkrecht aus dem Meer empor. Das hohle Echo der Brandung schwoll an, und Roderic wurde bewußt, daß es von den Wellen ausging, die gegen den Fuß der riesenhaften Felsen schlugen. Er atmete tief durch. Jetzt, da Amanander verschwunden war, kam Alexanders Rettung allerhöchste Bedeutung zu. Er konnte sich nicht vorstellen, daß Amanander nicht versucht haben sollte, Kontakt mit seinem Zwillingsbruder aufzunehmen, und da er außerdem möglichst rasch zu Annandale zurückkehren wollte, war er entschlossen, den Konflikt auf schnellstem Wege beizulegen. Er brauchte Alexander, um die Gültigkeit der Verträge wiederherzustellen. Zuviel Zeit war bereits ungenutzt verstrichen.

Er entspannte seine verkrampften, kalten Beine, während die Besatzungen die Boote durch die Brecher manövrierten und am schmalen Strand am Fuße der Felswände anlegten. Mit nassen Lederhandschuhen wischte er sich die Gischt aus dem Gesicht und sprang unbeholfen auf den Sandstrand. Um ihn herum wateten Soldaten durchs flache Wasser. Havil berührte ihn am Arm.

Roderic schaute hoch. Zahlreiche Männer erwarteten sie; hochgewachsene, stämmige Männer, gekleidet in gemusterte Wolle, mit Fellen um den Hals. Ein Schauer ging nieder, als habe der Himmel seine Schleusen geöffnet, und der Wind nahm zu. Sie musterten einander, dann wurde das Schweigen von einem der Fremden durchbrochen. »Prinz Ridenau?«

Es klang wie eine Beschimpfung. Roderic straffte die Schultern und rückte das Kurzschwert an der Hüfte zurecht. »Ich bin Roderic Ridenau.«

»Der M'Callaster erwartet Euch.«

Der Häuptling nickte zu einer Treppe hin, die in die Felswand eingeschnitten war. Roderic blickte seine Männer an, und als Havil nickte, sagte er: »Einverstanden.«

Als sich die Menge teilte, sah Roderic hier und da Metall aufblitzen, Gold, Silber und Edelsteine, die um den Hals und an den bloßen Oberarmen getragen wurden. Einige Männer waren unter den Umhängen von der Hüfte aufwärts nackt, als machte ihnen der feuchte, heulende Wind nichts aus. Und alle waren sie mit Schwertern und Dolchen bewaffnet, die ledernen Scheiden schön gearbeitet und mit verschlungenen Mustern verziert. Als er ihren Blick erwiderte, schlugen sie nicht die Augen nieder, was ihm abermals in Erinnerung rief, daß die Häuptlinge der Settle-Inseln die Vorherrschaft der Ridenau-Könige nicht anerkannten und daß der M'Callaster seinen Sitz im Kongreß verschmähte.

Als er zu den hohen, abweisenden Felswänden emporblickte, wurde ihm bewußt, wie heftig Alexander sich gewehrt haben mußte. Er straffte die Schultern und erwiderte im Vorbeigehen gleichmütig die Blicke der Männer.

Der Pfad schlängelte sich am Fuß der schwarzen Felsen entlang; offenbar bildeten die ins Gestein gehauenen Stufen den einzigen Weg nach oben. Ein gespanntes Seil bot den einzigen Halt. Er blickte auf die Gesichter hinunter, die voller Mißtrauen und Feindseligkeit zu ihm hochstarrten. Jetzt, da sie im Gänsemarsch hintereinander gingen, waren sie höchst verwundbar. Er bemerkte, wie Havil sich umsah, und erklomm die nächste Stufe mit erneuerter Entschlossenheit.

Er spürte die Blicke auf sich lasten.

Immer höher kletterten sie den gewundenen Pfad hinauf. Stellenweise war der Fels geborsten, und er mußte seine Schritte vorsichtig setzen und sich am verschlissenen Seil festhalten. Die Gesichter in der Tiefe verschwammen zu bleichen Monden, nur die Farben der Umhänge unterschieden die Männer noch voneinander. Als er in die Tiefe sah, verspürte Roderic jähen Schwindel. Dann klärte sich seine Sicht wieder, und er blickte nach oben.

Dort wurden sie von weiteren Männer erwartet. Sie glichen ihren Kameraden am Strand, doch hier machte Roderic auch Verbände aus, die sich von der wettergegerbten Haut abhoben. In der hiesigen Festung hatte Alexander der Belagerung widerstanden.

Die aus Bruchstein gefügten Festungsmauern wiesen Feuerspuren auf. Auch hinter den Toren legte die Festung Zeugnis ab von ihrem letzten Kampf. Es sah ganz danach aus, als hätten sich die Angreifer Schritt für Schritt vorgekämpft, und Roderic fragte sich, welcher Grimm die Häuptlinge wohl angetrieben haben mochte, daß sie Alexander mit solcher Entschlossenheit bekämpft hatten.

Mit geübtem Blick musterte er die Befestigungen. Alexander hatte klug daran getan, sich hierher zurückzuziehen. Hoch über dem Meer gelegen, war die Sentellen-Festung – abgesehen von der langen Straße, die vermutlich zu einem Dorf hinabführte – nahezu unzugänglich. Flüchtig wunderte er sich, daß sie nicht durchs Dorf gekommen waren.

Ein weiterer Schauer durchnäßte seinen Umhang.

Kaltes Wasser lief ihm ins Gesicht und rann ihm den Rücken hinunter. Er fröstelte, was ihr Führer bemerkte. »Nun, unser Wetter sagt Euch wohl nicht zu, Hoheit, oder?«

Roderic tat die Bemerkung mit einem Achselzucken ab. Schweigend überquerten sie den großen Hof und näherten sich einem flachen, runden Holzgebäude.

»Das bezeichnen sie als *Hodge*«, sagte Havil, der dicht hinter Roderic ging.

»Ruhe!« bellte die Eskorte.

Roderic blieb mitten auf dem Hof stehen. Er widerstand dem Impuls, zum Schwert zu greifen, und blickte dem Hünen statt dessen ruhig in die Augen. »Wir sind nicht Eure Gefangenen. Wir kommen mit der Waffenstillstandsfahne, um zu verhandeln.«

Er vernahm das Gemurmel seiner Männer und das Rascheln der Umhänge, als die Männer zu den Dolchen griffen. Der Hüne kniff die Augen zusammen und senkte für einen Moment den Blick.

»Der M'Callaster erwartet Euch«, wiederholte er.

»Dann bringt uns zu ihm«, verlangte Roderic.

Die Menge murrte leise, als die Männer weitergingen. Die durchnäßten Wächter am Eingang des Holzgebäudes salutierten.

Im Innern begann ihre Kleidung augenblicklich zu dampfen. Das herabtropfende Wasser bildete Pfützen auf dem Boden. Um eine kreisförmige steinerne Feuerstelle herum saßen mehrere Männer, die sich abwechselnd die Hände wärmten und Knochen benagten. Neben sich hatten sie Trinkflaschen stehen, und beim Geruch des Bratens lief Roderic das Wasser im Mund zusammen.

Ihre Eskorte räusperte sich. Die Männer unterbrachen ihre Unterhaltung, schauten hoch und begannen sogleich alle gleichzeitig zu reden und heftig zu gestikulieren. Eine klare Stimme übertönte den Lärm. Roderic hörte das Wort »Ruhe!« heraus. Die Stimme war die eines Jünglings an der Schwelle zum Mannesalter.

»M'Callaster«, sagte der Hüne bedächtig, mit starkem Akzent, »Prinz Ridenau ist erschienen, um zu verhandeln.«

Roderic warf Havil einen Blick zu und schüttelte wortlos den Kopf. Die ums Feuer versammelten Männer berieten sich eine Weile, dann ließ sich abermals die klare Stimme vernehmen. Eine schlanke Gestalt auf der anderen Seite der Feuerstelle winkte unwirsch mit der Hand, worauf sich die übrigen Männer widerwillig erhoben.

Während die anderen langsam den Raum verließen, fragte die hohe Stimme in akzentfreiem Merigisch: »Wer von Euch ist Roderic, Prinz Ridenau?«

»Ich.« Roderic blinzelte im Dämmerschein des flackernden Feuers und der Laternen an den Wänden. Wer mochte dieser Jüngling wohl sein?

»Sehr schön. Irconcell, bring die Leute ins Gästehaus und behandle sie mit geziemender Höflichkeit.«

Wie ein Mann gehorchten die anderen, und Roderic nickte seinen Begleitern aufmunternd zu, während der Jüngling sich erhob und langsam um die Feuerstelle herum auf ihn zutrat.

»Setzt Euch, Prinz.«

Roderic war verwirrt. Der Sprecher wirkte jung, zu jung, gleichwohl unterwarfen sich ihm die kampferprobten Krieger. Außerdem schien er es gewohnt, merigisch zu sprechen.

»Wer seid Ihr?«

Der Jüngling lachte auf und setzte sich auf einen niedrigen Klapphocker.

»Seid Ihr der M'Callaster?«

»Setzt Euch, Prinz. Etwas zu trinken?«

Irgend etwas im Tonfall des Fremden ließ Roderic noch schärfer hinblicken. »Ihr seid eine Frau.«

Sie lächelte. »Ihr habt ein scharfes Auge.«

»Ich habe ein gutes Ohr. Wo ist der M'Callaster?«

Sie erhob sich und verneigte sich spöttisch, wobei sie die Kapuze zurückstreifte. Dichtes rotbraunes Haar kam zum Vorschein. »Ich bin der M'Callaster.«

»Ich verstehe.« Dabei verstand Roderic überhaupt nichts. Daß der M'Callaster der Settle-Inseln eine Frau sein sollte, war ihm bislang noch nicht zu Ohren gekommen.

»Tatsächlich, Prinz?« Sie hob die Brauen, setzte sich wieder auf den Hocker und spreizte die Beine, wie er es bei Hofe noch nie bei einer Frau beobachtet hatte. Sie musterte ihn ebenso kühn, wie er allenfalls eine Magd gemustert hätte. »Was meint Ihr wohl, wen Ihr vor Euch seht?«

Roderic befeuchtete sich die Lippen. Er löste den Verschluß seines Umhangs und streifte sich das nasse Kleidungsstück von den Schultern. Dann krempelte er sich die Ärmel hoch und setzte sich auf einen Hocker am Feuer. »Lady – M'Callaster –, ich gebe zu, damit habe ich nicht gerechnet. Ich habe ...«

»Einen Mann erwartet.«

»Ja.«

Der flackernde Feuerschein fiel auf ihr Gesicht, und einen Moment lang meinte Roderic, Bedauern in ihren scharf gezeichneten Zügen zu sehen. »Mein Vater ist vergangenen Sommer gestorben. Vielleicht habt Ihr davon gehört? Daher müßt Ihr jetzt mit mir vorliebnehmen.«

Roderic neigte höflich den Kopf. »Dürfte ich Euren Namen erfahren, Lady?«

»Deirdre. Aber spart Euch das höfische Gebaren, Prinz. Das Leben Eures Bruders ist in Gefahr.«

Roderic bewegte sich unbehaglich. »Aber warum?«

Sie lachte höhnisch auf, als spräche sie mit einem Dummkopf. »Warum?«

Sie wirkte etwa wie dreißig, wenngleich dies im unsteten Feuerschein schwer auszumachen war. Trotzdem hatte sie Falten um die dunklen Augen und die Mundwinkel, die nicht einmal der Feuerschein zu glätten vermochte.

Sie stand auf. Mit langsamen, gemessenen Schritten umrundete sie die Feuerstelle. Sie war fast so groß wie Roderic, und aus ihrer Haltung sprach ein Stolz, wie er ihn bei einer Frau noch nie erlebt hatte. »Wie alt seid Ihr?« fragte sie unvermittelt.

Roderic blickte starr geradeaus, ohne ihr in die Augen zu sehen. »Alt genug, Lady.«

Sie lachte. »Alt genug wofür? Man sieht Euch an, wo Ihr aufgewachsen seid.«

»Ich wurde dazu erzogen, Frauen zu ehren und zu beschützen.«

»Ich wurde dazu erzogen, mich selbst zu schützen.« Sie vollendete eine weitere Umrundung und nahm einen tiefen Schluck aus einer Flasche. »Ich muß sagen, ich war überrascht, als ich Eure Nachricht erhielt. Ich dachte eigentlich, jetzt, da Euch die Lords von Mondana verraten haben, wärt Ihr mit anderen Dingen beschäftigt.«

»Verraten? Wovon redet Ihr?«

Sie wischte sich den Mund ab. »Ich bitte Euch, Prinz. Koralane war für Euch und Eure Kaufleute von großem Wert. Die hübschen Damen Eures Hofes werden diesen Winter frieren, wenn die Felle aus dem Norden nicht in die Hauptstadt gelangen. Eigentlich nahm ich an, Ihr wärt damit beschäftigt, Euch die Lords gefügig zu machen.«

»Dann glaubt Ihr also, die Lords von Mondana hätten Koralane in Brand gesetzt?«

»Ihr werdet doch wohl nicht annehmen, das hätten wir getan, oder?«

Er starrte sie an. »Wir erhielten ein Hilfeersuchen aus Mondana. Sie haben das Feuer nicht gelegt.«

»Sie lügen.«

»Das glaube ich nicht. Wer Verrat übt, ruft im allgemeinen keine Truppen zu Hilfe.«

»Das war eine Falle.«

»Lady, ich bitte um Verzeihung, aber Ihr wißt nicht, wovon Ihr redet. Ich habe drei Divisionen zur Feuerbekämpfung nach Mondana entsandt – eine größere Streitmacht, als die Lords aufstellen könnten. Weshalb sollten sie das Feuer gelegt haben?«

»Weshalb sollten wir es gelegt haben?«

Sie starrten sich an, bis sie schließlich ins prasselnde Feuer sah. »Was also wollt Ihr von mir?«

»Ich bin wegen meines Bruders gekommen.«

»Alexander.« Aus ihrem Mund klang der Name wie eine Verwünschung.

Roderic veränderte die Sitzhaltung und versuchte, in ihrem Gesicht zu lesen. Vielleicht würde er ja wenigstens auf einige seiner Fragen Antwort finden. »Warum? Was ist geschehen? Ehrlich gesagt nahm ich an, Ihr würdet Alexander achten. Wie kommt es, daß Ihr Euch gegen ihn gewendet habt?«

»Er hat gegen unseren heiligsten Grundsatz verstoßen, Prinz. Welcher besagt, daß man die Unschuldigen schützen und die Frauen ehren soll. Und ich bin nicht die einzige, die nach seinem Blut verlangt. Ich bin allerdings diejenige, welche am meisten danach dürstet.«

»Was hat er getan?«

Sie lachte schnaubend. »Ihr habt Schwestern, nicht wahr, Prinz? Gibt es eine, die Euch mehr bedeutet als eine Spielfigur, die man mit dem einen oder anderen Lord vermählt?«

Er nickte und dachte an Tavia.

»Ich habe eine solche Schwester. Sie heißt Brea. Sie ist anders als ich; sie ist jung, anmutig und sanft. Eine Frau, wie Ihr Ridenaus sie bevorzugt. Alexander hat ihr den Hof gemacht, mit honigsüßen Worten und Geschenken von allen möglichen Orten, von denen ich noch nicht einmal gehört habe. Und er hat um ihre Hand angehalten …«

»Ja, ich weiß, daß er sie liebt …«

»Laßt mich ausreden.« Sie rammte den Dolch in die Felle, wo er mit zitterndem Heft steckenblieb. »Sie war ganz vernarrt in ihn. Sie hatte keinen Umgang mit Männern, obwohl es zwei gab, die sie von Kindheit an liebten. Daher gab ich meine Einwilligung. Und kurz darauf fand die Hochzeit statt.«

Roderic schwieg.

»Ich hörte sie schreien. Offen gesagt glaubte ich, die Wollust habe sie überwältigt. Brea war schon immer ein wenig empfindsam. Am nächsten Tag fand man sie auf dem blutdurchtränkten Bett. Sie lebte noch, wenn man so will. Alexander war verschwunden. Ich mag nicht sagen, was er ihr angetan hat. Er hat sie geschwängert, und jetzt stöhnt sie und kratzt an ihrem Bauch, als wolle sie sich das Kind herausreißen oder als fräße irgendein Ungeheuer sie von innen her auf. Seit jener Nacht hat sie kein zusammenhängendes Wort mehr gesprochen.« Sie blickte ihn mit schmalen Augen an, und die Glut, die er darin sah, war etwas anderes als der Widerschein der tanzenden Flammen. »Unseren Gesetzen zufolge muß ein Mann, der einer Frau so etwas antut, mit dem Leben bezahlen. Wollt Ihr mir jetzt sagen, wir sollten ihn schonen?«

Roderic schüttelte den Kopf. »Aber Alexander hat Eure Schwester geliebt. Das weiß ich. Er hat mich um Erlaubnis gebeten, sie heiraten zu dürfen … Er hatte nicht die Absicht, ihr weh zu tun.«

Sie beugte sich vor, die Ellbogen auf die Knie gestützt. »Das ist noch nicht alles. Er hat versucht, Bruder gegen Bruder, Häuptling gegen Häuptling auszuspielen. Er hat damit gedroht, unseren Schnaps, unsere

Wolle und die Felle zu besteuern, die wir auf dem Festland verkaufen. Er zog von Besitzung zu Besitzung, von Insel zu Insel und ließ hinter sich ein Chaos zurück. Seid Ihr sicher, daß ich Euch keinen Gefallen täte?«

»Ist Euch bekannt, daß er einen Zwillingsbruder hat?«

Die Kinnlade fiel ihr hinab. »Einen Zwillingsbruder? Und Ihr erwartet von mir, daß ich glaube, dieser teuflische Zwilling sei für all das verantwortlich, was geschehen ist?« Sie lachte höhnisch. »Erwartet Ihr wirklich von mir, daß ich Euch das abnehme, Festländer?«

»Allerdings«, antwortete Roderic. »Denn es ist die Wahrheit.«

Lange Zeit musterte sie ihn abschätzend. »Aus irgendeinem Grund habe ich das Gefühl, ich sollte Euch glauben«, meinte sie schließlich. »Aber – warum? Weshalb sollte er sich gegen seinen Bruder wenden?« Sie schüttelte den Kopf. »Von allen Bindungen, die wir auf diesen Inseln in Ehren halten, Prinz, ist die Blutsverwandtschaft die wichtigste. Wer die Hand gegen seinen Bruder erhebt, wird mit dem Tod bestraft ...«

»Er hat sich bereits gegen seine Schwester gewandt«, warf Roderic ein. »Er hat meine Schwester Jesselyn getötet, eine Priesterin der heiligen Kirche. Hätte ich ihr nicht meine eigenen Soldaten entgegengeschickt, wäre mein Bruder Vere, der sie begleitete, ebenfalls an den Verletzungen verblutet, die Amananders Männer ihm zugefügt haben. Ja«, sagte Roderic, als Deirdre ungläubig den Kopf schüttelte, »so war es. Versteht Ihr nun, Lady? Es sieht ganz danach aus, als hätte Amanander in Eurem Land Zwietracht gesät.«

»Aber warum?« fragte Deirdre.

Diesmal blickte Roderic eine Weile schweigend in die Flammen, die in der Mitte der steinernen Feuerstelle flackerten. Er zuckte die Schultern. »Ich muß annehmen, daß dies auch bei Euch vorkommt, Lady. Welche Gründe treiben hier den einen Bruder dazu, sich gegen den anderen zu wenden?«

»Für gewöhnlich wollen beide dasselbe haben.«

»Nun, in diesem Falle hat Amanander es auf die Krone von Meriga abgesehen. Und er hat Alexander gebeten, seinen Anspruch auf den Thron zu unterstützen, worauf Alexander, der, wie Ihr bis vor wenigen Monaten ebenfalls geglaubt habt, ein ehrbarer Mann ist, sich weigerte, die Treueschwüre zu brechen, die er unserem Vater und mir geleistet hat.«

»Ich habe es nie so recht verstanden«, räumte Deidre nach kurzem Schweigen ein. »Aber die Gesetze meines Volkes verlangen ...«

Roderic hob die Hand. »Ich verstehe. Wir sind beide durch Wort und Gesetz gebunden. Und das gilt auch für Alexander. Er ist nicht der Mann, der sein Wort bricht. Das weiß ich.«

Deirdre seufzte. »So einfach ist das nicht, Prinz. Ich mag Euch ja glauben, aber mein Volk ...« Sie stockte und hob die Brauen. »Meine Krieger werden Euch bestimmt nicht glauben.«

Roderic nickte grimmig. »Wir müssen zusammenarbeiten. Die Lage ist schwieriger, als wir meinen. Ich bin in redlicher Absicht hergekommen, Lady, denn Euer Vater hat meinem Vater treu gedient. Uns verbindet ein Schwur – wir verfolgen letztlich die gleichen Ziele. Ich will das Blutvergießen beenden. Es gibt zu viele Fragen, die wir allein nicht beantworten können. Und ich muß diese Angelegenheit möglichst rasch beilegen, denn wenn ich richtig vermute, dann schwebt die Frau, die ich liebe, in Gefahr. Ich gebe Euch mein Wort, Lady, daß ich erst dann fortgehen werde, wenn der Friede wiederhergestellt ist.«

»Euer Wort!« sagte sie höhnisch. »Ihr seid der Bruder eines Eidbrechers. Ihr erwartet zuviel.«

»Ich gebe Euch das Wort des Prinzregenten von Meriga. Vergeßt nicht, Lady, wir sind durch einen Eid gebunden.«

Sie zögerte, und auf ihrem Gesicht waren die widerstreitenden Gefühle abzulesen Schließlich erhob sie sich und reichte ihm eine Decke. »Hier. Zieht die nassen Sachen aus; wickelt Euch darin ein. Ich lasse Euch trockene Kleider holen.«

Diesmal zögerte er. Er war zwar naß bis auf die Haut, wollte die spöttische Musterung dieser Frau aber nur ungern über sich ergehen lassen.

»Nur zu.« Sie lachte. »Ich bezweifle, daß selbst ein Prinz etwas hat, das ich noch nicht gesehen habe, und außerdem fällt mir der Umgang mit Männern seit jeher leichter, wenn sie nackt sind.« Sie zwinkerte ihm zu, ging zur Tür und sprach ein paar Worte mit den Wachen.

Belustigt trotz der Lage, in der er sich befand, zog er die nassen Sachen aus und hüllte sich rasch in die Decke. Sie hatte sich nicht abgewandt. »Setzt Euch.« Ihr Zunge schnellte vor und leckte über die Unterlippe. »Möchtet Ihr etwas trinken?«

»Wasser, bitte.«

»Bei diesem Wetter?« Sie reichte ihm eine Trinkflasche. Als er sie absetzte, hatte sie sich auf die Felle zurückgelehnt. Das Haar, das so dicht und üppig war, daß es im Feuerschein beinahe lebendig wirkte, fiel ihr über die Schultern. Die dunkle Hose schmiegte sich hauteng ihren Schenkeln an, und ihre Hände wirkten kräftig und geschickt. Sie waren ebenso zerschrammt wie die seinen. Sie war so ganz anders als Annandale, im Grunde anders als jede andere Frau, die Roderic je gekannt hatte, doch ihr war eine Lebendigkeit zu eigen, die er reizvoll fand.

»Wenn ich meine Leute überzeugen soll, müßt Ihr mir alles sagen, was Ihr über Alexanders Zwillingsbruder wißt.«

Roderic setzte sie kurz über Amanander, Jesselyns Tod und die bislang erfolglose Suche ins Bild.

»Ich erinnere mich, daß königliche Soldaten kamen und sich nach Eurem Bruder erkundigten«, sagte sie, als an der Tür geklopft wurde. Sie erhob sich und nahm dem Wachposten ein Bündel Kleider ab. Mit einem mutwilligen Lächeln legte sie Roderic das Bündel auf den Schoß. »Allerdings habe ich nicht bemerkt, daß einer von ihnen Alexander so ähnlich gesehen hätte, daß er uns alle hätte täuschen können.«

Roderic öffnete das Bündel. Darin fand er leinene Leibwäsche, ein kurzes, grün-blau gemustertes Hemd, eine wollene Hose und einen kurzen wollenen Umhang mit dem gleichen Schottenmuster, das auch Deirdre trug. »Als er verschwand, sah er anders aus als Alex. Alex hat einen Bart – Amanander hat keinen. Alexander trägt das Haar kurz – Amanander lang und geölt. Amanander kleidet sich mit erlesenem Geschmack – Alexander wie ein Soldat. Alle diese Dinge lassen sich leicht verändern, doch ansonsten sind die beiden Brüder kaum zu unterscheiden. Und was Eure Schwester betrifft, so hat mir Alexander vergangenes Jahr gesagt, er liebe sie. Er bat mich um die Erlaubnis, sie heiraten zu dürfen, und er sprach wie ein Verliebter. Alexander hätte Eurer Schwester niemals etwas zuleide getan.« Amanander hingegen wäre es durchaus zuzutrauen, dachte Roderic, und zwar dann, wenn er meint, sein Zwillingsbruder habe ihn verraten.

»Dann ist der Mann, den ich hier festhalte, also unschuldig?«

»Ja, und wenn dem nicht so wäre, hätten wir etwas anderes zu besprechen. Dann erhöbe ich ebenfalls Anspruch auf ihn, um ihn zu bestrafen.«

Deirdre blickte in die Flammen. »Und das Feuer?«

»Verzeihung?«

»Ihr sagt, die Lords von Mondana hätten das Feuer

in Koralane nicht gelegt? Sie hätten Euch um Hilfe gebeten?«

»Zum gleichen Zeitpunkt, als wir von Alexanders Niederlage erfuhren.«

»Und er stand hier unter Belagerung ...« Sie stand auf. Roderic hörte, wie sie mit einem der Wachposten sprach. »Ihr dürft mit Eurem Bruder sprechen.« In ihrem Gesicht zeichneten sich widerstreitende Empfindungen ab. Sie holte tief Luft. »Er wird in wenigen Minuten hier sein. Aber ich möchte Euch vorwarnen ...« Sie brach ab, und Roderic betrachtete sie voller Sorge. »Es geht ihm nicht gut. Ich glaube nicht, daß dies allein auf die Belagerung zurückzuführen ist, und ich möchte auch nicht, daß Ihr denkt, man habe ihn schlecht behandelt, denn wir sind nicht grausam zu unseren Kriegsgefangenen. Aber Euer Bruder ist ein kranker Mann.«

Sie deutete eine Verneigung an, ergriff einen dunklen, rot-blau gemusterten Umhang und eilte davon. Roderic erhob sich und kleidete sich mechanisch an, während ihm ihre Worte unablässig durch den Sinn gingen. Plötzlich sprang die Tür auf, und zwei Krieger schleppten auf einer pelzbedeckten Trage eine flach auf dem Bauch liegende Gestalt herein.

»Alex!« Roderic sprang auf.

Der Mann auf der Trage hatte nur wenig Ähnlichkeit mit Alexander, wie Roderic ihn in Erinnerung hatte. Er war ausgezehrt und wirkte, als habe er Fieber. Der schwarze Bart war lang und struppig, ein scharfer Kontrast zu dem bleichen, verschwitzten Gesicht. Bestürzt kniete Roderic neben ihm nieder und flüsterte seinen Namen. »Alex? Ich bin's, Roderic. Ich bin gekommen, um dich heimzuholen.«

Alexander zupfte mit skelettartig abgemagerten Fingern an Roderics Ärmel. »Roderic? Verzeih mir ...«

»Es gibt nichts zu verzeihen.«

»Du hättest nicht herkommen sollen.«

»Du bist mein Bruder. Hätte ich zulassen sollen, daß man dich tötet?«

Alexander schlug die Augen auf. »Roderic ...«

Roderic unterdrückte ein Seufzen. Alexander war zu sehr geschwächt, um ihn zum Reden zu drängen. »Alles wird gut, Alex. Wir unterhalten uns später.«

»Nein!« Er krampfte die Hände um Roderics Arm. »Roderic, ich weiß nicht, wie es so weit kommen konnte. Der alte Cormall ist tot. Im Sommer gestorben. Ich bin gar nicht dazu gekommen, um Breas Hand anzuhalten. Ich wollte Deirdre fragen, aber ...«

»Alex, laß uns später reden.«

»Nein! Soviel Zeit haben wir nicht. Wo ist Brand?«

»In Mondana. Er versucht, durch Koralane durchzukommen. Die Lords behaupten, die Häuptlinge hätten das Feuer gelegt, während der M'Callaster dies abstreitet und den Lords die Schuld gibt. Hast du das gewußt?«

Alexander sank aufs Kissen zurück. »Ich hatte schlimme Alpträume.« Er verstummte und starrte blicklos an die Deckenbalken. »Von Flammen, die bis in den Himmel emporschlugen.« Sein Blick stellte sich wieder scharf, und er versuchte, sich aufzusetzen. »Koralane brennt – Roderic, das begreife ich nicht. Man möchte meinen, der Erdboden rings um Ahga sei vergiftet. Die Häuptlinge würden Koralane niemals in Brand setzen. Ihr Leben hängt davon ab; die brauchen den Wald ebensosehr wie das Meer. Und den Lords von Mondana traue ich eine solche Verrücktheit ebenfalls nicht zu.«

Roderic drückte ihn behutsam auf die Trage nieder. »Wenn weder die Häuptlinge noch die Lords das Feuer gelegt haben, wer dann?«

Alexander leckte sich über die trockenen, rissigen Lippen und flüsterte »Aman«, so leise, daß Roderic ihn kaum verstand.

»Amanander?«

»Er erscheint mir im Traum.«

»Alex, du bist krank.«

»Ich phantasiere nicht, ich schwör's. Ich habe von gewaltigen Bränden geträumt und ... und von Vater.«

Roderic packte Alexander bei der Schulter und musterte forschend sein Gesicht. »Was ist mit Vater?«

»Ich weiß nicht. Ich sehe ihn auf einem Thron sitzen – ich weiß, daß Aman meinen Tod wünscht.«

Die Erwiderung erstarb Roderic auf den Lippen. Er erinnerte sich an Annandales Worte.

Alexander sah ihm in die Augen; sie verständigten sich wortlos. »Du glaubst, daß Amanander hinter alldem steckt.« Es war eine Feststellung, keine Frage.

Alexander schloß die Augen und nickte erschöpft. »Ja. Ich habe ihm getrotzt, verstehst du. Ich habe mich geweigert, ihm dabei zu helfen, den Thron zu erringen, und deshalb hat er sich gegen mich gewendet.« Eine einzelne Träne rann ihm über das schmale, ausgemergelte Gesicht. »Ich hätte dir dies bereits in Minnis sagen sollen.«

»Alex, du solltest dich jetzt ausruhen.«

»Hör mir zu. Amanander hat es auf den Thron abgesehen.«

»Das weiß ich. Warte, ich rufe die Wachen ...«

»Nein!« Alexander packte Roderics Gewand. Roderic hätte nie gedacht, daß ein Todkranker solche Kräfte entwickeln könnte. »Hör mir zu. Er wird so lange keine Ruhe geben, bis ... Es war ein Fehler, daß ich nach Jesselyns Tod geschwiegen habe.«

»Was hast du mir verschwiegen, Alex? Ich wußte auch so, daß er es auf den Thron abgesehen hat. Und Phineas und Brand wußten es ebenfalls!«

»Du verstehst mich nicht!« Er drückte Roderics Hand mit solcher Kraft, daß die Gelenke knackten. »Hör zu. Als wir zwölf waren, hatte unsere Großmutter häufig Streit mit Vater. Sie wollte, daß er Amanander zu seinem Erben macht, und als er sich weigerte, hat sie ihm so lange zugesetzt, bis er sie verbannt hat.«

»Was hat das damit zu tun ...«

»Ihr sind ein paar merkwürdige alte Bücher in die Hände gefallen – Bücher aus der Zeit vor dem Armageddon, magische Bücher, wie sie meinte. Und sie hat sich bemüht, sie zu benutzen. Als sie vom Hof verbannt wurde, ging sie nach Missiluse und nahm uns mit.«

»Was geschah dann?«

»Sie und mein Onkel Eldred haben dann einen Mutanten gefunden. Ich weiß nicht, wie, jedenfalls sollte sie der Mutant in der Magie unterweisen. Und das hat er auch getan – oder zumindest damit begonnen. Irgendwann suchte Vater sie dann auf. Amanander belauschte das Gespräch, in dem Vater ihr sagte, ob mit oder ohne Magie werde Amanander niemals König werden. Und das hat Amanander niemals vergessen. Aman weiß, wie machtvoll die alte Magie ist – er hat ihre Wirkungsweise beobachtet und damit begonnen, sie zu erlernen.«

Roderic löste behutsam Alex' klauenartige Hand von seinem Gewand.

Alexander schaute ihn mit brennenden Augen an. »Er war froh, als Vater ihn nach Dlas schickte – das werde ihm eine Menge Ärger ersparen, sagte er mir. Roderic, das ist noch nicht alles. Bitte hör mir zu.« Tränen strömten ihm über das Gesicht. »Ich hätte dir alles erzählen sollen. Aman hat Reginald auf seine Seite gebracht. Und Reginald ...«

Nackte Angst, so schwarz und hart wie die Felsklippen von Sentellen's Island, durchbohrte Roderic wie eine Klinge. »Was ist mit Reginald?«

»Reginald beabsichtigt, die Verträge zu brechen, die du vergangenes Jahr mit den Mutanten geschlossen hast, und die Lords von Atland und Missiluse um sich zu scharen. Begreifst du, was er getan hat?«

»Ja«, flüsterte Roderic, als er wieder sprechen konnte. »Ich begreife.«

»Ich weiß nicht, wohin er gegangen ist ...« Alexanders Stimme wurde immer leiser.

Roderic betrachtete seinen erschöpften Bruder. Im Raum war es so still, daß er das vom Dach herabtropfende Wasser hörte, das Prasseln des Feuers und Alexanders unregelmäßigen Atem. »Ich begreife«, wiederholte er grimmig. »Ich kann mir denken, wohin er wollte, und jetzt ist mir auch klar, was er getan hat. Die Frage ist bloß, ob wir das Schlimmste noch rechtzeitig verhindern können.«

23. Kapitel

»Und was ist mit meinem Vieh?« M'Cullens herausfordernde Stimme vibrierte im Holzrahmen des Gebäudes nach. Roderic stöhnte im stillen, während der Gesichtsausdruck der um die Feuerstelle versammelten Männer von grollender Zurückhaltung zu lebhafter Aufmerksamkeit wechselte.

»Dies ist weder der passende Ort noch der rechte Zeitpunkt, um uns über deine Kühe den Kopf zu zerbrechen«, schnaubte M'Cooley und ließ den Weinschlauch sinken.

»Was meinst du eigentlich, wie viele Kühe du hattest?« höhnte ein bärtiger Riese auf der anderen Seite des Raums.

»Keiner macht solche Umstände mit seinem Vieh wie du«, setzte M'Clee hinzu, der dicht bei Deirdre saß. Er stocherte sich mit dem Dolch zwischen den Zähnen herum und spuckte ins Feuer.

»Deshalb bespringt er sie ja auch.« Der rothaarige Häuptling griff nach dem Metbecher.

M'Cullen erhob sich langsam, und Roderic schaute Deirdre an. Sie hatte dem Wortwechsel geduldig zugehört, doch nun, als sich M'Cullen in Bewegung setzte, verzerrte sich ihr Gesicht vor Wut, sie entriß M'Clee den Dolch und schleuderte ihn. Roderic beherrschte sich mühsam, sonst wäre er zusammengezuckt. Die Klinge durchbohrte den Saum von M'Cullens Umhang und nagelte ihn am Boden fest.

»So.« Deirdre räusperte sich. »Ich stimme Euch zu,

daß dies eine ernste Angelegenheit ist, M'Cullen.« Sie benutzte die förmliche Anrede. »Aber dies ist weder der geeignete Ort noch der rechte Zeitpunkt dafür. Ihr wißt ebensogut wie ich, daß solche Angelegenheiten bei der Mittsommerversammlung vorgebracht werden sollen.« Als der Häuptling protestieren wollte, hob sie die Hand. »Ich werde mir Eure Klagen später anhören. Jetzt nicht. Nicht in Anwesenheit unseres Ehrengastes.« Mit weit ausholender Geste deutete sie auf Roderic.

M'Cullens Nachbarn murrten leise, und Deirdre seufzte. »Denkt nach, ihr Narren – wollt ihr dem Festländer etwa ein Schauspiel der Zerrissenheit bieten? Ihr zeigt ihm unsere Schwäche.« Sie schüttelte den Kopf und schwenkte die Hand. »Laßt uns für heute Schluß machen – es ist spät, und ich schnuppere schon Essensdüfte. Wir treffen uns morgen wieder. In aller Frühe.«

Mehrere Männer murrten. Als Deirdre sich erhob, öffnete sich die Tür, und ein schlammbespritzter Bote in Begleitung zweier halbnackter Krieger taumelte in den Raum.

Erwartungsvolle Stille breitete sich aus. »Bote?« wandte Deirdre sich an den Mann, der die Farben des Königs trug.

Roderic erhob sich und nahm vom Boten die arg mitgenommene Nachricht entgegen. »Welche Neuigkeiten bringst du uns?«

»Neuigkeiten aus Koralane, Hoheit«, antwortete der Bote. »Koralane ist gerettet. Der Waldbrand ist gelöscht. Die Nachricht kommt von Eurem Bruder Brand.« Er drückte Roderic die Hände und sah ihn bedeutungsvoll an.

»Kümmert euch um ihn«, brach Deirdre das Schweigen. »Gebt ihm frische Kleidung und zu essen und behandelt ihn, als wäre er einer von uns.«

Zahllose Fragen lagen Roderic auf der Zunge, doch er verkniff sie sich. Wachposten näherten sich dem Boten. »Lest die Botschaft, Hoheit«, sagte der Bote als Antwort auf Roderics fragenden Blick, während Deirdres Wachen ihm höflich auf die Schulter tippten. »Dann wird Euch so manches klarer werden.«

Roderic wartete, bis der letzte der Häuptlinge durch die niedrige Tür hinausgegangen war. Während Deirdre nach einem Krug mit Met langte, brach Roderic das Siegel. Je weiter er las, desto mehr verfinsterte sich seine Miene.

»Was gibt es?« Deirdre beäugte ihn über den Rand des Kruges hinweg.

»Der Bote hat die Wahrheit gesagt. Koralane ist gerettet. Die Lords von Mondana machen freilich Euch – die Häuptlinge – für das Feuer verantwortlich und verlangen nach Eurem Blut. Brand schlägt vor, daß wir nach Spogan reiten – Ihr und ein paar Eurer besonneneren Leute – und dort über einen Frieden verhandeln. Ansonsten ...«

»Ansonsten gibt es Krieg.«

»Ja.« Roderic nahm den Krug und schluckte. Das scharfe Getränk rann ihm die Kehle hinunter und verbreitete wohlige Wärme im Bauch.

Deirdre betrachtete ihn belustigt. »Ich hätte eigentlich gedacht, unser Inselschnaps wäre Euch zu stark, Hoheit.«

Er setzte den Krug ab und wischte sich mit dem Handrücken über die Lippen. »Zu stark? Nein. Aber einer muß schließlich einen kühlen Kopf bewahren. Ich begreife nicht, weshalb Ihr Euch nicht schon längst gegenseitig umgebracht habt.«

»Ha.« Deirdre winkte ab. »Das läßt sich nicht ändern. Die meinen es nicht so, Hoheit. Vieles von dem, was wir sagen, ist reines Wortgeklingel. Auf die Taten kommt es an.«

»Aber die Männer wirken so dünnhäutig …«

»Sie jammern wie alte Weiber. Sie reden soviel, weil es ihnen Spaß macht. Ihr versteht nicht, worum es in Wirklichkeit ging.«

»Erklärt es mir.«

»Nun gut.« Deirdre zuckte die Schultern. »Als M'Cullen sein Vieh erwähnte, wußte er ebensogut wie alle anderen, daß das Thema nicht hierher gehörte. Er wollte damit sagen, daß wir uns hier sozusagen auf vertrautem Boden bewegen, daß das Abkommen, welches Ihr vorgeschlagen habt, annehmbar ist, zumindest für ihn. Außerdem wurde ihnen langweilig. Wir sind es nicht gewohnt, lange stillzusitzen, Prinz. Wenn die Männer so lange beieinandersitzen, betrinken sie sich für gewöhnlich bis zum Umfallen. Ihr werdet's noch erleben.«

»Und wie steht es damit?« Er schwenkte die Nachricht.

»In ein, zwei Wochen reiten wir nach Spogan. Und wenn es Krieg geben soll, dann gibt es eben Krieg. Meine Schuld soll es nicht sein.«

Roderic nickte bedächtig und ließ sich auf die Felle niedersinken. Er wandte sich den Überresten des Mittagsmahls zu, das man ihnen im Hodge serviert hatte, riß einen Brocken Fleisch von einer Keule ab und kaute versonnen.

»Was habt Ihr?«

Roderic sah zu ihr auf. War es erst eine Woche her? Es war, als hätten sie einander schon ein Leben lang gekannt, so gut verstanden sie sich. Er vertraute blindlings darauf, daß sie mit ihren streitbaren Leuten fertig wurde. Die eigentlichen Verhandlungen fanden zwischen ihnen beiden statt.

»Sagt es mir.«

Abermals zögerte er.

»Macht schon.« Sie hockte sich neben ihn und hob

den Krug an die Lippen. Plötzlich rollte ein Donnerschlag über die Bucht und hallte von den Felsklippen wider. »Was ist los? Ihr wart heute so abwesend. Macht Ihr Euch Sorgen wegen Eures Bruders?«

»Wegen Alex? Nein.« Roderic schüttelte den Kopf. »Ich weiß, Ihr tut für ihn, was Ihr könnt. Ich denke an den anderen – an Amanander. Ich weiß nicht, wohin er sich gewendet hat, und das bedrückt mich mehr, als ich sagen kann.«

»Wo steckt er Eurer Meinung nach?« Sie streckte den geschmeidigen Körper auf den dicken Fellen aus, kaum eine Armeslänge von ihm entfernt.

Während er sie ausgiebig musterte, begann es heftiger zu regnen. Plötzlich war Annandale sehr weit weg.

»Ich glaube, er ist nach Süden geritten, um sich der Streitmacht meines Bruders Reginald anzuschließen. Anschließend dürfte er nach Ahga marschieren. Meine Frau ist dort, versteht Ihr. Und Amanander will sie in seine Gewalt bringen.« Auf einmal war er sich Deirdres Nähe deutlich bewußt.

Sie befeuchtete sich die Lippen. »Ist sie schön, Eure Frau?«

Er nickte.

»Ihr glaubt, Ihr werdet eine Weile in Spogan bleiben, und fürchtet, er könne die Stadt in Eurer Abwesenheit angreifen?«

Er starrte in die lodernden Flammen. »Ja, das ist nicht auszuschließen. Ich war mir sicher, daß ich ihn hier fände. Ich hätte nie gedacht, daß er sich so erfolgreich als Alexander ausgeben könnte.«

»Hört mir zu«, sagte sie. Die Stille ringsum war nahezu greifbar. »Weshalb schickt Ihr sie nicht fort, an einen sicheren Ort? Die Ridenaus haben doch große Besitzungen, nicht wahr? Es muß doch einen geeigneten Ort geben, an den sie sich zurückziehen könnte. Einen Ort, wo er sie nicht vermutet. Schickt morgen einen Boten los. Wenn Ihr sie in Sicherheit wißt, könnt Ihr Euch ganz der vor Euch liegenden Aufgabe widmen.«

Roderic nickte. Deirdre hatte recht. Nach dem Friedensschluß mit den Häuptlingen mußte er sich immer noch mit den Lords von Mondana einigen. Es bot sich ihm die Gelegenheit, im Nordwesten einen dauerhaften Frieden zu schließen, das von Alexander Erreichte zu sichern und womöglich eine seit Jahrhunderten bestehende Feindschaft zu beenden. Wenn er die königliche Streitmacht jedoch abzog, gäbe es mit Sicherheit Krieg, und er würde abermals hineingezogen werden. »Ja«, sagte er bedächtig. »Es gibt einen solchen Ort. Minnis. Ich werde sie nach Minnis schicken.« Als er sich einen weiteren Fleischbrocken abriß, hörte er, wie sie sich bewegte.

Er schaute sich um und sah sie nackt in der Ecke stehen. Roderic wandte den Blick ab, was ihm ein Kichern einbrachte. »Was ist los, Prinz? Habt Ihr noch nie eine Frau gesehen?«

Roderic wollte etwas erwidern, doch dann stockte er. Ihr Oberkörper wies mehr Narben auf als der seine; eine Brust fehlte vollständig. »Weshalb wart Ihr so verhandlungsbereit?« fragte er statt dessen.

Sie streifte sich ein Leinenhemd über den Kopf und hockte sich neben ihn. »Weil auch mir viel daran liegt, diesen Streit beizulegen.« Sie nahm sein Gesicht in die Hände und küßte ihn leidenschaftlich auf den Mund. »Und weil Ihr ein so hübscher Prinz seid.«

Obwohl sein Körper unwillkürlich reagierte, wich Roderic zurück und setzte sich auf. »Nein, Lady.«

»Was?«

»Ich kann nicht ...«

»Ihr könnt nicht? Das glaube ich nicht.«

»Ich habe geschworen, meiner Frau so lange treu zu sein, bis entweder ein Erbe geboren oder benannt ist.

Ich stehe nicht nur bei Euch im Wort, sondern auch bei meiner Frau.«

Offenbar nahm sie ihm die Zurückweisung nicht übel. Sie hockte sich wieder hin und streichelte sich das Kinn. »Eine hübsche Hofdame, nehme ich an.«

»Sehr hübsch.«

»Kann sie mit einem Dolch umgehen?«

»Wenn's darum geht, Fleisch zu zerlegen, schon.«

Sie lachte erneut, stand auf und wandte sich ab. »Schickt Euren Boten los. Wir haben morgen noch eine Menge zu besprechen.«

»Noch eine Frage, Deirdre. Wie habt Ihr den Titel des M'Callasters erworben?«

»Mein Vater hatte keine Söhne«, antwortete sie und streifte sich ein sauberes Überkleid über den Kopf. »Meine Verwandten haben sich wie eine Meute hungriger Hunde um sein Krankenlager versammelt, doch er wollte keinen Erben benennen. Und als sich nach seinem Tod die Bewerber melden sollten, nahm ich die Herausforderung an.«

»Gab es Mitbewerber?«

»Schon, aber die habe ich alle im Kampf besiegt.« Sie schnürte ihre Kniehosen. »Unsere Lebensweise unterscheidet sich von der Euren, Prinz. Meine einzige Hoffnung ist, daß ich ein Kind bekomme, damit ich den Titel an meinen Nachkommen weiterreichen kann.«

»Habt Ihr deshalb …«

Sie setzte sich auf die andere Seite der Feuerstelle und zog die Stiefel an. »Ich habe Euch geküßt, weil ich Euch begehre. Hättet Ihr mir ein Kind gemacht, um so besser.« Plötzlich klang ihre Stimme hart. »Ich habe mir den Titel erkämpft, Prinz, und mein Blut dafür vergossen. Er wurde mir nicht am Totenbett geschenkt. Ich habe härter um mein Erbe gekämpft als Ihr oder jeder andere Mann.« Sie nahm den Dolch und betastete das Heft.

Roderic schaute in die Flammen. »Da wäre ich mir nicht so sicher, Lady.«

Die Tür schleifte über den Boden. Ein Windstoß fuhr ins Feuer, die Flammen loderten auf. Roderic blickte sich um. Deirdre hielt die Tür auf, den Umhang hatte sie sich über den Arm gelegt. »Kommt«, sagte sie und zwinkerte ihm zu. »Laßt uns unsere Sorgen für eine Weile vergessen. Die Burschen gieren nach einem Kampf, und ich bin sicher, er wird gut.«

24. Kapitel

Burg Ahga
März, im 76. Jahr der Herrschaft der Ridenau-Könige
(im Jahre 2748 nach Alter Zeitrechnung)

Das Geschnatter der im Palas versammelten Frauen verstummte jäh beim Eintreten eines männlichen Bediensteten. Annandale blickte von ihrer Näharbeit auf und wartete, während sich der Mann tief vor ihr verneigte und ihr einen hölzernen Nachrichtenköcher reichte. »Von Seiner Hoheit, dem Prinzen, Lady.«

Annandale bedankte sich mit einem Lächeln, legte den Stoff beiseite und nahm die Botschaft heraus. Die anderen Frauen schwiegen erwartungsvoll, als sie das Siegel brach und den Brief las. Anschließend sah sie auf in Tavias banges Gesicht. »Alles in Ordnung. Roderic ist wohlbehalten in Spogan eingetroffen und hofft, daß alles gutgehen wird.« Annandale lächelte.

Die Frauen atmeten hörbar aus und wandten sich sogleich wieder ihrer Arbeit zu. Tavia wischte sich mit einem Leinentuch den Schweiß vom Gesicht. »Bring uns etwas zu trinken!« rief sie dem Bediensteten zu, der knapp außer Hörweite wartete. »Bei der Eins, ich glaube, einen solch warmen Frühling habe ich noch nie erlebt. Hat Roderic etwas über die Hitze geschrieben?«

Annandale blickte auf das dicke, mit Roderics mittlerweile vertrauter Krakelschrift bedeckte Pergament nieder. Die Hitze, die er erwähnte, hatte mit der Temperatur nichts zu tun. Ihre Wangen färbten sich rosig.

Peregrine schnaubte und beugte sich vor, um Melisande zu stützen, welche gerade die ersten tapsigen Schritte machte. »Und hat er schrieben, wann wir ihn zurückerwarten können?«

Annandale schüttelte den Kopf. »Nein, davon schreibt er nichts. Die Häuptlinge und die Lords sind seit altersher miteinander verfeindet.«

»Dürfte ich dann vorschlagen, Lady«, sagte Peregrine mit verkniffenem Mund, den Blick auf das pausbäckige Kind gerichtet, »daß wir möglichst bald nach Minnis aufbrechen? Die Hitze wird von Tag zu Tag schlimmer; eigentlich gibt es keinen Grund, noch länger zu zaudern.«

Annandale sah abermals Tavia an, die mit Jaboa einen vielsagenden Blick wechselte. Als Jaboa sich vorbeugte, um wegen Melisande eine Frage an Peregrine zu richten, zuckte Tavia die Schultern. »Sollte eine neue Nachricht von Roderic eintreffen, meine Liebe, wird Phineas sie uns bestimmt übermitteln. Die Hitze ist dieses Jahr wirklich unerträglich – in der Burg stinkt es bereits.«

Annandale zögerte. Es stimmte, seit Ende Febry war es immer wärmer geworden, und sämtliche Bewohner der Burg und der Stadt litten unter der Hitze. Die Frauen hatten sich deshalb zu dieser ungewohnten Stunde im Palas versammelt, weil sie hofften, die großen Fenster würden ein Meereslüftchen einlassen – eine Änderung des Tagesablaufs, die Peregrine offenbar noch immer erboste. Im Verlauf der vergangenen Monaten war allen jedoch klargeworden, daß nicht nur die Hitze auf Peregrines Stimmung drückte. »Laßt mich mit Phineas sprechen.« Annandale erhob sich. »Ich weiß, es ist unbehaglich hier. Ich weiß, in Minnis hätten wir es angenehmer. Aber ...«

»Wir verstehen dich ja«, sagte Tavia sanft.

Mit einem Blick auf Peregrine, die sie immer noch nicht ansehen wollte, faltete Annandale ihre Näharbeit zusammen. Sie erhob sich und strich glättend über ihr Gewand. Es war das leichteste Kleidungsstück, das sie besaß, und klebte an ihrem Oberkörper wie eine zweite Haut. Sie schritt über den glänzenden Boden des Palas, und als sie an der Flügeltür vorbeikam, die zur Küche führte, meinte sie, die den großen Öfen entströmende Hitze wahrzunehmen. Sie folgte dem langen Gang und stieg die Treppe zu Phineas' Gemächern hinauf. Sie klopfte.

Der Bedienstete, der ihr öffnete, wirkte erstaunt, als er sie sah. »Lady Annandale, Lord«, sagte er und geleitete sie unter Verneigungen ins Zimmer, wo Phineas, umgeben von säuberlich gestapelten Pergamenten, auf der Trage saß. »Tretet ein, mein Kind.« Er entließ den Schreiber und den Bediensteten mit einer Handbewegung. »Habt Ihr Roderics Brief gelesen?«

Annandale wartete, bis die beiden Männer hinausgegangen waren, dann trat sie zu ihm und ergriff seine Hand. Sein Restschmerz sickerte in ihren Körper ein, und kurzzeitig flammte ein blaßblaues Licht zwischen ihnen auf. Phineas seufzte kaum merklich, und die Furchen in seinem Gesicht glätteten sich ein wenig. »Ich danke Euch, mein Kind«, murmelte er. »Setzt Euch. Wir müssen miteinander reden.«

»Peregrine möchte den Hof nach Minnis verlegen.«

Phineas nickte bedächtig. »Ich hätte nichts dagegen.«

Annandale musterte ihn erstaunt. »Ihr seid einverstanden?«

»Roderic hat mir ebenfalls einen Brief gesandt und mich angewiesen, Euch nach Minnis zu schicken. Amanander ist ihm abermals entwischt. Roderic hat keine Ahnung, wo er sich aufhält, und glaubt, in Minnis wärt Ihr besser aufgehoben. Wir werden Euch in aller Stille dorthinschaffen, zusammen mit einer kleinen Eskorte. Sollte Amanander so töricht sein, Ahga anzugreifen, so wird er Euch hier nicht finden.« Phineas stockte und legte den Kopf schief. Nach einer Weile fragte er: »Aber Ihr wollt nicht fortgehen?«

Annandale schüttelte den Kopf und breitete die Arme aus, erst dann wurde sie sich der Nutzlosigkeit der Geste bewußt. »Ich kann nicht genau sagen, warum.« Sie tastete in der Schürzentasche nach Roderics Brief. »Es gefällt mir nicht, Euch zurückzulassen.«

»Aber das ist noch nicht alles, habe ich recht?« fragte Phineas sanft.

»Ja. Aber ich weiß nicht, was es ist.« Jedesmal, wenn Peregrine Minnis erwähnte, machte ihr ein Unbehagen zu schaffen, das so hartnäckig wie Zahnschmerz war. Eine vernünftige Erklärung dafür gab es nicht.

Das lastende Schweigen wurde lediglich von den Schreien der Möwen durchbrochen, die zwischen den Türmen kreisten. »Ist es wegen Eurer Mutter?« fragte Phineas.

Bei der Erwähnung ihrer Mutter traten ihr Tränen in die Augen. »Ich bemühe mich, nicht an meine Mutter zu denken. Es kommt vor, daß ich sie gar nicht mehr wahrnehme, und dann frage ich mich, ob sie tot ist. Sie ist so allein und hat niemanden, der sie tröstet oder ihren Kummer teilt.«

»Ist das wirklich der Grund, weshalb Ihr zögert, dorthin zu gehen?«

»Mag sein. Ich weiß es einfach nicht ...«

»Meine Liebe, wenn Roderic zurückkehrt, wird er Euch auf der Stelle nachfolgen.« Phineas beugte sich vor und tätschelte ihr die Hand. »Ich vermisse ihn auch.«

»Ja, ich weiß.« Sie erhob sich und trat ans Fenster,

wo ein schwacher Wind die lockigen Strähnen zauste, die sich aus ihren Zöpfen gelöst hatten. Für ein Kopftuch war es viel zu heiß. »Wie läuft der Feldzug?«

»Im Grunde ist er bereits beendet. Sobald Roderic den Frieden im Nordwesten wiederhergestellt und ein Abkommen zwischen den Lords und den Häuptlingen geschlossen hat, wird er zurückkommen. Aber so einfach ist das nicht, versteht Ihr. Niemand ist sturer als die Häuptlinge der Settle-Inseln, und die Lords von Mondana hegen einen starken Groll gegen sie. Außerdem sind da noch die Zwistigkeiten, die von Mortmains Rebellion herrühren.«

»Mortmain«, wiederholte sie. »Damit fing alles an, nicht wahr, Phineas?«

Seine Züge verhärteten sich, als hätte er sich eine Maske aufgesetzt. Sie wußte, er wollte es abstreiten, als die Maske plötzlich von ihm abfiel, sich die blicklosen Augen hinter den geschlossenen Lidern bewegten und der Mund sich verzerrte, Ausdruck eines lange unterdrückten Schmerzes. »Es begann schon lange vorher, mein Kind.«

»Aber was bedrückt Euch dann, wenn der Feldzug so gut wie beendet ist?«

Phineas errötete erst und erbleichte dann. »Was meint Ihr damit, mein Kind?«

Sie kniete neben der Trage nieder und ergriff seine Hand. »Mir ist aufgefallen, daß die Boten kommen und gehen. Ich sehe, wohin sie reiten. Nicht alle reiten nach Norden und nach Westen. Einige auch nach Süden und Osten. Was geht da vor, Phineas? Ich spüre, was Ihr empfindet. Auch Ihr macht Euch Sorgen.«

Phineas drehte den Kopf weg. »Vielleicht hat Roderic nicht klug daran getan, Alexander zu Hilfe zu eilen. Die Lage in Atland ist äußerst angespannt. Ich habe einen Brief von Everard erhalten – von Abelards drittem Sohn. Sagt Euch der Name etwas?« Als sie Zustimmung bekundete, fuhr er fort: »Als der Aufstand im vergangenen Frühjahr niedergeschlagen war, habe ich Everard gebeten, nach Atland zu ziehen, um die Einhaltung der Verträge sicherzustellen und dafür zu sorgen, daß die Senadoren und die übrigen Lords das Gleichgewicht dieses heiklen Friedens wahren.«

»Weshalb Everard?« fragte sie. »Hält sich nicht bereits Reginald dort auf?«

»Ja«, räumte Phineas ein. »Reginald mag zwar ein guter Soldat sein, doch der Ton seiner Briefe erweckt Zweifel an seinen diplomatischen Fähigkeiten in mir. Die Familie von Everards Mutter – Abelard lernte sie bei einem kurzen Feldzug in den Dirondac-Bergen kennen – unterhält seit jeher enge Verbindungen zu den Mutantenstämmen in diesem Teil des Landes.«

»Dachtet Ihr, Everard könne zur Wahrung des Friedens beitragen?«

Phineas nickte. »Allerdings scheint es so, als sei Everard dazu nicht in der Lage. Mittlerweile glaube ich, daß dort noch mehr dahintersteckt, bekomme den Kern des Problems aber nicht zu fassen.« Er seufzte. »Ich habe an sämtliche Senadoren und Garnisonskommandanten geschrieben und um Lagebeurteilungen gebeten. Und die Berichte, die hier eintreffen, sind besorgniserregend, denn sie stimmen nicht überein.«

»Also geht dort irgend etwas vor?«

»Ja, so scheint es.«

»Wenn Roderic heimkommt, wird er gleich wieder fortreiten müssen.«

Phineas tätschelte ihr die Hand. »Ich fürchte ja, mein Kind. Aber vielleicht kann er Euch diesmal ja mitnehmen. Ich glaube, es wäre ratsam, eine Versammlung einzuberufen – vielleicht in Ithan Ford. Auf den jungen Miles können wir uns verlassen, der

Eins sei gedankt. Wenn Ihr beide niemals zusammen seid, wird es auch keinen Erben geben.«

Sie wußte, er hatte es als Scherz gemeint, gleichwohl fand sie seine Worte beunruhigend. In seiner Bemerkung schwang mehr Bedeutung mit, als ihnen beiden lieb war. »Roderic weiß nicht Bescheid, nicht wahr?« fragte sie unvermittelt.

»Über seinen Vater? Nein. Wie ich Euch schon einmal sagte: Bis Ihr hierherkamt, wußten nur Abelard und ich Bescheid.«

»Hat sich schon einmal jemand Gedanken darüber gemacht, was geschähe, wenn Amanander die Wahrheit erführe? Wenn dies allgemein bekannt würde?«

»Ihr seid die einzige, mit der ich bislang darüber gesprochen habe.«

»Aber wenn Amanander nun herausfinden sollte, daß Roderic zwar der Sohn der Königin, nicht aber der des Königs ist?«

»Darüber möchte ich mir lieber nicht den Kopf zerbrechen.«

»Amananders Anspruch ist aber besser abgesichert. Er ist Abelards Sohn, nicht Roderic. Übrigens geht es nicht bloß darum, was Amanander täte, wenn er die Wahrheit herausfände. Ich könnte mir vorstellen, daß Roderic auf den Thron verzichtet, wenn er es für richtig hält.«

Phineas richtete sich jäh auf und zuckte zusammen, als seine alten Knochen protestierend knackten. »An diese Möglichkeit habe ich noch gar nicht gedacht.«

»Ich verfüge nicht über die Gabe meiner Mutter, Phineas. Ich vermag nicht in die Zukunft zu blicken, aber ich spüre so manches – und was ich in letzter Zeit fühle, behagt mir nicht. Bei der Vorstellung, nach Minnis zu reisen, gefriert mir das Blut in den Adern, obwohl ich nicht sagen könnte, was dagegen spräche.«

»Ich danke Euch, Miss Roderic.« Phineas lächelte. »Geht nach Minnis, mein Kind. Die Ortsveränderung wird Euch guttun. Schreibt ihm noch heute, daß Ihr seiner Bitte nachkommen wollt; ich werde den Brief im Morgengrauen fortschicken. Er ist allein darauf bedacht, Euch zu schützen. Und wenn Ihr wollt, werde ich einen Spähtrupp zum Turm Eurer Mutter schicken, um herauszufinden, wie es ihr geht.«

»Nein.« Annandale schüttelte den Kopf. »Sie will in Frieden gelassen werden, das weiß ich. Und wenigstens das bin ich ihr schuldig.«

Phineas zuckte die Schultern. »Wie Ihr wollt, mein Kind. Es ist Eure Entscheidung. Glaubt mir, in Minnis ist es für Euch sicherer als irgendwo sonst. Die Mauern von Minnis sind unüberwindlich.«

Unüberwindlich. Dieses Wort hallte durch Annandales Kopf, während die schwerbepackte Gesellschaft über den Waldweg ritt. Selbst hier, wo die gepflügten Felder dem dichten Wald von Minnis Saul Platz gemacht hatten, war die Hitze unerträglich.

Schweiß lief ihr den Rücken hinunter, das Kopftuch umschloß ihren Kopf wie eine Zwinge. Und hinter sich im Wagen hörte sie Melisande quängeln, eher ein Zeichen von Langeweile als von Unwohlsein.

Annandale pochte der Schädel. Von den im Freien verbrachten Nächten schmerzten ihr die Gelenke und der Rücken. Peregrines Stimme übertönte scharf und vorwurfsvoll das Geplauder der Frauen, ein Echo ihrer Tochter.

Die Sonne brannte auf Annandales Schultern nieder, während sie unverwandt auf die Rücken der wenigen Soldaten der Königsgarde blickte, die ihren einzigen Schutz auf der Reise nach Norden bildeten. Soldaten waren knapp, doch wahrscheinlich, versuchte sie sich einzureden, reichte die Bewachung vollkommen aus. Nicht einmal die Harleyreiter hatten sich bislang so weit auf das Gebiet der Ridenaus vorgewagt. Der alte Garrick, der sich trotz seines Alters unbeugsam gerade hielt, trieb sein Pferd zum Trab an und schloß zu ihr auf.

»Es wird nicht mehr lange dauern, Prinzessin.« Er bediente sich eines munteren Tons, doch Annandale entgingen weder die dunklen Ringe unter seinen Augen noch seine schweißdurchtränkte Kleidung.

»Das hoffe ich«, erwiderte sie. »Ich kann es gar nicht mehr erwarten, ein Bad zu nehmen und endlich wieder in einem richtigen Bett zu schlafen.«

»Eine solche Hitze habe ich noch nie erlebt. Nicht einmal in den Sümpfen von Missiluse. Nun ja, vielleicht war es dort schlimmer, aber schließlich war ich damals auch noch jünger.« Ein Schweißtropfen rann ihm die Nase hinunter, und er wischte ihn ungeduldig fort, als handle es sich um eine lästige Fliege. »Und die Insekten! Bei der Eins, Lady, ich glaube, dieses Jahr werden wir noch mit Pfeil und Bogen auf sie losgehen.«

Annandale nickte. Sie beneidete die Zurückgebliebenen nicht: Phineas, seine Schreiber, die Soldaten der Garnison und das Gesinde. Und die Hitze, die wie eine drohende Gewitterwolke über den Bäumen schwebte, konnte im Norden ja nicht ewig anhalten. »Wie weit ist es noch?«

»Bis Minnis? Wir werden am Abend dort sein, Lady. Ich habe einen Boten vorausgeschickt; man wird uns eine Mahlzeit und ein Bad bereiten.«

»Der Eins sei gedankt«, seufzte sie. Trotz ihrer Benommenheit lächelte sie. Garrick war ein guter Mann, sie spürte, daß er dem König und Roderic treu ergeben war und die strengen Grundsätze achtete, deren Befolgung Abelard von allen seinen Männer erwartet hatte. Auch Garrick hatte an der Erziehung des Prinzen mitgewirkt.

Als einige Stunden später die hohen Mauern von Minnis vor ihnen aufragten, stieß sie einen Seufzer der Erleichterung aus. Die kiesbedeckte Straße führte bis zum hohen, schmalen Tor, und die Torflügel standen offen, obwohl auf den Zinnen der hohen Türme keine Wachposten zu sehen waren. Garrick zügelte neben Annandale seinen Wallach. »Gibt es Schwierigkeiten, General?« fragte sie.

»Ich bin mir nicht sicher, Lady«, antwortete er, während er die Festung angestrengt musterte. »Ich sehe keine Wachposten – so nachlässig können sie doch gar nicht sein ...«

»Das liegt an der Hitze, General Garrick«, warf Peregrine ein, die neben dem Kutscher saß. Sie hielt das schwere Kind in Armen. »Bestimmt halten sie sich im Schatten auf. Seht nur dort – da ist ein Soldat.« Annandale blickte in die Richtung, in die sie zeigte, und bemerkte auf der Mauerkrone eine schmale, dunkel gekleidete Gestalt. Angst und Abscheu wallten in ihr auf, und zwar so heftig, daß ihr schwindlig wurde und sie keine Luft mehr bekam. Unwillkürlich zog sie die Zügel stramm, worauf ihr Pferd scheute und sich wiehernd beklagte.

»General ...«, stammelte sie. »General, wir müssen umkehren ...«

»Umkehren?« Er blickte sie an, als hätte sie plötzlich den Verstand verloren. »Wieso denn das? Lady, die Hitze macht uns allen zu schaffen; wenn wir erst einmal dort sind, wird es besser werden.«

»Nein!« Sie packte ihn beim Arm. Und diesmal wieherte sein Pferd, und ihre Stute tänzelte unruhig. »Wir dürfen nicht weiterreiten ...«

Die Mauern von Minnis ragten immer höher empor. Die tiefen Schatten am Fuß der Festung sahen aus wie schwarze Pfützen, in denen gräßliche Wesen wimmelten. Annandales Schwindelgefühl wurde stärker und hüllte sie ein, gespeist von einer unerklärlichen Angst und abgrundtiefer Verzweiflung. Wortlos beugte sie sich seitlich aus dem Sattel und erbrach sich auf die Straße.

»Lady«, rief Garrick, »Lady Peregrine, Lady Tavia, Lady Jaboa, bitte kommt her ...« Er gestikulierte heftig, packte Annandales Zügel und brachte die Stute zum Stehen.

Schweiß perlte auf ihrer Stirn und ihrer Oberlippe, ihre Haut war feucht. Undeutlich war sie sich bewußt, daß Tavia ihr aus dem Sattel half, während die anderen Frauen miteinander tuschelten. Man hob sie in den ersten Planwagen und legte ihr ein feuchtes Tuch auf die Stirn. Plötzlich machte der Wagen einen Ruck nach vorn. Annandale setzte sich mühsam auf. »Nein, nein«, wehrte sie sich kraftlos, wurde aber von starken Händen niedergedrückt.

Sie machte sich los von den Frauen, hockte sich in die Öffnung und blickte über die hohe Lehne des Kutschbocks. Die Tore von Minnis schwenkten noch weiter auf, und die in eine Staubwolke gehüllten Soldaten marschierten, gefolgt von den Planwagen, in den Außenhof hinein.

»Legt Euch wieder hin, meine Liebe«, drängte Jaboa.

»Laßt mich!« rief Annandale und kniete sich hinter den Sitz. Als sie den hochgewachsenen, schwarzgekleideten Mann erblickte, der auf der Treppe zum Innenhof stand, stockte ihr das Blut in den Adern.

Peregrine sog scharf die Luft ein, und Tavia erbleichte. Als der Kutscher das Gespann zügelte, kletterte Annandale auf den Sitz, und Garrick fragte: »Was hat das zu bedeuten?«

Der Mann auf der Treppe jedoch achtete nicht auf Garrick, sondern näherte sich zielstrebig dem Wagen, auf dem Annandale schreckensstarr saß. Als er ihr die Hand reichte, bemerkte Annandale, daß ihm die Lederhandschuhe so gut paßten wie eine zweite Haut. »Lady Annandale? Es freut mich sehr, Eure Bekanntschaft zu machen. Erlaubt mir, daß ich mich vorstelle. Ich bin Amanander.«

25. Kapitel

Der Klang seiner Stimme erinnerte an ein großes Insekt, das sich über ein Stück Pergament bewegt, und seine Augen waren undurchdringlich und tiefschwarz, als saugten sie das Licht auf. Tief in Annandales Innerem regte sich der Wunsch zu heilen, die geistige Gesundheit dieses so gefährlich aus dem Gleichgewicht geratenen Menschen wiederherzustellen.

Dies war der Mann, der den Thron von Meriga so sehr begehrte, daß er bereit war, Roderic ebenso achtlos zu töten wie eine Fliege. Dieser Mann war das Produkt von Abelard Ridenaus Bestreben, die Zukunft nach seinen Vorstellungen zu formen, ganz gleich, wie aberwitzig und ungerecht diese sein mochten. Amanander und sein perverser Ehrgeiz waren wie ein Knoten an einem Baum, und ihr Heilimpuls flammte mächtig auf. Doch diese Krankheit überstieg ihre Fähigkeiten, und trotz ihrer Angst und ihres Abscheus regte sich tief in ihrem Innern Mitleid mit ihm. Dieser Mann also wollte König werden. In diesem Moment begriff sie, was falsch war an der Magie und was geschah, wenn eines Menschen Wille die ewige Ordnung störte.

Nach kurzem Zögern ergriff sie seine ausgestreckte Rechte. Mit stolz gerecktem Kinn erwiderte sie seinen Blick. In diesen dunklen Tiefen regte sich etwas, ein Überrest dessen, was er hätte sein können, und einen flüchtigen Moment lang meinte Annandale, es bestehe noch Hoffnung für ihn. Dann trat etwas anderes an die

Stelle dieses kurzen Aufleuchtens, etwas, das dunkler war als das Schwarz seiner Augen und härter als Obsidan, etwas, das ihr Mitleid vollständig verschluckte. Zum ersten Mal in ihrem Leben empfand sie wahres Entsetzen.

Sie beherrschte sich, als Amanander ihr mit dem Handrücken über die Wange streichelte. »Bei der Eins, Lady, Ihr seid wunderschön. Die schönste Frau, die ich je gesehen habe.«

»Lord Amanander.« Garrick war abgesessen und näherte sich nun dem hochgewachsenen Mann, die Daumen hinter den Schwertgürtel gehakt, die Schultern gestrafft. »Was hat das zu bedeuten? Wo ist der Befehlshaber der Garnison?«

Amananders Ausdruck änderte sich nicht, als er den Blick von Annandales Gesicht abwandte. Sie hatte das Gefühl, eine Last fiele von ihr ab. »Er ist verhindert, General Garrick.«

»Weshalb seid Ihr nicht in Dlas?«

Amanander atmete tief durch und sah wieder Annandale an. »Ich hatte andere Pläne.«

»Welche Pläne?« Garricks Hand glitt zum Dolch und rückte daran, als wolle er ihn jeden Moment aus der Scheide ziehen, und Annandale bemerkte aus den Augenwinkeln, daß die Gardisten Haltung annahmen und langsam zu den Waffen griffen, die sie am Gürtel trugen.

Amanander hob die schwarz behandschuhte Hand und winkte. Augenblicklich traten dunkle Gestalten aus dem Schatten an der Mauer hervor, hochgewachsene, schlanke Soldaten, gekleidet in schwarze Lederpanzer und bewaffnet mit Breitschwertern. Beim Anblick dieser Soldaten stockte Annandale der Atem, und einen schrecklichen Moment lang fürchtete sie, sich erneut übergeben zu müssen. Dann, als die Soldaten des Königs, halblaute Bemerkungen wechselnd, näher um sie zusammenrückten, verflüchtigte sich das Gefühl wieder. Amanander reichte Garrick die Hand. »Meine Pläne betreffen Euch nicht im geringsten. Allerdings«, fuhr er fort, indem er sich an Annandale wandte, »betreffen sie sicherlich Euch, meine Liebe.«

Annandale straffte sich und erwiderte seinen Blick ebenso trotzig wie Garrick. »Das bezweifle ich sehr, Lord.«

»Tatsächlich?« Er hob andeutungsweise die linke Braue. »Wir werden sehen, meine Liebe.«

»Redet nicht in diesem Ton mit ihr, Ihr unverschämter Flegel«, sagte Garrick. »Ihr müßt …«

Im nächsten Moment hatte Amanander ihn erreicht und sein Gewand gepackt. »Vergeßt nicht, mit wem Ihr sprecht, kleiner Mann. Das Wort ›müssen‹ gebraucht man nicht gegenüber Prinzen.« Er schüttelte den Älteren, dann machte Garrick sich los und krampfte die Hand um das Heft seines Dolches.

»Ich verlange, zum Befehlshaber der Garnison gebracht zu werden.«

Amanander kniff die Augen zusammen. »Wie Ihr wünscht, General.« Ehe jemand reagieren konnte, stieß Amanander dem alten Mann seinen Dolch zwischen die Rippen. Garrick riß die Augen auf, und Amanander zog die Klinge wieder hervor. »Bestellt ihm schöne Grüße.«

Während Garrick zusammenbrach, wischte Amanander die Klinge an Garricks Umhang ab, dann steckte er den Dolch in die Scheide.

Es herrschte bestürztes Schweigen. Tavia, die Melisande in den Armen hielt, beugte sich aus dem Wagen hervor und spuckte Amanander vor die Füße. »Ihr seid ein Ungeheuer. Ich schäme mich, daß Ihr mein Bruder seid.«

Amanander hob das Gesicht, den Mund vor Abscheu verzerrt, die Augen dunkel und undurchdringlich wie tiefes Wasser. »Euer Bruder?«

Annandale ergriff Tavias Hand und drückte sie. »Das ist Eure Schwester Tavia, Amanander. Erinnert Ihr Euch nicht mehr an sie? Sie war dabei, als Jesselyn starb. Sie mußte dabei zuschauen, wie Ihr ihre Schwester getötet habt. Habt Ihr das gleiche nun mit uns allen vor?«

Zum ersten Mal zeigte sich in Amananders Gesicht ein Anflug von Unsicherheit. Erstaunlicherweise hatte sie ihn mit ihren Worten überrascht und verwirrt. Was hatte das zu bedeuten?

Als er das Wort ergriff, sprach er so barsch und abgehackt, als wolle er diese Unsicherheit gleich wieder beiseite wischen. »Ich gebe Euch Gelegenheit, die Seite zu wechseln, meine Liebe. Und wenn Ihr dies tut, werde ich Euch mit offenen Armen willkommen heißen.«

»Und falls wir uns weigern?«

Seine Augen wurden schmal. Irgend etwas regte sich am Rande ihres Bewußtseins, ein mentales Anklopfen, und Annandale wurde jäh bewußt, daß Amanander versuchte, Magie einzusetzen. Eine weitere Woge von Energie brandete ihr entgegen, stärker und schneller diesmal, dafür aber weniger zielgerichtet; offenbar war Amanander noch immer kein Meister der magischen Kunst. Annandale trat einen Schritt zurück und wappnete sich. Um sie herum fielen die Waffen der Königsgarde klirrend zu Boden, und einige Männer sanken schreiend auf die Knie nieder und hielten sich die Köpfe.

»Hört auf, Amanander!« rief sie. »Ihr könnt nicht gewinnen.«

Amanander nickte, ein grauenerregendes Lächeln spielte um seine schmalen Lippen, auf seiner Stirn perlte Schweiß. »Dann herrscht also Krieg zwischen uns, Lady. Wie Ihr wollt.« Er verneigte sich rasch, während die dunkelgewandeten Soldaten um die Königsgarde zusammenrückten. »Bringt sie ins Wachhaus. Gartred – kümmert Euch um unsere Gäste.«

Annandale hörte, wie Peregrine nach Luft schnappte. Eine vollbrüstige kleine Frau eilte herbei, gekleidet in ein langes Gewand aus fein gesponnenem Leinen, so luftig, als wäre es aus Nebel gefertigt. Ihre Lippen waren sehr rot, und ihr Haar, das ihr offen auf die Hüfte herabfiel, war ebenso glatt und dunkel wie das Amananders. Sie stemmte die Hände in die Hüften und musterte Annandale von oben bis unten wie eine preisgekrönte Stute. »Auch Roderics Balg?« Sie zeigte auf Melisande. »Auch das?«

»Auch das.«

Gartred nickte. »Dann kommt mit, ihr alle.«

»Sachte, Gartred«, mahnte Amanander. »Diese Lady ist mein Ehrengast.«

Gartred warf Amanander einen dunklen, vielsagenden Blick zu, der Annandale sogleich verriet, daß sie eifersüchtig war.

Gartred schnaubte, und gefolgt von Peregrine, welche Melisande in den Armen hielt, betraten sie im Schatten der noch nie überwundenen Mauern die Festung Minnis Saul.

Die Kerze flackerte im kühlen Luftzug, der durchs Fenster wehte. Amananders Stiefel verursachten keinerlei Geräusch, als er ins Zimmer trat und knapp hinter der Schwelle stehenblieb. Gartred hielt mit Kämmen inne, wandte auf dem Stuhl vor dem Toilettentisch den Kopf und lächelte Amanander an. »Ihr kommt spät, mein Prinz.«

Die dramatische Beleuchtung verlieh den Senken und Bögen ihres Gesichts eine Tiefe und Schönheit, die ihm in Wirklichkeit mangelte. Amanander beobachtete, wie sie sich wieder zum Spiegel umdrehte und fortfuhr, ihr knisterndes Haar zu bürsten.

»Reginald hat gute Nachrichten geschickt. Der Senador von Atland weigert sich zwar, seinen Treueschwur zu vergessen, die übrigen Lords aber sind bereit, sich zu erheben.«

»Und was ist mit Everard? Ist er nicht ein Stachel in Reginalds Seite?« fragte Gartred und beobachtete Amanander im Spiegel. Sie legte die Bürste fort und beugte sich näher ans Glas, betrachtete die Krähenfüße in ihren Augenwinkeln. Sie nahm ein Glas mit duftender Creme zur Hand.

Amanander winkte ab. »Dieser Narr? Everard traut den Menschen nach wie vor nur das Beste zu. Er begreift nicht, was vor seiner Nasenspitze geschieht. Jetzt, da Harland von Missiluse und die niederen Lords von Atland und Ginya auf unserer Seite stehen, kommt Reginalds Angriff auf Ithan gerade recht.« Lächelnd erwiderte er im Spiegel ihren Blick. »Alle unsere Pläne tragen Früchte. Da wäre bloß noch eine Sache.« Er legte ihr die Hände auf die Schultern, und sie lehnte sich zurück, rieb den Kopf an der Ausbeulung seiner Kniehose. »Hör auf damit«, sagte er ungeduldig. Er trat ans Fenster und blickte zu den Gärten hinaus. In der Ferne vernahm man leise grollenden Donner, und plötzlich erhellte ein Blitz die knospenden Bäume. Das Wetter war im Begriff umzuschlagen. »Ich muß Roderics kleine Braut dazu bringen, mir zu helfen.«

Gartred bekundete halblaut ihren Unwillen und verschloß das Glas mit dem Deckel aus Kristall. Die Überraschung war ihr deutlich anzumerken. »Könnt Ihr sie nicht zwingen?«

Amanander sah sie nicht an. Er bezweifelte, daß er dieser Schlampe jemals würde erklären können, daß sich mit Gewalt nicht alles erreichen ließ. »Nein. Das kann ich nicht.«

»Wollt Ihr damit sagen, sie muß einverstanden sein?«

Amanander starrte Gartred so durchdringend an, daß sie erschauerte. »Ich hab's dir doch schon mehrfach erklärt. Die Empathin muß einverstanden sein – sonst kann die Magie nicht wirken.«

»Dann verzichtet auf ihre Mitwirkung.«

»Nur wenn es sein muß.«

»Aber warum ...«

»Stell dich nicht so an, Frau«, fauchte er; sein Zorn gewann allmählich die Oberhand. »Wir müssen einen Weg finden, sie zur Zustimmung zu zwingen, dann kann ich die Magie einsetzen, wie es mir paßt. Du glaubst doch nicht im Ernst, ich wäre so töricht, mir den Thron mittels Magie anzueignen und dabei das halbe Land zu zerstören, wie es während des Armageddon geschah. Selbst Ferad schreckt davor zurück. Was meinst du wohl, weshalb er so geduldig abwartet?«

Gartred erhob sich, von ihren Gewändern umflossen wie von Nebel, und trat neben ihn ans dunkle Fenster. »Verzeiht mir, Prinz. Ich weiß, es gibt vieles, das ich nicht begreife.«

Daß sie seinen Titel gebrauchte, rang ihm wie stets ein mürrisches Lächeln ab. »Auch dann, wenn sie sich weigert, mir zu helfen, wird sie uns in den kommenden Monaten von Nutzen sein.«

Gartred hob die Brauen, und ihm war klar, daß sie es nicht wagte, ihm die naheliegende Frage zu stellen.

Ihre Angst bereitete ihm Genugtuung. »Bei der bevorstehenden Schlacht, meine Liebe. Dir ist doch wohl klar, daß Roderic sich nicht wehrlos geschlagen geben wird.«

»Gewiß«, antwortete sie. »Ihr spielt auf ihre Gabe des Heilens an. Aber muß sie nicht auch dazu bereit sein?«

»Nach allem, was ich von Ferad erfahren habe, sind Empathen von Natur aus kaum in der Lage, eine Heilung zu verweigern. Dafür empfinden sie die Schmerzen zu stark.«

Seite an Seite stehend, verfielen sie in Schweigen. Abermals grollte in der Ferne Donner, und die ersten Regentropfen zerplatzten auf dem Fenstersims.

Als an der Tür geklopft wurde, schreckte Gartred zusammen. »Wer ist da?« fragte sie in scharfem Ton.

Nach kurzer Pause antwortete die leise Stimme eines Soldaten: »Darf ich eintreten, Hoheit?«

Amanander hob erstaunt die Brauen und blickte sich über die Schulter um. »Tretet ein.«

Die Tür öffnete sich, und einer von Amananders engsten Leibgardisten trat ins Zimmer, Peregrine Anuriel am Oberarm mit sich führend. »Die Gefangene bittet darum, mit Euch sprechen zu dürfen, Hoheit.« Die ausdruckslose Stimme sandte Gartred einen Schauer über den Rücken, und sie schaute zu Amanander hoch. Seine Reaktion überraschte sie noch mehr.

Er lächelte freundlich und vollführte eine tiefe Verbeugung. »Selbstverständlich, Lady. Leutnant, bringt die Dame in den Salon. Ich komme gleich nach.«

»Was habt Ihr mit der kleinen Schlampe vor?« fragte Gartred und verschränkte die Arme vor der Brust. »Weshalb ...«

»Schweig!« Er hob die Hand, als wolle er sie schlagen, worauf sie zurückzuckte und finster dreinblickte. »Diese kleine Schlampe, wie du sie nennst, wird uns vielleicht noch von großem Nutzen sein. Sie mag zwar ihren Prinzen lieben, aber seine kleine Frau haßt und verabscheut sie. Zu irgend etwas muß sie taugen – aber das werde ich bloß herausfinden, wenn du den Mund hältst. Habt Ihr mich verstanden, Lady? Oder muß ich Euch erst würgen oder bewußtlos prügeln?«

»Woher wollt Ihr das wissen?« fragte Gartred und verzog das Gesicht. Sie wußte, daß er durchaus fähig war, sie bewußtlos zu prügeln, denn dies hatte er mit Bediensteten bereits aus weit geringfügigeren Anlässen getan.

»Es könnte durchaus sein, daß ich an die kleine Hexe nicht herankomme. Diese Frau aber« – er ruckte mit dem Kopf in Richtung des Salons – »ist für jeden, der lesen kann, ein offenes Buch. Hören wir uns an, was sie zu sagen hat, was meinst du?«

Sie funkelte ihn haßerfüllt an, dann senkte sie den Blick und faltete die Hände. »Wenn es unbedingt sein muß.«

»Komm, meine Liebe. Wir sollten die Lady nicht warten lassen.«

Peregrine, die vor dem kalten Kamin stand, war überrascht, als beide ins Zimmer traten. Sie paßten so vollkommen zueinander und waren dennoch so gegensätzlich, die dralle, schwerbrüstige Frau im reinen Weiß und der hochgewachsene, schwarzgewandete Mann. Gartred setzte sich auf einen Stuhl in der Ecke, faltete die Hände und schlug die Augen nieder. Peregrine blickte Amanander unsicher entgegen. »Wollt Ihr nicht Platz nehmen, Lady?« Seine leise Stimme klang nicht unangenehm, sondern tief und volltönend wie eine große Glocke.

Ein weiterer Blitz spaltete den Nachthimmel, und in der Ferne grollte der Donner. Er lächelte. »Bitte.«

Sie ließ sich in dem Sessel nieder, auf den er deutete, in einem tiefen Sessel mit hoher Rückenlehne und Armstützen. Darin fühlte sie sich geschützt, als könnte sie in diesem weichen Polster versinken und sich vor den dunklen Augen verbergen, die sie durchdringend musterten. »Ich danke Euch, daß Ihr mich zu dieser späten Stunde empfangt.«

»Es ist mir ein Vergnügen, Euch in jeder Weise behilflich zu sein, Lady Peregrine. Womit kann ich Euch dienen?« Als Gartred in ihrem Winkel eine Art Zischen von sich gab, warf Amanander ihr einen warnenden Blick zu.

Peregrine zog die Unterlippe zwischen die Zähne. Dieser Mann war Roderics Todfeind. Dieser Mann glaubte, er müsse König werden. Aber vielleicht, dachte sie, täuschen sich ja alle in ihm. Tavia hat gesagt, er habe Jesselyn getötet und auch Vere umzubringen versucht, aber vielleicht hat sie sich ja geirrt. In ihrem damaligen Zustand wäre das nicht verwunderlich gewesen. Außerdem wirkte er gar nicht gefährlich, wie er da mit übergeschlagenen Beinen im Sessel saß. Der Anflug eines Lächelns spielte um seine Mundwinkel – ja, er wirkte ein wenig traurig. »Ich weiß, daß dies Krieg zwischen Euch und Roderic bedeutet.«

Amanander hob die Brauen. »Das liegt ganz an ihm, Lady. Ich hoffe, es wird uns gelingen, unsere Meinungsverschiedenheiten friedlich beizulegen. Ohne weiteres Blutvergießen.«

»Gleichwohl sind wir Geiseln, sollte der Krieg unvermeidlich werden. Ich bin gekommen, um Euch zu bitten, meine Tochter Melisande freizugeben. Bitte. Laßt sie gehen ... Ich werde alles tun ... Euch auf jede erdenkliche Weise helfen ...«

»Würdet Ihr Euren Prinzen verraten?« fragte Amanander treuherzig.

»So sehe ich das nicht«, stammelte sie. »Ich will bloß mein Kind in Sicherheit bringen – das versteht Ihr doch?«

»Gewiß, Lady Peregrine. Das verstehe ich natürlich. Darf ich Euch Peregrine nennen?«

»Ja«, antwortete sie und krampfte die Hände in ihr Gewand. »Das dürft Ihr.«

»Ein schöner Name. Äußerst ungewöhnlich.«

»Ich wurde nach meinem Vater benannt. Er war ein sehr ungewöhnlicher Mensch.«

»Tatsächlich?« Amanander legte den Kopf schief. »Wie das?«

Sie blickte ihn überrascht an. Bislang hatte noch niemand, nicht einmal Roderic, sie auch nur beiläufig nach ihrer Jugend und ihrer Familie gefragt. Ahga war für jedermann der Mittelpunkt des Landes, das Herz aller Dinge. Was außerhalb davon vorging, war vergleichsweise unwichtig.

»Ihr wirkt überrascht«, sagte er, als sie schwieg.

»Es … es fällt mir schwer zu glauben, was ich in Euch sehe.« Als ein weiterer Blitz das Zimmer erhellte, hob sie das Kinn. Ein dicker Regentropfen fiel auf das Fenstersims. Sie schauderte, als der Wind ums Gebäude heulte.

Amanander erhob sich und trat ans Fenster. »Laßt Euch vom Sturm keine Angst einjagen. Ich finde, er ist wunderschön, beinahe wie Musik. Hört nur.« Er hob die Hand.

Wie auf ein Stichwort hin stimmte der Wind ein klagendes Heulen an, und der Regen nahm zu. Der Donner dröhnte wie eine riesige Trommel, und gerade in dem Moment, als sie seinen Blick erwiderte, flammte ein Blitz auf und hüllte den Raum in ein bläuliches Licht. Sie bekam Herzklopfen. Amanander schloß lächelnd das Fenster. Der Riegel klickte wie die Feder einer Mausefalle. Als er sich umwandte, breitete er die Arme aus. »Ich weiß, was man Euch über mich erzählt hat«, sagte er. »Ich weiß, was Roderic von mir hält.«

»Man sagt, Ihr hättet es auf den Thron abgesehen.«

Er antwortete nicht sogleich. Statt dessen nahm sein Gesicht einen schmerzlichen Ausdruck an, als habe sie mit ihrer Bemerkung eine wunde Stelle getroffen. »Ich habe ein Gelübde abgelegt. Das haben wir alle getan – das wißt Ihr doch.«

Sie nickte wortlos, wartete darauf, daß er fortfuhr. Seine Stimme hob und senkte sich melodisch; ihr Klang war so bezaubernd, daß sie ihm mit neugierigem Wohlgefallen lauschte.

»Wir haben gelobt, Königreich und König treu zu dienen, notfalls unter Einsatz unseres Lebens.« Er beobachtete sie aufmerksam. Sein Blick nagelte sie im Sessel fest, und der Klang seiner einschmeichelnden Stimme war wie eine Liebkosung, die alle Gedanken aus ihrem Geist verscheuchte. »Und bisweilen gibt es unterschiedliche Auffassungen darüber, wie dem Königreich am besten zu dienen ist.« Als er innehielt, hätte sie ihn am liebsten zum Weiterreden aufgefordert. Er schenkte ihr die Andeutung eines Lächelns. »Ich weiß, Ihr liebt Roderic. Ich weiß, er ist der Vater Eures Kindes. Ich weiß, daß Ihr mehr an ihm hängt als an Eurem eigenen Leben.«

Peregrine nickte.

»Ich weiß, Ihr würdet ihm niemals bewußt schaden. Und ich weiß, wie sehr Euch betrüben muß, wozu der Vater Eures Kindes fähig ist.«

»Er ... er mußte heiraten«, brachte sie mühsam hervor.

»Heiraten?« Amanander wirkte überrascht. »Oh. Ich sprach von Atland.«

»Von Atland?« Peregrine hatte das Gefühl, ein warmer Nebel fülle ihren ganzen Körper aus. Der Regen fiel ohne Unterlaß, und der Donner hatte sich zu einem fernen, leisen Grollen abgeschwächt. Die Kerzen brannten stetig und verströmten heimeligen Wachsgeruch.

»Atland. Natürlich hat er Euch davon erzählt. Die Erkenntnis, daß der Vater Eures Kindes solcher Grausamkeit fähig ist, muß Euch tief getroffen haben ...«

»Grausamkeit?«

Amananders Stimme entfaltete sich wie ein samtener Umhang. »Er hat Euch nichts davon erzählt?«

»Was soll er mir erzählt haben? Was ist in Atland geschehen?«

»Darüber möchte ich lieber nicht sprechen.«

Peregrine blickte sich zu Gartred um, die reglos in der Ecke saß. »Was ist dort geschehen, sagt es mir!«

Amanander zuckte die Schultern. »Er hat die Mutanten zu Tode gequält. Ihr Tod war endlos und qualvoll. Auf diese Weise hat er dort Frieden geschaffen. Aus diesem Grund ist der Friede so angespannt. Ihr seht, meine Liebe, selbst Phineas weiß, daß Roderic im Grunde als Herrscher ungeeignet ist. Und als ich mit eigenen Augen sah, was er tat und wie gefühllos und grausam er dabei vorging, da wurde mir klar, daß ich seine Thronbesteigung verhindern muß, wenn es mir mit meinem Gelübde ernst ist.«

Peregrine rutschte unruhig im Sessel und sank noch tiefer ins Polster, während Amanander mit seiner einschmeichelnden Stimme unablässig auf sie einredete. Der Regen hatte längst aufgehört, das Fenster stand wieder offen, und ein Lufthauch, so sanft wie die Liebkosung eines Geliebten, strich über ihre Haut. Als er sie berührte, regte sie sich, schlug erschreckt die Augen auf und blickte in eine Dunkelheit, gegen die sie machtlos war. »Melisande«, flüsterte sie. »Melisande.«

Er lächelte, ein schwaches, sanftes Lächeln, das sich so mühelos, wie die letzten Regentropfen an den Fensterscheiben hinunterrannen, über sein Gesicht ausbreitete. »Selbstverständlich werden wir sie fortschicken. Dies ist kein Ort für ein Kind – nicht für Euer Kind. Aber begreift Ihr nun, wie sehr ich Euch brauche? Wie sehr ich auf Eure Hilfe angewiesen bin?«

Sie blickte ihn gebannt an. »Annandale«, murmelte sie. »Ich kann Euch sagen, was es mit ihr auf sich hat.«

»Ja?«

Sie war sich nicht sicher, ob er tatsächlich gesprochen hatte. »Sie ... sie ist eine Hexe. Niemand soll davon wissen, aber die Bediensteten können eben nichts für sich behalten. Sie hat ihre magischen Kräfte auf Tavia und auch auf Roderic angewendet. Anschließend war er nicht mehr der alte. Wenn sie die Magie eingesetzt hat, ist sie hinterher jedesmal geschwächt. Ihr könntet sie dazu bringen, Magie einzusetzen. Und wenn sie schwach ist, wird sie Euch vielleicht helfen. Ja.«

Das letzte Wort hallte in ihr nach, und sie schloß die Augen und gab sich der Dunkelheit hin. Als er sie berührte, hatte sie das Gefühl, ihre Knochen hätten sich verflüssigt, so daß sie sich seiner Umarmung so schlaff wie eine Stoffpuppe überließ. Sie bemerkte kaum, daß Gartred an sie herantrat, das Kopftuch löste und die Haarnadeln aus ihren Zöpfen zog. Sie ließ sie ihre Hände halten, sie streicheln und liebkosen. Als ein frischer Lufthauch auf ihre bloßen Brüste traf, schnappte sie nach Luft und stellte fest, daß sie irgendwie vom Vorzimmer ins sanft erhellte Schlafzimmer geraten war, wo man durch die geöffneten Fenster den wolkenlosen, monderhellten Himmel sah und den Chor der Grillen hörte. Sie war nackt und wand sich, wollte protestieren, doch Amanander drückte sie auf die nachgebende Matratze nieder und nahm ihre Brust in den Mund, während Gartred ihr die Leibwäsche aufschnürte. Sie schwebte, fiel, überließ sich den brennenden Empfindungen; es fehlte ihr die Kraft, sich zu wehren. Sie wölbte den Rücken, lieferte sich dem Sinnenrausch aus, während ein zweiter Mund, eine zweite Zunge, ihre andere Brustwarze umkreiste. Peregrine stöhnte, schlang die Arme um die beiden dunklen

Köpfe, spreizte die Schenkel und überließ sich den tastenden Händen. Hier gehörte sie hin, an diesen Ort, wo sie geliebt und geschätzt wurde und nicht die verstoßene Geliebte eines Marionettenregenten war. So rasch wie ein unangenehmer Traum verflüchtigten sich alle Gedanken an Roderic und Annandale, während Amanander und Gartred über ihr in geteilter Lust vergnügt in sich hineinlachten.

26. Kapitel

Kurz vor Morgengrauen wurde Annandale vom Stimmenlärm aus unruhigem Schlaf geweckt. Sie öffnete die Augen und wußte einen Moment lang nicht, wo sie war. Jaboa schlief vollständig bekleidet auf der anderen Seite des breiten Betts, und zwischen ihnen lag Melisande, das winzige Fäustchen im Mund. Bis spät in die Nacht hinein hatte Annandale sich mit Tavia und Jaboa halblaut über ihr Mißgeschick beraten und ihnen schließlich auch erklärt, was es mit ihrer Gabe auf sich hatte und weshalb sie sich Sorgen machte, wie sie reagieren würde. Die beiden hatten sie wortlos angehört, und als sie endete, schloß Jaboa sie in die Arme, als wäre sie nicht älter als Melisande, und redete beschwichtigend auf sie ein. Jetzt setzte Annandale sich auf und lauschte auf das laute Getrampel, die rauhen Männerstimmen und die sanfteren Stimmen der Frauen vor der Tür.

Als sich die Tür öffnete, richtete Tavia sich auf dem Teppich vor dem Kamin, wo sie die Nacht verbracht hatte, kerzengerade auf. Ihr Kleid war zerknittert, das Kopftuch verrutscht. »Was gibt es?« fragte sie, als Peregrine in der Tür erschien.

Im farblosen Licht des Morgens sah Annandale, daß Peregrines Gewand achtlos geschnürt und daß ihre Lippen purpurrot und geschwollen waren, wie überreife Früchte. Tiefe Schatten verunzierten die zarte Haut unterhalb der Augen, und das Kopftuch hielt sie zusammengeknüllt in der Hand. »Peregrine?« flüsterte

Annandale leise, um das Kind nicht zu wecken. »Bist du wohlauf? Was hast du getan?«

Peregrine trat näher. Am Hals hatte sie rötliche Male, und sie bewegte sich langsam und schwerfällig, als wate sie durch Wasser. »Melisande? Ist sie bei euch? Gebt sie mir. Er läßt sie gehen.«

»Gehen?« echote Tavia und erhob sich. »Wohin? Mit wem? Was ist heute nacht geschehen? Bist du wohlauf?«

»Amanander läßt dich gehen?« Als Annandale sich Peregrine näherte, bemühte sie sich, ihren Abscheu zu bezähmen. Die Frau verströmte einen moschusartigen, salzigen Geruch, und mit jähem Schreck wurde Annandale bewußt, was dies bedeutete. Es war der Geruch der Liebe, der Geruch der Wollust, der Geruch aneinandergepreßter Leiber und klebriger Säfte.

Peregrines unsteter Blicke huschte über Annandale hinweg, so haßerfüllt, daß er sie wie ein Peitschenhieb traf. »Mich nicht. Melisande. Er läßt sie fortgehen. Und dich auch, Tavia. Du sollst sie mitnehmen.«

Tavia berührte Peregrine am Arm. »Wie kannst du ihm nur vertrauen? Du hast doch selbst gesehen, wie er Garrick gestern abend getötet hat. Ihr Leben bedeutet ihm weniger als das Garricks.«

Peregrine zuckte mit keiner Wimper. »Mach dich bereit. Er läßt sie fort.«

Die drei Frauen wechselten Blicke.

»Also gut«, meinte Tavia leise. »Sag ihm, wir machen sie fertig. Geh.« Sie gab Peregrine einen leichten Stoß und drängte sie zur Tür hinaus. Peregrine warf Annandale noch einen giftigen Blick zu, dann entfernte sie sich.

Annandale blickte die anderen beiden Frauen angsterfüllt an.

»Was haltet Ihr davon?« fragte Jaboa, während Melisande sich regte und zu wimmern begann.

»Amanander hat sie heute nacht verführt«, erklärte Annandale. »Wahrscheinlich hat er ihr versprochen, Melisande freizugeben, wenn sie mit ihm zusammenarbeitet.« Sie schaute aus dem Fenster zur aufgehenden Sonne hinaus. Aufgrund der Hitze hatte der Frühling früh eingesetzt, und der Wald war bereits vollständig belaubt. Warum gerade Tavia? Amanander hatte seine Bestürzung nicht zu verbergen vermocht. Ihre Anwesenheit hatte ihn überrascht. Lag dies allein daran, daß sie ihn an Jesselyn erinnerte, oder gab es noch einen anderen Grund?

Jemand hämmerte gegen die Tür. Annandale zog den Perlenring vom Finger. »Hier«, sagte sie. »Nimm ihn, Tavia. Nimm das Kind und gib den Ring Phineas. Sag ihm, er soll ihn Roderic schicken. Er darf nicht ahnungslos hierherkommen.«

Tavia nickte und steckte sich den Ring in den Ausschnitt. Melisande begann zu weinen. »Ich werde mein Bestes tun.«

»Das ist unsere einzige Hoffnung«, sagte Annandale. »Du mußt es versuchen.«

Die Sonne brannte unerbittlich auf die Befestigungen nieder, als Amanander, flankiert von Gartred und Peregrine, beobachtete, wie der kleine Trupp die Garnisonsmauern hinter sich ließ. Tavia preßte mit versteinerter Miene das Kind an ihre Brust. Sie sah sich nicht um, sondern starrte auf den Rücken des schwarzuniformierten Soldaten, der ihr vorausritt. Sie wandten sich auf der kiesbedeckten Straße nach Süden, Ahga und der Freiheit entgegen. Und dem Tod, dachte Amanander, inwendig lächelnd. Er blickte die beiden Frauen an seiner Seite an. Gartred trug das zufriedene Lächeln zur Schau, das sie jedesmal zeigte, wenn ihr das Liebesspiel besonderes Vergnügen bereitet hatte. Die Eskapade mit Peregrine hatte ihr großen Spaß gemacht, wenngleich ihr der Umstand, daß sie Roderics Gemahlin verführt hatte, größere Genugtuung bereitete als die damit verbundene körperliche Lust. Peregrine, die Hände so fest um die Zinnen gekrampft, daß die Knöchel weiß hervortraten, blickte den beiden Gestalten nach, bis sie im Wald verschwanden. Amanander streichelte ihr mit der behandschuhten Hand über die Wange und lachte leise in sich hinein, als sie zurückzuckte. Voller Entsetzen war sie in der vergangenen Nacht bei einer seiner ausgefalleneren Praktiken aus ihrer Benommenheit erwacht. Er aber hatte sie im tiefen Brunnen ihrer Eifersucht eingesperrt, die schon lange in ihr gärte, und so war ihre Gegenwehr alsbald erlahmt. Außerdem hatte sie ihn auf eine ausgezeichnete Idee gebracht.

Die Vorstellung, daß Roderics Frau, Roderics Kind und Tavia, die für ihn immer nur Roderics Schwester war, ihm auf Gedeih und Verderb ausgeliefert waren, behagte ihm. Drei im Sack, dachte er, und bediente sich damit der Ausdrucksweise des Alten Meriga, so wie Ferad es bisweilen tat. Einer fehlt noch.

Bei der Vorstellung, daß Annandale so wie Peregrine letzte Nacht nackt und hilflos unter ihm läge, schwoll ihm das Glied in der Hose an. Er atmete tief durch, schwelgte in der Phantasie.

»... tun sollen, Hoheit?«

Das sah dem Miststück ähnlich, daß es seine angenehmsten Gedanken störte. »Was?«

Sie erwiderte gelassen und ein wenig amüsiert seinen Blick. Er wußte, daß sie bisweilen, vielleicht sogar öfter, als ihm lieb war, seine Gedanken erriet. »Ich habe Euch gefragt, ob Ihr bereits eine Vorstellung habt, wie wir Roderics kleine Frau dazu bringen sollen, daß sie Euch hilft.«

Plötzlich war seine gute Laune wiederhergestellt, und er lächelte Gartred an. »Peregrine hat mich gestern auf eine wundervolle Idee gebracht«, sagte er. »Ich kann es gar nicht erwarten, sie in die Tat umzusetzen.«

»Wollt Ihr uns nicht einweihen?« fragte Gartred, während Peregrine ihn verwundert musterte.

»Ich werde sie zum Heilen zwingen«, setzte Amanander an und erläuterte ihnen unter der heißen Mittagssonne einen solch diabolischen Plan, daß er unwillkürlich lächeln mußte. Peregrine hatte ihren Wert bereits unter Beweis gestellt.

Im Schatten des Waldes war es kühler als auf der offenen Straße. Tavia wiegte die unruhige Melisande in den Armen und redete beruhigend auf sie ein. Melisande war ein gesundes Kind und verstand nicht, weshalb sie auf dem sachte schwankenden Pferd sitzen bleiben sollte. Die Schatten unter den Bäumen wurden tiefer, und Tavias Besorgnis nahm stetig zu. »Sir.« Sie beugte sich im Sattel vor. »Seid Ihr sicher, daß dieser Weg zur Straße nach Ahga führt?«

Der Soldat gab keine Antwort. Er hatte die ganze Zeit über kein einziges Wort gesagt; wortlos hatte er sie auf dem Hof in Empfang genommen, und wortlos ritt er ihr seitdem voran. Sie fragte sich, ob er wohl der Garnisonsbesatzung angehörte und unter Amananders Einfluß stand oder ob er von anderswo stammte. In Minnis hatte sie nicht viele Soldaten gesehen, und sie vermutete, daß eine erkleckliche Anzahl von ihnen dem Kommandanten in den Tod gefolgt waren, ob nun freiwillig oder erzwungenermaßen, vermochte sie nicht zu sagen.

Das Unterholz knackte unter den Pferdehufen, und die Zweige der Bäume langten nach ihr und verhedderten sich in ihrem Haar. Immer tiefer in den Wald hinein ritten sie. Melisande quengelte eine Weile, dann schlief sie ein. Als sich die Sonne allmählich wieder senkte, zügelte Tavia unvermittelt das Pferd. Melisande erwachte und begann zu weinen. »Soldat, wir müssen anhalten. Das Kind braucht etwas zu essen und zu trinken und muß gewickelt werden. Und ich muß ebenfalls eine Weile rasten.«

Unwillig schwang sich der Soldat aus dem Sattel. Er wandte sich um und blickte Tavia ausdruckslos an. Unbeholfen ließ sie sich mit Melisande aus dem Sattel auf den Boden gleiten. Sie legte das strampelnde Kind auf den Boden und machte sich am Verschluß der Satteltasche zu schaffen. Als sie diese endlich geöffnet hatte, war die Tasche leer – bis auf eine zusammengefaltete Decke und ein paar Steine, welche das Gewicht der Reiseausrüstung simulieren sollten.

»Bei der Eins«, flüsterte sie, während es ihr allmählich dämmerte. Sie hob rasch das Kind hoch und wollte die Zügel packen, stellte sich aber ungeschickt dabei an. Das Pferd wieherte und stampfte unruhig, und der Soldat zog wie in Trance das Schwert und trat auf sie zu.

»Bitte ... Ich flehe Euch an ...«, keuchte Tavia, zwischen Soldat und Pferd eingeklemmt. Sie versuchte, seitwärts zu entwischen, doch das Tier verstellte ihr den Fluchtweg. Als sie einen Ausfall nach rechts antäuschte, stolperte ihr der Soldat hinterher; das Schwert in seiner Hand zitterte. Sein Gesicht war schweißüberströmt. Tavia hatte noch nie jemanden so stark schwitzen sehen. Er schwankte, ein unbeholfener Hieb verfehlte um eine Handbreit Melisandes kleinen Kopf, und Tavia prallte mit dem Rücken gegen die Flanke des Pferdes. Das Tier wich zurück, und plötzlich tat sich für Tavia eine Lücke auf. Mit der einen Hand raffte sie die Röcke, mit der anderen packte sie Melisande um die Hüfte und rannte los. Das Herz pochte ihr in der Brust, und im Wald herrschte eine unheimliche Stille.

Unvermittelt endete der Pfad vor einer sechs Meter

tiefen Spalte. Tavia murmelte einen Fluch, den sie bisher noch nie gehört hatte. Melisande kreischte. »Still, Kind!«

Der Soldat brach durchs Unterholz, und als er die kleine Lichtung erreicht hatte, wandte Tavia sich um. Er bewegte sich watschelnd und auf seltsame Weise seitlich; das Schwert schwankte heftig. »Bitte ...« Tavia streckte ihm flehentlich die Hand entgegen, während sie sich Kind an die Hüfte drückte.

Der Soldat näherte sich mit erhobenem Schwert.

»Nein!« schrie sie und packte einen Stein. Sie schleuderte ihn mit aller Kraft und traf den Mann an der Schläfe. Er ließ das Schwert sinken und faßte sich an die blutende Platzwunde. Er fiel auf die Knie nieder, das Gesicht von ihr abgewandt. Melisande schrie noch lauter.

Er hob das Gesicht, während das Schwert seiner schlaffen Hand entglitt. »Verzeiht mir«, krächzte er. »Verzeiht mir, Lady. Ich wußte nicht, was ich tat.«

Sie starrte ihn ungläubig an und wollte ihren Ohren nicht trauen. »Ihr hattet Befehl, mich und das Kind zu töten. Amanander hat niemals vorgehabt, uns freizugeben.«

»Nein.« Er schüttelte den Kopf. »Ich habe keine Ahnung, was er mit mir angestellt hat. Er hat uns irgendwie verhext. Ich weiß bloß, daß der Zauber schwächer wurde, je weiter wir uns von ihm entfernten. Es tut mir leid, Lady. Ich wollte Euch und Eurem Kind um nichts in der Welt etwas zuleide tun. Bitte verzeiht mir.«

Er hielt sich noch immer den Kopf und richtete sich schwankend auf. Blut sickerte ihm zwischen den Fingern hervor und rann ihm übers Gesicht. Tavia reichte ihm ihr Halstuch. »Ich glaube, dort unten ist ein Bach. Wir haben keine Vorräte dabei.«

»Nein. Die hätten wir schließlich auch nicht gebraucht. Aber sorgt Euch nicht. Ich bringe uns nach

Ahga.« Er hob den Kopf und blickte nach Norden, wo Minnis lag. »Wir müssen so rasch wie möglich weiterreiten. Wenn ich nicht zurückkehre, wird Lord Amanander Verdacht schöpfen. Wenn er ein paar Männer entbehren kann, wird er sie uns nachschicken.«

»Dann solltet Ihr vielleicht besser umkehren.«

Er schüttelte den Kopf. »Ich kann Euch hier im Wald nicht alleinlassen. Hier gibt es Wolfskatzen und noch schlimmeres Getier. Und je schneller wir Minnis erreichen, desto eher erfährt Lord Phineas, was hier geschehen ist.«

»Dann sollten wir einen Bauernhof suchen. Ich habe das hier ...« Sie zeigt ihm ihren funkelnden Ehering. »Dafür können wir bestimmt Vorräte und frische Pferde eintauschen, was immer wir brauchen. Roderic wird alle, die uns helfen, großzügig belohnen.«

»Daran zweifle ich nicht, Lady«, sagte er mit Blick auf den Smaragd. »Dieser Edelstein ist eines Königs wahrhaft würdig.«

»Oder einer Königin«, setzte Tavia hinzu.

27. Kapitel

Der Palas von Minnis Saul wurde von der Mittagssonne hell erleuchtet, als Annandale von einem Leibwächter Amananders hineingeführt wurde. Sie schrak zurück vor seiner abscheulichen Berührung und bemühte sich, einen kühlen Kopf zu bewahren. Offenbar verfügte Amanander nur über wenige Soldaten und besaß lediglich spärliche Kenntnisse der Magie, von der er vieles nicht begriff. Sie wußte aber auch, daß Minnis so gut wie uneinnehmbar war und daß Amanander genug von der Magie verstand, um zu wissen, wie nützlich sie, Annandale, ihm sein konnte.

Das Licht wurde vom polierten Holzboden und den Glastüren reflektiert, die zum Garten hinausführten. Die der Jahreszeit so gänzlich unangemessene Hitze hatte nach dem Unwetter der vergangenen Nacht ein wenig nachgelassen, und im Palas war es angenehm kühl. Amanander stand vor einer der breiten Glastüren, die Arme vor der Brust verschränkt.

Wie stets war er tadellos gekleidet; sein weißes Leinenhemd war am Ausschnitt und an den Manschetten mit verschlungenen schwarzen Stickereien verziert, die schwarze Hose hatte er in die hohen Lederstiefel gesteckt. Das dunkle Haar hatte er sich aus dem Gesicht zurückgekämmt und im Nacken mit einer silbernen Spange zusammengebunden, so daß es ihm in Wellen in den Rücken fiel, üppig wie Frauenhaar. Er musterte sie von oben bis unten, als die Soldaten sie vorwärtsdrängten, ein verletzender

Blick, der sie veranlaßte, die Arme vor der Brust zu verschränken.

»Guten Tag«, sagte er, als sie vor ihm stand. Er lächelte schwach; offenbar genoß er ihr Unbehagen. »Wollt Ihr mit mir plaudern, Lady?«

»Wozu?« platzte sie heraus.

»Es ist ein schöner Tag heute. Ihr werdet doch nicht die ganze Zeit drinnen bleiben wollen, ich glaube, Ihr seid früher immer gern im Wald umhergestreift, nicht wahr?«

Ein kalter Schauder lief ihr über den Rücken, doch er bemerkte es nicht. Er fuhr fort: »Ich bedaure, daß ich Euch nicht nach draußen lassen kann. Möchtet Ihr statt dessen mit mir durch den Garten flanieren, den mein Vater für Eure Mutter angelegt hat?«

Sie schlug die Augen nieder, nickte zustimmend und trat an ihm vorbei auf die weitläufige Terrasse und die breite, flache Treppe hinaus. Als ihre Füße den Kies berührten, hätte sie am liebsten die Schuhe abgestreift und die Zehen im frischen Frühlingsgras vergraben. Statt dessen wandte sie sich um und blickte Amanander fragend an.

Er deutete auf eine steinerne Bank, wo Peregrine und Gartred vor einem kleinen Tisch mit vier Trinkkelchen und einem Flakon saßen. »Sollen wir uns nicht setzen?«

»Was wollt Ihr von mir, Amanander?«

Er faßte sie beim Ellbogen, und erneut wurde ihr bewußt, daß er enge schwarze Lederhandschuhe trug. Er streichelte ihr über die Wange, bis hinunter zum Hals, so daß sie vor Abscheu erschauerte. Er lachte leise in sich hinein. »Ihr seid so bezaubert von meinem kleinen Bruder, daß Ihr mich überhaupt nicht anziehend findet, meine Liebe? Sehr bedauerlich. Ich finde Euch höchst begehrenswert.« Sein dunkler Blick fiel auf ihren Busen und folgte den Rundungen ihrer Brüste bis hinunter zur Hüfte. »Wenn ich schon eine solch ergötzliche Gefangene habe, wäre es doch schade, wenn ich mich Ihrer nicht erfreuen würde. Dann könntet Ihr vergleichen – und Euch entscheiden, welcher Bruder Euch besser gefällt.«

Bei der Vorstellung, von Amanander umarmt zu werden, wurde ihr schwindlig, und sie sank benommen auf die Bank nieder. Wenn er ihr Gewalt antat ... Vergewaltigung war ja schon schlimm genug, aber Inzest ... Abermals schauderte sie. Und ihr bliebe nichts anderes übrig, als sich zu fügen, denn wenn Amanander hinter das Geheimnis ihrer Geburt kam, würde sie sterben.

Als er ihr Haar berührte, rückte sie von ihm ab und straffte sich. »Habt Ihr mich deshalb herbringen lassen? Um mich zu befingern?«

Er ließ die Hand sinken und hob eine Braue. »Ich weiß, daß Ihr eine Empathin seid.«

Sie erwiderte seinen Blick, ohne mit der Wimper zu zucken. »Ja, und?«

»Ihr werdet mir helfen.«

Sie hüllte sich in ihre Willenskraft wie in einem Umhang und blickte ihm unverwandt in die Augen, ohne die anderen beiden Frauen zu beachten. »Nein.«

Ein Lächeln spielte um seine Mundwinkel. »Natürlich werdet Ihr mir helfen.«

»Nein.«

Sie starrten sich an, während der Wind im Laub rührte und ihnen der Duft der Kletterrosen in die Nase stieg. Amanander atmete tief durch. »Ich habe mir gedacht, daß Ihr Euch weigern würdet.«

»Weshalb habt Ihr mich dann gefragt?«

»Weil ich es Euch leichter machen wollte. Ich wollte sehen, ob Ihr vielleicht von selbst zur Vernunft kämt. Aber Ihr seid auf Eure Art ebenso stur wie mein Zwillingsbruder.« Er zuckte die Schultern. »Wie Ihr wollt,

Lady. Ich hatte gehofft, wir könnten dies vermeiden, aber …« Er verstummte, blickte zur Tür und klatschte laut in die Hände.

Annandale folgte seinem Blick und sah, wie zwei von Amananders Soldaten den Weinschenk und seine Frau ins Freie zerrten, eine füllige Person mittleren Alters, die sich offenbar fürchtete. »Was habt Ihr vor?«

»Schaut nur.«

Die Soldaten zerrten die beiden auf den Rasen. Als sie näher kamen, streckte sich ihre Angst zu Annandale aus wie die Arme von Ertrinkenden. Sie blickte Amanander an.

Ein schwaches Lächeln spielte über sein Gesicht. Er nickte den Soldaten zu. Während der erste die Frau festhielt, warf der anderen den Mann so heftig zu Boden, daß ihm die Luft aus den Lungen entwich und er benommen liegenblieb. Ehe er sich erholt hatte, zerrte ihn der Soldat wieder hoch und riß ihm das Gewand vom Ausschnitt bis zur Hüfte auf. Die Frau kreischte, worauf der Soldat, der sie festhielt, ihr mit beiläufiger Grausamkeit ins Gesicht schlug. Annandale hatte das Gefühl, sie sei selbst geschlagen worden.

Als dem Weinschenk die Kleidung in Fetzen um die Hüften hing, schleuderte ihn der Soldat wie eine Stoffpuppe zu Boden. Er schlug mit dem Kopf gegen einen Stein, und Annandale schrie: »Aufhören!«

Amanander blickte sie belustigt an. »Dann wollt Ihr mir also helfen?«

»Nein«, flüsterte sie. Die Qualen des Mannes durchdrangen ihre Abwehr.

Amanander nickte dem Soldaten zu, worauf dieser das Kurzschwert zog. Er packte den Weinschenk beim Arm und schälte ihm das Fleisch vom Handgelenk bis zum Ellbogen vom Arm, bis es in Fetzen hing. Der Schmerz weckte den Mann aus seiner Benommenheit, und als er sah, was da geschah, stieß er ein hohes, dünnes Heulen aus, ähnlich dem Schrei eines Kaninchens, wenn ihm der Falke die Krallen in den Leib schlägt.

Annandale hätte sich am liebsten die Ohren zugehalten. »Hört auf«, sagte sie mit zusammengebissenen Zähnen. »Hört sofort auf.«

»Gewiß, Lady«, sagte Amanander zuvorkommend. Er winkte den Soldaten zurück, während der bedauernswerte Weinschenk winselnd vor und zurück schaukelte.

Ohne nachzudenken, beugte Annandale sich vor und berührte die unversehrten Fingerspitzen des Mannes. Ein blaues Licht flammte auf, heller als der Sonnenschein, und Annandales Haut platzte unter ihrem Gewand auf und schälte sich, während die Haut des Mannes sich wieder schloß und das Blut blasenwerfend gerann.

Annandale schloß die Augen, als der sengende Schmerz sie durchbohrte, weißglühend wie eine Flamme. Der Weinschenk verlor das Bewußtsein und kippte nach hinten, während seine Frau Annandale entsetzt anstarrte.

»Bei der Eins«, flüsterte sie.

Annandale, deren Stirn schweißüberströmt war, blickte Amanander an. Amanander lächelte, ein verkniffenes, grausames Lächeln. »Wollt Ihr mir helfen, Lady?«

Sie schüttelte den Kopf, während sie das unwiderstehliche Bedürfnis verspürte, sich zu waschen.

Amanander erwiderte mitleidslos ihren Blick und gab den Soldaten ein Zeichen. »Noch einmal. Aber nehmt diesmal die Frau.«

Es ging bereits auf den Abend zu, als Amanander den Weinschenk und dessen Frau schließlich wegbringen ließ. Annandale hob den Kopf und blickte ihnen nach, wie sie über den Rasen stolperten, während die roten

Narben der heilenden Wunden mit jedem ihrer Schritte mehr verblaßten.

Blutig gefärbter Schweiß strömte ihr übers Gesicht, und jede einzelne Faser des Körpers tat ihr weh. Sie ließ sich zu Boden sinken, preßte sich eine Hand vors Gesicht und krampfte die andere ins Gras.

Sie schloß die Augen und versuchte, jede Ablenkung auszuschalten. Sie hatte das Gefühl, das Gras dränge sich ihrer Hand entgegen, und sie meinte, den Puls der Erde zu spüren, das wimmelnde Leben der Insekten und Würmer und der übrigen Wesen, die zu klein waren, als daß man sie mit bloßem Augen erkennen konnte.

Sie ließ die Schultern hängen und senkte den Kopf, überließ sich ganz dem erdhaften Frieden. Amananders Überfall traf sie unerwartet, eine geistige Attacke, welche ihre überbeanspruchte innere Abwehr mühelos durchdrang. Sie schrie auf und versteifte sich.

Wie mit Wespenstichen durchlöcherte Amanander ihren Geist und suchte Zugang zum bestgeschützten Kern ihrer selbst, zum Innersten ihrer Persönlichkeit.

Annandale geriet in Panik. Genau dies war seine Absicht gewesen, wurde ihr bewußt. Er hatte sie so lange gezwungen, immer wieder und wieder zu heilen, bis sie ihm, geschwächt und verwundbar geworden, keinen Widerstand mehr zu leisten vermochte. Sie krampfte beide Hände ins Gras, als könne ihr die Erde helfen.

Laß los. Die Stimme kam von überallher zugleich, von innen und außen, von oben und unten. Laß los. Überlaß dich dem Muster. Auch du gehörst zum Muster – deine Stärke ist die des Musters. Und das Muster ist alles.

Ein helles weißes Licht überflutete ihren Geist, ein so umfassendes Begreifen, wie es ihr bislang noch niemals zugänglich gewesen war. Die Stimme war ihre eigene, und die Worte waren ebenso ein Teil von ihr wie ihr Körper. Sie gehorchte wie ein Kind, entspannte sich willentlich, während Amananders Ansturm wie ein Mahlstrom um die Grenzen ihres Bewußtseins tobte.

Ihre Panik ließ nach, wurde vom Licht fortgetragen, fortgespült von den Worten, und Amananders magische Energie wurde zum zornigen Summen einer eingesperrten Fliege. Sie hob das Gesicht und erwiderte seinen Blick zum ersten Mal ohne Angst. »Ihr könnt nicht gewinnen«, flüsterte sie.

Er sprang auf und näherte sich ihr mit flammendem Blick, als er von einer Bewegung in der Tür abgelenkt wurde. Annandale wich nicht zurück. Das Wissen, das sie der Stimme verdankte, verlieh ihr ungeahnten Mut, und sie erkannte den Hauptmann von Amananders Leibgarde wieder.

»Was wollt Ihr?« fauchte Amanander, als sich ihm der Mann über den Rasen näherte.

»Hoheit, der Soldat, der heute morgen die Gefangenen begleiten sollte, ist nicht zurückgekehrt. Sollen wir nach ihm suchen?«

Amananders Gesicht war wutverzerrt. »Narren«, murmelte er. »Dummköpfe.« Annandale bemerkte, wie er Peregrine ansah, und in diesem Moment begriff sie, was er vorgehabt hatte.

Amanander hatte gar nicht die Absicht gehabt, Tavia und Melisande freizulassen. Der Soldat, der sie begleitet hatte, sollte sie töten und anschließend zurückkehren. Irgendwie aber war der Plan mißlungen. Sie schloß die Augen und betete lautlos darum, Tavia und das Kind wären in Sicherheit.

Peregrine hatte sich erhoben. »Meine Tochter ...«, krächzte sie. »Ihr wolltet sie umbringen.«

Amanander stieß sie von sich. Sie fiel nicht weit von Annandale entfernt auf den Rasen, schlug die Hände vors Gesicht und brach in Tränen aus. »Ach, Lady«, schluchzte sie, »was habe ich getan? Was habe ich getan?«

Annandale zog Peregrine zu sich heran und bettete ihren Kopf an ihrem Busen. Sie hob das Kinn und wandte sich abermals an Amanander. »Irgend etwas ist mißlungen, nicht wahr? Ihr sitzt weniger fest im Sattel, als Ihr uns glauben machen wollt.«

Gartred kreischte etwas Unverständliches; ihr Blick wanderte von den beiden Frauen auf dem Rasen zu Amanander und dem Soldaten.

»Ihr habt einen großen Fehler gemacht«, fuhr Annandale fort, als ihr die Zusammenhänge allmählich klarwurden. »Ihr glaubt, wir säßen hier in der Falle, doch Ihr täuscht Euch. Ihr seid in Gefahr, mitsamt Euren Plänen. Roderic wird kommen, und dann gibt es kein Entrinnen für Euch.«

Sie richtete sich auf und zog Peregrine mit sich hoch. Sie legte ihr den Arm um die Hüfte und machte auf dem Absatz kehrt, während Amanander und Gartred ihr in der fallenden Dunkelheit nachschauten.

28. Kapitel

Roderic blickte entsetzt über den Beratungstisch und drehte den kleinen Perlenring zwischen den Fingern, als fände er darin Trost. Kaum eine Stunde war seit der Ankunft des Boten vergangen, der Roderic zwischen einzelnen Bissen und großen Schlucken aus der Wasserflasche höchst unerwünschte Kunde überbracht hatte. Am anderen Ende des Tischs lauschte Brand mit ernster Miene, die Arme vor der Brust verschränkt. Alexander stand mit geschlossenen Augen am Fenster. Sein Gesicht war angespannt, als leide er Schmerzen, doch Roderic konnte gegenwärtig keine Rücksicht auf ihn nehmen.

»Wie lange ist es her, daß Amanander Minnis erobert hat?«

Der Bote schüttelte den Kopf und biß in eine Hühnerkeule. »Mindestens schon einen Monat. Eure Gemahlin ist seit drei Wochen dort.«

»Und Tavia ist entkommen?« Roderic krampfte die Finger um den kleinen Perlenring.

»Er ließ Lady Tavia und Eure Tochter als Geste seines guten Willens fortreiten. Allerdings gab er ihnen einen Soldaten als Begleitung mit, der Anweisung hatte, sie zu töten, sobald sie sich tief im Wald befänden. Glücklicherweise hat sich der Soldat eines Besseren besonnen und statt dessen Tavia und das Kind nach Ahga gebracht.« Der Bote schlang den Bissen hinunter und spülte nach; Wein rann ihm aus den Mundwinkeln übers Kinn.

Brand runzelte mißbilligend die Stirn. »Also gut,

Bote. Ruht Euch aus. In Kürze haben wir bestimmt einen neuen Auftrag für Euch.« Der Bote nahm Tablett und Trinkkelch und verließ unter linkischen Verneigungen den Raum. Als sich die Tür leise geschlossen hatte, stieß Brand einen solch unflätigen Soldatenfluch aus, daß es selbst Roderic wunderte.

Alexander schloß die Augen und preßte das Gesicht an die Fensterscheibe.

»Meine Frau hat er ebenfalls in seiner Gewalt«, sagte Brand.

Roderic lehnte sich zurück, verschränkte die Hände im Nacken und blickte zur Decke. »Und das ist längst noch nicht alles – wenn auch das Schlimmste. Phineas meint, der zweitälteste Sohn des Senadors von Atland habe Truppen gegen seinen Vater aufgestellt. Wenn wir ihm nicht bald Verstärkung schicken, fällt Atland, und wir verlieren mehr als einen Verbündeten.«

Brand malte mit dem Zeigefinger schweigend Muster auf die Tischplatte. Er schaute zu Alexander hinüber, der sich in der Zwischenzeit nicht geregt hatte.

»Es ist meine Schuld«, flüsterte Alexander so leise, daß Roderic ihn kaum verstand.

»Ich bin in seine Falle getappt«, sagte Roderic. Er erhob sich und trat ans Fenster. Die Daumen hinter den Schwertgürtel gehakt, stellte er sich neben Alexander. Nebelschwaden trieben vom Meer heran, streckten ihre Tentakel aus und hüllten das Lager ein. Er war des ständigen Regens, der feuchten, salzigen Luft und der Schreie der Möwen überdrüssig, die ihn bloß an die Nächte in Annandales Armen erinnerten. Viel zu wenige Nächte waren es gewesen, und seitdem war eine Menge Zeit vergangen. »Amanander hat gewußt, daß ich versuchen würde, unsere Beziehung zu retten – er wußte, daß ich Ahga verlassen würde. Und ich habe ihm geradewegs in die Hände gespielt.«

»Du solltest dir keine Vorwürfe machen, Roderic«,

sagte Brand. »Wir haben keine Zeit zu verlieren. Wir müssen umkehren – Phineas hat bereits Kontakt mit den umliegenden Garnisonen aufgenommen. Hoffentlich gelingt es uns, eine ausreichend große Streitmacht aufzustellen ...«

»Minnis ist noch nie belagert worden«, sagte Roderic. »Vielleicht ist die Festung ja nicht ganz so unüberwindlich, wie alle meinen.«

»Sie verfügt über eine eigenständige Wasserversorgung, Ackerland und ausreichend Vorräte, um die ganze Garnison jahrelang zu ernähren.« Brand schüttelte den Kopf. »Vater hat sich offenbar auf ein zweites Armageddon vorbereitet.«

»So wird es wohl gewesen sein«, pflichtete Roderic ihm bei. »Wir könnten versuchen, die Mauern zu unterhöhlen.«

»Die Mauern sind dreißig Fuß dick. Und Minnis ist auf Felsen erbaut. Wir könnten sie aushungern«, schlug Brand vor, dann verstummte er.

Diesmal fluchte Roderic unterdrückt. Wegen der Frauen und Kinder, die sich in der Festung aufhielten, verbot sich eine derartige Vorgehensweise. »Von ›wir‹ kann keine Rede sein«, sagte er.

»Was soll das heißen?«

»Du mußt mit mindestens einer Division in den Süden reiten. Wir müssen Boten zu sämtlichen Garnisonen in Arkan und in den Pulatchian-Bergen schikken. Aber irgend jemand muß Atland zu Hilfe kommen – und wer außer dir käme dafür in Frage?«

»Ich soll nach Atland reiten?« fragte Brand.

»Wer sonst?«

Brand sah Alexander an. Alexander blickte von einem zum anderen und breitete die Arme aus, die hilflose Geste eines alten Mannes. »Das alles ist meine Schuld. Ich sollte gehen.«

Roderic schüttelte den Kopf. »Das kommt nicht in

Frage. Du bist noch immer nicht vollständig genesen, Alex. Außerdem kennst du Amanander besser als wir alle. Du mußt mir in Minnis helfen.«

»Es sei denn, du bist dir immer noch nicht sicher, ob du die Hand gegen deinen Bruder erheben kannst«, setzte Brand hinzu.

Alexander erbleichte und zuckte zurück, als hätte man ihn geschlagen. »Wahrscheinlich habe ich das verdient. Ich hätte mich nach Kräften bemühen sollen, Amanander zu finden. Brea M'Callaster hätte meine Frau werden sollen, und die Eins allein weiß, was er ihr angetan hat. Aber ich hätte nie geglaubt …«

»Da warst du nicht der einzige«, fiel Roderic ihm ins Wort. »Allerdings ist da noch etwas, was wir nicht bedacht haben. Vere hat gemeint, Amanander verstünde sich auf die Magie. Und er hat erklärt, die Magie sei gefährlich und unbeherrschbar, wenn man keinen Empathen hat, um sie zu bändigen. Jetzt aber verfügt Amanander über einen Empathen.«

Brand erhob sich und trat ans andere Kopfende des Tisches. »Das hast du ihm aber doch nicht etwa geglaubt? Du kannst doch nicht im Ernst meinen …«

»Ich weiß, daß Annandale eine Empathin ist.«

Brand starrte Roderic an, als hätte er einen Fremden vor sich. »Wovon redest du überhaupt?«

»Erinnerst du dich an Barran, der sich im Wald das Bein gebrochen hatte? Sie hat ihn geheilt. Auch Tavia hat sie geheilt. Und mich ebenfalls: Als ich vom Pferd gestürzt war und mir den Kopf aufgeschlagen hatte, bewahrte sie mich vor dem Verbluten oder vor noch Schlimmerem. Ob es dir gefällt oder nicht, Brand, es gibt die Magie, und es gibt Empathen, und wir können es uns nicht leisten, nicht daran zu glauben.«

Brand sah aus, als sei er in zehn Minuten um zehn Jahre gealtert. »Wie sollen wir dagegen ankommen?«

»Wir können nur hoffen«, erklärte Roderic grimmig,

»daß Vere die Mutanten davon überzeugt, uns zu unterstützen.«

»Du willst die Mutanten ins Spiel bringen?« Brand runzelte die Stirn.

»Amanander hat die Magie von einem Mutanten erlernt. Ich würde sagen, sie sind bereits beteiligt«, erklärte Roderic, und Alexander nickte.

Es entstand ein längeres Schweigen. »Und in der Zwischenzeit«, sagte schließlich Roderic, »reitest du nach Ithan, während Alexander und ich uns überlegen, wie wir die Festung Minnis einnehmen können.«

Es war bereits spät, und die Kerzen waren weit heruntergebrannt, als Roderic den müden Schreiber entließ. »Versiegelt die Briefe, Henrode, bringt sie dem Hauptmann und legt Euch dann ins Bett. Wir haben morgen einen weiten Weg vor uns.«

»Sehr wohl, Hoheit«, murmelte der Schreiber und verließ unter Verneigungen den Raum, die Arme voller Schreibgeräte und Pergamentrollen. Als sich die Tür hinter ihm geschlossen hatte, vernahm man Schimpfen und lautes Poltern. Roderic blieb gerade noch Zeit, sich zu erheben, da kam auch schon Deirdre ins Zimmer marschiert. Trotz der späten Stunde wirkte sie so energisch wie eh und je und blickte Roderic mit funkelnden Augen entgegen. Insgeheim stöhnte er. Ihr Erscheinen konnte bloß eines bedeuten. Der erst ganze vier Tage alte Friede war bereits gebrochen worden.

»Guten Abend, Prinz.« Sie zog einen dreibeinigen Schemel vor den Arbeitstisch und nahm Roderic gegenüber Platz. »Ihr wirkt nicht sonderlich erfreut, mich zu sehen.«

»Ich werde mich erst dann wieder freuen, wenn ich weiß, daß meine Frau außer Gefahr ist. Es geht wieder um M'Clure, habe ich recht?«

Sie schaute zuerst verwundert drein, dann schüttelte

sie den Kopf. Sie ergriff den Weinflakon und goß den Rest in Roderics Becher. »Keineswegs, Prinz. Der Frieden wird halten, das garantiere ich Euch.«

»Dann ...« Roderic zögerte. Er wollte sie nicht vor den Kopf stoßen, doch er war sehr müde. Die Belagerung von Minnis würde alle seine Kräfte fordern.

»Weshalb bin ich hier?« Sie trank und blickte ihn über den Rand des Kelches hinweg an. »Ich habe mir gedacht, daß Ihr Euch in einer äußerst heiklen Lage befindet.«

Roderic nahm seufzend Platz. Es hatte keinen Sinn, Deirdre oder sich selbst etwas vorzumachen. Er konnte Amanander nur dann in die Knie zwingen, wenn es ihm gelang, die Mauern von Minnis im Sturm zu nehmen, dieselben Mauern, die Abelard für uneinnehmbar gehalten hatte. Die Soldaten aber waren weit verstreut und hatten den Winter über schwere Verluste hinnehmen müssen; die Garnisonen in Atland, Dlas und Arkan konnten keinen Mann entbehren. Brand mußte Soldaten nach Atland mitnehmen. Zudem hatte er Truppen nach Norda Coda und zu Phillip von Nourk in Marsch gesetzt, und er konnte nur hoffen, daß auf diese alten Verbündeten des Königs Verlaß war. Des weiteren hoffte er, daß Obayana genügend Soldaten aufstellen konnte, um ihre Verluste auf den Settle-Inseln wettzumachen, doch insgeheim zweifelte er daran, daß Obayana dies gelänge. Ohne eine entsprechende Streitmacht bliebe ihm nichts anderes übrig, als Amanander auszuhungern. Und bevor es dazu kam, würde Amanander sicherlich damit beginnen, Geiseln umzubringen. »Ihr habt recht«, sagte er nach langem Schweigen.

»Ich bin gekommen, Euch meine Hilfe anzubieten.«

»Eure Hilfe?«

»Wenn Ihr morgen aufbrecht, werde ich Euch begleiten. Ich habe sechstausend ausgeruhte Kämpfer dabei.«

»Was?« Er war so müde, daß er seinen Ohren kaum traute.

»Zwei vollständige Divisionen.« Sie nickte. »Meine Unterstützung hat natürlich ihren Preis.«

»Versteht sich.« In den vergangenen Monaten hatte er die Inselbewohner gut kennengelernt. Bei ihnen hatte alles seinen Preis. Andererseits – galt das nicht überall? Für jeden? Ganz gleich, worum es ging? Die Häuptlinge waren zumindest aufrichtig. »Was verlangt Ihr von mir?«

Sie nahm noch einen Schluck, dann setzte sie das Kelchglas energisch ab. Ihre Augen wirkten dunkel im flackernden Licht. Das Schweigen vertiefte sich, bis Roderic das Rieseln des Sandes im Stundenglas hörte. »Ich will einen Erben.«

Er hob die Brauen.

»Ich weiß, Ihr habt Eurer Frau Treue gelobt. Aber das ist meine Forderung. Wenn Euer Erbe geboren oder benannt ist und Ihr von Eurem Gelübde entbunden seid, will ich ...«

»Es gibt keine Garantie dafür, daß ich ein Kind mit Euch zeugen könnte.«

»Ich will es versuchen.«

»Warum? Weshalb ausgerechnet ein Kind von mir?«

»Weil ich glaube, daß meine Leute nach meinem Tod Ärger machen werden. Wenn ich einen Erben benenne, werden sie ihn um den Titel kämpfen lassen, genau wie mich. Das will ich verhindern. Wenn der Sohn von Euch ist, werdet Ihr dafür sorgen, daß er sein Erbe antreten kann, und die Häuptlinge werden es sich zweimal überlegen, bevor sie ihm das Recht zu herrschen streitig machen.«

»Dann soll ich das Kind also selbst dann anerkennen, wenn es nicht von mir ist?«

»Nur dann, wenn die Möglichkeit besteht, daß es von Euch sein könnte.«

Sie wartete, ohne Roderic aus den Augen zu lassen. Es schien wärmer zu werden im Raum, und sein Blick wanderte über ihr üppiges, gewelltes Haar und ihren schlanken Hals, der so kräftig und straff war wie der einer viel Jüngeren. »Also gut.«

»Dann bekräftigt den Schwur mit Eurem Blut.«

Sie zog einen geschwungenen Dolch hinter dem Gürtel hervor und schnitt sich in die Handfläche. Als das Blut hervortrat, deutete sie mit der Klinge auf Roderic. Auch er zog den Dolch und ritzte sich die Haut. Dann streckte er ihr die blutende Hand hin. Als sie sich die Hände drückten, spürte er, daß sie zitterte. »Dann schwört Ihr also, daß Ihr mir einen Erben verschaffen werdet?« Ihre Stimme war ein heiseres Flüstern, ihr Augen sprühten Funken.

»Schwört Ihr, daß Ihr meinen Feldzug unterstützen werdet?«

»Ich schwöre.«

»Dann schwöre auch ich.« Ihre Finger verschränkten sich miteinander, ihr Blut mischte sich. Deirdres Handfläche war ebenso schwielig wie die seine. Er stellte sich vor, wie sich die Hand wohl auf seinem Körper anfühlen würde, dann entzog er ihr jäh seine Rechte.

Sie erhob sich lächelnd. »Dann reiten wir morgen gemeinsam los, Hoheit. Schlaft gut.«

Er wunderte sich nicht, als er in der Nacht träumte, sie presse ihren nackten, verlangenden Körper an den seinen. Und irgendwie war ihm im Traum klar, daß er Annandale für immer verloren hatte.

29. Kapitel

Es dämmerte, ein heißer, trokkener Abend in dieser heißen, trockenen Jahreszeit, der keine Erleichterung brachte, keine kühle Brise. Die Bäume ließen die Zweige hängen, die ausgedörrten Blätter rollten sich an den Rändern ein. Roderic lehnte an einem Baumstamm und blickte zur grauen Steinmauer der Festung hinüber, die unerbittlich vor ihm aufragte.

Morgen war sein Geburtstag – der seine und Annandales. Beide würden sie zwanzig werden. In all den Jahren war Minnis stets eine Zuflucht gewesen, ein Ort der Erholung. Bis jetzt. Schweiß rann ihm den Nacken hinunter, während er unverwandt zu den schwarzuniformierten Gestalten der Wachposten auf der Mauer hinüberblickte. Sie hielten sich meistens im Schatten auf, ob wegen der Hitze oder aus einem anderen, dunkleren Grund, vermochte er nicht zu sagen.

Er schloß die Augen und betete, flehte darum, daß man Annandale gut behandeln möge. Er dachte an die Gärten von Minnis, sah in seiner Vorstellung Annandale über die breiten Wege wandeln, die roten Rosen und die blaßblauen Kletterpflanzen berühren, das Gesicht gesprenkelt vom Sonnenschein, der durchs Geäst der silbrigen Trauerweiden fiel. Welch ein Narr ich letzten Sommer doch war, dachte er voller Erbitterung. Wieviel Zeit ich vergeudet habe. Ich hätte auf meinen Körper und mein Herz hören und sie gleich nach ihrer Ankunft zu mir ins Bett nehmen sollen. Die Vorstellung, sie zu verlieren, war so schmerzhaft wie der Stich einer weißglühenden Klinge. Was mochte ihr dieses

Ungeheuer wohl antun? Welche Torturen mochte dieser Teufel sich ausdenken?

Tavia hatte ihm ausführlich berichtet, wie Amananders Soldat sie sicher nach Ahga gebracht hatte, während dieser ihm enthüllt hatte, welchen Beweis Amanander für die vollbrachte Tat gefordert hätte. Roderic schauderte.

»Hoheit, die Berater warten.«

Er winkte den Bediensteten fort und wandte sich ab. Gestern abend war die gewaltige Streitmacht vor Minnis eingetroffen, und jetzt war es an der Zeit, den Angriff zu planen. Es gab nur eine mögliche Vorgehensweise, und alle waren sich darüber im klaren. Er vermißte Brand und den guten Rat seines älteren Bruders. Brand hatte sich unterwegs nach Süden gewandt und den Weg durch die Überreste des Waldes von Koralane eingeschlagen, die noch immer qualmten und schwelten. Alexander war noch allzu geschwächt und zu sehr von Schuldgefühlen gepeinigt, um ihm Berater sein zu können, und allein Deirdre beteiligte sich an den Besprechungen ebenso konzentriert, wie er es aus der Vergangenheit von ihr gewohnt war. Unvermittelt wurde ihm bewußt, wie sehr er sich bereits auf sie verließ.

Roderic schritt die flache Anhöhe hinunter, auf der man vor kaum vierundzwanzig Stunden einen Pfad angelegt hatte. Eine kleine Stadt aus Zelten und Planwagen und eilends errichteten Zäunen breitete sich vor ihm aus. Die Zimmerleute hatten bereits mit dem Bau von mächtigen Belagerungstürmen begonnen, die ihnen Zugang zu den hohen Mauern gewähren sollten. Andere waren damit beschäftigt, vor der Burg Befestigungen anzulegen. Über den Zelten und halb verdeckt von den Bäumen, wehten bunte Wimpel, die Farben von Norda Coda, Kora-lado und den Settle-Inseln. Mit den Schuhen wirbelte er Staubwolken auf.

Am Eingang des Kommandeurszeltes gab er Anweisung, etwas zu essen und zu trinken zu bringen. Die um den Tisch versammelten Personen blickten ihm beim Eintreten erwartungsvoll entgegen. Phineas lag am Kopfende des Tisches auf einer Trage, und entlang der Längsseite saßen Deirdre, Alexander und die Befehlshaber der einzelnen Divisionen.

Die Soldaten nahmen Haltung an und salutierten. Roderic grüßte sie alle und nahm am Kopfende des Tisches Platz. »Ich entschuldige mich für die Verspätung«, begann er. »Hauptmann Ulrich, würdet Ihr uns mitteilen, was die Kundschafter in Erfahrung gebracht haben?«

Der Hauptmann schüttelte den Kopf und breitete die Arme aus. »Bislang wissen wir verdammt wenig, Hoheit. Es scheint so, als habe Lady Tavia recht gehabt. Amanander hat hinter diesen Mauern bloß eine kleine Streitmacht versammelt. Die wenigen Wachposten haben lange Dienst. Die Wachen werden einmal alle vierundzwanzig Stunden abgelöst ...«

»Bloß einmal?« warf Deirdre ein. »Das ist ausgeschlossen, Mann. Eure Spione haben wohl geschlafen.«

»Lady, auf meine Männer ist Verlaß.«

Auf die gereizte Äußerung des Hauptmann hin beugte Roderic sich vor. Er wollte böses Blut und Zwist in den eigenen Reihen vermeiden. »Daran besteht kein Zweifel, Hauptmann«, sagte er. »Aber ein Wachwechsel alle vierundzwanzig Stunden – das klingt unglaubwürdig, meint Ihr nicht auch?«

Der Hauptmann mußte dies grollend einräumen.

Als Phineas sich vorbeugte, knarrte die Trage unter seinem Gewicht. »Dann können wir daraus nur eines schließen. Amanander hat zwar nur wenige Soldaten, aber diese wenigen besitzen übermenschliche Fähigkeiten.«

Deirdre schüttelte den Kopf. »Bei allem Respekt,

Lord Phineas, Hauptmann, aber Ihr wißt nicht, über wie viele Männer er verfügt. Lady Tavia konnte sich kein Bild von der Anzahl seiner Soldaten machen. Und selbst wenn es stimmt, was die Kundschafter berichten, so können wir daraus noch längst nicht auf die Stärke seiner Streitmacht schließen. Vielleicht hat er die Mauern ja absichtlich mit nur wenigen Wachposten bemannt, um uns zu täuschen.«

Roderic nickte und fuhr sich mit den Fingern durchs Haar. »Ich weiß. Daran habe ich auch schon gedacht.«

»Dann ist es also entschieden, Hoheit?« fragte der andere Hauptmann, welcher die Zimmerleute befehligte und mit schweißnassem Gewand neben dem ersten Soldaten saß. Der Geruch von frischem Holz mischte sich mit beißendem Schweißgeruch. »Dann werden wir die Mauern also stürmen?«

»Bleibt uns denn eine andere Wahl?« fragte Roderic. »Es ist gleichgültig, über wie viele Soldaten Amanander verfügt oder auf welche Weise sie kämpfen. Wir können sie nicht aushungern; wenn wir die Festung einnehmen wollen, müssen wir die Mauern überwinden.«

Draußen vor dem Zelt war Stimmenlärm zu vernehmen. Roderic blickte verärgert auf, doch als er sah, wen die Wachposten da ins Zelt eskortierten, hellte sich seine Miene auf. »Vere!« Er schob den Schemel zurück und erhob sich erfreut. »Endlich.«

Vere verharrte einen Moment lang im Eingang; seine blauen und grünen Gesichtstätowierungen machten bei dieser trüben Beleuchtung einen schaurigen Eindruck. Er verschaffte sich einen Überblick über die Anwesenden und nickte jedem einzelnen zu.

»Gentlemen, M'Callaster, mein Bruder Vere.«

Phineas sog überrascht die Luft ein, und Vere hüstelte leise. »Ich grüße Euch, Hauptmann Phineas. Wie ich hörte, wurdet Ihr für die dem König erwiesene Treue reich belohnt.«

Deirdre stieß sich vom Tisch ab, lehnte sich zurück und musterte Vere nachdenklich. »Ich will Euch nicht zu nahe treten, Hoheit, aber sollte das Familientreffen nicht auf einen späteren Zeitpunkt verschoben werden, wenn wir die weitere Vorgehensweise festgelegt und einen Schlachtplan aufgestellt haben?«

Roderic lächelte gereizt. »Ich hoffe, mein Bruder bringt Neuigkeiten mit, die uns die Planung erleichtern. Komm, setz dich, Vere. Erzähl. Hattest du Erfolg?«

Vere holte tief Luft und zog einen Klappstuhl ans andere Tischende. »Es tut mir leid, Roderic. Ich habe mein Bestes getan. Der Rat hat beschlossen, alle verfügbaren Kräfte gegen Ferad einzusetzen. Er hat sich geweigert, dich in irgendeiner Weise zu unterstützen.«

»Es ist wegen Atland, nicht wahr?«

Vere wich seinem Blick aus. »Das haben sie nicht gesagt.«

»Aber sie haben es gemeint, habe ich recht?« Roderic hatte das Gefühl, man habe ihm einen Tiefschlag versetzt. Vere schüttelte den Kopf.

»Es tut mir leid, Roderic. Glaub mir, ich habe mein möglichstes getan. Ich habe versucht, ihnen zu erklären, wie gefährlich Amanander ist – daß er eine Empathin in seiner Gewalt hat ...«

»Und was haben sie darauf erwidert?«

»Sie vertraten die Ansicht, entweder er verfüge über keine nennenswerten magische Fertigkeiten, oder aber die Empathin werde größeren Schaden verhindern.«

»Was soll das?« fragte Deirdre gereizt. Sie warf sich einen Zopf über die Schulter. »Worum geht es überhaupt?«

»Ich habe Euch doch schon von meinem Bruder und seiner Neigung zur Magie berichtet«, antwortete Roderic. »Die Kundschafter haben bestätigt, daß diese Soldaten übermenschliche Kräfte besitzen. Also, was sollen wir nun tun, Vere?«

Vere befeuchtete sich die Lippen. »Es tut mir leid. Sie wollten nicht, daß ich zu dir zurückkehre – das heißt, sie haben mir befohlen, mich wieder zum Kolleg zu begeben. Ich aber habe mein Gelübde gebrochen und bin hierhergekommen. Ich glaube, ich begreife ganz gut, was hier vorgeht. Die Ältesten aber sind mit ihren eigenen Problemen beschäftigt. Offenbar haben die Verräter, die sich selbst als Bruderschaft bezeichnen, sie erfolgreicher unterwandert, als sie zunächst dachten.«

»Bei der Eins«, fluchte Alexander unterdrückt. »Das ist meine Schuld.«

»Das spielt jetzt keine Rolle mehr«, sagte Phineas. »Die Verantwortung tragt Ihr nicht allein, Alexander. Glaubt mir, die Schuld lastet auf vielen Schultern. Also, wie sieht es aus, Vere – könnt Ihr uns helfen?«

Vere blickte auf seinen Schoß nieder. »Eine Möglichkeit gibt es vielleicht noch.«

»Und die wäre?« fragte Alexander mit der Miene eines zum Tode Verurteilten.

»Nydia. Nydia Farhallen.«

Roderic stockte das Blut in den Adern.

»Annandale hält ihre Mutter für tot.«

»Bist du dir sicher?« fragte Vere.

»Nein.« Roderic schüttelte den Kopf. »Aber sie muß es wohl wissen.«

Weshalb das?« fragte Vere.

»Sie ist eine Empathin.«

»Das heißt, sie spürt, was in einem vorgeht. Aber sie ist keine Telepathin: Mittels Gedanken kann sie sich nicht verständigen. Manche besitzen diese Gabe, doch den meisten gelingt es erst nach langem Üben.«

»Dann hältst du es also für möglich, daß Annandale sich irrt?«

»Möglicherweise fehlt Annandale ihre Mutter, und Nydia vermißt zweifellos auch ihre Tochter. Aber ob sie tot ist, das weißt du nicht. Und falls sie noch lebt ...«

»Wenn sie lebt, weshalb ist sie uns dann nicht zu Hilfe gekommen?« warf Deirdre ein.

»Weil sie so ist, wie sie ist«, antwortete Roderic. »Wegen ihres Aussehens.«

»Sie war wunderschön«, sagte Alexander. »Weshalb sollte sie davor zurückscheuen, zu uns zu kommen?«

»Sie ist nicht mehr schön«, erklärte Roderic. »Sie ist häßlich, kaum mehr menschlich zu nennen. Sie hüllt sich in Schleier. Annandale hat mir erzählt, um ihr den Anblick zu ersparen, habe Nydia sich bereits verschleiert, als sie noch ein Kind war. Glaub mir, ihr könnt euch ihr Aussehen gar nicht vorstellen.«

Vere schaute bedrückt drein, und Roderic meinte schon, er werde eine Frage stellen. Dann aber schüttelte er den Kopf und sagte: »Wir sollten sie so rasch wie möglich in ihrem Turm aufsuchen – spätestens morgen.«

Roderic zögerte. Bei der Vorstellung, zu Nydias düsterem Turm zurückzukehren, sträubten sich ihm die Nackenhaare. Freilich war ihm bewußt, daß er im Hinblick auf Annandale schon viel Zeit mit Zaudern vergeudet hatte, und dies stärkte seine Entschlossenheit. Er würde nicht zulassen, daß Amanander sich seine Furcht zunutze machte. Er wollte gerade auf Veres Vorschlag eingehen, als Tisch und Boden plötzlich erbebten. Ein weiterer Erdstoß ließ die Zeltstangen schwanken. Roderic sprang auf.

»Ein Erdbeben!« rief Vere. »Wachen, kümmert euch um Lord Phineas!« Während die Wachposten ins Zelt gestürzt kamen, eilte Roderic ins Freie, wo ein heilloses Durcheinander herrschte. Männer rannten umher, während sich die Erde emporwölbte und auf breiter Front barst. Vor Roderics Augen türmte sich der Erdboden auf und schleuderte Soldaten und Ausrüstungsgegenstände umher. Die Gerüste der Belagerungsmaschinen stürzten ein, als wären sie aus dünnen Stöcken erbaut.

Ein breiter Spalt tat sich auf, Soldaten und Pferde stürzten hinein, und Roderic bemühte sich verzweifelt, das Gleichgewicht zu wahren, als sich von der Erdspalte ausgehend ein Riß im Boden öffnete, der bis zu der kleinen Anhöhe reichte, auf der er stand.

Abermals erbebte die Erde, und Roderic suchte nach einem Halt. Der Erdboden zerfiel unter seinen Füßen in lockeren Kies, und er stürzte in eine finstere Spalte, die sich vor ihm aufgetan hatte. Im letzten Moment packte Vere ihn beim Handgelenk. Er klammerte sich an Vere fest, während der Erdboden ein letztes Mal erbebte.

Roderic lag einen Moment lang reglos da, die Wange auf den nackten Erdboden gedrückt; aus Furcht, die Erde könnte abermals zu beben beginnen, wagte er nicht, sich aufzurichten. Vere, dessen Gesicht schmutzverschmiert war, ließ seine Hand los und richtete sich langsam auf.

Roderic erhob sich ebenfalls und blickte umher. Die Festung ragte so gewaltig und abweisend wie eh und je vor ihm auf und schien nicht im mindesten in Mitleidenschaft gezogen zu sein. Tiere und Menschen lagen am Boden, einige verletzt, andere wie tot, die Ausrüstung verstreut. »Sieht aus wie das Armageddon.«

Vere nickte grimmig. Eine schlanke, hochgewachsene Gestalt erschien auf der Mauer. Roderic löste sich von den versammelten Männern, als stünde er unter einem Bann. Er sah den Langbogen in den Händen der Gestalt, und dann spannte diese den Bogen. Ein Pfeil überwand die eigentlich unüberwindliche Entfernung und bohrte sich vor Roderics Füßen in den Boden.

Er blickte sich zu Vere und den anderen um. Einige Männer murmelten Gebete, andere preßten sich eiserne Kreuze an die Lippen. Mit erstaunlich sicherer Hand zog Roderic den Pfeil aus dem Boden. Er war mit einem Stück Pergament umwickelt. Er brach das Siegel und entrollte das Schriftstück. Beim Lesen verfinsterte sich seine Miene immer mehr.

»Was schreibt er?« fragte Vere.

Roderic schaute seinen Bruder und die umstehenden Männer an. Er knüllte das Pergament zusammen. »Er will, daß wir kapitulieren.«

Die Männer wechselten verängstigte Blicke. Roderic gab ihnen keine Gelegenheit, ihre Meinung zu äußern. »Offiziere, laßt Eure Leute antreten. Ich brauche eine vollständige Aufstellung der erlittenen Schäden und Verluste. Stellt ein Bestattungskommando zusammen. Ich will wissen, wie viele Verwundete wir haben und wie viele Vorräte uns bleiben. Es könnte sein, daß unser Aufenthalt länger dauert.«

30. Kapitel

Noch vor Anbruch der Morgendämmerung stiegen Roderic und Vere auf ihre Pferde, schlugen einen weiten Bogen um die gewaltige Festung und ritten in nördlicher Richtung in den dichten Wald hinein.

Im ersten grauen Tageslicht war es unnatürlich still im Wald, und selbst die Vögel hielten seltsamerweise Ruhe. Nur der Tau tropfte von den Bäumen und fiel ihnen wie Tränen auf die Schultern, wenn sie die Zweige streiften. Nach kaum einer Stunde hob Vere die Hand, und Roderic zügelte neben seinem Bruder das Pferd.

Die Luft war wie zähflüssig. Roderic kam das Gefühl bekannt vor, und plötzlich wurde ihm bewußt, daß er sich an den Tag erinnert fühlte, als er mit Barran zum Hexenturm geritten war.

Gewitterwolken verdunkelten die Sonne. »An jenem Tag«, setzte Roderic an, »gab es auch ein Unwetter ...«

»Ja«, sagte Vere, »das hat zweifellos sie herbeigeführt, um dich zum Turm zu geleiten.«

»Glaubst du, es wird diesmal wieder so sein?« Roderic blickte bang zum Himmel empor.

»Ich weiß nicht«, antwortete Vere. »Vielleicht dient dies ja dem Schutz des Turms ...«

Plötzlich aber klarte es auf, und die Gewitterwolken zerstreuten sich zu leuchtendweißen Federwölkchen, die sich scharf vom blauen Himmel abhoben.

»Erstaunlich«, murmelte Vere. »Ganz erstaunlich.«

»Vielleicht ist sie ja tot«, bemerkte Roderic.

»Wenn sie tot wäre, würde all dies nicht passieren. Sie lebt, verzichtet aus irgendeinem Grund aber auf den Einsatz von Magie.«

Schweigend ritten sie weiter. Schließlich öffnete sich der Wald, und der Weg führte auf eine Lichtung, in deren Mitte sich Nydias Turm erhob. Roderic blickte Vere an. Sein Bruder zögerte nicht. Er schwang sich aus dem Sattel und band sein Pferd an einem Ast fest. »Komm«, sagte Vere.

Mit klopfendem Herzen näherte Roderic sich der Turmmauer. Die Lichtung war verkrautet, die Stufen bedeckte Moos. Efeu rankte sich an der Mauer empor. Die ganze Anlage war fensterlos und erinnerte noch deutlicher an eine Festung als Minnis. Er bekam feuchte Hände, und als er sie an den Hosenbeinen abwischte, hoffte er, Vere würde es nicht bemerken.

Als Vere gegen das Tor drückte, schwang es laut knarrend auf, und Roderic wurde jetzt erst bewußt, wie still es auf der Lichtung war. Das Echo ihrer Schritte wurde von den Wänden zurückgeworfen, und die marmornen Säulen knackten, was Roderic beim ersten Besuch nicht aufgefallen war. Staubteilchen tanzten in den Lichtstrahlen, die durch die Ritzen zwischen den Holzbrettern vor den Fenstern hindurchfielen. Roderic fragte sich, wie viele Jahre wohl vergangen waren, seit der volle Sonnenschein weiter als ein paar Schritte in den Raum vorgedrungen war.

Roderic schritt in den höhlenartigen Raum hinein und geriet mit dem Gesicht mitten in ein Gespinst aus Spinnweben. Hustend wischte er sich Mund und Augen, wandte sich um und sah, wie Vere nach oben lauschte, einen Fuß auf die unterste Treppenstufe gesetzt. Roderic übernahm die Führung. »Ich kenne den Weg.«

Da die Wendeltreppe gefährlich geneigt war, stiegen sie mit besonderer Vorsicht die Stufen hoch. War seit seinem ersten Besuch wirklich erst ein Jahr verstrichen? Roderic hatte das Gefühl, er sei in der Zwischenzeit um Jahrzehnte gealtert. Seit knapp anderthalb Jahren war er Regent und mußte sich in diesem Zeitraum mit den beiden schlimmsten Aufständen seit Menschengedenken auseinandersetzen. Als sie oben angelangt waren und in den langen Korridor einbogen, gingen ihm Nydias Worte durch den Sinn: ›Krieg, mein Prinz, Krieg in jedem Winkel des Reiches ...‹

Unvermittelt blieb er vor einer Tür stehen. »Ich glaube, hier ist es.«

Er drückte die Tür behutsam auf und trat über die Schwelle. Alles war so, wie er es in Erinnerung hatte, bloß war es noch stickiger geworden. Ihm sträubten sich die Nackenhaare. Er blickte Vere an, und dieser legte ihm die Hand auf den Arm. »Sie muß ganz in der Nähe sein.«

Ein leises Stöhnen war zu vernehmen, ein kaum wahrnehmbares Seufzen. Roderic mußte sich bezähmen, sonst hätte er den Dolch gezogen. »Nydia?« rief er. »Lady Nydia? Seid Ihr es?«

Abermals ertönte das Stöhnen, und diesmal schimmerte und pulsierte die Luft. Vere hob die Hand. »Nicht weitergehen. Lady Nydia? Ich bin's, Vere. Erinnert Ihr Euch noch an mich?«

Etwas bewegte sich im Schatten beim Kamin, und Roderic wurde jäh bewußt, daß die Frau die ganze Zeit dort gewartet hatte. Eine bestimmte Energie oder Kraft wirbelte durch die Luft und löste sich wieder auf. Roderic stieß den Atem aus, den er die ganze Zeit angehalten hatte.

Er berührte Vere am Arm. »Dort drüben.« Er zeigte zum Kamin. »Sie ist dort drüben.«

Vere nickte. »Dürfen wir näher treten und mit Euch sprechen, Lady? Es ist nicht unsere Absicht, Eure Ruhe zu stören, aber Eure Tochter schwebt in höchster Gefahr. Wir brauchen Eure Hilfe.«

Diesmal war ein ersticktes Krächzen zu vernehmen, und Roderic wurde jäh bewußt, daß das Wesen lachte. »Meine Hilfe?« stieß Nydia hervor. »Sperrt die Augen auf. Hilfe habt Ihr hier nicht zu erwarten. Oder entdeckt Ihr irgendwo so etwas wie Hoffnung?«

Die beiden Männer blickten einander an, und Roderic trat einen Schritt vor. »Bitte, Lady, wir wollten Euch wirklich nicht stören, aber Annandale ...«

»O holdestes Geschöpf, von Gottes Werken das letzte und das beste«, murmelte Nydia, »ein Geschöpf, in welchem alles übertroffen wurde, was Auge und Gedanke formen können.«

Roderic neigte sich zu Vere hinüber. »Was redet sie da? Verstehst du, was sie sagt?«

Vere nickte. »Ich glaube, es liegt ein gewisser Sinn darin. Sie zitiert einen alten Dichter – dessen Werke schon alt waren, als Meriga noch jung war. Dürfen wir näher treten, Lady?«

Man vernahm Kleiderrascheln und Schleifgeräusche, als verändere das Wesen seine Haltung. Plötzlich fror Roderic bis ins Mark, und das Feuer im Kamin flammte auf und sprühte Funken.

»War das Magie, Lady?« fragte Vere.

Es sah aus, als zucke sie mit den Schultern. »Notwendigkeit und Zufall.« Sie streckte einen entstellten Arm aus, und im unsteten Feuerschein entdeckte Roderic verdickte, verwachsene Finger, lange gelbe Krallen und schwärzliche Schuppen. »Haltet Abstand!« rief sie. »Mein Wille ist Schicksal.«

Vere beugte das Knie, und seine Augen füllten sich mit Tränen. »Ach, Lady, was ist mit Euch geschehen? Wie seid Ihr so geworden?«

Bei dem summenden Laut, den sie tief in ihrer Kehle erzeugte, sträubten sich Roderic die Nackenhaare. »Was mit mir geschehen ist? Weit und beschwerlich ist der Weg, der aus der Hölle ins Licht führt.« Sie wiegte den Oberkörper, und die Schleier umwogten sie wie Nebelschwaden. »Ihr wollt mich um Hilfe bitten? Dabei kann ich mir nicht einmal selbst helfen, geschweige denn anderen. Weit und beschwerlich ist der Weg, der aus der Hölle ins Licht führt.«

Roderic packte Vere bei der Schulter. »Was im Namen der Eins redet sie da? Verstehst du, was sie will?«

Eine Träne rann Vere über die Wange. »Wie konnte das bloß geschehen?« flüsterte er, ohne auf Roderics Frage einzugehen. »Sie war so schön – es gab keine Schönere als sie.« Er schüttelte den Kopf.

Nydia hatte ihn offenbar gehört, denn sie hob den Kopf. »In Schönheit wandelt sie wie wolkenlose Nacht voll Sternenpracht, vermählt auf ihrem Antlitz sieh des Dunkels Reiz, des Lichtes Pracht.« Sie kicherte kollernd und drohend, teilte die Schleier vor ihrem Gesicht und enthüllte die Züge des Ungeheuers, in das sie sich verwandelt hatte. »Seht Ihr? Leb wohl, Hoffnung, leb wohl, Mitleid. An mir ist alles Mitgefühl verschwendet.«

»Lady, das kann nicht Euer Ernst sein«, murmelte Vere mit erstickter Stimme. »Begleitet mich, kommt mit ins Kolleg! Die Ältesten vermögen das geschehene Unrecht vielleicht wiedergutzumachen.«

Nydia seufzte und legte den Kopf schief. Roderic meinte, sie lächeln zu sehen, falls ihrem gräßlichen Maul dieser Gefühlsausdruck überhaupt möglich war. »Es heißt, die Macht schafft Recht. Und jetzt behauptet Ihr, sie könnten mein Recht wiederherstellen? Ihr habt recht, das mag sein. Aber schafft Recht auch Macht?« Sie schüttelte den Kopf. »Nein, Recht schafft keine Macht.«

Roderic packte Vere bei der Schulter und schüttelte ihn. »Vere, sie kann uns nicht helfen. Sie redet Unsinn. Laß uns gehen. Lassen wir das arme Geschöpf in Frieden.«

Nydia regte sich, ihre dunkelgewandete Gestalt erbebte. »Wer seid Ihr, daß Ihr es wagt, mich beim Sterben zu stören?«

»Lady Nydia?« fragte Vere in drängendem Ton und mit bebenden Lippen, als kämpfe er gegen die Tränen an. »Ihr habt mich einmal gekannt. Ich bin's, Vere, Abelard Ridenaus zweiter Sohn. Wir sind gemeinsam in den Kellern von Ahga gewandelt, Ihr und ich – Ihr habt mich vieles gelehrt und mir Hoffnung eingeflößt. Ich habe Euch niemals vergessen, Lady. Und meinen Begleiter kennt Ihr auch: Es ist Roderic, Prinz von Meriga.«

»Prinz?« flüsterte sie. Diesmal fehlte ihrer Stimme die zischende Monotonie des Wahnsinns.

»Ihr habt mich vergangenes Jahr hierhergeführt, Lady«, sagte Roderic, als Vere ihm zunickte. »Ich habe Eure Tochter mitgenommen; ich habe sie geheiratet, wie Ihr mir aufgetragen habt.«

»Geheiratet?« Sie blickte auf ihren Schoß nieder.

»Wie Ihr es mir aufgetragen habt.«

»Dann müßt Ihr *zu ihr gehen*!« kreischte sie. »Begreift Ihr denn noch immer nicht das Ausmaß der Gefahr? Ihr seid ein Kind, das Prinz spielt!«

»Lady«, sagte Roderic, der den Wahrheitsgehalt ihrer Worte nicht ganz zu leugnen vermochte, »deshalb bin ich ja hier. Amanander hat Annandale in seine Gewalt gebracht. Er hält sie in Minnis fest – in der Festung, die mein Vater für Euch erbaut hat. Ihr müßt uns helfen …«

»Die Magie«, warf Vere ein. Er erhob sich, trat vor und blickte Nydia mit ausdrucksloser Miene an. »Amanander hat gelernt, sie zu nutzen.«

»Wir bitten Euch, diesen Ort zu verlassen, Lady«, sagte Roderic mit einem neuerlichen Blick auf Veres betroffenes Gesicht, »und uns im Kampf gegen Amanander zu unterstützen.«

Sie neigte den Kopf, als lasse sie sich das Gehörte durch den Kopf gehen.

»Er hat Minnis«, fuhr Roderic fort, »und er hat Annandale.«

»Narr!« murmelte sie. »Habe ich Euch nicht gewarnt?«

»Das habt Ihr getan, Lady, aber ich wurde in den Norden gerufen. Unter den Häuptlingen herrschte Krieg, und Alexander stand unter Belagerung. Ich glaubte, keine andere Wahl zu haben.«

»Man hat immer eine Wahl«, zischte sie.

»Dann begleitet Ihr uns also?« Vere streckte die Hand aus. »Werdet Ihr uns helfen?«

»Warum? Was erwartet Ihr Euch von mir?«

»Amanander ist im Besitz der Magie«, sagte Roderic. Seine Verzweiflung steigerte sich von Augenblick zu Augenblick. »Er hat meine Schwester Jesselyn getötet, und er hat versucht, Vere umzubringen. Er hat Befehl gegeben, Tavia und meine kleine Tochter zu töten. Wenn Annandale sich weigert, ihm zu helfen, wird er wohl auch sie umbringen. Ich glaube nicht, daß er damit zögert, wenn es ihm zum Vorteil gereicht.«

»Was ist mit den Mutanten?«

»Sie haben sich geweigert, uns zu helfen«, antwortete Vere mit gesenktem Blick.

»Geweigert?« fragte sie ungläubig. »Wissen sie denn vollständig Bescheid?«

»Ja, Lady. Ich habe sie selbst ins Bild gesetzt. Sie aber halten Ferad für den gefährlicheren Gegner und wollen alle Kräfte darauf verwenden, ihn aufzuhalten.«

Nydia schüttelte den Kopf. »Das wird ihnen nicht gelingen.«

Vere seufzte, und Roderic kniete nieder. Er war sich seiner Handlungsweise und seiner Empfindungen kaum bewußt. »Bitte …«

»Das wird ihnen nicht gelingen«, krächzte sie.

»Ferad wird weiterleben – und Ihr auch, Prinz. Wollt Ihr wissen, was ich sehe? Das kann ich Euch sagen. Eine letzte Prophezeiung, die Euch auf Eurem weiteren Weg begleiten wird? Ich werde bald sterben. Ich will Euch sagen, was ich sehe, und dann solltet Ihr mich in Frieden lassen. Denn ich habe meinen Frieden verdient und schon längst dafür bezahlt. All die Jahre mußte ich die Folgen dafür tragen, daß ich den Wünschen des Königs nachgekommen bin ...«

Vere kniff die Augen zusammen. »Hat mein Vater Euch zu etwas gezwungen?«

»Euer Vater? Ich verfluche den Namen Abelard Ridenau tausend- und abertausendmal. Als ich noch jung und schön war und die Zeit bedeutungslos, da sagte er: ›Komm. Lebe mit mir und sei meine Liebste ...‹ Habe ich das etwa nicht getan? Ich habe ihm Treue geschworen ...« Sie senkte die Stimme zu einem flüsternden Krächzen, und vor Roderics ungläubigen Augen fielen die letzten Reste geistiger Zurechnungsfähigkeit von ihr ab, und Nydia verwandelte sich in eine formlose, zusammenhanglos daherplappernde schwarze Masse.

Entsetzt wich Roderic zurück, und Vere packte ihm beim Arm. »Sie ist wahnsinnig, die Arme«, flüsterte Vere. »Komm. Lassen wir sie in Frieden. Hier haben wir nichts verloren.«

Roderic nickte. Als sie an der Tür angelangt waren, erhob Nydia die Stimme, und sie blieben stehen. »Wartet, Prinz. Drei Frauen – drei Frauen müssen für Euch ihr Leben lassen. Eine ist bereits tot – sie starb bei Eurer Geburt. Die zweite und die dritte aber – deren Gesichter vermag ich nicht zu erkennen, denn die Entscheidungen sind noch nicht gefallen. Drei Frauen aber müssen sterben, ehe der Thron Merigas Euer ist. Und die Erinnerung an ihren Tod wird Euch für den Rest Eures Lebens verfolgen.«

Roderic wollte eine Frage stellen und Einspruch erheben, Vere aber tippte ihm auf die Schulter. »Komm. Sie spricht in Rätseln – sie ist wahnsinnig, die Arme. Nicht einmal ihre Visionen ergeben einen Sinn.«

Schweigend verließ Roderic zusammen mit seinem Bruder den Turm, dessen Böden unter ihren Schritten unheilvoll knackten. Als sie durch den Wald zurückritten, wandte Roderic sich an Vere. »Glaubst du, sie hat bloß gefaselt? Mehr nicht?«

Vere nickte bedrückt, mit abwesendem Blick, und Roderic wußte, daß er an Nydia dachte, wie er sie in Erinnerung hatte. »Ich bete darum, daß ihre Seele Frieden finden möge.«

31. Kapitel

In der Nacht fand er keinen Schlaf. Als die Lampen weit heruntergebrannt waren und die Lagerfeuer flackernd erloschen, erhob sich Roderic von der Pritsche und streifte sich ein Leinenhemd über den Kopf. Als Ben im Schlaf etwas murmelte, legte er dem alten Mann beruhigend die Hand auf die Schulter. Der Bedienstete drehte sich schnarchend auf die Seite. Als Roderic vors Zelt trat, nahmen die Wachposten Haltung an, er aber blickte weder nach links noch nach rechts. Er hakte die Daumen hinter den Schwertgürtel und blickte zu den schwarzen Mauern der Festung Minnis hinüber.

Der Mond stand als bleiche Sichel über den Baumwipfeln, und die Sterne verbreiteten ein geisterhaftes Licht. Er schauderte, obwohl es warm war und sich kein Lüftchen in den tiefhängenden Zweigen rührte. Wir waren schon lange vor dir da, schienen die Sterne zu sagen, und wir werden immer noch da sein, wenn es dich nicht mehr gibt.

Er dachte an den alten Garrick, an dessen Tod wiederum Amanander die Schuld trug. So viele Tote, so viele, die sinnlos gelitten hatten. Garrick hatte sich aus dem militärischen Dienst zurückgezogen; er hätte in Ahga am Kamin alt werden und dabei zuschauen können, wie die nächste Soldatengeneration heranwuchs. Und Brea, Alexanders Liebste. Zwar war sie nicht tot, hatte aber an Geist und Körper Schaden genommen. Und Abelard. Wo mochte er wohl sein? Beim Gedanken an seinen Vater kam ihm das Motto der Ridenaus in den Sinn: *Der Glaube möge vollenden, was die Hoffnung beginnt.*

Er tastete nach Annandales Ring, den er an einem Lederriemen um den Hals trug. Die Perle war körperwarm und fühlte sich glatt und seidig an. Unwillkürlich ging er los.

Seine Schritte führten ihn durchs Lager bis an den äußersten Rand der Befestigungen, wo mehrere Wachposten um ein Lagerfeuer hockten.

»Kannst wohl nicht schlafen?« sprach ihn einer an.

Roderic reagierte zunächst mit Verärgerung, dann fiel ihm auf, daß außergewöhnlich viele Männer ums Feuer versammelt waren. Offenbar hielten sie ihn für einen der Ihren, und so nickte er bloß, brummte etwas und hockte sich am Rande des Feuerscheins auf den Boden.

»Ich auch nicht«, ertönte aus dem Dunkel die Antwort. Roderic hob den Kopf und blickte in das verhärtete Gesicht eines Mannes, der mindestens dreißig Jahre älter war als er selbst.

Unter den Soldaten gab es angegraute Veteranen, aber auch Jünglinge in Roderics Alter. Er schaute wieder zur Festung hinüber.

»Ja«, meinte ein anderer, der Roderics Blick bemerkte, »du mußt auch immer wieder hinsehen, hab ich recht?«

»Ich frage mich, was da wohl sein mag«, meinte ein anderer, ein Jüngling, der so jung war, daß Roderic ihn zunächst für ein Mädchen gehalten hatte, das sich heimlich ins Lager geschlichen hatte.

»Zum einen die Frau des Prinzen«, antwortete der erste. Daraus, daß er sich auf einen Speer stützte, schloß Roderic, daß er gerade Wache hatte.

»Aber was sonst noch? Das wüßt ich gern. Was erwartet uns dort? Womit haben wir es morgen zu tun?«

»Ja, ja«, sagte im Schatten ein Mann mit starkem

Akzent, der offenbar von den Settle-Inseln stammte. »Das Sterben macht mir keine Sorgen. Aber ich wüßte doch gern, wofür ich sterbe.«

»Du hast die Frau des Prinzen nie gesehen?« Der Wachposten beugte sich vor, und der Widerschein des Feuers tanzte über sein Gesicht. »Glaubt mir, sie ist es wert, für sie zu kämpfen und notfalls auch zu sterben.«

»Welche Frau ist eines solchen Aufhebens schon wert?« fauchte der Inselbewohner.

»Und warum das alles?« fragte der Jüngling.

Roderic wollte darauf antworten, doch der Wachposten kam ihm zuvor. »Deswegen, mein Junge. Weil wir einen Eid geleistet haben – jeder einzelne von uns. Mein Vater ist für die Ridenaus gestorben, und ich werde gewiß ebenfalls für sie mein Leben lassen ...«

»Nein«, warf Roderic ein. »Es geht nicht darum zu sterben.« Sämtliche Gesichter wandten sich ihm zu. »Wir kämpfen, damit andere weiterleben können – damit Kinder heranwachsen und in Frieden alt werden können. Wir kämpfen nicht bloß für die Gemahlin des Prinzen und den Prinzen, sondern für uns alle, damit dies unseren Kinder und Kindeskindern erspart bleibt.« Plötzlich verstand er das Motto der Ridenaus viel besser als zuvor. »Wir kämpfen für das Gesetz, denn das Gesetz ist wichtiger als die Wünsche des einzelnen. Dem, der die Lady gefangenhält – Amanander –, geht es einzig und allein um sich selbst.« Die Männer lauschten wortlos, und Roderic schaute sie nacheinander an. »Wir glauben an etwas, das größer ist als wir selbst, und wir hoffen auf eine bessere Welt. Dafür kämpfen wir, und dafür sterben wir.«

Die Männer erwiderten seinen Blick. Roderic erhob sich. »Bis morgen, meine Herren. Gute Nacht.« Ein leises Murmeln antwortete ihm, und Roderic sah sich über die Schulter um. Die Männer unterhielten sich angeregt, der Wachposten aber sah ihm unmittelbar ins

Gesicht. Der alte Soldat straffte sich und salutierte schweigend. Roderic dankte ihm mit einer Verneigung, wandte sich ab und verschmolz mit der Dunkelheit, ehe die anderen reagieren konnten.

Als es dämmerte über dem Wald, befahl Roderic, die Belagerungsmaschinen in Stellung zu bringen. Verstohlen setzten sich die gewaltigen Türme in Bewegung, und Roderic beobachtete vom Pferdesattel aus, wie die Soldaten sich ihnen anschlossen und den bitteren Vormarsch auf die Mauern von Minnis begannen. Während es allmählich heller wurde, rückten die Belagerungstürme den Mauern immer näher, und die Soldaten nahmen Abteilung nach Abteilung ihre Plätze ein.

Als Roderic die behandschuhte Rechte hob, nickte der Herold bestätigend, zögerte kurz und gab dann mit seinem Horn das Signal zum Angriff. Mit einem Gebrüll, das an ein Brandungstosen erinnerte, warf sich die Woge der Männer der Festung entgegen. Die Schlacht hatte begonnen.

Zehntausend Soldaten strebten den Mauern von Minnis zu, doch diese hielten stand. Schritt für Schritt ritt Roderic nach vorn und drängte sich durch die Männer, bis er unmittelbar an der Mauer stand. Der Boden war mit Gefallenen bedeckt, die zu zweit oder zu dritt übereinanderlagen, und der Schlachtenlärm war ein dumpfes, an- und abschwellendes Gebrüll.

Deirdre ritt an seine Seite; ihre behandschuhten Hände waren blutig, und Roderic machte sich klar, daß es das Blut ihrer Kämpfer war. Sie schüttelte den Kopf und nickte zur Mauer hin. »Es läuft nicht gut – was tut er dort oben?«

»Es gibt nur eine Möglichkeit, das herauszufinden«, erwiderte Roderic. Als ein Leichnam zu Boden stürzte, blickte er nach oben. Die Männer, welche sich über die

Mauer ergossen, wurden wie von der Hand eines Riesen nach rechts und links davongeschleudert. Als an der Brüstung eine Reihe schwarzgewandeter Männer Aufstellung nahm, kniff Roderic die Augen zusammen. Sie schwangen die Waffen so kraftvoll und zielsicher, daß kein einziger Streich danebenging. Es hatte den Anschein, als ahnten sie die Hiebe des Gegners voraus und parierten sie entweder oder wichen ihnen aus. Ihre Schwertklingen schwirrten und funkelten im Morgenlicht wie Messer.

Roderic beobachtete das Geschehen voller Entsetzen. Da war Magie im Spiel. Irgendwie war es Amanander gelungen, diese Männer zu einem Ganzen zusammenzuschmieden, zu einer einzigen Kampfeinheit mit vielen Armen, die so wirkungsvoll vorging, daß es kaum Verletzungen gab. Die schlanken schwarzen Gestalten boten einen erschreckenden Anblick. Sie sprangen von der Mauer auf die Belagerungsmaschinen hinüber, wirbelten die Klingen umher, wichen behende allen Hieben aus und erledigten fünf bis sechs Angreifer auf einmal. Und obwohl immer neue Männer den Platz der Gefallenen einnahmen, wurden sie doch nicht müde und ließen in ihrem Wüten nicht nach. Offenbar war alle Mühe vergebens, denn sämtliche Reserven Merigas vermochten gegen einen solchen Gegner nichts auszurichten. Dann auf einmal bemerkte Roderic aus den Augenwinkeln, wie erst eine, dann eine zweite der schwarzgewandeten Gestalten lautlos von der Mauer herabstürzte. Lauter Jubel erscholl, breitete sich entlang der Schlachtlinie aus, und Roderic zog nun seinerseits das Schwert. »Setzt die Reserven ein! Konzentriert euch auf die Bresche! Kommt, die Gelegenheit dürfen wir uns nicht entgehen lassen!«

»Los, Männer!« brüllte er aus vollem Hals. »Zu den Waffen! Zu den Waffen!« Dicht gefolgt von Deirdre warf er sich nach vorn, führte ein Regiment die ansteigende Rampe hinauf und sprang über die Mauerbrüstung. Der Anblick, der sich ihm bot, ließ ihn innehalten. Das Schlachtenglück schien sich zumindest vorübergehend zu wenden, und immer mehr Soldaten des Königs sprangen über die Brüstung. Die schwarzen Kämpfer aber sammelten sich erneut und führten ihren kalten, eleganten Angriff fort. Plötzlich stand Roderic einem von ihnen gegenüber. Die Augen des Mannes waren stumpf, seine Miene wirkte leer, doch er bewegte sich mit der Präzision einer Kampfmaschine. Roderic versuchte einen doppelte Finte, da streifte die Klinge des Gegners seinen Arm. Sein Ärmel färbte sich blutig, und er hatte das Gefühl, sein Arm werde von tausend Nadeln durchbohrt. Er rammte dem Kämpfer das Schwert in den Hals, worauf der Mann lautlos zusammenbrach.

Roderic sammelte alle seine Kräfte und wandte sich dem nächsten Gegner zu. Deirdre kämpfte an seiner Seite. »Die Schnelligkeit ist entscheidend«, stieß er hervor. »Es ist möglich, ihnen zuvorzukommen.«

»Stimmt«, pflichtete sie ihm bei, »aber die Männer werden müde – selbst die Einsatzreserve.«

Als er am Nacken einen kalten Windstoß verspürte, sah er unwillkürlich auf. Eine Wolke verdeckte die Sonne, und ein feuchter, eiskalter Wind trat an die Stelle der trockenen Hitze und rauschte durchs Geäst. Sogleich war ihm klar, daß dies keine gewöhnlichen Wolken waren, denn sie bildeten Strudel und bewegten sich immer schneller. »Magie!« schrie er und zog Deirdre neben sich zu Boden, während mit einem gewaltigen Krachen ein Blitz den Himmel spaltete und einen der Ecktürme in der Mauer zum Einsturz brachte.

Die schwarzgewandeten Soldaten erstarrten, gerieten aus dem Takt, und ein zweiter Blitz brach aus dem Himmel hervor und schlug in das Holztor ein. Während der mächtige Donner grollte, splitterte das Holz und fing Feuer. Die bläulichen Flammen fraßen sich durchs trockene Holz, als wär's Pergament.

Roderics Männer brachen in lauten Jubel aus. »Große Göttin«, flüsterte Deirdre. Vorsichtig schaute sie sich um. »Seht nur.« Sie zeigte in die Tiefe.

Die Soldaten strömten durchs Tor und überwältigten Amananders Kämpfer aufgrund ihrer schieren Übermacht. »Gehen wir«, sagte er. Roderic und Deirdre kämpften sich gemeinsam an den verbliebenen Gegnern vorbei zum Hof vor. Als die letzten ihrer Soldaten durchs zerstörte Tor drängten, bemerkte Roderic unmittelbar vor dem Eingang eine untersetzte, schwarzgekleidete, verschleierte Gestalt, die nur Nydia sein konnte. Er drängte sich durch eine Horde Kämpfender – mittlerweile bildeten seine Männer eine gewaltige Übermacht – und packte die schwarzgekleidete, gedrungene Gestalt beim Ellbogen. »Lady Nydia«, keuchte er ungläubig. Er wischte sich den Schweiß von der Stirn und bemerkte, daß sein Ärmel blutig und verschmiert war. »Ihr seid doch noch gekommen.«

»Meine Tochter.« Ihre Stimme war so leise, daß er sie in dem Lärm kaum verstand.

»Ja, Lady. Kommt mit.« Er umklammerte weiterhin ihren Arm, und Nydia ließ sich von ihm durch das Gedränge der Leiber führen.

Schließlich schnappte Nydia nach Luft, blieb stehen und krümmte sich vor Schmerzen. »Ich ... ich kann nicht weitergehen, Prinz. Der Garten ...«

Sie ließ sich auf einer Treppe niedersinken, die zum Palas hinaufführte, und ihre schwarzen Gewänder verschmolzen mit dem Schatten. Er wollte Einwände erheben, doch auf einmal tauchte Deirdre bei ihm auf und drängte ihn weiter. »Kommt«, sagte sie. »Wenn wir den Schuft finden, dann ist der Tag gerettet.«

Roderic rannte über den spiegelnden Boden des

Palas, riß die Tür zum Garten auf und blieb unvermittelt stehen. Amanander saß auf einer Steinbank, die Augen in grimmiger Konzentration geschlossen, die Stirn vor Anstrengung tief gefurcht. Hinter ihm stand Gartred. Peregrine und Annandale saßen vor ihm auf dem Boden, die Hände mit Ketten gefesselt.

Amanander hatte die Hände in Annandales Haar gekrallt; ihre Augen waren geschlossen, ihr Gesicht war schmerzverzerrt.

»Nein!« rief Roderic und packte das Schwert fester. Er rannte quer über den Rasen, und im nächsten Moment war Amanander aufgesprungen und hielt Annandale einen Dolch an die Kehle.

»Einen Schritt näher, und sie ist tot.«

»Welch eine törichte Verschwendung es wäre, ihr das Leben zu nehmen, Amanander«, sagte Roderic. Er senkte ein wenig das Schwert und trat einen Schritt vor.

»Du glaubst, ich würde sie doch nicht töten?« Ehe Roderic oder sonst jemand reagieren konnte, packte Amanander Peregrine und zog ihr die Klinge über den Hals. Sie riß die Augen auf, und Amanander versetzte ihr einen Stoß. Ihr Kopf rollte von der Schulter und fiel ins Gras, aus dem Hals sprudelte Blut, und der Rumpf brach unter krampfhaften Zuckungen zusammen.

Roderic blieb schwankend stehend, sein Mund zuckte, doch kein Wort drang hervor. Er streckte die Hand aus, sein Atem ging in rauhen Stößen.

»Glaubst du mir jetzt, kleiner Bruder?« Amanander drückte Annandale die blutverschmierte Klinge an den Hals.

»Was willst du, Amanander?«

»Du weißt, was ich will. Ich will das, was mir gehört.«

»Dir gehört gar nichts. Du hast die Hand gegen uns alle erhoben.« Roderic rückte wieder ein Stück vor.

»Wirf das Schwert weg, und Ihr auch, M'Callaster. Jetzt gleich, oder ich töte sie.«

Annandale schüttelte den Kopf. »Nicht, Roderic, er wird dich töten ...«

Amanander zog den Arm zurück, und in diesem Moment spaltete ein weiterer Blitz den Himmel. Er schlug mit voller Wucht knisternd in die Spitze der Dolchklinge ein. Blaue Funken stoben in alle Richtungen, und der elektrische Strom wanderte durch die Klinge und das Heft bis in Amananders Körper.

Als die Energie durch seinen Körper strömte, krampfte er sich zusammen und zuckte wie eine Marionette. Seine Augen weiteten sich, und dann brach er mit einem letzten Seufzer über Peregrines leblosem Leib zusammen, mit der schwarz behandschuhten Rechten noch immer den Dolch umklammernd.

Gartred maß Roderic mit wildem Blick, dann raffte sie die Röcke und rannte davon

»Laßt sie gehen.« Roderic legte Deirdre die Hand auf den Arm. »Weit wird sie nicht kommen.« Zögernd suchte er Annandales Blick. Unbeholfen schritt er über den Rasen und schleuderte das blutige Schwert von sich. Sie sah zu ihm auf und hob hilflos die Arme. Die Ketten, die sie mit Peregrine verbanden, klirrten, und da merkte er, daß sie sich nicht aufrichten konnte.

Schweigend zerrte er Amananders Leichnam von Peregrine hinunter, und Deirdre, die sogleich verstand, was er wollte, trat vor. Er atmete tief durch und blickte ihr in die Augen. »Lady ...«, setzte er an, dann, als Deirdre seinen Arm mit einem Schlüsselring berührte, stockte er.

Nach mehreren vergeblichen Versuchen gelang es ihm, die Ketten zu lösen. Annandale massierte sich die Hände, und er half ihr auf die Beine. Sie ließ sich auf die Steinbank niedersinken. Er schaute auf Peregrines leblosen Körper hinunter.

»Es tut mir leid«, murmelte er. »Hätte ich dich nicht alleingelassen ...«

Sie schüttelte den Kopf und protestierte schwach.

»Hoheit?« sagte Deirdre. »Wenn Ihr einverstanden seid, lasse ich seine Leiche jetzt fortschaffen.«

Behutsam hob er Peregrines Leichnam hoch. »Bleib hier«, wandte er sich an Annandale. Sie nickte und wandte sich ab, während er Peregrines sterbliche Überreste in den Palas trug und dort vor dem Kamin niederlegte.

»Geht nur«, meinte Deirdre barsch. »Ich kümmere mich um alles.«

Der Saal füllte sich allmählich mit Soldaten; einige lachten, während andere ernst dreinschauten und schwiegen. Roderic nickte Deirdre zu und ging wieder nach draußen, wo Annandale gerade die Röcke raffte und über den Rasen auf eine schwarze Gestalt zurannte, die unter einem der alten Bäume hockte.

»Mutter!«

Als Roderic sie erreichte, wälzte Nydia sich auf die Seite, um der Berührung ihrer Tochter auszuweichen.

»Laß dir von mir helfen«, schluchzte Annandale und wollte ihre Mutter erneut berühren.

»Bei mir kommt alle Hilfe zu spät«, krächzte Nydia.

»Du hast Magie eingesetzt, um uns zu helfen«, keuchte Annandale. Mit tränenüberströmtem Gesicht versuchte sie, die unförmige Gestalt ihrer Mutter auf die Arme zu nehmen.

»Laß mich, Kind.« Nydia wandte den Kopf ab. »Schaff mich in den Wald ...«

»Nein!« rief Annandale. »Diesmal nicht. Mutter, laß dir helfen.«

Sie griff unter die Schleier und enthüllte die abscheuliche Fratze. Roderic schauderte, doch Annandale achtete nicht auf ihn. Ein schwaches blaues Licht flammte auf, hell und rein, und Roderic spürte, wie irgendeine Art von Energie auf ihn übergriff. Er wartete darauf, daß Nydias Gesicht sich veränderte, daß die grauenhafte Entstellung auf Annandales hübsches Gesicht überginge, doch nichts geschah. Das Wesen seufzte auf und schloß die Augen. Sein Kopf fiel zurück.

Nydia war tot.

Ein leichter Wind kam auf, beladen mit dem Duft der Apfelblüten. Roderic blinzelte die Tränen fort. Annandale richtete sich auf und streckte die Hand aus. Ihre Augen wirkten eigentümlich gealtert und traurig, doch er nahm ihre Hand und drückte sie an seine Brust.

Er umarmte sie, vergrub die Finger in ihrem dunklen Lockenschopf. »Bei der Eins, ich schwöre, daß ich dich nie wieder alleinlasse. Niemals. Verzeih mir. Ich ...«

Sie wich ein Stück zurück und legte ihm den Zeigefinger auf die Lippen. »Du hast getan, was du für richtig hieltest. Und du bist gekommen. Ich wußte, daß du kämst.«

Er nestelte am Lederriemen, den er um den Hals trug. Der Knoten löste sich, und er zog den Ring ab. Er ergriff Annandales Hand, streifte ihr den silbernen Ring über den Finger und küßte ihre Hand. Es war, als wären sie ganz allein im Garten, denn die Blicke, die sie wechselten, sagten mehr, als Worte je vermocht hätten. Er hob ihr Kinn mit der Fingerspitze an und hätte sie auf den Mund geküßt, wenn Deirdre in diesem Augenblick nicht gerufen hätte.

»Hoheit!« Ihr Tonfall war drängend. »Er lebt.«

Deirdre kniete an Amananders Seite. Sein lang hingestreckter Körper war verkrampft, die Gliedmaßen verdreht. Als Roderic Deirdres betroffenen Blick erwiderte, hörte er, wie Vere und Alexander seinen Namen riefen, und Tavia schrie: »Annandale!«

Die Frauen umarmten sich, die Männer drängten sich um Deirdre. Alexander ließ sich neben seinem Zwillingsbruder auf ein Knie nieder und neigte den Kopf.

»Worauf wartest du, Roderic?« fragte Tavia, den Arm um Annandales Hüfte gelegt. »Töte ihn.«

Roderic sog scharf den Atem ein. Er blickte Vere an. Alexander wandte sich entsetzt um.

»Nein, Roderic!« rief er. »Bitte töte ihn nicht. Das ist eines Königs unwürdig. Er soll sich für seine Verbrechen vor dem Kongreß verantworten; du weißt, daß man ihn verurteilen würde.«

»Töte ihn auf der Stelle, dann ersparst du ihnen eine Menge Arbeit«, sagte Tavia.

Roderic zögerte. Er blickte erst Annandale, dann Vere an. Alle schwiegen.

»Bitte, ich flehe dich an.« Alexander legte Roderic die Hand auf den Arm. »Er ist mein Bruder, du kannst ihn nicht kaltblütig töten. Es sind heute schon genug Menschen gestorben. Stell ihn vor Gericht. Ich werde nicht für ihn eintreten, falls du dies befürchtest. Aber töte ihn nicht.«

»Roderic«, zischte Tavia. »Er ist kein Bruder. Er ist ein Ungeheuer. Töte ihn.«

»Annandale«, murmelte Roderic. Sie erwiderte gelassen seinen Blick. »Kannst du … ihn heilen? Kannst du wieder einen Menschen aus ihm machen?«

Sie versteifte sich, ihr Mund bebte. Roderic meinte schon, sie werde jeden Moment in Tränen ausbrechen. Sie blickte die Gesichter der Umstehenden an.

»Wie kannst du das von ihr verlangen?« schrie Tavia. »Hast du wirklich keine Ahnung, was er ist?«

»Doch«, erwiderte Roderic. »Aber ich kann niemanden töten, der so hilflos wie ein Säugling vor mir liegt …«

»Er hätte dein Kind getötet«, fauchte Tavia, »so achtlos wie eine Fliege. Er ist eine Schlange. Er hat den Tod verdient.«

Annandale hob die Hand. »Sei still, Tavia. Roderic hat recht.« Sie kniete anmutig nieder, berührte Amanders Stirn mit den Fingerspitzen und schloß die Augen. Roderic trat zurück und erwartete, daß jeden Moment das heilsame blaue Licht aufflammen werde.

Doch nichts geschah, und schließlich richtete Annandale sich verwundert wieder auf. »Ich komme nicht an ihn heran«, sagte sie zu Roderic. »Ich bekomme keinen Kontakt – sein Körper ist noch da, sein Geist aber hat sich verflüchtigt. In diesem Zustand stellt er für niemanden mehr eine Gefahr dar.«

Roderic nickte, half Annandale auf die Beine und zog sie dicht an sich heran. Er atmete tief durch. »Wir nehmen ihn mit nach Ahga. Wenn er zu sich kommt, wird er alle unsere Fragen beantworten. Ich würde sagen, im Moment ist er ein lebender Toter.« Er preßte Annandale an sich. »Kommt, Lady. Verlassen wir diesen verfluchten Ort. Im Wald ist die Luft frischer.«

Schweigend wandten sie sich ab und schritten Arm in Arm aus der Festung Minnis hinaus.

Epilog

Es war eine kühle Nacht. Der silbrige Schein der Mondsichel fiel durchs Laub der großen Bäume, und das Sirren der Mücken war in der Stille deutlich zu vernehmen. Annandale hörte, wie Roderic den Wachposten Befehle gab und die letzte Meldung des diensttuenden Offiziers entgegennahm.

Sie hatte im klaren Wasser des nahen Sees gebadet, und ihr Haar war noch feucht. Sie hatte es sich im Nacken zu einem lockeren Knoten gebunden, und das dünne Hemd, das sie trug, gehörte Tavia. Es war ihr zu groß, doch das machte nichts, denn bei der Vorstellung, ein Kleidungsstück aus der Festung Minnis anzuziehen, bekam sie eine Gänsehaut.

Sie saß auf einem mit Leinentüchern bedeckten niedrigen Stapel Decken, der ihnen als Nachtlager dienen sollte. Roderic war scheu im Umgang mit ihr; er spürte, daß sie sich verändert hatte. Sie blickte ihre Hände an, die Haut so glatt und die Nägel so rosig wie eh und je. Sie aber war nicht mehr die gleiche. Amanander hatte ihr Dinge gezeigt, die sie nicht für möglich gehalten hätte. Und ein Teil von ihr wollte in Tavias Ruf nach Vergeltung einstimmen. Ein anderer Teil aber, der stärkere und bessere Teil, der durch alles Leiden und alle Qual bloß stärker geworden war, wußte, daß dies falsch gewesen wäre, gegen ein ungeschriebenes Gesetz verstoßen und Roderic für immer verändert hätte, selbst dann, wenn er nicht selbst das Schwert erhoben hätte.

Amanander war gar nicht erst in den Sinn gekommen, daß er sie unwillentlich stärker gemacht hatte, daß die Leiden, denen er sie unterwarf, sie gleichsam bloß härteten wie geschmiedeten Stahl, auch wenn sie körperlich geschwächt worden war.

Die Zeltklappe hob sich, und Roderic trat herein. Zum erstenmal seit Monaten waren sie miteinander allein. Er zögerte, setzte zu einer Bemerkung an, dann warf er sich ihr wortlos in die Arme. Er drückte sie an sich, vergrub seinen Kopf an ihrem Busen. »Verzeih mir«, murmelte er immer wieder. »Ich hätte dich nie alleinlassen dürfen. Ich war ein Narr, daß ich die Falle nicht vorausgeahnt habe; er hatte alles bestimmt von Anfang an geplant.«

»Ich glaube nicht, daß er gewußt hat, was er wollte«, sagte sie, hob den Kopf und sah ihm in die Augen. »Amanander wußte bloß, daß er Macht wollte, daß er mich wollte, weil er in mir ein Mittel zur Macht sah, und daß er deinen Tod wollte, weil du ihm im Weg standest. Aber das ist jetzt nicht mehr wichtig. Wichtig ist bloß, daß wir wieder zusammen sind.«

»Ich habe versprochen, dich zu beschützen. Ich habe mein Versprechen nicht gehalten.«

»Ein solches Versprechen kann man nicht halten.« Sie streichelte ihm das Gesicht, strich ihm eine Locke aus der Stirn. »Wir können uns nicht gegenseitig beschützen. Wir können einander bloß lieben.«

Seine grauen Augen wirkten dunkel im trüben Licht. Er zog sie an sich und küßte sie, drückte seine warmen Lippen auf ihren Mund. »Ich laß dich nicht mehr fort«, murmelte er. »Ich behalte dich bei mir, und ehe ich zulasse, daß dir etwas geschieht, will ich lieber selbst sterben.«

Sie streifte sich das Hemd von den Schultern, ließ sich von ihm auf die kühlen Leinentücher betten, bot ihm ihren Körper dar und zog ihn immer enger an sich, bis sie endlich wieder vereint waren. In dem Augenblick aber, als ihre Mutter gestorben war, hatte sie eine Vision gehabt und die Gesichter dreier Frauen erblickt, die sterben mußten, damit er den Thron erränge. Peregrine, Nydia … und schließlich sie selbst.